KB273601

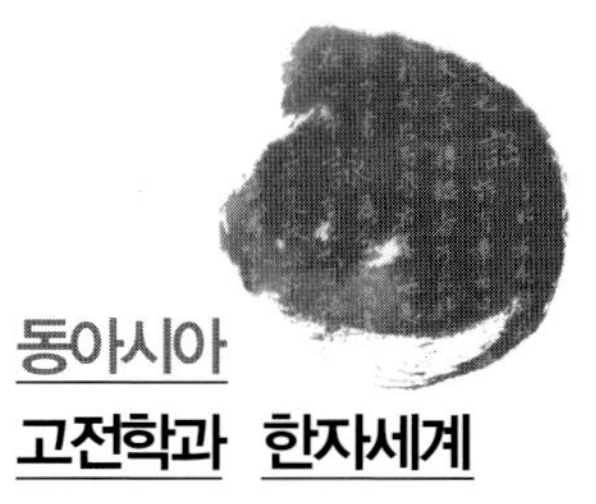

동아시아
고전학과 한자세계

필자소개
고노시 다카미츠神野志隆光 도쿄대학 대학원 총합문화연구과 명예교수
임형택林熒澤 성균관대학교 한문교육학과 명예교수
도쿠모리 마코토德盛誠 도쿄대학 대학원 총합문화연구과 교수
박일호朴一昊 성신여자대학교 일어일문학과 교수
배정열裵貞烈 한남대학교 일어일문학과 교수
박정의朴正義 원광대학교 일어교육과 교수
신종원辛鍾遠 한국중앙연구원 교수
김정희金靜希 인덕대학교 일본어과 강사
권오엽權五曄 충남대학교 일어일문학과 명예교수
가나자와 히데유키金沢英之 홋카이도대학 문학부 교수
백승호白承鎬 한남대학교 국어국문창작학과 교수
배관문裵寬紋 고려대학교 민족문화연구원 연구교수
김영남金泳南 성균관대학교 사학과 초빙교수

동아시아 고전학과 한자세계

초판인쇄 2016년 11월 09일 초판발행 2016년 11월 19일
지은이 고노시 다카미츠 외
펴낸이 박성모 펴낸곳 소명출판 출판등록 제13-522호
주소 서울시 서초구 서초중앙로6길 15, 1층
전화 02-585-7840 팩스 02-585-7848 전자우편 somyungbooks@daum.net 홈페이지 www.somyong.co.kr

값 28,000원   ⓒ 고노시 다카미츠 외, 2016
ISBN 979-11-5905-124-1 93830

동아시아 고전학과 한자세계

East Asian Classical Studies
and the World of Chinese Character

고노시 다카미츠 외 지음

소명출판

　우리들이 사는 세계의 문화를 이야기할 때에 우리는 일반적으로 지역적인 경계를 긋고 그 안에서 생산되고 향유되는 지知의 세계를 그려보려고 한다. '동아시아 고전학'의 '동아시아'라는 말도 그러한 경계 긋기를 전제한 것이고, 동아시아 고전학이라고 하면 그 경계 안에서 전개된 고전학문을 가리킨다. 다만 이 경계 짓기는 동아시아 세계 밖의 타자와 차별하기 위한 것이 아니라, 그 경계 안에서 전개되는 사상적·문화적 현상과 사유의 실체를 하나의 동질성이라는 관점에서 바라보고자 하는 또 다른 탈경계적 전제라 할 수 있다.

　동아시아는 중국·한국·일본으로 이루어지는(넓게는 인도차이나반도를 포함하는) 공간성을 가지며 사회문화적·역사적으로 긴밀하게 연결되어 있어서, 동아시아라는 수식어는 특별한 의심 없이 사용되기도 한다. 하지만 동아시아라는 용어가 서구에서 바라본 시선이 전제되는 말이며, 서구와 대별되는 자기 정체성을 확보하고 이를 분명히 하고자 하는 욕망이 만들어낸 말이라는 점은 인지하고 동아시아의 문제를 이야기해야 할 것이다. 본서는 이러한 공간적·이념적 의미를 내포한 동아시아를 대상으로 하며, 이 권역 내의 고전학문이 중국으로부터 전개되어 이 세계 내에서 어떻게 유통되고 공유되었는가를 탐구한다.

　이와 같은 동아시아의 문화적 권역을 이야기할 때에, 이 권역 내에는 '한자'라는 문자가 존재하고 이 문자가 문화의 생산물을 전송·공유하며 또 다른 생산물을 만들어 내는 수단으로서 이용되는 긴 역사를 가지고 있기 때문에, 이 권역을 흔히 '한자문화권'이라고 부른다. 그러나 이 '한자문화권'이라는 용어는 세계사 전체를 조망하기 위해 사용되어진 것이 아니라, 전후 일본에서 일본어의 역사를 서술하고 일본문화가 '중국문화'와 어떻게 다른가를 설명하기 위해 만들어진 말이다. 서양문명에 대항하는 문화적 동일성을 가진다는 '한자문화권'이라는 용어의 태생에 일본에 의한 동아시아 통합이라는 정치적 욕망이 연결되어 있었던 것이다(사이토 마레시, 『한자세계의 지평』, 2014). 그리고 '한자문화권'이라고 하여 그 전체를 '하나의 문화'로 보아버리면, 이 권역 내에서 한자를 공유하면서도 각각 다른 독자성을 가지며 다양하게 분화된 각 지역의 문화적 양상을 정당하게 바라볼 수 없게 된다(본서, 고노시 다카미츠의 글). 따라서 본서에서는 한자 · 한문이 유통되면서 하나의 권역을 형성하지만, 그 서기 체계에 의해 구성되며 그 안에서 문화적 다양성을 만들어 온 세계를 '한자세계'라 하고, 이를 전제로 동아시아 고전학의 논의를 전개한다.

이러한 동아시아 고전학의 문제를 3부로 나누어 주요 고전 텍스트를 비교 분석하여, 동아시아의 문학 · 문화 · 학문이 한자세계를 공통분모로 하면서 무엇을 공유하고 어떻게 상호 교류하였으며, 나아가 어떻게 자신의 세계를 만들어갔는가 하는 점을 논의한다. 각 필자의 글은 한중일의 한자세계 속에서 이루어지는 쌍방향의 영향 관계 · 수용 양상 · 텍스트의 변주 · 지知의 교류와 성취 등에 대해 각 전공 분야를 중심으로 3부로 나누어 고찰한다.

제1부 '한자세계와의 만남과 전환'에는 「한자세계에 있어서 문학사

의 출발」(고노시 다카미츠神野志隆光), 「한국전통사회에서 통용된 자학서류字學書類—천자문千字文 및 그 개작본改作本 텍스트들의 성립과정」(임형택), 「'한자세계'와 마주한다는 것—『일본서기』해석에 관해」(도쿠모리 마코토德盛誠), 「야카모치 반가家持反歌의 전환과 '난亂'—엣추越中시대 초기 장반가長反歌를 중심으로」(박일호), 「근대 국민국가 형성과 국문학사—한·중·일 삼국의 국문학사의 태동」(배정열)의 5편의 글을 실어, 동아시아의 한자세계는 어떠한 세계를 의미하며 고유성은 어떻게 발견되는 것인가, 그리고 한자세계와의 만남으로 일어나는 사회문화적 전환은 어떠한 의의를 가지는가를 논한다. '한자문화권'이라는 틀로 볼 때에 함몰되어 버릴 수 있는 각국 문학의 개별성을 찾으면서 동시에 한자·한문을 매개 수단으로 하기 때문에 가능했던 새로운 문학적 성취와 자기 발견의 양상을 탐색한다.

제2부 '한자세계에 있어서 텍스트의 변주'에는 「별개의 고대사 『삼국사기』와 『삼국유사』—별개의 세계관을 통해」(박정의), 「『三國遺事』에 인용된 '南(-)倭(-)'에 대하여」(신종원), 「『일본서기』 속 임나—임나라는 국호에 대해」(김정희), 「『장생죽도기』의 천하」(권오엽), 「남도대승원南都大乗院에 있어서의 이치조 가네요시一條兼良 고전학—『신서찬소보유神書纂疏補遺』에 대해」(가나자와 히데유키金沢英之)의 5편의 글을 실어, 한자세계라는 동일성을 전제로 하면서도 추종적 편입이나 종속으로 매몰되지 않고 각 지역이 개별적인 문화적 기반을 형성하며 어떠한 텍스트를 생성하였는가를 고찰한다. 즉, 각 텍스트들이 한자세계에서 유통되는 중국 원전의 텍스트 또는 자국의 다른 텍스트를 어떻게 수용하여 자기화하고 어떠한 모습으로 변주하여 갔는가, 그리고 텍스트 자체를

넘는 해석이나 오독으로 어떠한 언설을 만들어내었는가를 고찰한다.

제3부 '한자세계에 있어서 지知의 교류와 문화론'에는 「장서인을 통해 고찰한 정조의 학문적·정치적 지향」(백승호), 「일본 국학의 우주론과 천문학적 지식의 접합」(배관문), 「'신화연구'에 나타난 여성신女性神 '창출'의 구조―아버지父親 부정否定의 문화사 검토」(김영남)의 3편의 글을 실어, 한자세계로 범주화되는 지역 내에서 어떠한 사유방식이 서로 갈등하고 공유하며 새로운 지知의 방향을 제시하고 있는가, 그리고 어떠한 문화론적 시각을 우리들에게 요구하고 있는가 하는 문제를 논한다.

위와 같이 '한자세계'라는 문제의식을 중심에 두고 각 분야별로 논의를 심화하고자 한 본서는 고노시 다카미츠神野志隆光 도쿄대東京大 명예교수의 고희를 기념하며 출간하게 되었다. 고희기념논문집편찬위원회와 같은 무거운 느낌의 명칭으로 준비하기보다는 선생님을 편집자로 하는 편저서로 엮어, 선생님의 학덕을 기리고 선생님의 학문이 후학의 등불이 되어주기를 소망하였다. 일찍이 일본신화에 대한 텍스트론적 연구로 신화연구에 새로운 지평을 여신 선생님은 일본학계의 태두이시며, 그동안 이루어 놓으신 수많은 업적은 동아시아사상사 연구에 귀중한 보고가 되고 있다. 선생님은 학문적으로는 매우 엄격하지만 따뜻하고 자애로운 분이시어서 한국에도 학문적 동지와 제자가 적지 않다. 이에 선생님을 존경하고 선생님의 학문의 길을 따르고자 하는 문우와 제자들이, 선생님이 더욱 강건하시고 변함없이 왕성하게 활동하시어 새로운 학문의 문을 열어주실 것을 기원하며, 부끄러운 글 모음을 선생님께 올린다.

본서가 세상의 빛을 보기까지는 소명출판의 도움이 컸다. 어려운 출판 환경에도 불구하고 출간을 흔쾌히 수락해 주신 박성모 대표님, 그리고 정성을 다해 섬세하게 편집을 해주신 성지은 선생님께 감사드린다. 마지막으로 본서를 통해 동아시아 고전학과 한자세계에 대한 논의가 활발하게 전개되기를 기대하며, 미흡한 점에 대한 독자 제현의 질정과 해량을 바란다.

2016년 11월
필자 일동

서문 3

--- **1부 · 한자세계와의 만남과 전환**

2부 · 한자세계에 있어서 텍스트의 변주

3부 · 한자세계에 있어서 知의 교류와 문화론

한자세계와의 만남과 전환

한자세계에 있어서 문학사의 출발

고노시 다카미츠

1. 들어가며

이 글에서 이야기하고자 하는 바는 '문학사의 출발을 한자세계(또는 한자권)라는 관점에서 생각한다'라는 말로 모두가 설명된다. 좀 더 풀어 말하자면, 고대의 동아시아 — 이 '동아시아'라는 개념은 서구에서 본 시점에 의거한 것이라는 점을 잊어서는 안 된다. 하지만 여기서는 편의적으로 사용하기로 한다(이성시李成市, 『동아시아문화권의 형성東アジア文化圏の形成』, 山川出版社, 2000 참조) — 는 한자세계였으며, 이러한 세계의 성립이 곧 문학사의 출발이라 할 수 있다.

'한자문화권'이라는 개념을 사용하지 않고, '한자세계'라는 개념으로 파악하려는 점을 우선 분명히 해 둔다. 이는 '문화'라고 하기보다는 조금 넓은 개념으로서, 한자에 의해 연결되어 있는 세계를 말한다. 단지

'문화권'이라고 하면 각 지역의 문화적 다양성이 잘 보이지 않게 되고, 문학사의 문제를 바르게 생각할 수 없다. 필자는 사이토 마레시齊藤希史(『한자세계의 지평漢字世界の地平』, 新潮選書, 2014)가 주장하는 바와 같이 한자세계라는 관점에서 이 문제에 접근하고자 한다. 한자세계는 한자의 소통(교통) 공간이라고 할 수 있는데, 한자를 읽고 씀으로써 성립되는 세계이다. 이러한 한자의 소통을 통해 우리들의 동아시아세계는 성립되었다. 구체적으로 고대 일본의 예를 중심으로 논하고자 하는데, 일본열도에서 일어난 일은 일본열도만의 문제가 아니라, 한자세계의 각 지역 — 한반도나 중앙아시아나 베트남 등 — 에서도 일어났던 것이다. 그와 같이 한 지역만의 문제가 아니라 동아시아세계의 문제로서 보아야만 한다.

아시아 각 지역에서 다양한 인종이 정착하여 국가를 만들고 각각의 고유 언어와 문명을 가지고 있었던 것은 분명하다. 그러나 그러한 고유성을 자명한 전제로 놓고 문학사의 문제를 생각하려는 것은 바르다고 할 수 있을까. 언어와 문명의 고유성은 원래부터 있었던 것으로 생각되고 있으나, 과연 그러한가 하고 반문하고 그 관점을 다시 생각해보아야 할 것이다. 그 때문에 한자세계라는 시점이 필요하게 되는데, 여기에서는 아래와 같은 순서로 생각해보고자 한다.

먼저 분명히 해야 할 것은 한자를 사용하는 것(읽고 쓰는 것), 그리고 그것을 넓히는 것은 정치의 문제였다는 점이다. 다음으로 주목해야 할 점은 학습함으로써 한자의 사용이 가능했다는 것이고, 그 학습은 바로 교양을 익히는 것이었다는 점이다. 그것을 전제로 하고, 그 위에 언어와 문명에 대한 고유성의 발견이 가능했었다고 할 수 있다. 이러한 관점에서 문학사의 출발에 대해 생각해 보자는 것이다. '발견'이라고 한 이유는 고유성이라는 것은 자명하지 않기 때문이며, 그 '고유성이야말로 한자세계에서 발견되는 것'이기 때문이다. 그리고 그 발견은 문자를 통해 이루어지기(문자의 영위) 때문에, 바로 이것이 '문학사의 출발이었다'고 하는 것이다.

2. 한자와 정치

앞서 '한자와 정치'라고 하였는데, 이는 한자가 도입되고 이용되는(읽고 쓰는) 것을 정치의 문제로서 보고자 하는 것이다. 한반도도 일본열도도 그리고 인도차이나반도도 문자를 자신의 문명 안에서 낳지 못한 채 한자세계에 편입되었다. 이것을 자연스럽게 성장한 문화의 현상으로 보지 않고, 한자의 유입도 그 한자를 자신들의 문자로서 이용하게 되는 것도 모두 정치의 문제였다고 보아야 한다.

일본열도의 경우에 비추어 보자면, A.D.57년에 이 열도의 인종·국가는 '왜'라고 불리며 중국 왕조를 중심으로 하는 정치 관계 속에 편입된다. 후한 왕조가 왜에 대해 왕으로서 책봉하고 금인金印을 하사하였다고 하는 것은 잘 알려져 있다. 왕으로 임명됨으로써 중국 왕조에 대해 조공의 의무를 가지게 되는데, 조공을 할 때에는 그 인장을 봉니封泥에 사용한 국서를 지참해야 했다. 즉 중국 왕조 아래에서 문자가 소통되는 구조 안으로 조직되며 문자를 이용하게 되었다. 문자의 사용은 이렇게 시작되었다. 그 이전에 문자를 접할 경우는 있었겠지만, 그때에 문자가 사회적으로 작용하고 있었다고는 할 수 없다.

1세기 무렵에 일본열도의 사회가 미개하지 않았고 고유의 문명을 가지고 있었음은 중국 정사正史의 기술을 통해 인정해도 좋을 것이다. 그러나 문자를 가질 정도로 성숙되어 있지는 않았다. 그러한 문명의 성숙과는 무관하게 정치적 관계가 강제적으로 일본열도를 문자세계로 편입시켰다. 그래서 문자세계로 편입되는 것과 일본열도의 사회 내부에서 문자가 이용되는 것 사이에는 시간차가 존재한다. 일본열도에서 문자를 이용했다고 인정할 수 있는 자료는 5세기까지 발견되지 않으며, 5세기까지 문자는 사회의 외부에서 이용되는 특수한 기술에 지나지 않았다.

5세기에는 문자의 내부화를 명확하게 보여주는 자료가 나타난다. 사이타마현 이나리야마고분 출토 철검埼玉県稲荷山古墳出土鉄劍 · 지바현 이나리다이 고분 출토 철검千葉県稲荷台古墳出土鉄劍 · 구마모토현 후나야마고분 출토 철검 명熊本県船山古墳出土鉄刀の銘 등이 그 예이다. 왕권의 표상regalia인 도검 위에 왕과의 관계를 확인하는 문자를 새겨 넣은 것이다. 이것도 정치의 공간에서 기능하는 문자이다. 7세기 후반에는 이러한 내부화가 일거에 진행되어 열도 전체로 문자가 침투되며 문자에 의한 행정이 이루어지는데, 이는 목간을 통해 엿볼 수 있다. 나아가 8세기 초엽에는 율령국가를 세우기에 이르는데, 이는 말할 것도 없이 성문법에 입각하여 문자를 통해 운영되는 국가이다.

요컨대 문자는 정치의 문제였다. 문자의 사용이 문자를 접하는 가운데 자연스럽게 성장하듯이 이루어진 것이 아니며, 문자의 소통을 구축하는 것은 곧 국가를 만드는 것이었다. 고대동아시아에서 국가의 모델은 중국 제국밖에 없었다. 중국 제국으로부터 배운 고대 율령국가는 이른바 하드웨어로서의 길을 전제로 하며, 소프트웨어로서의 시스템 —예를 들자면 호적이라든가 대부貸付 같은 것의 운용—을 보급·습득함으로써 성립된 국가이다. 문자의 습득은 그 기반에 있어서 필수이며 문자는 정치의 기술에 있어서 근간이 된다고 해도 좋다. 그것은 고대국가를 바라보는 기본 시점이어야 한다.

그 문자의 습득과 학습은 어떻게 이루어졌을까. 각각의 지역에서 각각의 방식으로 이루어졌겠지만, 거기에는 공유되는 문제가 있었고 지역 간의 기술 교류도 있었음이 밝혀졌다. 최근 그 기술 교류에 대해서는 한반도와 일본열도의 자료를 통해 보다 명확하게 알 수 있게 되었다. 공통된 문제는 외국어로서 읽고 써야하는 것인데, 자신들의 언어와는 다른 문자였기 때문에 읽고 쓰기는 외국어로서 행할 수밖에 없었다. 처음에는 당연히 직독법直讀法이었다. 그러나 이것만으로는 보급에 한계가 있다. 그래서 역독법譯讀法(번역하여 읽는 법 / 일반적으로 훈독이라고 함)이 외국어 학습의 기본이 되었는데, 한자로 읽고 쓰는 것도 역독譯讀을 통해 이루어지고 정치적 필요성이 그것을 추진하였다.

일본열도에서 이루어진 '훈독에 의한 학습의 실제'를 알 수 있는 7세기 후반의 목간 자료를 제시한다(〈도판_1〉). 오른쪽 아래에 '언言'과 '지至'을 합친 글자가 있다. 보통 '무誣'라고 쓰이어지는 것인데, 그 아래에 '아좌무阿佐厶 / 가무이모加厶移母'라고 나누어 쓴 글자가 있다. 한자의 음을 이용하여 일본어를 나타낸 것으로서, 그 한자를 '아자무카무야모'라고 읽어야 함을 보여주고 있다. 이와 같이 한자를 일본어로 번역해서 이해하였음을 이 목간을 통해 확인할 수 있는데, 한자라고 하는 공통의 문자를 각 지역 언어로, 즉 한국·일본·베트남의 각 지역의 언어로 학습하고 있었음을 알게 한다.

그러한 학습법이 동아시아 전반에 걸쳐, 즉 한국·일본·베트남 등에서 이루어졌음을 다른 자료에서도 확인할 수 있는데, 조선왕조시대의『천자문』을 보면 한자 아래에 한글로 의미나 읽는 법을 표시하고 있다(김문경金文京,『한문과 동아시아漢文と東アジア』, 岩波新書, 2010. 〈도판_2〉 참조). 이것은 현지어로 한자를 습득하고 있었음을 알게 하는데, 앞서 언급한 일본의 학습법과 같다. 현지어로 한자를 학습하는 이와 같은 예를 또 다른 시점에서 살펴보면, 조선시대에 행해진 '언해諺解'라고 하는 한자의 학습·해설 텍스트류를 들 수 있다. 이 '언해'는 한글로 한문을 해설한 것인데(〈도판_3〉), 아울러 100년 전의 에도시대에 성립된 『모시毛詩=시경』의 일본식 언해 관련 자료도 함께 살펴보면(〈부록_3〉), 한자·한문의 학습이 각 지역의 고유 언어로 이루어지며, '언해'와 같은 방법이 기술로서 도입되고 있었음(기술교류라고 해도 좋을 것이다)을 확인할 수 있다.

3. 한자·한문의 학습과 교양

여기에서 중요하게 생각하는 것은 한자를 동아시아 세계가 공유함으로써 그 한자를 각 지역의 고유어로 학습하며 교양을 형성하고, 공통된 사회의 틀을 만들어 갔다는 점이다. 『천자문』은 고대에 있어서 문자 학습의 기본 텍스트로서, 중국대륙에서 만들어져 그곳에 있던 사람들이 학습하기 위한 것이었다. 한어漢語를 모국어로 하고 있다고 무조건 한자·한문을 읽고 쓸 수 있었던 것은 아니다. 문자는 문자로서 학습하지 않으면 안 되며, 문자를 학습하지 않고 문장은 쓸 수 없다. 한국이나 일본도 각각 고유 언어가 있지만, 읽고 쓸 수는 없었다. 읽고 쓰기는 한자를 학습함으로써 비로소 가능하게 된다. 단 중국대륙에서는 문자 학습텍스트가 『천자문』에서 『삼자경三字経』으로 바뀌는데 한반도와 일본열도는 계속 『천자문』으로 학습하고 있었다.

그리고 그 학습은 단지 글자를 익힌다고 하는 것으로 끝나지 않는다. 바로 교양이라는 문제인데, 이것에 대해 생각해 보자. 알다시피 한자를 한 글자씩 학습하였다고 해서 한문을 쓸 수 있는 것은 아니다. 예를 들어 히라가나를 한 글자씩 배워 알았다고 일본어를 쓸 수 있는가 하면 그렇지 않다. 한글도 문자만을 하나씩 공부해서는 이야기하는 말을 바로 옮기는 것은 곤란하다. 문장으로 쓰는 것은 다른 차원이기 때문이다. 언어학습에 비추어보면 그러한 점은 분명히 알 수 있다.

그래서 읽고 쓰기를 위한 문자 학습은 하나씩 단발적으로 자형이나 의미를 외우면 되는 것이 아니다. 하나하나의 글자를 그 자체로 알았다

해도 바로 읽고 쓰기는 가능하지 않다. 그 글자를 어떻게 이용하는가 하는 문제와 관련하여 축적되어 온 것(용례와 전거)을 배울 필요가 있다.

『천자문』이 문자학습의 기본적인 교과서이기 때문에, 이것을 예로 들어 보겠다. 『천자문』은 알고 있는 바와 같이 기본 한자 천 자를 학습하기 위한 텍스트인데, 4자씩 한 구(프레이즈, 의미가 있는 구)를 만들어 제시하고 있다. 『천자문』의 첫 구는 '천지현황天地玄黃'이다. 그곳에 주를 달아 학습하는데, 주는 기본적으로 전적典籍을 인용하여 단다. 한 예로 〈도판_4〉를 보자. '천지현황天地玄黃'에는 '『역경易經』에는 하늘天은 검고玄[クロ]く, 땅地은 누렇다고黃なり 한다'라고 주가 붙어 있다. 하늘의 색은 검고 땅의 색은 누렇다고 하는 의미인데, 『역경』에 있는 문장을 인용하고 있기 때문에 이 주를 통해 기본이 되는 전적의 예문을 함께 학습하게 된다. 『천자문』의 성립은 6세기 전반인데, 6세기 후반 무렵부터 주를 붙일 수 있게 된다. 즉 『천자문』은 만들어지고 얼마 안 되어 주와 함께 학습할 수 있게 된 것이다.

다음으로 일본의 고대 도읍 유적에서 발굴된 목간의 예를 살펴보자 (〈도판_5〉). 7세기말~8세기 초엽에 제작된 것인데, 가장 오래된 오른쪽 목간 ⓐ는 같은 글자를 여러 번 쓰고 있어서 습자(문자의 연습)의 흔적을 확인할 수 있다. 『논어』의 한 절이 쓰여 있는데, 「공야장公冶長」 중의 '분토지장 불가오야糞土之墻不可杇也'라는 구를 쓰려고 한 것이다. 이 구의 의미는 '썩은 흙으로 쌓은 담장은 흙손질 할 수 없다'이지만, 심성(마음의 근본)이 썩은 사람에게는 교육도 소용없다고 제자 재여宰予에게 하는 질책의 말이다. ⓑ도 『논어』이고, ⓒ와 ⓓ는 『천자문』의 예문으로 글자 연습을 하고 있음을 알 수 있는 자료이다.

또한 사전字書에 대해서도 주목할 필요가 있다. 고대의 대표적인 사전으로 6세기에 성립된『옥편玉篇』을 예로 들어보자. 이『옥편』은 중국 대륙에서 만들어졌지만, 이미 중국에서는 사라져버리고 일본에만 남겨져 있다(전부는 아님). 지금 제시하는 자료는 그 일부를 가져온 것인데(〈도판_6〉), 작은 글자는 주석이다. 해당 글자의 음과 그 글자가 어느 전적에 어떻게 나오는가(즉, 예문)를 보여주고 있다.

먼저 오른쪽 끝에 '요謠'라는 글자를 보자. 그 아래의 주에 '여소반与昭反'이라 쓰여 있는데, 이 글자의 음이 '요ㅋㅡ'라는 것을 나타낸다. 그 다음에 '모시 아가차요전왈도가왈요毛詩我歌且謠伝曰徒歌曰謠 (모시(시경)에 나는 노래하고 또 부른다. 옛 주석이 말하길 반주 없는 노래를 요謠라고 한다)'라고 되어 있다. 『모시』는『시경』으로도 불리는데, 거기에 '아가차요我歌且謠'라고 되어 있다며 인용하고 있다. '아가차요我歌且謠'는 '나는 노래하고歌い 또 부른다謠う'라는 것이다. 여기의 '가歌'와 '요謠'는 비슷한 듯 하지만 서로 다르다. '전傳'은『모시(시경)』의 옛 주석을 가리키는데, 그 주석이 '요謠'는 '도가徒歌', 즉 악기의 반주를 동반하지 않는 노래를 말한다고 인용하고 있다.

그러면 '가歌'는 어떠한 의미인가 하고 보면, 이 사전의 '가歌'자 부분도 남아 있어 확인이 된다. '혹위가자재언부或為謌字在言部'라고 되어 있는데, 이는 가謌라고 쓰는 경우도 있어或為謌字 언言 부에 실려 있다在言部라는 말이다. 가謌는 분명히 언言 부에 있으며, 거기에는 '시아가차요전왈곡합악왈가詩我謌且謠伝曰曲合楽曰謌 혹위가자재결부고문위가시재가부或為歌字在欠部古文為哥時在可部'라고 되어 있다. 줄친 부분을 보면 먼저 시詩는『시경(모시)』으로서 그곳의 예문 '아가차요我謌且謠 (나는 노래하고 또 부른다)'를 역시 인용하고 있다. 이러한 거듭되는 인용을 통해 '가謌, 歌' 나 '요謠'에 대해서는 『모시(시경)』의 문장이 기억해야만 할 중요한 기본 예문이라는 것을 배우게 된다. 그리고 이어서 '가謌, 歌'에 대해서 '전伝=시경의 옛 주석'에 '전왈곡합악왈가伝曰曲合楽曰謌로 되어 있다고 인용하고 있는데, 곡曲의 악樂에 맞추는合 것이 가謌라고 하고 있다. 즉 악기의 반주를 동반하는 것이 '가謌, 歌'라는 것이다. 또한 그 다음 문장을 통해 '謌' '歌' '哥' 등의 여러 자형이 있음을 배우게 된다. 이 『옥편』에서 가장 중요한 것은 이 글자가 실제로 어떠한 문장으로 사용되고 있는지 알 수 있는 예문을 싣고 있다는 점이다. 이 글자가 사용된 가장 중요한 예문, 즉 가장 기본적인 용례로서 이 경우에는 『모시(시경)』를 들고 있다. 원래의 전적을 일일이 읽지 않아도 이와 같은 사전의 다양한 예문으로 학습할 수 있고 그 학습이 축적되어 간다. 이것을 표현하기에 적합한 말이 '교양'이다.

이렇게 해서 각 지역의 고유어로 한자·한문을 학습해 가는데, 그것을 통해 축적되는 교양은 공통된 것이다. 그것이 동아시아 전체에 공통성을 부여한다. 그러한 동아시아 공통의 '교양의 기반' 위에 있는 것이 바로 한자세계이다. 에도시대에 조선통신사와 일본인 사이에 말이 통하지 않아 한문을 써서 주고받았다는 사실은 잘 알려져 있다. 그것이 가능했던 것은 교양의 기반이 공유되어 있었고, 공통의 문장어로서 한문이 공유되어 있었기 때문이다.

각 지역의 고유 언어로 한자·한문을 학습하였기 때문에, 각 지역의 고유성을 가지면서도 한자세계가 만드는 교양을 기반으로 그 세계를 서로 공유하고 있었던 것이다. 이것을 도식화 해보면, 〈도판_7〉과 같다. 이 도판은 일본에 있어서 교양의 기반을 나타낸 것인데, 한국이나 베트남도 동일하다고 할 수 있다.

4. 고유성의 발견

1) 국민국가의 제도와 언어의 고유성

그러한 한자세계의 기반 위에서 비로소 언어와 문명의 고유성을 발견하게 된다고 이해해야 할 것이다. 일본열도에 입각해서 생각해 보자. 노래(와카)를 원래 있었던 것(고유의 것)이라고 그 고유성을 인정하는 것은 그 노래를 한자로 표기해 나가는 과정에서 이루어진다. 즉 고유성을 찾아내는 것(발견하는 것)도 한자세계에 있어서 가능했다고 할 수 있다. 언어의 고유성을 국민적 일체성의 자명한 전제로 하는 것은 근대국가의 제도였다. 메이지시대에 성립된 대표적인 문학사인 하가야이치芳賀矢一, 『国文学史十講』(초판 1899년, 인용은 1927년 판에 의함)에 다음과 같이 기술되어 있다.

우리나라는 태고부터 건국 후 수천 년 동안 조금도 외국의 침략을 받은 적이 없는 만세일계의 천황 폐하를 받들어, 천고불역(영원불변)의 국어를 사용하여 왔습니다. 한학이나 불교가 들어와 한어 불교어가 섞이거나 문법상의 구조가 다소 변하였지만 이는 시대의 변천에 의한 것으로서 자연스러운 일입니다. 일본어는 어디까지나 일본어입니다. 이렇게 수천 년 이래 대대로 전해져 온 일본어를 말하고, 그 일본어로 기록한 문학이 오늘날 우리들 손에 남겨져 있다는 것은 대단히 소중하고 행복한 일입니다.

요컨대 국가의 시원부터 변함없이 '일본어'로 살아오던 가운데 탄생한 것이 '국민의 사상·감정의 변천을 나타낸 문학사'이며, 그렇게 보는 것이 필요하고 중요하다는 것이다. '국민'의 일체성이 고유 언어(일본어)에 의해 유지되어 왔다고 하는 관념에 입각하여 '일본'이라고 하는 틀은 담보되고 있는 것이다. 즉 고유의 언어를 전제로 하는 것이 '일본'이라고 하는 틀에 다름 아니었다.

그러나 이는 재고되어야만 한다. 구송의 세계에서 자신의 고유성을 찾을 수 있겠는가? 고유성은 자신의 것만으로는 존재하지 않는다. 타자와 관련됨으로써 존재할 수 있다. 한자세계, 즉 고유의 문명을 넘어선 확장된 세계에 이어짐으로써 그 보편성(일반성)에 대한 고유성이 발견되어진다고 보아야만 한다. 그리고 발견된 그 말은 한자에 의해 표현될 수밖에 없다. 하나의 한자세계(동아시아세계)의 각각의 지역에서 한자에 의해 자신들의 언어가 표현되어진다고 할 수 있다.

훈독에 의해 말을 만들어내면서 읽고 쓰는 공간을 성립시켰을 때에 비로소 고유의 말에 대한 자각이 생긴다. 그와 더불어 그 말에서, 본래 있던 것으로서의 자신을 발견하고, 그 말을 한자에 의해 표현해 낸다. 말을 만들어내면서라고 했는데, 훈독에 대해 분명히 해두어야 할 것은 훈독의 말은 생활의 말과 달리 만들어진 말이라는 점이다. 즉 훈독하는 것이 읽고 쓰기를 하기 위한 말을 만들어내는 것이었다고 할 수 있다. 근대의 번역문체에 대해 생각해보면 이해하기 쉽다. 단 고대는 원래 읽고 쓰기라는 것이 없고 한문을 번역해 읽는 역독이어서, 그것이 바로 쓰는 말(문장어)의 형태 그 자체를 새롭게 만드는 행위였다. 한문에 맞추어 읽는 것이 그대로 표현의 형태, 즉 쓰는 말(문장어)이 되어가, 현실 생활 속에서 이야기되는 생활 언어와는 다른 말을 만들어낸다.

자신들의 말 위에 대응하는 한자를 올려놓아 가면서 그 한자에 익숙해지면, 자연스럽게 일자일음一字一音(한자의 한 글자로 일본어의 한 음절을 나타내는 방식)으로 말을 쓰거나, 가나와 훈자訓字를 섞어 사용하며 'と[to]' 등과 같은 조사를 가나로 표기하기도 하는 것이 바로 가능했을 것이라 생각하기 쉽다. 그러나 그렇지 않다. 일자일음으로 쓰면 말을 그대로 옮겨서 쓸 수 있다고 생각하기 쉬운데, 앞서 이야기하였듯이 한 자씩 히라가나를 배웠더라도 문장은 쓸 수 없는 것과 같다. 그 점은 잘 알려진 쇼소인 가나문서正倉院仮名文書를 통해 알 수 있다. 그 편지의 형태 자체는 물론 그곳에 사용된 말이나 표현도 한문을 읽음으로써 만들어낸 것에 의거하고 있음을 확인할 수 있다. 그러한 한문 읽기가 없었다면 쓰는 것은 불가능했다.

일반화해서 말하자면, 생활의 언어를 그대로 옮겨서 문자로 쓰는 것이 아니라, 훈독을 통해서 만들어진 형태와 말의 위에 문자로 쓰는 것이다. 예를 들자면, 『고사기古事記』의 기사 중에 계보를 기록하는 표현으로 '남자는 처를 맞이하고男は娶', '여자는 아이를 낳고女は生子' 라는 형태로 된 문장이 있는데, 이는 『고사기』의 표현의 정형이다. 그런데 이러한 남성적 원리의 결혼 표현은 남성이 여성의 집으로 가는 당시의 통혼 풍습에는 맞지 않다. 즉 그런 남성적 원리의 표현은 있을 수 없다. '처를 맞이하다(메토루/ メトル / 娶る)'라는 훈독에 의해 만들어진 결혼의 표현이며, 이와 더불어 남성적 원리의 계보적 관계 만들기 그 자체가 훈독에 의해 얻어진 것이다. 그것은 원래 '있었던 것·전해진 것'처럼 쓰여 있으나, 원래 있었던 것이 아니라 텍스트에서 만들어진 것이다. 모노가타리物語 문학에 대해서도 같은 관점이 필요하다.

2) '노래(와카)'의 발견

다시 한 번 고유의 문명성은 한자에 의해 발견되는 것이라고 분명히 하겠다. 예를 들면 일본의 경우 노래(와카)를 통해 확인할 수 있다.

7세기 말에는 노래를 기록한 것으로 보이는 목간이 나타나는데, 그 목간들은 일자일음一字一音식으로 노래를 표기하고 있다. 7세기 말 단계의 목간은 실용적인 문자의 세계를 실제로 보여주고 있지만(〈도판 _8〉), 거기에는 한문이라는 문장이 아니라 생활어의 음을 옮겨 '쓰는' 것이 널리 퍼져 있어 다양한 쓰기법이 병존하고 있었음을 알게 한다. 그 중에서 노래는 가나仮名로 쓰는 것을 선택하였다고 볼 수 있다. 그것은 개개의 노래가 지어지는 현장(상황)과 관련되는 문제이다.

그 선택에 작용한 것은 무엇인가. 거기에는 명확히 의식적인 것이 있었다고 인정된다. 노래는 의미를 아는 것만으로 끝나는 것이 아니다. 노래의 표현은 '은は'인가 '가が'인가 하는 그 조사 하나로 다른 것이 되어버리기 때문에, 노래는 세부까지 정확하게 읽히도록 써져야만 한

다. 일자일음식 쓰기의 선택에는 이와 같이 노래는 단지 하나의 읽기로 읽혀져야 한다는 자각이 있었다고 할 수 있다.

훈독을 거쳐 고유의 말에 대한 자각이 생기고, 노래는 말을 그대로 재현해야만 하는 것이라고 의식하게 된다. 단지 노래가 있어서 그렇게 썼다는 것이 아니라, 그러한 쓰기법의 선택에 고유성에 대한 자각이 내포되어 있었음에 주의해야 한다. 그것은 '발견'이라고 함이 어울리겠다. 여하튼 일자 일음식 쓰기는 일반적인 것이 아니었다. 그 쓰기 법에 의해 이것이 노래라는 것을 외형적으로 표시標示하고 있었다는 점도 주목해야 한다.

그 노래의 발견 위에서 아이덴티티의 구축—노래를 고유의 문화로서 계승해 왔다는 역사적 확신을 구축하는 것—으로 나아간 결과가 『만요슈万葉集』라고 할 수 있다. 『만요슈』는 20권에 의해 노래의 세계를 구성한다(고노시 다카미츠神野志隆光,『만요슈를 어떻게 읽을 것인가万葉集をどう読むか』, 東京大学出版会, 2013 참조). 그러나 그것은 텍스트에 의해서 만들어진 것이며, 현실의 노래 세계와는 다르다. 그러한 점을 아래와 같이 도식화할 수 있다.

『만요슈』가 구성하는 노래의 세계

위상이 부여된 노래, 가인

───────────────────

(현실의 노래 세계)

(있었던 노래, 가인)

노래가 문자 이전의 구송 세계에 원래부터 있어서 그 누적된 것을 자료로 하여『만요슈』가 성립되었다고 하면 이해하기 쉬울지도 모른 다. 실제로 지금까지 그렇게 생각해 왔고, 현재도 많은 사람들이 그렇 게 생각하고 있다. 그러나 그것은 논리적으로 예정조화적予定調和的인 순환론循環論에 지나지 않고 그렇게 생각하고 싶다고 하는 것에 지나지 않는다.『만요슈』에 있어서 보아야만 할 것은 원래부터 있었다고 텍스 트에 의해 위상이 부여된(만들어진, 발견되어진) 노래의 세계이다. 그것을 그대로 현실의 노래 세계라고 파악하여, 고유의 것으로서 본래 있었다 고 하며 그 노래를 자명한 출발점으로 삼아왔던 것은 아닌가 하고 되돌 아보아야 한다. 즉 원래 고유의 것이 있어서 그것이 발전해왔다는 식 으로 '일본문학사'를 생각해 왔던 관점을 비판적으로 되돌아보아야 한 다는 것이다.

오해할 수도 있어서 덧붙여 두는데, 구송 세계에 노래 같은 것이 없었 다고 하는 것이 아니다. 그 노래를 발견하고 나타내는 것이 어떻게 가능 했는가를 생각해 보자는 것이다. 구송 세계의 노래가 있었음은 자명하 다고 말해버리고 끝날 문제가 아니다. 그곳에 살아 있었다고 스스로를 자리매김하는 것(=예부터 노래를 고유의 문화로서 계승해 왔다고 확신하는 것) 은 자기확증自己確証의 영위(아이덴티티의 구축)에 다름 아니다. 그러한 영 위(구축)를 통해, 오럴 언어(구어)의 세계 안에서 '듣는聞く' 것으로써 세계 를 회수하는(다스리는) 천황이 발견되고(神野志隆光,『복수의「고대」複数の「古 代」』, 講談社現代新書, 2007 참조), 노래(와카)가 자신들의 문학세계가 되었 다. 그렇게 만들고(위상을 부여하고) 명확한 형태를 부여한 것이 한자 텍 스트로서의『고사기』이고『만요슈』였다. 한자 텍스트를 통해 만들어진 것이며, 본래 있었다고 하는 것과 다른 것이다. 『만요슈』는 있었던 노래를 모아놓은 것이 아니라, 한자에 의해 그렇게 노래의 세계를 만들어낸 텍스트라고 그 본질을 이해해야 한다. 문학사는 그런 시점으로부터 시작되며, 문학사의 출발은 바로 이러한 한자의 세계에 있다고 할 수 있다.

5. 나가며

고유의 언어를 가지고 살아왔고 그 안에서 문자 이전의 전승세계가 존재해 왔다고 생각하는 것이 한국에서도 일본에서도 문학사의 일반적 인식이다. 그러나 고대문학은 구송을 바탕으로 하는 것이 아니라, 구송 세계를 원래 있었던 세계로서 나타낸 것이라고 할 수 있다. 구송이나 전승 세계에서 시원을 추구하려는 여러 가지 논의는 문자로 남겨져 있는 텍스트를 역으로 투영한 것에 지나지 않는다. 원래 문자텍스트로부터 구송 세계를 들여다보려는 것―그것 밖에 없다―은 논리적으로 잘못되었다고 해야 한다.

이렇게 우리들은 자신들의 언어나 문명의 고유성을 자명한 전제로 하며 시작할 것이 아니라, 한자세계에서 살고 있었다는 관점에 서서 시작해야만 한다고 주장하는 바이다. 그렇게 하지 않으면, 고유의 언어와 고유의 문명을 바탕에 두고 생각하려는 관점은 고정화된 채 계속 살아남게 된다. 처음에 인용한 이성시 『동아시아문화권의 형성』은 '지금

동아시아문화권의 형성을 이야기하는 것이 과연 어떠한 의미를 가지
는가를 생각하지 않는 "동아시아문화권의 형성" 따위는 있을 수 없다'
라고 결론짓고 있다. '동아시아문화권'이라는 문제 제기가 1950년대의
국가·민족의 독립을 추구하는 실천적·정치적 과제와 관련되어 있었
던 사실을 되돌아보면서, '동아시아세계'라는 문제설정에 대한 자각의
의미를 묻는 말이다.

　본 필자는 '한자세계로서의 동아시아'라고 하는 문제설정에 입각해
보는 것이 필요하다고 주장한다. 그리고 현재 우리들을 속박하는 '근
대국민국가가 만들어낸 제도로서의 가치관·아이덴티티(고유의 언어,
문화를 전제로 한다)'로부터 탈피해야만 한다고 하는 점도 분명히 하고자
한다.

要旨

漢字世界における文学史の出発

神野志隆光

　固有のことばをもって生きてきたのであり、そのなかで文字以前に伝承世界があったと考えることが、日本でも韓国でも、文学史の一般的認識となっている。しかし、古代文学は、口誦をもとにするのではなく、口誦の世界をあったものとしてあらわしだしたのだというべきである。口誦や伝承の世界にはじまりをもとめたあれこれの論議は、文字テキストを投影したにすぎない。そもそも、文字テキストから口誦の世界をうかがうというやりかた－それしかない－は筋違いというべきである。

　こうして、わたしたちは、自分たちの言語や文明の固有性を自明の前提としてはじめるのではなく、漢字世界のなかに生きていたということにたってはじめるべきだと言いたいのである。そうしなければ、固有の言語と固有の文明をもとに考えることは、刷り込まれたまま生きつづけるであろう。はじめにあげた李成市『東アジア文化圏の形成』は、「いま東アジア文化圏の形成を語ることがいったいどのような意味をもつのか、を考えない「東アジア文化圏の形成」などありえないのである」と結ばれている。「東アジア文化圏」という提起が、1950年代の、国家・民族の独立をもとめる実践的政治的課題にかかわっていたことをふりかえりながら、「東アジア世界」という問題設定にたつことの自覚を問うたことばである。

　わたしは、漢字世界としての東アジアという問題設定にたつことが必要だといいたい。そして、現在のわたしたちを束縛する、近代国民国家が作りあげた制度としての価値観・アイデンティティー（固有の言語、文化を前提とする）から脱皮するべきだということもいいたいのである

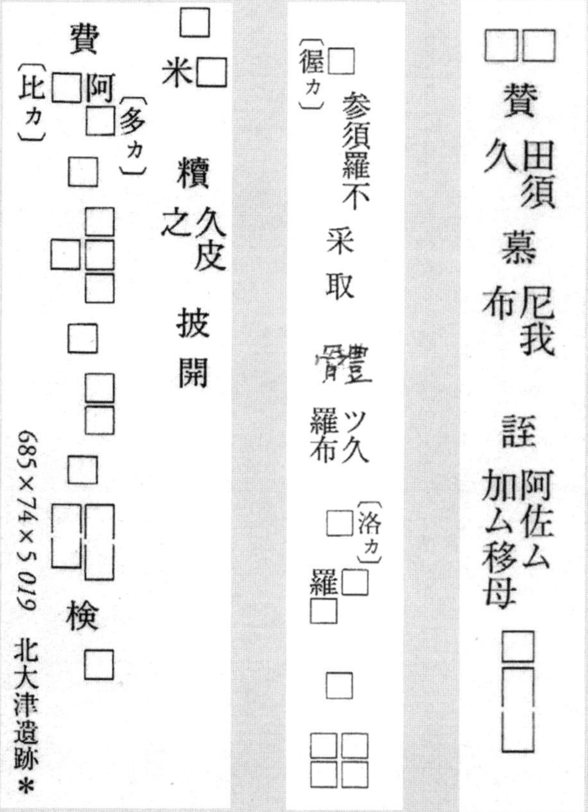

〈도판_1〉 기타오쓰北大津 유적 출토 목간 7세기 후반

도록 『아스카자료관 35년 목간 여명—아스카에 모인 옛날의 문자들』, 2010.

その『千字文』の読み方には伝統的に独特の方法があり、たとえば第一句の「天地玄黄」は、「하늘 天(천) 따 地(지) 감을 玄(현) 누를 黃(황)」のように読む。うち漢字の前の「하늘(ハヌル)・따(タ)・감을(カムル)・누를(ヌルル)」は、それぞれの漢字の韓国語の意味、漢字の後の（　）に入れた「천(チョン)・지(ジ)・현(ヒョン)・황(ファン)」は、漢字の発音で、

ウイグル

ウイグルでも漢字の学習には『千字文』が用いられたようであるが、その際、日本の文選読みや韓国での読み方のように、ウイグル漢字音による音読みとウイグル語の訓読みが対比され、次のように読まれた。

yun(雲) tiŋ(騰) ču(致す) yu(雨)／雲がのぼった、雨がふった。
lu(露) ker(結) vi(為) so(霜)／露がおりた、霜が凍った。

「＼」より上がウイグル漢字音による音読み、下はそのウイグル語訳を日本語に改めたものであり、「霜と為る」を「霜が凍った」とするなど、かなり意訳している。

〈도판_2〉

ⓑ　　　　　　　　　　　　　　ⓐ

〈도판_2〉(ⓐ, ⓑ), 〈도판_3〉은 김문경, 『한자와 동아시아』, 2010.

ⓐ 한국

그 『천자문』의 읽기는 전통적으로 독특한 방법이 있었는데, 예를 들자면 제1구의 '천지현황'은 '하늘天(천) 따地(지) 감을玄(현) 누를黃(황)'과 같이 읽는다. 이 중에서 한자 앞의 '하늘·따·감을·누를'은 각각 한자의 한국어 의미이고, 한자 다음의 괄호에 넣은 '천·지·현·황'은 한자의 발음이다.

ⓑ 위구르

『천자문』이 이용되는데, 그 때에 일본의 문선文選 읽기나 한국의 한자 읽기와 같이, 위구르 한자음에 의한 음독과 위구르어의 훈독이 대비되어, 다음과 같이 읽혔다.

yun(雲 구름) *tiŋ*(騰 오르다) *ću*(致す 입니다) *yu*(雨 비) / 구름이 피어 올랐다, 비가 내렸다.

lu(露 이슬) *ker*(結 맺히다) *vi*(爲 되다) *šo*(霜 서리) / 이슬이 내렸다, 서리가 얼었다.

「 / 」의 왼쪽이 위구르 한자음에 의한 음독, 오른쪽이 그 위구르 어역을 일본어로 바꾼 것으로, '霜と爲る(서리가 되다)'를 '서리가 얼다'라는 등 상당히 의역하고 있다.

〈부록_3〉 우노 히가시야마宇野東山『모시국자변』

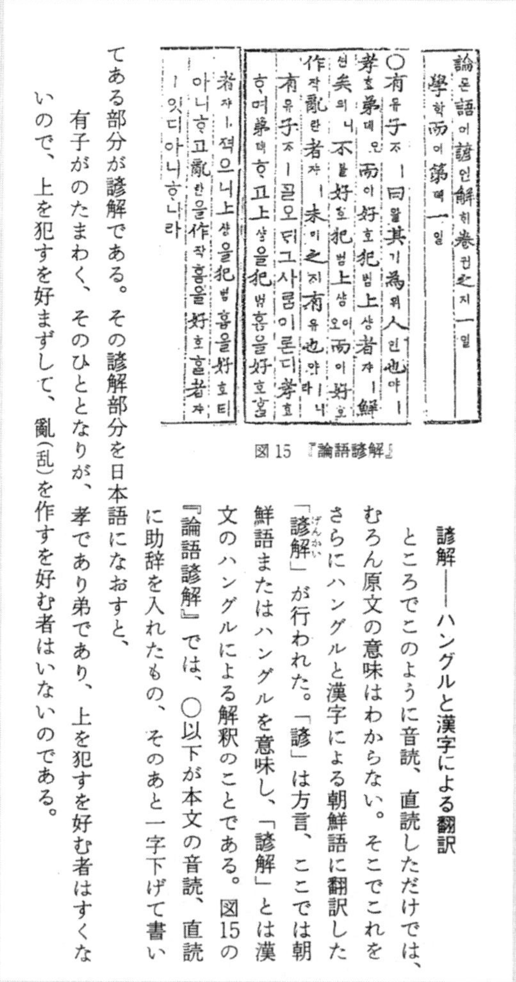

諺解——ハングルと漢字による翻訳

ところでこのように音読、直読しただけでは、むろん原文の意味はわからない。そこでこれをさらにハングルと漢字による朝鮮語に翻訳した「諺解」が行われた。「諺」は方言、ここでは朝鮮語またはハングルを意味し、「諺解」とは漢文のハングルによる解釈のことである。図15の『論語諺解』では、○以下が本文の音読、直読に助辞を入れたもの、そのあと一字下げて書いてある部分が諺解である。その諺解部分を日本語になおすと、

有子がのたまわく、そのひととなりが、孝であり弟であり、上を犯すを好む者はすくないので、上を犯すを好まずして、亂〔乱〕を作すを好む者はいないのである。

図15 『論語諺解』

〈도판_3〉「언해」

언해−한글과 한자에 의한 번역

그런데 이와 같이 음독·직독만 해서는 원문의 의미는 알 수 없다. 그래서 이것을 다시 한글과 한자에 의한 한국어로 번역한「언해」가 이루어졌다.

「언」은 방언, 여기서는 한국어 또는 한글을 의미하고, 「언해」란 한문을 한글로 해석한 것을 말한다. 〈도판_3〉의 『논어언해』에서는 ◯이하가 본문의 음독·직독에 조사助辭를 넣은 것, 그 이후 한 글자 내려서 쓰여 있는 부분이 언해이다. 이 언해 부분을 번역해 보면, 유자有子가 말씀하시기를 그 사람 됨됨이가 효성스럽고 공손하며 윗사람에게 잘못을 저지르지 않으니, 윗사람을 함부로 거스르지 않으며, 난을 일으키기 좋아하는 자는 없다.

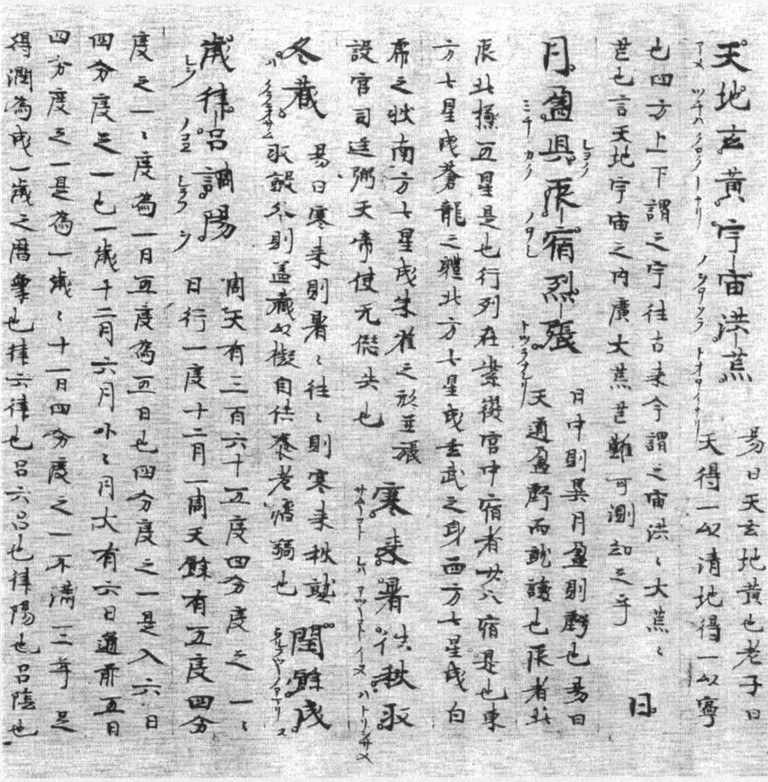
易曰天玄地黃也老子曰
天地玄黃宇宙洪荒 天得一以清地得一以寧
也四方上下謂之宇往古來今謂之宙洪々大荒々
遠也言天地宇宙之內廣大荒遠難可測知之辛 日
日月盈昃辰宿列張 日中則昃月盈則虧也易曰
天道盈虧而就謙也辰者北
辰北極五星是也行列在紫微宮中宿者廿八宿是也東
方七星成蒼龍之體北方七星成玄武之身西方七星成白
虎之狀南方七星成朱雀之形並張
設官司造酬天帝使无傾失也 寒來暑往秋收
冬藏 易曰寒來則暑々往則寒來秋收
而藏冬則蓋藏以擬自往來者循環也 閏餘成
歲律呂調陽 周天有三百六十五度四分度之一々
度之一日行一度十二月一周天餘有五度四分
四分度之一也一歲十二月六月小々月欠有六日通前五日
四分度之一是爲一歲々十一日四分度之一不滿三年是
得潤爲成一歲之閏象也律六律也呂六呂也律陽也呂陰也

〈도판_4〉 우에노본上野本, 『주천자문注千字文』

구로다 아키라黒田彰 외, 『우에노본 주천자문 주해』, 1989.

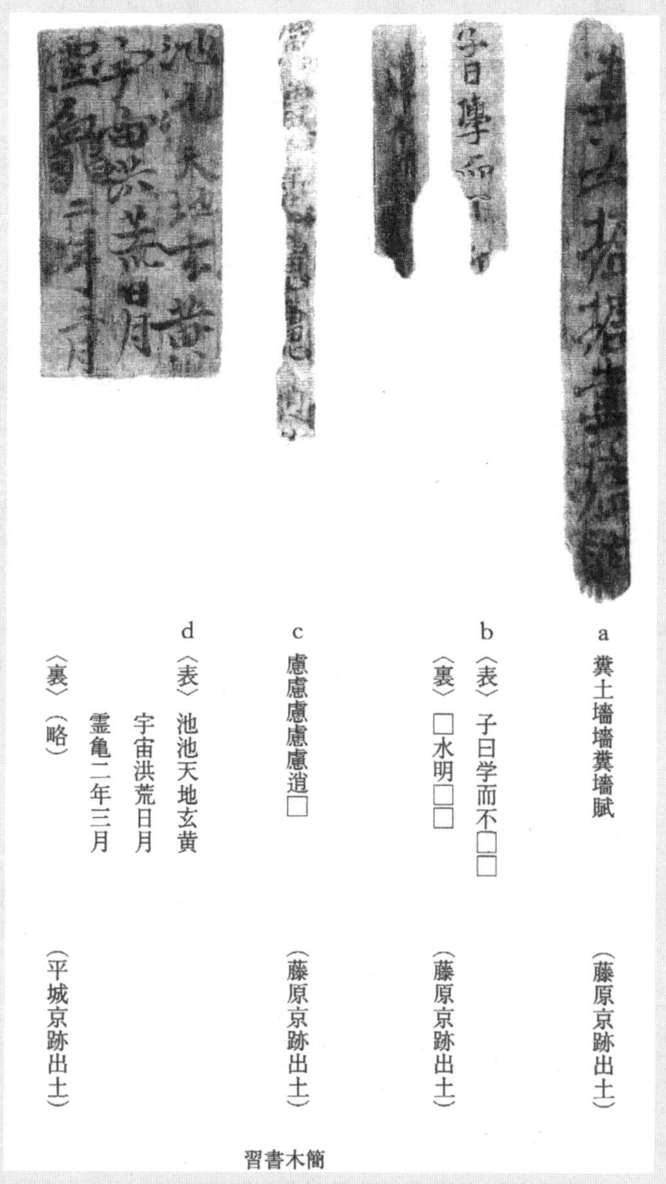

〈도판_5〉 습서 목간

도쿄대학東京大学 교양학부教養学部 국문·한문학부회편国文漢文学部会編, 『고전일본어의 세계古典日本語の世界』, 2007.

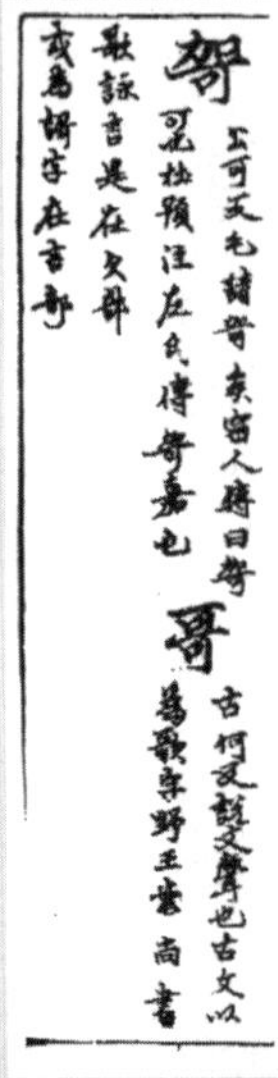

〈도판_6〉 원본계 『옥편』

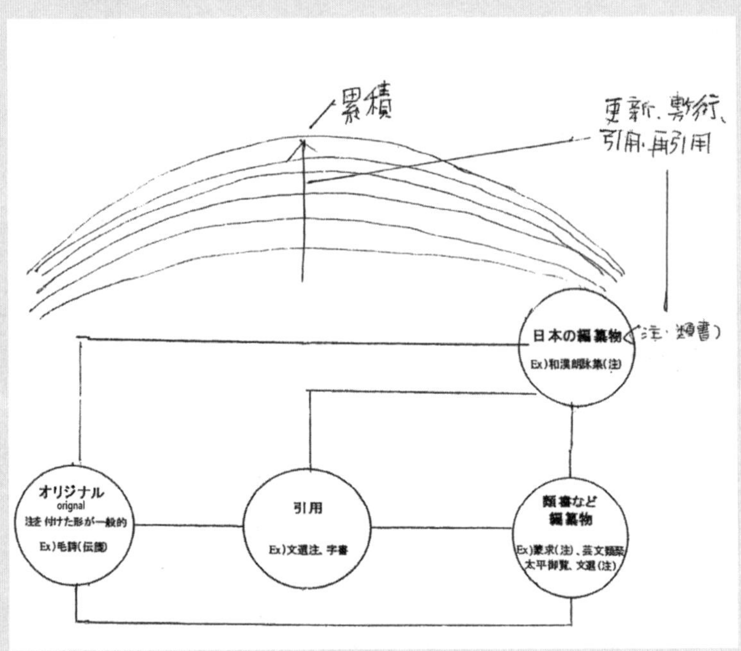

〈도판_7〉 '교양의 기반' 도식

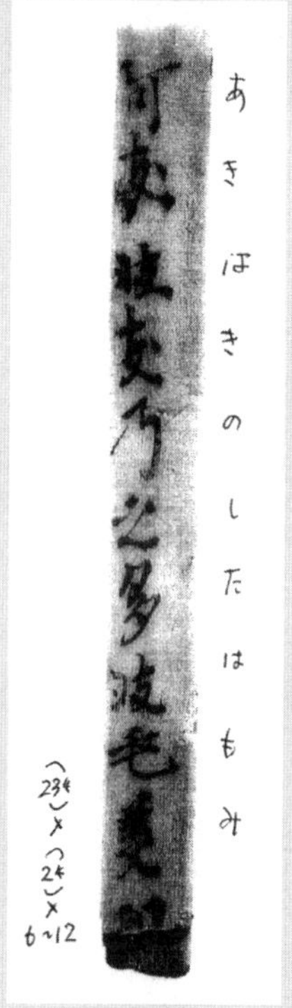

〈도판_8〉

a	b

시가현滋賀県 미야마치宮町 유적 출토(시가라키궁 유적) 목간 복원(犬飼隆,『木簡から探る和歌の起源』, 笠間書院, 2008)

교토부京都府 바바미나미馬場南 유적 출토 목간(栄原永遠男,『万葉歌木簡を追う』, 和泉書院, 2011)

a. 難波津に咲くやこの花冬ごもり今を春べと咲くやこの花

나니와쓰에 이 꽃이 피었구나 겨울 동안은 잠자고 있던 꽃이 이제 봄이라며 피었네

安積山影さへ見ゆる山の井の浅き心を わが思はなくに

아사카산의 그림자도 보이는 그 우물처럼 얕은 맘으로 당신 생각지 않았는데

b. あきはきのしたはもみ

(싸리꽃 아래는 단풍)

번역 : 박일호

한국 전통사회에서 통용된 자학서류字學書類

『천자문』 및 그 개작본 텍스트들의 성립과정

임형택

1. 들어가며

졸고는 지난 2012년 11월 29일에 동경대東京大 구장駒場 캠퍼스에서 발표했던 것이다. '동아시아 고전학의 실천적 심화—국제연계에 의한 연구와 교육'이란 학술기획의 일환이었다. 고노시神野志 선생의 초빙으로 이루어진바 당시 작성했던 보고문을 지금 이 『동아시아 고전학과 한자세계』라는 제목의 책자에 수록하려 한다. 나 자신 그 자리가 뜻깊었고 보람도 느껴졌기에, 하나의 기록으로 남겨두려는 것이다. 우선 고노시 선생으로부터 받았던 초청장에 대한 나의 답신을 소개한다.

한국에서 역사적으로 동아시아 普遍文語였던 한문의 기초학습이 어떻게 이루어졌을까 하는 주제는 흥미롭고 중요한 사안이라고 생각해왔습니다. 더구나 이 사안을 동아시아적 차원에서 살피고 논하는 일은 더욱 의미를 갖는다고 봅니다. 저 자신 이렇게 사고하면서도 구체적으로 조사, 연구하는 작업을 수행하지 못했습니다. 다만 천자문류 및 字學書類 들을 수집했는데, 그것도 체계적이지 못했고 눈에 뜨이는 대로 수습해둔 정도입니다. 저로서는 이 자료들을 정리해볼 수 있는 좋은 기회이기도 합니다.

그러나 유감스럽게도 여러 가지 예정된 일거리에 쫓겨야 하는 형편이기 때문에 시간을 갖고 본격적으로 정리해서 논문을 쓰는 단계로 가기는 어렵습니다. 이점 미리 양해를 구합니다. 저로서는 초빙해주시는 자리가 뜻깊고 영광스런 것으로 여기고 있습니다.

위에서도 "본격적으로 정리해서 논문을 쓰는 단계로 가기는 어렵다"고 고백했는데 지금 이 졸고 역시 약간 손질하는데 그쳤다. 역시 연구를 본격적으로 수행하지 못한 탓이지만, 실제로 본격적인 연구를 하자면 그 결과는 상당히 방만한 내용이 될 것이다. 나의 현실적 여건이 여전히 자료소개로 그칠 수밖에 없다. 한자문화권에 속했던 한국의 문화적 풍토에서 오랜 시일에 걸쳐 형성된 이들 전적을 소개하는 자체가 뜻있는 일로 여겨진다. 대상 자료는 가전家傳의 책 몇 종을 포함해서 필자가 수집, 간직한 것들이 주를 이룬다. 그리고 국내외 도서관 소장서 및 개인소장서의 복사본들이 들어 있다. 번거로움을 무릅쓰고 일괄해서 각기 실물사진을 제시한바 독자들에게 시각적 인상이 남도록 배려한 것임이 물론이다.

2. 한자의 세계와 『천자문』

한자·한문을 보편적으로 사용하는 경우 한자를 가르치는 일은 걸음마단계에서 필수 과정이 되지 않을 수 없었다.

동아시아 전근대에 형성되었던 '한자문화권', 즉 '한문 세계'에 있어서는 특히 『천자문』이 이른 시기부터 초학교재로 두루 통용되었을 것으로 추정된다.

한국의 경우 『천자문』이 언제 들어와서 통용되었는지 확인된 바 없다. 문헌에 의해서 확증되는 것은 13세기 고려 말 이후[1]지만, 훨씬 올라가서 아마도 한자가 표기수단으로 이용되는 단계로까지 소급될 것이다.

이 대목에서 『논어』와 『천자문』을 가지고 일본열도로 들어갔다는 왕인王仁이란 존재에 대해 언급해 둘 필요를 느낀다. 왕인은 주지하다시피 일본측 사서에 백제 도래인百濟渡來人으로 등장하는 인물이다. 한국측 사서에는 대개 18세기로 가서부터야 왕인에 대한 언급이 보이는 바 이들은 예외 없이 일본에서 유입된 것이다. 그가 일본 땅을 밟은 시점은 기록에 의하면 4세기 무렵이 되는데 주흥사周興嗣의 『천자문』이 나오기 전이다. 그가 가지고 간 『천자문』은 어떤 것이었을까? 왕인이 휴대했던 『천자문』은 주흥사 『천자문』이 아니고 다른 어떤 『천자문』이

---

1 『高麗史』에는 충목왕이 『천자문』을 학습한 사실이 나오며(卷125, 列傳 제38, 奸臣1), 李穀의 『稼亭集』에는 姓名과 鄕貫을 『천자문』의 글자로 記標하는 일(卷12 張10 「韓公行狀」)이 언급되어 있다. 사람들의 성명과 향관을 기표하는 일이 어떤 식인지 잘 알 수 없으나, 예전에 地番을 『천자문』의 글자로 부여했던 것과 같은 방식이 아닌가 한다. 특히 사람이나 토지를 파악하는데 이미 『천자문』의 글자를 이용한 것으로 미루어 『천자문』이 얼마나 일반화되었던가를 짐작할 수 있다.

었다는 견해도 제출되었다. 그런데 『천자문』을 지은 것은 주흥사가 아니며, 한대漢代에 이미 존재했다는 설도 있다. 서유구徐有榘는 『누판고鏤板考』에서 『천자문』의 책판을 소개하면서 송宋의 유극장劉克莊이 "『구각舊刻의 법첩法帖에서 한漢 장제章帝가 이미 이 글(『천자문』, 인용자)을 쓴 것을 보았다"는 말을 인용하여, 주흥사가 지었다는 설에 의문을 표했던 것이다.

일본 땅으로 건너갔다는 왕인의 존재와 역할은 지금 실증적으로 따지자면 이런저런 의문점이 꼬리를 물고 일어나지 않을 수 없다. 하지만 강호江戶시대의 대학자 오규 소라이荻生徂徠가 "옛날 상고에 있어서 우리 동방의 나라(일본을 가리킴, 인용자)는 몽매하여 지각이 열리지 않았는데 왕인 씨가 있어 백성들이 비로소 글자를 알게 되었다"[2]고 평가한 대로 그 존재가 내포한 문화사적 의미는 주목할 필요가 충분히 있는 것 같다. 말하자면 왕인은 일본이 '한문 세계'에 동참하게 되는 표상인 셈이다. '천자문'은 이를 상징하는 문화적 기호로 보아도 좋을 것이다. 물론 '천자문'이 갖는 의미는 일본 열도에 국한된 것이 아니다. 요컨대 '한문 세계'에서 초학교재로 국경을 넘어 통용되었던 『천자문』은 하나의 문화적 상징물이다.

---

2   荻生徂徠, 『徂徠集』, "昔在邃古東方之國, 泯泯乎罔知覺, 有王仁氏而後民始識字"(『海東繹史』 권67에서 재인용).

3. 이조 전기에 간행된 『천자문』, 기타 자학서들

한국의 입장에서 왕인王仁이란 존재를 들어 삼국시대로 와서는 『천자문』이 통용되었다고 말할 수 있을 것 같다. 하지만, 이를 증거력을 갖는 것으로 단정하기는 어렵다고 본다. 『천자문』을 들고 일본으로 건너갔다는 일을 실증적으로 따지면 여러모로 모호한 점이 있다. 그래서 개별적 사실의 차원으로 이해하지 않고 일종의 '문화적 기호'로 간주한 것이다. 한반도를 두고 말하자면 굳이 왕인이란 존재와 『천자문』을 거론하지 않더라도 당시 문화적 상태로 미루어 자학서류의 존재 가능성은 충분히 유추해볼 수 있다.

고구려·백제·신라의 세 나라가 서로 시차와 수준차가 있긴 했지만 한자문화가 유입, 한자가 표기수단으로 쓰이고 한문이 문학어文學語로 차츰 확장된 한편, 신라에서 확인이 되듯이 향찰鄕札과 이두吏讀를 만들어 사용했다. 역사서와 금석문이 분명히 증언하는 사실이다. 그런 만큼 한자를 학습하는 기초교재로서 『천자문』 같은 학습서가 도입되었을 터이며, 그런 자학서류의 중요도는 계속 높아졌을 것으로 추정된다. 다만 구체적 정황은 현재로서는 파악하기 어려운 형편이다. 『천자문』이란 책의 실물은 조선왕조로 내려와서 비로소 확인되고 있다.

한국역사에서 유학을 뚜렷이 국교로 정하고 숭문주의崇文主義로 나간 시대는 조선왕조 5백년이다. 이 국가의 성격에 대해 잠깐 거론하고자 한다.

이조국가는 독서교양을 쌓아 정치에 종사하는 사대부가 세운 나라요, 사대부가 중심이 된 사회였다. 사대부 세력이 고려를 역성혁명易姓

革命으로 밀어내고 신왕조를 세워 초창기를 지나 수성기로 들어간 세종에서 성종에 이르는 기간(15세기 중후반)은 역사상 최상의 융흥기로 손꼽힌다. 당시 일본에 사신으로 다녀와서 『해동제국기海東諸國記』를 저술한 신숙주는 "우리의 문명을 한강 유역에 열었도다"[3]라고 그 시대를 예찬한 바 있다. 조선왕조 국가가 수도를 한강 하류의 북쪽, 지금의 서울에 수도를 정하면서 도달한 성과를 '한강의 문명'으로 인식한 것이다.

15세기 '한강의 문명'이라면 과연 어떤 성격을 띤 것이었을까? 필자가 주장해온 지론이지만, '문의 문명'으로 성격을 파악하는 것이 적절하다고 본다. 요컨대 동아시아세계-한자문화권에 있어서 문명개념의 핵심은 '문'이다. 곧 '문의 문명'이 동아시아적 특성이다. 조선왕조는 초창기인 15세기에 이르러 '문의 문명'이 정점에 도달했던 것이다. 당시에 국력이 크게 신장했고 과학기술에 있어서도 놀라운 발전을 이룩했다. 역시 文이 핵심이었다. 이 시기를 특징짓는 문화적 성과로서 두 가지를 들자면 『동문선』과 훈민정음을 손꼽을 수 있다. 『동문선』은 한반도에서 산생된 역대의 한문학유산을 집대성한 책인데 그 편자가 중국의 『문선文選』에 비견해서 『동문선』이라고 이름 붙인 것이었다. 훈민정음은 지금 '한글'이라고 일컬어지는 자국어를 표기하는 문자체계이다. 따라서 『동문선』과 훈민정음은 상반되는 것처럼 비치기도 한다. 기실은 훈민정음을 제정한 근본취지가 '한자·한문의 세계'로부터 이탈을 의도한 것이 아니며, 요는 자국고유의 구어口語와 보편적인 문어文語 사이의 모순으로 야기된 문제점을 해결하자는 데 있었다.

3　申叔舟, 「和御製詩韻」, 『保閑齋集』 권4, "開我文明漢水陽."

한자와 한글은 이조사회에 있어서는 흔히 생각하듯 상호배타적이 아니었다. 양자는 상보적인 관계로 공존 병행하는 형국이었다. 한자와 한문을 학습하는데 있어서도 한글이 유용한 수단으로 활용되었던 것은 객관적인 사실이었다. 훈민정음이 창제된 이후로는 대부분 한자의 음^音과 훈^訓의 표시, 현토^{懸吐}와 언해^{諺解}에 있어서도 대부분 한글로 시행된 것이다.

한글과 한자라는 이질적인 두 문자체계가 공존·병행의 관계를 이루어 왔지만, 어디까지나 한문의 주류적·지배적 위상에서 공존체제를 형성한 것이었다. 말하자면 한자 한문은 남성성의 문화권력으로 군립했다. 이런 문화적 상황에서 필수기초의 교재로서『천자문』이 갖는 중요도는 말할 나위 없었다.『훈몽자회^{訓蒙字會}』의 저자 최세진은 이 책의 서문에서 "세상의 아이들에게 글을 배우도록 하는 집에서는 반드시 먼저『천자문』을 학습하도록 한 다음『유합^{類合}』을 가르치며, 그런 연후에 비로소 여러 서책을 읽힌다"[4]고 당시의 실정을 증언하고 있다.

1) 이조 전기에 발간된『천자문』

이조 전기(14세기 말~16세기 말)에 독본으로 통용된『천자문』의 실체로 현재 3종이 알려져 있다. 물론 그 시간대에 통행된『천자문』은 헤아리기 어려울 정도로 종류가 많았을 것이다. 소세양^{蘇世讓}(1486~1562)은「천자문발^{千字文跋}」이란 한편의 글을 남긴 바 최반^{崔潘}이란 인물이 자기 아들의 공부를 위해서 손수『천자문』을 쓰는데, 그 아들이 후일 이것을

4　崔世珍,「訓蒙字會引」,『訓蒙字會』, "臣竊見世之敎童幼學書之家, 必先『千字』, 次及『類合』然後, 始讀諸書矣."

승려의 손을 빌어 판각板刻, 인출印出에 붙인다는 것이었다.[5] 이 출판행위를 '교자敎子'와 '경부敬父'로서 의미부여를 하고 있지만, 결국 세상에 유포시키는데 목적이 있었다. 이 책은 유감스럽게도 현전하지 않는데, 이 기록을 통해 민간에서 『천자문』이 간행된 사실을 확인할 수 있다. 당시 서책의 출간이 대체로 그렇듯, 『천자문』 역시 관官 주도로 이루어졌다. 현전하는 것으로 3종이 알려져 있는바 모두 관판官版이다. 다음에 영상과 함께 간략히 소개해 둔다.

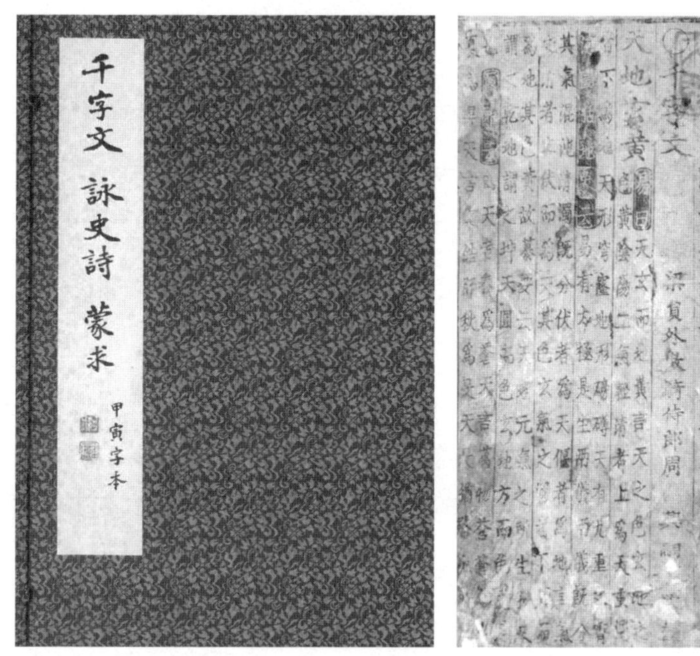

〈그림_1〉 甲寅字本 『千字文』 활자본 상·중·하 1冊, 內賜本

간행년대 : 15세기말~16세기 초에 간행된 것으로 추정됨.
내표제 : 新刊大字附音釋文三註
　上卷(24장)－『千字文』, 中卷(42장)－胡元質註 『詠史詩』, 下卷(52장)－李瀚註 『蒙求』

5　「千字文跋」, 『陽谷集』 卷14.

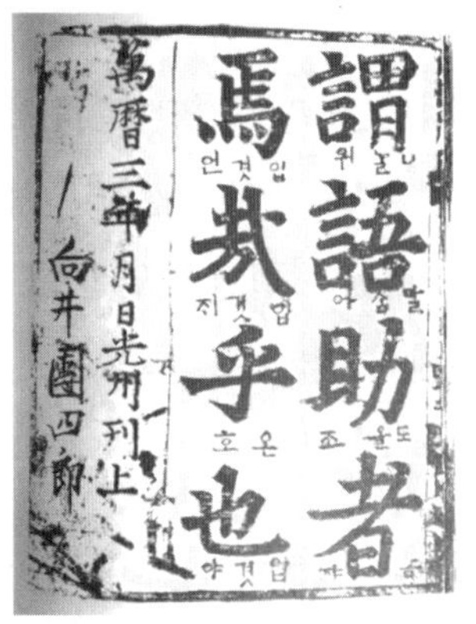

〈그림_2〉 光州版『千字文』木版本 1冊(42장)

간행년대 : 萬曆3年(1575) 光州刊上
*(日本)東京大 藏

〈그림_3〉 石峰『千字文』木版本 1冊(42장)

간행년대 : 萬曆11年(1587)
石峰 韓濩(1453~1605)가 왕명으로 글씨를 쓰고 왕명
으로 간행된 책.
*(日本)國立公文書館 藏
*광주판『천자문』과 석봉『천자문』 초간본은 동양학총
서 제3집으로 단국대 *東洋學研究所에서 함께 영인 간
행됨(1973년).

위 3종은 각기 중요한 의미를 지니고 있다. 갑인자본『천자문』은 현
전하는 가장 고본으로, 상세한 주석이 달려 있는 점이 특색이다. 본문
첫 장에 내사內賜 인장이 찍힌 점으로 미루어 교서관校書館에서 간행된
것임을 알 수 있다. 교재류에 속하는『몽구蒙求』와『영사시詠史詩』(이 2
종 역시 주석이 상세하다)가 한 책으로 묶여진 점도 매우 특이하다.

광주판『천자문』은 한글로 음音과 훈訓이 달린 최초의 것으로, 전라
도 광주 관아에서 간행된 책이다.

석봉『천자문』은 국왕 선조宣祖가 당대 명필 한석봉에게 쓰도록 명
해서 만들어진 책으로, 후세에 누차 판각이 이루어지고 널리 보급되어
『천자문』이라면 곧 이 책을 연상할 정도가 되었다.

광주판『천자문』과 석봉『천자문』은 아동용 독본讀本에 해당하는 것이다. 반면 갑인자본『천자문』은 상세한 주석을 달아놓은 점으로 미루어 말하자면 교사용으로 간주할 수 있는 듯하다. 위 3종 모두 한자 학습을 위한 것임은 물론이다. 이와 달리 서법書法의 학습을 위한 법첩法帖 성격의『천자문』이 따로 존재했다. 당시 조맹부체趙孟頫體가 유행하여 그의『초천자문草千字文』을 법첩法帖으로 간행한바 있으며, 안평대군安平大君 이용李瑢(1418~1453), 박팽년朴彭年(1417~1456), 김인후金麟厚(1510~1560) 등이 쓴 초서체『천자문』이 전하고 있는 사실도 언급해 둔다. 이들 법첩류들이 원래 쓰여진 시점은 모두 16세기 이전으로 소급되지만 현전하는 책들은 대부분 간행연대가 조선후기로 내려온다.

2)『훈몽자회』와『신증유합』

이조 전기에『천자문』이 유일한 초학교재는 아니었다. 중종 24년(1529)의『왕조실록』기사記事에서도 "천자千字·유합類合·현토소학懸吐小學을 간행하라"는 국왕의 傳敎가 보인다.『천자문』과 함께『유합』은 자학서다.『유합』은 徐居正이 지었다는 설이 있으나 그대로 믿기 어렵다『신증유합』의 서문에서 "『유합』은 우리 동방에서 나왔는데 누구의 손에서 이루어졌는지 알 수 없다"고 한 것이다. 이『유합』을 새로 증보한 책과, 보다 앞서 저술된『훈몽자회』는 당시 출현한 자학서로서 현전하고 있다.

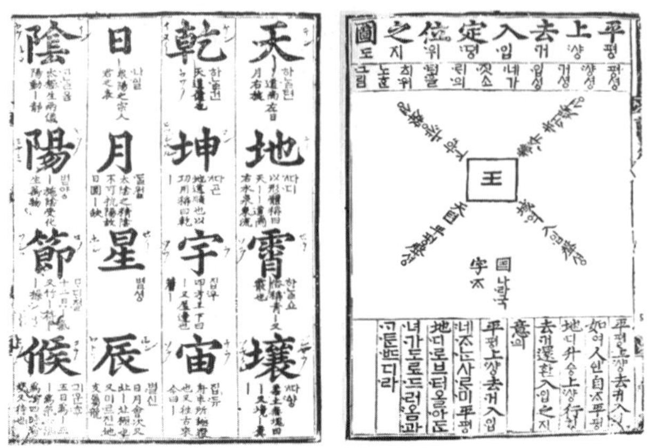

<그림_4> 叡山本『訓蒙字會』木版初刊 3卷 1冊(51장)

著者 : 崔世珍(15세기 전후의 인물, 譯學書와 韻學書를 저술한 어학자)

간행년대 : 中宗 22년(1527) 自序

3,360字를 수록했으며, 한글로 음과 훈을 붙인 자학서로 가장 고본이다. 간략한 주가 달려 있다. 누군
가 일본문자로 음과 훈을 적어 넣은 점이 주목된다.

*(日本)東京大 中央圖書館 小倉文庫 藏

*동양학총서 제1집으로 단국대 동양학연구소에서 영인으로 간행됨(1971년).

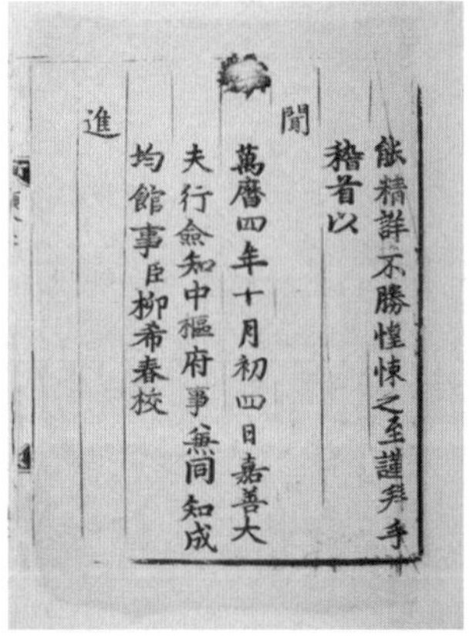

<그림_5> 羅孫本『新增類合』木活字本 2卷 1冊(95장, 서·목차·발문 도합 5장)

저자 : 柳希春(1513~1577, 號 眉岩 儒學者)

간행년대 : 萬曆 4년(1576) 序

3,000字를 物名으로 分類한 것임.

* 羅孫 金東旭 舊藏

*동양학총서 제2집으로 단국대 동양학연구소에서 영인으로 간행됨(1972년)

『훈몽자회』와 『신증유합』은 초학교재로서 『천자문』을 대체하려는 의도를 가지고 편찬된 것이다. 『훈몽자회』의 편자 최세진은 『천자문』과 『유합』을 아울러 비판하고 있는데 『천자문』의 경우 고사를 동원하여 글을 엮어 놓았기 때문에 글 내용이 초학자로서 이해하기 어려운 결점이 있으며, 『유합』의 경우 뽑아놓은 글자가 '허다실소虛多實少'하여 사물의 실상과 이름을 두루 학습하기 어려운 결점이 있다는 주장이었다. 아동들에게 구체적이고 실용적인 지식을 심어주려는데 역점이 두어졌음을 짐작케 한다. 『신증유합』은 『유합』이 선자選字의 범위가 넓지 못해 빠진 글자가 많은데다가, 친 불교적인 내용이 들어가 있어 이런 면을 시정, 보충하려는 취지로 개편했다고 편자가 밝히고 있다.

4. 이조 후기 『천자문』의 유포양상과 새로운 자학서들의 출현

이조 후기라고 하면 17세기부터다. 이 시간대에 일본열도에서는 강호江戶시대가 시작되었고 중국대륙에서는 명·청의 교체가 있었다. 인근 지역의 정치적 변화에 상응하는 현상이 한반도에서는 일어나지 않았다. 그에 따라 체제의 연속성은 유지되었으나, 사회·문화적인 면에서 상당한 규모의 변화를 읽어낼 수 있다. 이 시기 한국은 기본적으로 그 전기와 다름없는 숭문주의 사회였다. 오히려 숭문崇文의 풍조가 양반층에서 중하층으로 확산되는 추세를 보였다. 이는 당시의 제반 사회적 변화와 관련된 현상이었다. 양반이 수적으로 증가하는 경향이 현저했는데 이런 현상과 맞물려서 지식의 욕구 또한 확산되기에 이른 것이다.

한편으로 당면한 시대를 뼈저리게 고민하고 근본적으로 반성하여 역사의 진로를 모색하려는 사상이 싹텄다. 그리하여 신학풍을 형성하게 되었던 바지금 실학이라고 일컫는 그것이다. 요컨대 실학은 밖으로 서세동점西勢東漸이란 세계사적 조류에 대응하고, 안으로 명·청교체를 비롯한 동아시아 대국의 변화와 관련해서 제기된 학술사상이었다. 이렇게 보면 실학은 일국적 경계를 넘어 동아시아적 차원에서 인식할 필요가 있는 학술현상이었다.

이조 후기로 접어들어서『천자문』은 보다 널리 유포되는 한편, 개작·신편하는 작업들이 활발하게, 보기에 따라서는 창조적으로 일어났다. 이런 등의 현상 자체가 당시 착잡한 시대상의 반영이기도 하다.

1) 이 시기 천자문류의 양상

앞서 보았듯『훈몽자회』나『신증유합』은『천자문』의 대안적 성격으로 출현한 것이었다. 그럼에도 초학교재로서『천자문』의 위상에 별 영향을 미치지 못했다. 서유구의『누판고鏤板考』는 19세기 초 당시에 파악된 전국의 장판목록藏板目錄을 작성한 책인데『천자문』은 중앙의 교서관校書館을 포함해서 7개소에 비치된 것으로 나와 있다. 반면『유합』(『신증유합』으로 측정됨)과『훈몽자회』는 각각 1개소뿐이다. 장판은 근대적인 활판인쇄술에서 지형에 해당하는 것이다. 그런 만큼『천자문』의 수요는 압도적이었다고 보겠다.

이 시기 천자문 류가 실현했던 두 가지 양상을 제시한다.

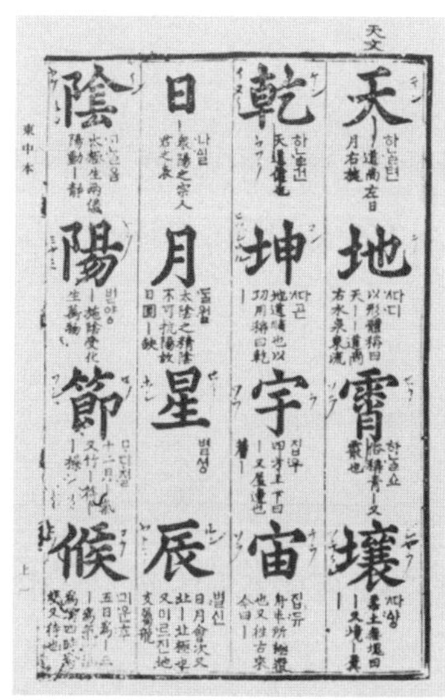

〈그림_6〉 註解千字文 목판본 1冊(42장)

간행년대 : 崇禎 百七十七年 甲子(1804년).

글자별로 음과 훈, 각 句의 뜻풀이, 四聲 표시.

洪泰運 書

*京城廣通坊新刊, 상업출판

〈그림_7〉 (王室本) 千字文 筆寫本 1冊(42장)

채색한 고품질의 종이를 장별로 구색을 맞춰 써서 호화로운 느낌을 준다.

*藏書閣所藏. 이 책이 장서각명품 ①로 2002년에 간행된 바 있다.

『주해천자문』과 『(왕실본)천자문』은 다 같이 독본이라도 전자는 민간에서 널리 통용된 것이고, 후자는 왕실에서 특별히 제작한 것이어서 아주 대조적이다. 전자는 시민적 수요에 부응한 것임이 물론이다.

2) 新作의 자학서들

먼저 어린 아기를 위해 새로 글자를 뽑아 써서 책자를 제작한 사례를 소개한다.

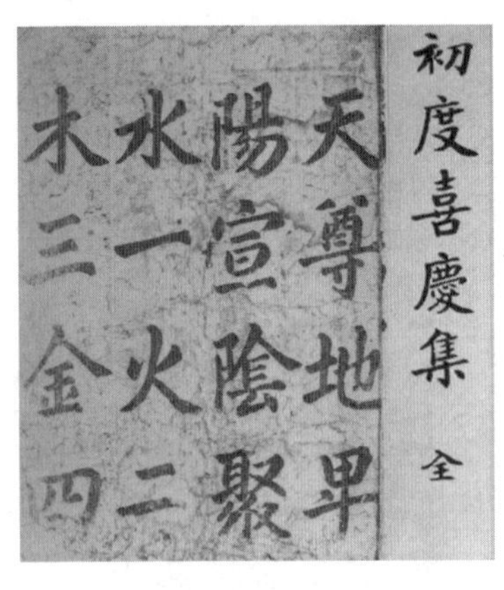

〈그림_8〉 初度喜慶集 필사본 1冊(11장)

작자 / 간행년대 : 미상

*모두 320자, 할아버지가 손자의 첫돌을 기념하여 몸소 짓고 자기 사위에게 부탁해서 쓴 것이다.[6]

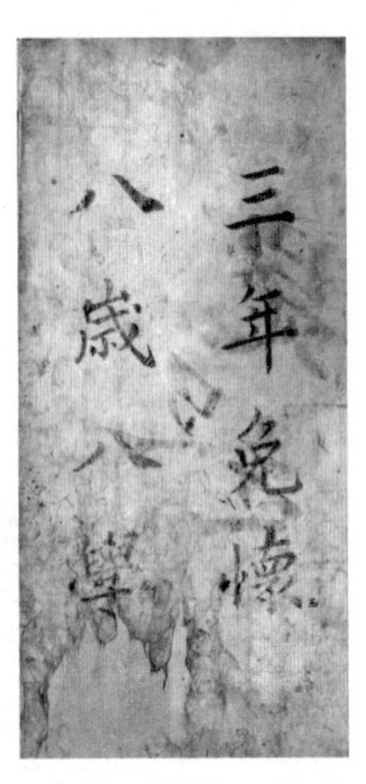

〈그림_9〉 別千字文 필사본 1冊(24장, 결락)

작자 / 간행년대 : 미상

*책 뒤로 결락이 있는데 후인의 加筆로 396자라고 적혀 있다.
*표지가 떨어져 나가서 제목을 무엇이라고 했는지 알 수 없어 필자가 편의상 『別千字文』이라고 붙인 것이다.

---

6 맨 끝장에 작자가 붙인 다음과 같은 글이 적혀 있다. "七十六翁, 爲元正初度, 集三百二十,

요즘도 성행하는 한국인의 생활습속으로 돌잔치란 것이 있다. 아기의 돌을 맞으면 조그만 잔치를 벌이는데 돌상은 빠질 수 없는 것이다. 돌상에는 하얀 실타래와 함께 책과 활이 놓인다. 실타래는 장수의 의미를 띠고 있다. 책은 文, 활은 武를 상징하는 것임이 물론이다. 아기가 돌상에 벌여놓은 물건 중에서 무엇을 집느냐로 그 아기의 장래를 점치는 것이다. 아기가 책을 집으면 다들 박수를 치고 기뻐한다. 소망하는 문文으로의 출세가 기대되기 때문이다. 이는 유래가 오랜 생활풍속으로 여겨진다.

그런데 돌상에 올려지는 책은 대체로 『천자문』이다. 그 『천자문』을 할아버지가 귀여운 손자 아기를 위해서 손수 글자를 뽑아 책을 새로 만드는 사례도 없지 않았다. 혹은 누구에게 특별히 부탁해 쓰기도 하는데 심지어는 천자를 천인에게 각각 받아서 책을 만든 사례도 있다(이 경우는 기존의 『천자문』을 대본으로 한다). 지극정성이 얼마나 대단한지 실감케 하는바 다름 아닌 숭문주의 사회의 풍속도라 하겠다.

위와는 달리 일반적인 초학교재로서 이용하기 위한 자학서류가 출현했다. 그 품종이 상당히 많고 다양했던 것으로 여겨지는바 현재 필자가 입수한 것만 해도 8종을 헤아린다.

借鄭郞手書, 給孤盤.”

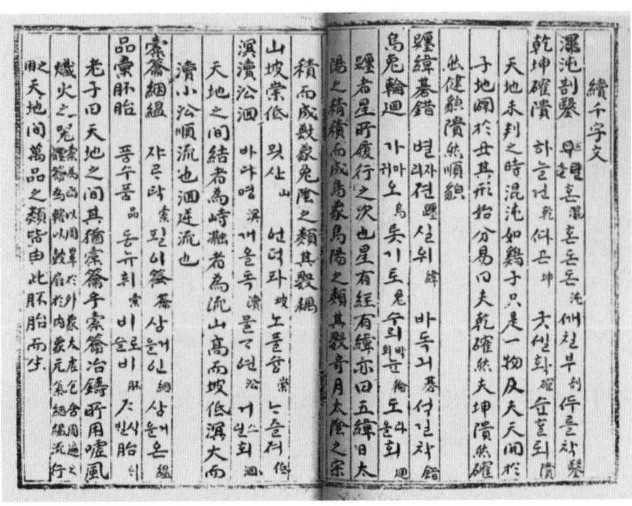

<그림_10> 續千字 필사본 1冊(31장)

　　기존의 『천자문』 이외에서 1천자를 뽑아 새로 만든 것이다. 『천자
문』이 일용문자를 포괄하지 못한 점을 문제로 들고 있다. 250구句로 중
국역사를 약술하고 조선에 관한 사적도 약간 다뤄지며, 2구를 단위로
해서 주해를 붙이고 있다.8

7　三寄老子, 「續千字小敍」, "周興嗣製千字文, 今爲童蒙初學之書 (…中略…) 第恨其日用文字太
半未入. (…中略…) 試取千字外千字, 倣其體而更成一篇, 爲四言詩二百五十句, 敍歷代正朔, 諺
以釋其音, 註以演其義, 題曰續千字."

8　이 『속천자』보다 조금 앞선 때인 1780년에 동일한 제목으로 제작된 것이 또 있었다. 이
책은 아직 발견이 되지 않는데 그 사실은 安鼎福의 「續千字跋」로 확인되고 있다. 역시 기
존의 『천자문』 이외에서 새로 천자를 뽑아 만든 것으로 취지 역시 삼기노자의 『속천
자』와 비슷하다. 저자는 동계 목공(睦萬重의 족조)이며, 글씨를 쓴 분은 遯翁 南公(南夏
行)으로 나와 있다(安鼎福, 「續千字跋」, 『順菴文集』 권18, "吾黨有二老, 東溪睦公以文聞, 遯
翁南公以筆名. (…中略…) 丁卯歲, 睦公避遇旅舍, 無以消遣, 課村童千字文, 時公年八十歲, 越
三年庚子, 求筆於南公以書之. 南公時年八十四歲").

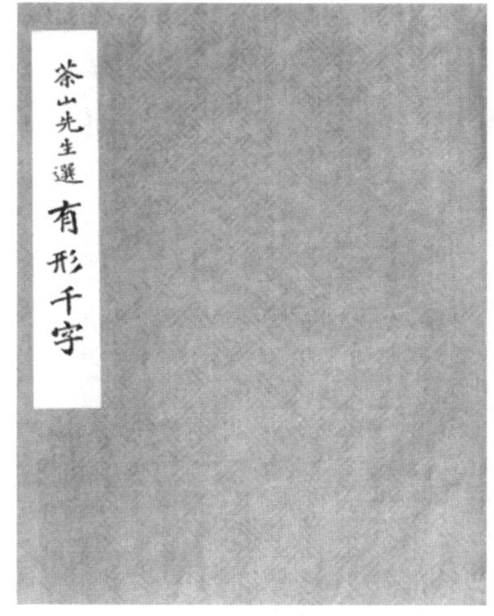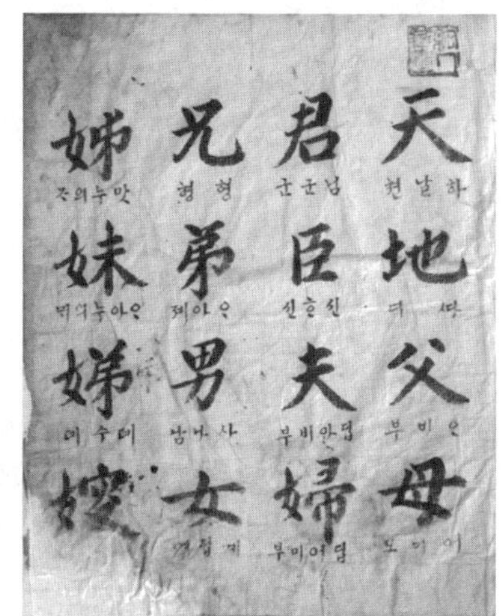

〈그림_11〉 茶山先生選 有形千字文 필사본 1책(31장)

저자 : 다산 정약용(1762~1836), 『兒學編』의 제1권에 해당함

　　다산이 『천자문』이 자학서로 부적절함을 통렬히 비판하고 대안교재로 내놓은 것이다. 유형천자와 무형천자로 구분해서 2천자로 편성, 『아학편兒學編』이라 일컬었던 바, 본 텍스트는 그 중의 '유형천자부'를 따로 잡아서 제작한 문건이다. 금촌자琴村子란 인물이 자기 손자의 학습을 위해 만든 경위가 필사자가 붙인 발문에 밝혀져 있다.[9] 이 텍스트가 꾸며진 곳은 바로 다산이 유배지였던 강진으로, 금촌자란 인물 역시 그 지역의 윤씨이다.

9　「有形千字 跋文」, "此書乃丁茶山所著有形千字, 而於幼稚名物之教甚緊. 吾族君琴村子有兒曾昱年將學 矣. 間示紙本, 請余騰送."

 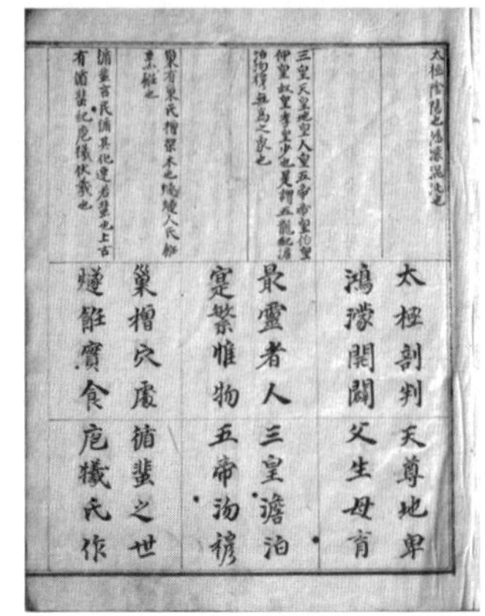

〈그림_12〉 蒙學史要 필사본 1冊(27장)

저자 : 城隱 金容默
간행년대 : 1868년. 鄭元容 序(1866), 金學性 序(1868)
2千字 四字句로 중국사와 東國史를 서술한 것.
*저자의 아들이 붙인 발문이 실려 있는데 역시 아동학습서임을 분명히 하고 있다.[10]

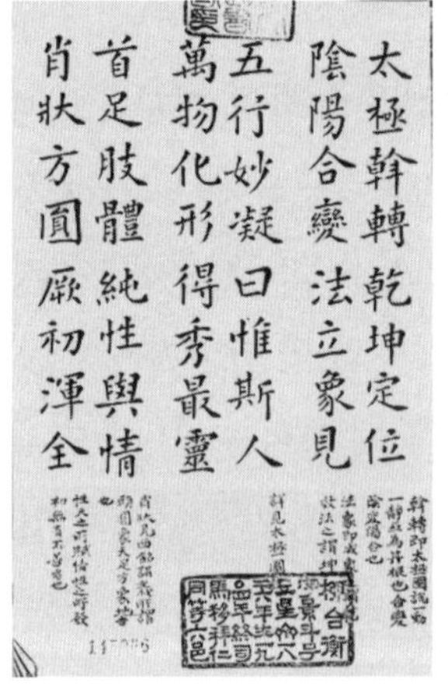

〈그림_13〉 聖學千字 필사본 1冊(11장)

저자 : 柳台衡(字 景斗, 號 星齋, 1826~1904)
간행년대 : 1875년, 乙亥 三月 二十六日 卯時
유학의 관점에서 천지의 개벽으로부터 전개 과정 및 철리
를 진술한 것임. 四言對句, 하단에 풀이를 달아놓았음.
*성균관대 尊經閣 藏

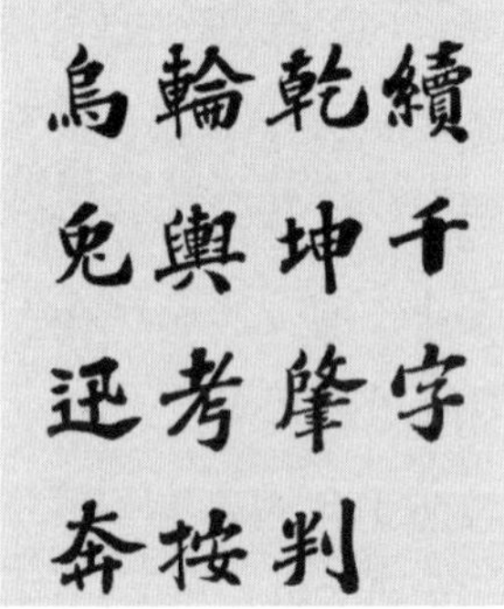

〈그림_14〉 續千字 필사본 1冊(64장)

저자 : 南允元(1834~1894) 鵬海 南允元 景根 撰
기존의 『천자문』 이외에서 천자를 뽑아 4언구로 엮은 것.
"亞細歐羅"와 같은 문구가 보여 흥미롭게 여겨진다. 저자
의 친필로 보임.
*國立圖書館 藏

---

10 金基纘, "蒙學史要, 何爲以作也? 先子城隱府君, 爲不肖童習而作也."

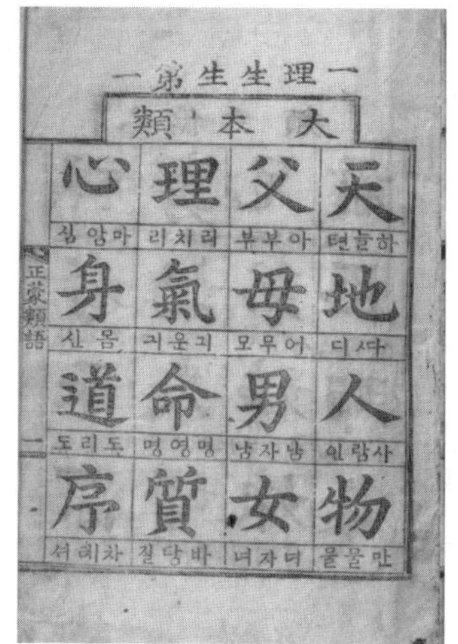 

<그림_15> 正蒙類語 목판본 1冊(32장)

작자 : 大溪 李承熙(?~19116)

간행년대 : 朝鮮開國 四百九十三年 甲申(1884) 大溪書

*모두 1,008자를 節과 目으로 구분지음.

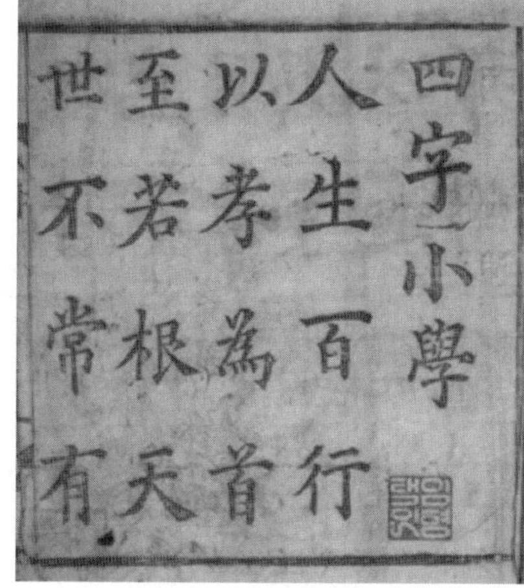 

<그림_16> 四字小學 목판본 1冊(24장)

작자 / 간행년대 : 미상.

1,114자 四字句. 글자의 중출이 있음.

*방각본. 유통범위가 전라도 지역이었다고 함.

<그림_17> 蒙學二千字 목판본 1冊(50장)

작자 : 미상.

간행사항은 大正5년(1916) 전주 多佳書鋪에서 나온 것으로 되어 있지만 이 책을 저술한 시점은 좀 더 올라갈 것으로 추정하여 여기에 포함시켰다.

위 8종은 자학서로서 성격을 각각 달리하고 있다. 『속천자』2종은
책이름대로 『천자문』의 속편에 해당하는 바 기존의 『천자문』이 일용
문자에 속하는 것이 많이 들어있지 않은 결점을 보완한다는 뜻에서 엮
어진 것이다. 구체적 물사物事와 추상적인 의미의 글자를 구별해서 엮어
진 다산 정약용의 『아학편兒學編』은 『천자문』을 전면적으로 비판하는 입
장에서 편찬한 것인데, 이에 관해서는 맺음말에서 거론할 예정이다.

『몽학사요蒙學史要』는 중국역사를 문명사적인 관점으로 취재한 점에
서는 앞의 『속천자續千字』와 유사한데 『천자문』에 거리두기를 하고 이
한李瀚의 『몽구蒙求』를 모델로 삼은 점이 다르다. 자국의 역사를 첨부한
점이 또한 특이하다. 『정몽류어正蒙類語』는 저자가 경상도의 유학자로
서 독립운동에 투신했던 이승희李承熙란 인물임에, 다산의 『아학편兒學
編』을 기본적으로 지지하면서 그 결함을 보충한다는 입장을 가지고 엮
었다고 저자 스스로 밝히고 있다.[11]

『사자소학』은 지방에서 민간에 유통된 초학교재이다. 위의 4종은
학자가 뚜렷한 의도를 가지고 편찬한 것인데 비해서 이 『사자소학』은
그런 면이 드러나 있지 않다. 민간의 확산되는 지식수요를 위해 제작
된 것으로 보아야 할 것 같다.

---

11 李承熙, 「正蒙類語序」, "茶山丁公類輯三千餘字, 曰兒學. 頗易推通. 然尚恐汗漫, 且全無句義,
乏啓發之用."

5. 근대 전환기에서 출현한 자학서들

여기서 잡은 근대로의 전환점은 1894년이다. 이 시점을 구획선으로 정한 까닭은 동학농민전쟁, 청일전쟁, 갑오경장이 그 한해에 연이어 일어났기 때문이다. 갑오경장으로 체제가 붕궤되어 변혁이 불가피하게 됨에 갑오경장으로 제도개혁이 실시되었다. 또한 동학농민전쟁이 이웃 중국과 일본의 개입을 초래해서 청일전쟁이 발발했던 바 이 전쟁의 결과로 동아시아의 중국 중심 질서가 해체되기에 이르렀다.

근대전환의 상한선은 이때로 설정되는데 하한선은 언제가 될지 애매하다. 이후 구획선으로 한반도가 식민지로 전락한 1910년을 잡을 수 있지만, 보기에 따라서는 아직까지도 근대를 완수하지 못했다고 말할 수 있다(근대가 정치적으로 국민국가의 수립에 있다고 한다면 한반도는 아직 근대적 과제를 해결하지 못했고, 따라서 근대에 미달한 셈이다). 그래서 근대 전환기의 하한선을 애매하게 두고 일단 1910년을 그 하나의 구분선으로 잡아서 점검해 보기로 한다.

1) 애국계몽기 신교육의 초보교재로 자학서의 新編

1894년 이후 도래한 상황으로 한국 사회는 드디어 전통적 제도와 문물 전반에 걸쳐 제구포신除舊布新의 변혁이 일어난 것이다.

일본에서는 이 시기에 상응하는 단계를 '문명개화'라는 취지에서 개화기라고 불렀던 것으로 알고 있다. 한국에서도 이 시기를 흔히 개화기開化期로 일컫고 있지만, 필자의 소견으로 개화기란 용어가 적합하지 않다. 당시 서구문물을 수용해서 개혁을 단행하고 서구주도의 근대에 참여하는 것이 중요하고도 불가피한 과제였지만 그와 동시에 외세의 침탈로부터 주권을 수호해야 하는 구국이 또한 그에 못지않게 실로 절체절명의 과제였다. 이런 실정을 고려해서 애국계몽기로 이 시기를 호명한 것이다.

이 당시에 제도의 근대적 전환과 더불어 지식체계가 전면적으로 뒤바뀌게 된다. 전통적인 지식은 대부분 한문에 담긴 것이었다. 한문이 중심적·주도적인 표기법으로 천년도 넘어 이천년 가까이 권위를 누렸던 바 한문자체가 퇴진하기에 이르렀다. 이 지점을 한국역사상 최대의 전환기라고 본 근거는 바로 여기에 있다.

전통시대에 있어서 교육이라면 으레 한문교육이었다. 이를 교수하기 위한 교육제도가 마련되어 있었던바 신지식의 도입과 함께 신교육이 실시되기 시작했다. 근대적으로 분화된 지식을 학습하는 근대식 학교이다. 이 과정에서 우리가 유의할 사실이 있는데 한문이 역사적으로 퇴장하였지만 종적 없이 사라진 것은 아니라는 점이다. 분화된 지식체계 속에 한문 또한 한 자리를 차지하게 되었다. 글쓰기나 활자매체의 표현에 있어서도 한문체는 종래 주류적 위치에서 밀려났지만, 그래도 신지식의 교과목으로서 한문은 위상이 상당했으며, 따라서 신교육의 교재로서 자학서의 수요 또한 폭넓었다.

신교육의 초학교재로서, 국한혼용체國漢混用體의 해독을 위한 기초로서 자학서류를 여러모로 고안해서 편찬, 발간하게 된다. 나름으로 내용과 형식이 새로워지는데, 이 단계에서 『천자문』이 배제되었던 사실이 특기할 점이다.

당시 발간된 초학의 자학서류 5종을 소개한다. 책마다 성격을 달리
하고 있는데 간단한 설명을 붙여둔다.

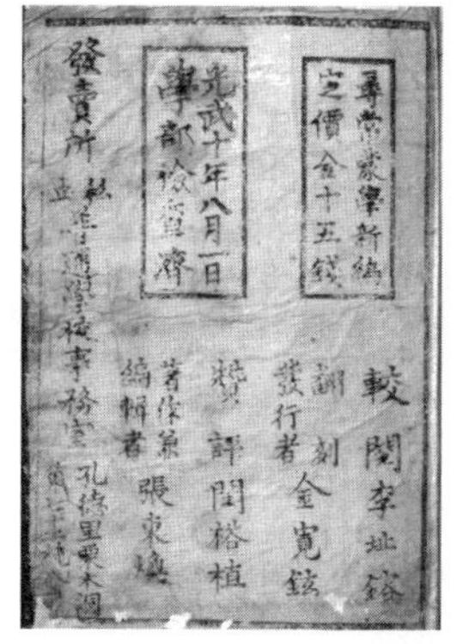 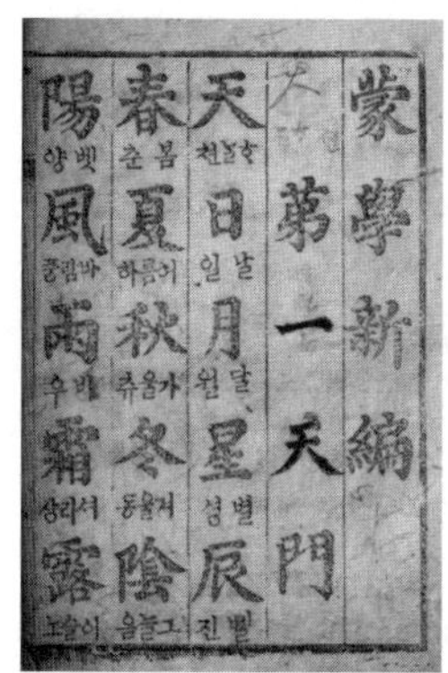

〈그림_18〉 尋常蒙學新編 목판본 1冊(18장)

간행년대 : 光武十年(1906) 學部檢査濟

校閱 李址鎔(內部大臣)

발행소 私立普通學校 事務室

*책의 표지에 "漢文 第一學年"이라고 나와 있다.

사물을 지시하는 글자를 20부문으로 類別하여 나열한 방식을 취하고 있다.

한글로 음훈을 나타낸 것은 과거의 체제와 마찬가지다.

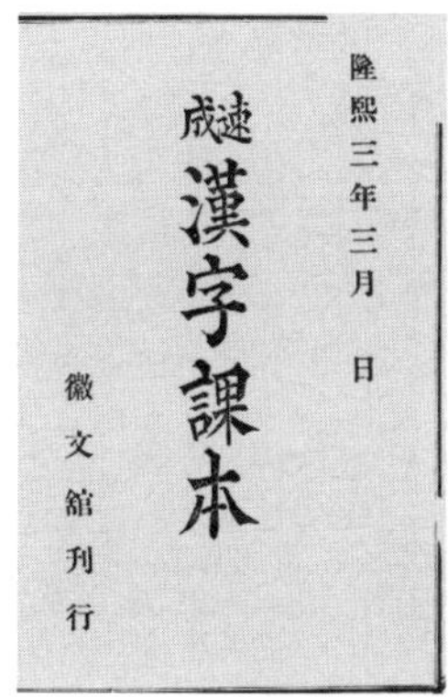 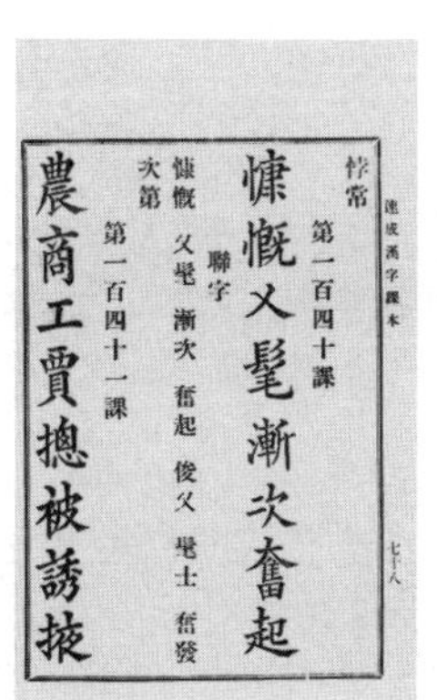

〈그림_19〉 速成漢字課本 1冊(122면)

간행년대 : 隆熙 3년(1909)

徽文書館 發行

*초등학교 2학년용으로, 학습 글자수를 1,320자라고 밝히고 있음.

四字句를 먼저 제시하고 그와 연계된 단어를 나열한 점이 특이하다.

서지적인 면에서는 大字는 舊木活字이고 小字는 신활자를 쓰고 있는 점을 책적할 수 있다.

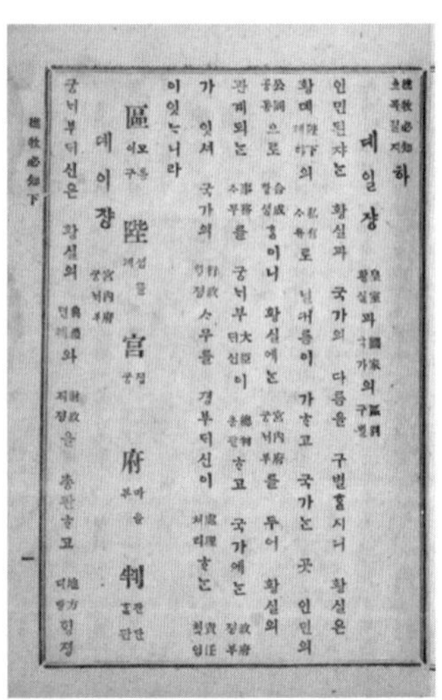

〈그림_20〉 兒學編 1冊(64장)

서문 : 光武十年(1906) 閔丙奭
光武九年(1905) 池錫永
간행년대 : 隆熙元年(1907)
*茶山 原著를 가공한 형태.
각 글자의 음과 훈을 국문 및 漢語·日文·英語로 제시하고 篆書를 부기하고 있음.
이 작업은 田龍圭가 한 것으로 밝혀져 있다.

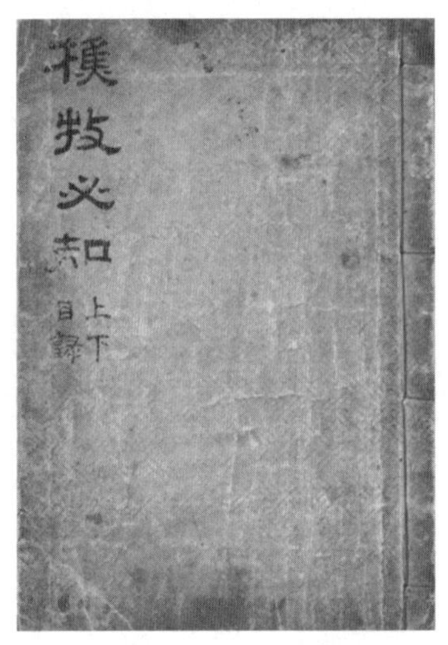

〈그림_21〉 樵牧必知 신활자 상·하 1冊(상하 각 62면)

작자 : 鄭崙秀, 교열자 : 南宮檍
간행년대, 隆熙3년(1909)
문장을 제시하고 그 문장에 쓰인 한자를 학습하도록 하는 방식을 취하고 있다. '초목필지'라는 서명으로 미루어 근로하는
청소년들을 가르치기 위한 교재로 편찬한 것으로 보임.

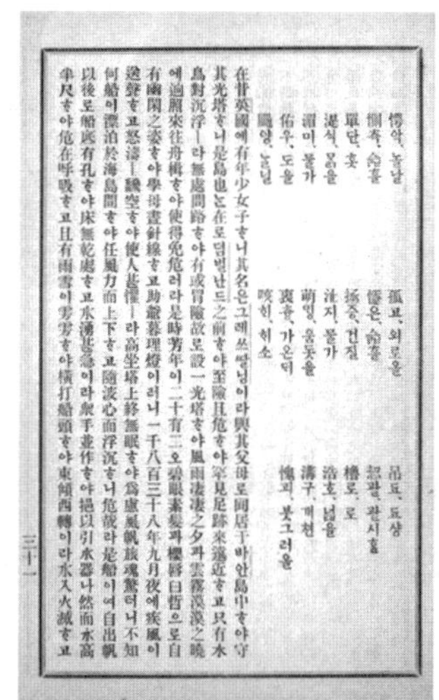

〈그림_22〉 牖蒙千字 신활자본 전체 4卷, 4冊

저자 : JAS. S. Gale(북장로교 선교사)
간행년대 : 1905년
*한자를 먼저 제시한 다음 문장을 제시.
국한문체를 학습할 수 있도록 편찬된 체제. 이 제4권은 서양사를 국한문으로 번역한 내용.

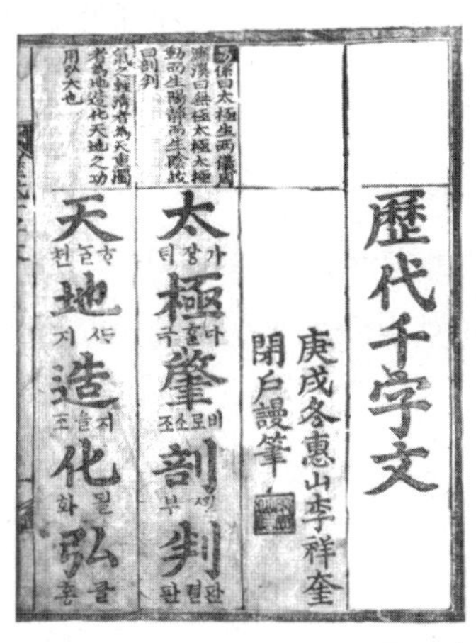

〈그림_23〉 歷代千字文 목판본 1冊(93장)

저자 : 李祥奎(號 惠山, 의금부의 관직 역임) 간행년대 : 1910년, (辛亥春刊 學而齋藏)
序 : 霞峰 趙鎬來 書後 : 許巑, 金壽老, 宋懿老
상고로부터 근세에 이르는 중국역사를 보편사라는 관점에서 五言詩句로 서술. 상단에 각 구절마다 해설을 달았다.
*글씨를 쓴 사람을 "晉陽 鄭宅周謹書"라 밝히고 간행위원에 해당하는 명단을 제시해 놓은 점이 특이하다.

이상 5종의 교재를 살펴보면 새로운 시대에 나름으로 적응하고 시대의 요구를 담아내려는 의도가 느껴진다. 편집체제의 면에서도 변화가 뚜렷하며, 서지적으로 보면 신활자로 인쇄, 근대적인 책 모양으로 장정된 것이 있는가 하면, 목판 선장본으로, 혹은 실활자 선장본으로 된 것도 있다. 전체적으로 변화하는 시대의 지향과 함께 과도기적 양상을 보여주고 있다.

내용적인 측면에서도 제각각 흥미로운 변화를 보이고 있다. 『속성 한자과본續成 漢字課本』의 경우 당시 신교육을 실시하는 휘문학교 부설의 휘문서관에서 발간한 것으로 속성을 표방한다. 성인 교육을 의도한 것으로 추정되는바『휴목필지携牧必知』의 경우 표제가 노동에 종사하는 민중을 대상으로 하는 계몽적인 의미를 표방한다. 게일의『유몽천자』는 기독교 선교사의 입장에서 편찬한 것으로 그 체제가 특이하다. 그리고 『아학편兒學編』은 다산의 저술을 시대 상황과 현실의 요구에 맞춰 가공한 책인데 뜻과 음을 영어와 함께 중국어 · 일본어로 제시한다. 그런데 1925년으로 가서『아학편』이『일선이천자日鮮二千字(永昌書館)』란 표제로 또 개간되는바 이때 와서는 일본어로만 뜻과 음이 달려있다. 앞 단계의 국제 지향적 성격이 친일적으로 바뀐 모습이다.

2) 1910년 이후 출현한 자학서들

1910년 한반도가 피식민지로 전락한 사태는 자주적 국민국가의 수립이란 정치적 기획의 좌절과 함께 이 땅에서 계몽주의의 문화적 실현의 파탄을 의미하였다. 때문에 애국계몽기의 열정적 노력들이 일시에 물거품이 된 듯 비쳐졌다. 이럴 즈음에 지사志士들은 해외로 망명의 길을 택하기도 했지만, 대다수 사람들은 일종의 심리적 공황에 빠져들었다.

이런 상황에서 『천자문』 자체가 부활하는 회고적인 모습들이 나타났는가 하면 이런저런 자학서들이 저술, 간행되었다. 위에서 먼저 소개한 『몽학이천자蒙學二千字』(그림_17)가 1916년에 방각본으로 간행된 것 또한 당시 시대분위기의 일면이다. 앞에 애국계몽기와 견주어 보면 한자 한문을 간과하지 않는 점에서는 유사하지만 내용상으로 다름이 있다. 여기서는 식민지시기에 나온 5종, 그리고 해방 이후 대한민국이 수립된 이후에 나온 2종을 소개한다.

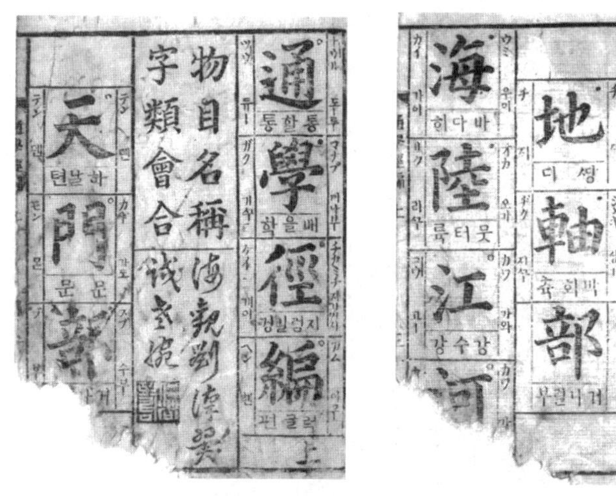

〈그림_24〉 通學徑編 上·下 1冊(44장)

저자 : 黃應斗, 書 : 劉漢翼
간행년대 : 1921年
한글 音訓과 함께 日語 音訓 제시, 聲調 표시
上卷은 分類物名, 下卷은 類聚文字, 六言句
*黃應斗의 저술로 따로 『漢日鮮 時文讀本』(時文讀本社, 昭和 5년 1930 초판, 昭和 7년 3판 발행)이란 것이 있다. 저작 겸 발행자의 주소지가 慶北 永川郡 新寧面으로 나와 있음.

〈그림_25〉 圖形千字文 木版本 上·下 1冊(50장)

匯東書館, 1922년
上卷은 실물의 형상을 시각적으로 제시
下卷은 圖形 없이 글자만 수록

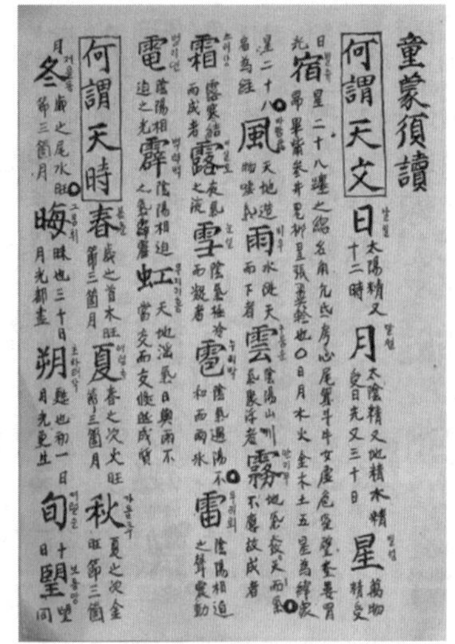

〈그림_26〉 童蒙須讀 筆寫本 1冊(20장)

외표제 : 童蒙須讀 千字文
저자 : 小岡畸人 저작연대 : 1925년
*글자를 類別로 제시
言訓과 함께 字義에 대한 상세한 설명
*成均館大 尊經閣 藏

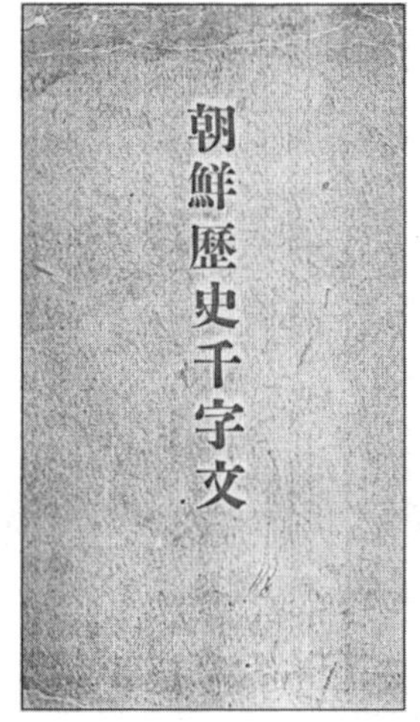

〈그림_27〉 朝鮮歷史 千字文 新活字本 1冊(32장)

著作者 兼 發行者 沈衡鎭
간행년대 : 1928年 光州
*自國의 歷史를 四言句로 표현하고 註解를 붙임

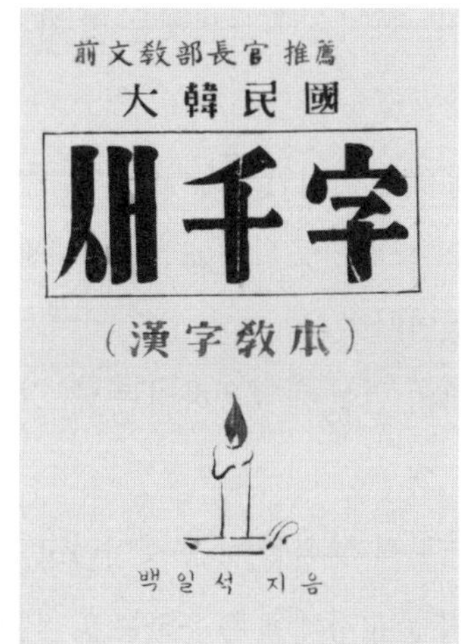

〈그림_28〉 새 千字 新活字 1冊 (80면)

저자 : 一石 白南珪
간행년대 : 1955
金龍圖書株式會社
*文敎部 選定 常用漢字 1,000자를 가지고 四言句로 엮은 것이다.

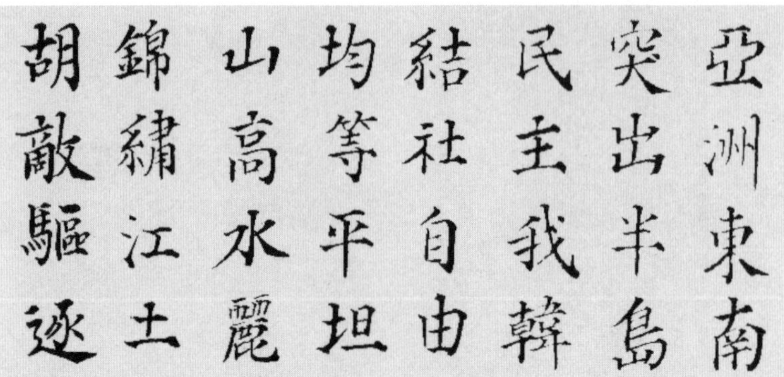

〈그림_29〉新二千字 筆寫本 1冊(32장)

저자 : 미상 / 저술년대 : 壬寅(1962)

*이 책은 필자가 조사한 자료로는 마지막에 나온 것인데 끝에 저자의 후기에 해당하는 짧은 글이 적혀있다. 번역하면 이렇다. "한자는 유입된 지 우금 2천여 년에 역사기술로, 언어의 근거로 아직도 한자가 존재하여 전래의 관습이 되고 있기에 공부하는 사람들이 이를 알지 않을 수 없는 것이다."

위의 7종은 각기 나름으로 개성을 지니고 있어 편차가 커 보인다. 따라서 전체를 일관한 특성을 잡아내기는 어려운데 느껴지는 몇 가지 점을 들어둔다.

첫째, 한문문화에 대한 향념向念 내지 전통적인 도를 지켜야 한다는 의식이 엿보인다. 역사에 대한 관심이 보편사로서의 중국사로부터 자국의 역사로 옮겨진 점도 지적할 사항이다.

둘째, 편찬 방향에서 일제 식민지하의 현실에 적응하려는 태도를 뚜렷이 보이기도 했다(『通學經編』·『圖形千字文』).

셋째, 구문화의 잔존 형태로서 주변부적 성격을 갖는 것이라고 간주할 수 있으나, 『새千字』의 경우 국가의 문교정책에 부응하는 의미를 내세우기도 했고, 마지막에 출현한 『신이천자新二千字』의 경우 한자의 존재 의의를 주장하기도 했다.

6. 맺음말

이상과 같이 한국의 조선조의 전기와 후기, 20세기 근대적 변혁이 일어난 단계에 이르기까지 자학서류를 수집, 보고하였다. 자료의 분석으로 들어가지 못하고 대략의 상황을 정리, 소개하는 데 그쳤다. 위와 같이 거칠게 정리해보았지만 이를 통해서도 한자 한문이 우리의 교육·학문 및 정신활동에 얼마나 지대한 관계가 있었던가를 알 수 있으며, 뿐 아니라 근대로 진입한 이후로까지 얼마나 끈덕지게 정신적 부채로 남아 작동했던가를 새삼 느낄 수 있겠다.

그런데 근대 학문에서 이들 천자문류 내지 자학서류는 관심권 밖으로 돌려두고 있었다. 다만 그 중의 극히 일부가 한자의 음과 훈이 한글로 달려있기 때문에 어학의 연구 자료로서 관심의 대상이 되었을 뿐이다. 왜 이들 문헌들은 전혀 관심을 끌지 못했을까? 까닭은 물론 이들이 실용적 가치를 상실한 데 있었다. 그런데 궁극적으로 생각하면 서구주도의 근대, 근대문명에서 이들은 (한자·한문에 기반한 문명까지 포함해서) 별로 의미를 가질 수 없는 것처럼 의식되었기 때문이다.

오늘날 우리가 절실히 느끼는바 당면한 상황은 근본적인 성찰을 요망하고 있다. 근본적인 성찰에는 문명적 각성, 인류사적 결단이 응당 포함되어야 할 것이다. 이런 문제의식과 연관해서 다산 정약용이 일찍이 제기한 '문심혜두文心慧竇'를 떠올리는 것으로 이 보고를 마칠까 한다.[12]

---

[12] 임형택, 「전통적 인문개념과 문심혜두—정약용의 공부법」, 『茶山學』 18, 2011(졸저 『한국학의 동아시적 지평』, 창비, 2014에 수록).

  '문심혜두'의 문심文心은 중국 최고古의 비평서인 『문심조룡文心雕龍』의 그 문심이니, 인문의 창조를 위한 주체에 다름 아니다. '혜두'는 지혜의 원천, 즉 인간 내면의 창발적 역량을 가리키는 것이다. 다산은 앞서 주목했던바 '유형천자有形千字'와 '무형천자無形千字'로 구성된 『아학편兒學編』을 저술하면서 그 이론적 근거로 「천문평千文評」을 발표했다. 「천문평」은 「사략평史略評」·「통감절요평通鑑節要評」과 함께 다산 교육 평론의 3부작이다. 당시 필수 교과서처럼 널리 통용되었던 3종 교재의 근본적인 문제점을 통렬하게 지적하면서 공부법의 획기적인 출구를 제시한 내용이다. 이 3부작 평론에 관통하는 키워드라면 다름 아닌 '문심혜두'이다.

  「천문평千文評」에서 다산은 문자 창조의 처음으로 돌아가서 원리를 이해하고 글자들을 연관, 유추하는 학습법으로 초학 단계에서부터 '문심혜두'가 열리도록 지도해야 한다고 역설한다. 연암燕巖 박지원朴趾源도 이와 상통하는 사고를 하고 있다. 연암은 인간의 글쓰기라는 행위가 고식姑息에 빠져서 생생한 감동을 잃어버린 현상을 탄식하며 "슬프다! 포희씨(庖羲氏＝伏羲氏, 문자를 창조했다는 존재)가 세상을 떠난 이후로 文章이 흩어진지 오래다"고 하면서, 하지만 우리 눈앞에 "곤충의 더듬이, 꽃술, 석록石綠, 비취翡翠에 그 문심은 변치 않고 그대로다"라고 일깨운 것이다.[13] 연암이 촉구한 뜻은 우주의 삼라만상을 인식해서 기호로 표현한 저 인류 초유의 창조적 감동을 우리 자신의 글쓰기에서 회복하자는 데 있다. '문심혜두'를 들고 나온 다산의 근본정신은 고전적인 인문 전통을 계승하여 장차 새로운 인문을 열어가자는 그것이었다.

---

13 「鐘北小選序」, 『燕巖集』 권7.

要旨

韓国伝統社会に通用していた字學書類
千字文及びその改作本テキストの成立過程

林熒澤

　本稿では韓国の伝統社会に通用していた字学書類を収集・報告した。資料の分析に入らず、概ね現状の整理と紹介にとどまった。大雑把に整理してみたが、これらを通してでも漢字・漢文が我々の教育・学問および精神活動とどれほど大きな関係があるのかがわかるだろう。また、それだけではなく、近代に入ってからもそれらがどれほど粘り強い精神的な負債となって働いたのかを新たに感じることができるだろう。

　ところで、人々は近代学問においてこれらの千字文類、または史学書類に関心を持っていなかった。ただし、その中のごく一部に漢字の音と訓がハングルでついていたので、語学の研究資料として関心の対象となっただけである。なぜ、これらの文献は全く関心をひき寄せられなかったのか。その理由は彼らが実用的価値を喪失したためである。しかし、窮極的に考えると、西欧主導の近代・近代文明においてこれらが(漢字・漢文に基づいている文明までを含む)あまり意味がないものだと認識されていたためである。

　現在、我々は当面の状況について根本的な省察を要望している。根本的な省察には文明的覚醒、人類史的決断が当然含まれるべきである。このような問題意識と関わって茶山丁若鏞がかつて提起した「文心惠竇」を想起してもらいたい。

「文心惠竇」の「文心」は中国最古の批評書である『文心雕龍』のその文心であり、人文の創造のための主体である。「惠竇」は知恵の源泉、即ち人間内面の創発的力量を指すものである。茶山は「有形千字」と「無形千字」とで構成されている『児学編』を著述し、その理論的根拠として「千文評」を発表した。「千文評」は「史略評」・「通鑑節要評」とともに茶山の教育評論の三部作である。当時、必須教科書の如く広く通用していた三種の教材の根本的な問題点を痛烈に指摘し、勉強法の画期的な出口を提示した内容である。この三部作の評論に通じるキーワードがまさに「文心惠竇」である。

「千文評」で茶山は文字創造の最初に戻って原理を理解し、文字を連関・類推させる学習法で初学段階から「文心惠竇」が開かれるように指導すべきだと力説する。燕巖朴趾源もこれに通じる考えを持っていた。燕巖は人間の文字書きという行為が姑息に陥って、生々しい感動を失っている現状に嘆息し、"悲しい!　ポヒシ(庖義氏=伏羲氏、文字を創出したという存在)が亡くなって文章が散らばってから長い時間が経っている"といい、その一方で、われわれの目の前に"虫の触角、花蕊、石綠, 翡翠にその文心は変わらずそのままである"と悟らせたのである。燕巖が促した意味は、宇宙の森羅万象を認識して記号で表現したあの人類初めての創造的感動をわれわれの文字書きから蘇らせようとしたことにある。「文心惠竇」を持ち出した茶山の根本的な趣旨は古典的な人文伝統を継承して、将来新たな人文を開かせようとすることにあったと思われる。

'한자세계'와 마주한다는 것

『일본서기』 해석에 관해[*]

도쿠모리 마코토

1. 들어가며 – '한자세계' 속의 『일본서기』

현재로부터 천 년 이상 시대를 거슬러 올라간 당시의 동아시아는 국가와 지역의 차이를 넘어 공통되게 한자로 읽기 쓰기가 행해지고, 그 운용을 위한 고전 교양이 공유되고 있는 세계, 즉 '한자세계'를 이루고 있었다. 그럼, 일본 열도에 살았던 사람들은 그 세계를 어떻게 의식하고 그 속에서 어떻게 독자적인 문화를 형성해 왔을까? 본 논문에서는 8

---

[*] 본 논문은 2015년 3월 9일~13일에 성신여자대학교에서 행해진 고노시다카미츠神野志隆光선생님의 기획에 의한 연속 강의 「동아시아 고전학의 실천적 심화」에 쓰인 원고를 실제 수업에 기반해 대폭 수정한 원고이다. 열심히 청강해 준 일어일문학과 학생들, 수업 준비와 운영을 담당하신 박일호 교수, 또 대학원생 여러분에게 감사드린다.

세기 초(720년) 완성되어 천황에게 헌상된 『일본서기』를 소재로 그에 대한 문제를 생각해 보겠다.

『일본서기』(이하 서기라고 줄여 지칭함) 이야기는 천지의 시작과 신들의 출현에서 시작되어, 어떻게 일본이 형성되고 천황 통치에 이르렀는지, 또한 그 지배가 어떻게 지속되어 왔는지 이야기하는 한문으로 기록된 역사서이다.[2] '한자세계'에 있어 공유된 한문을 통해, 나아가 중국의 사서 형식으로 일본 역사에 관한 텍스트가 완성된 것은 획기적인 일이었다. 그 이후의 긴 시간 속에서 서기는 정독되고 연구되고 주석이 시도되어 현재에 이른 것이다.

서기를 어떻게 읽을지 하는 문제는 각 시대 사람들에게 있어서 자각하든 안 하든 그것을 생겨나게 한 '한자세계'와 어떻게 마주할 것인가 하는 문제이기도 했다. 현존하는 가장 오래된 서기의 사본[3]에는 한문만 기록되어 있지만, 21세기 현재 일본에서 간행되고 있는 서기를 보면 한문 훈독에 기초한 한자와 히라가나 혼용문을 중심으로 한문 텍스트와 주석 배치가 첨부되어 있다.[4] 가장 오래된 사본과 현대 간행본의 이러한 형태 차이는 옛 학자들이 서기를 마주하고 또 서기를 통해 '한자세계'와 마주해 온 역사에 큰 변화가 있었음을 나타내고 있다. 여기에서는 서기가 성립된 8세기부터 15세기까지의 역사와 변화를 현대 서

---

2   단, 책 속에 많이 포함되는 노래는 만요가나万葉假名를 써서 한 글자당 한 음으로 표기되어 있다.

3   이노쿠마猪熊본, 사사키佐佐木본, 시텐노지四天王寺본에는 모두 서기 '신대神代'가 기록되어 있으므로 이는 8세기 말부터 9세기 초에 이루어진 동일 사본으로부터의 단편이라고 판단된다.

4   일본고전문학대계 『일본서기』, 이와나미岩波 서점, 1965, 1967, 또는 신편일본고전문학전집 『일본서기』, 쇼갓칸小學館, 1994~1998 참조.

기 간행본의 구성에 비추어 ① 텍스트 만들기 ② 훈독문 만들기 ③ 주석 만들기의 세 부분으로 나누어 살펴보자.

2. 텍스트 만들기

서기가 성립된 후에도 역사 편찬 작업은 계속되어 『속일본기續日本紀』에서 『일본삼대실록日本三代實錄』까지 서기를 포함 여섯 번의 국사편찬이 이루어졌다. 편찬 작업이 이루어졌다는 기록은 969년까지 남아 있다.[5] 그와 병행하여 조정에서는 대략 각 천황마다 한 번씩 장기간에 걸친 서기 강독, 토론회가 이루어졌다. 일본기강서日本紀講書라고 불리는 것이다.[6]

이 강서 기록이나 강의안의 일부가 남겨져 있어 우리들은 이를 통해 9, 10세기 사람들이 『일본서기』를 어떻게 받아들이고 있었는지 알 수 있다.[7] 예컨대, 서기 성립에 대해서는 '중국 문자를 배워 익히고 아홉 종류의 책을 조사하여 이 책을 편찬했다傳習大唐文字, 考九流書, 選出此書'[8]

---

5 사카모토타로坂本太郎, 『육국사六國史』, 吉川弘文館, 1970년 참조.

6 강서 기록도 국사 편찬 작업 기록의 끝과 거의 같은 시기인 강보康保 2년(965년)의 개최 기록이 마지막이다.

7 남아 있는 것의 대부분은 『일본서기사기』, 『석일본기』에 집약되어 있다. 『신정증보 국사대계 일본서기사기日本書紀私記 석일본기釋日本紀 일본일사日本逸史』(吉川弘文館, 1932년) 수록. 두 책의 자료 비판에 대해서는 고노시다카미츠神野志隆光, 『변주되는 일본서기』(동경대 출판회, 2009년)의 「Ⅱ 강서 속의 『일본서기』」를 참조할 것.

고 말하고 있다. '아홉 가지 종류'는 중국 고대 사상을 형성한 제가諸家의 총칭인데, 이 말에서 우리는 당시 사람들에게 있어 서기란 단순히 한자 한문으로 쓰인 게 아니라 '한자세계' 속 텍스트로 확립되기 위해 충분한 고전 교양을 바탕으로 편찬된 책이라고 인식되어 있었다는 점을 알 수 있다.

또한, 서기의 완성이 획기적인 달성이라고 생각되고 있었던 것은 조정에서 강서와 같은 행사가 있다는 것 자체가 증명하고 있다고 할 수 있는데, 강서 중에서도 712년에 이루어진 『고사기古事記』 등 서기에 선행하는 각 서적의 존재를 인정하면서 그들을 서기 성립 이전의 역사로 정립시키고, 서기 이해를 위한 참고서로 하는 등, 서기를 정점으로 한 책의 새로운 질서가 형성되어 있었다고 보이는 점에서도 이를 추측할 수 있다.

이러한 텍스트가 '한자세계' 속에서 어떻게 만들어졌을지 서기의 실제 기술을 통해 생각해 보자. 서기 전체의 서두, 제1단 본서 서두를 다음에 들어 보겠다.

古天地未剖, 陰陽不分, 渾沌如鷄子, 溟涬而含牙. 及其淸陽者薄靡而爲天, 重濁者淹滯而爲地, 精妙之合搏易, 重濁之凝竭難, 故天先成而地後定, 然後, 神聖生其中焉, 故曰, 開闢之初, 洲壤浮漂, 譬猶游魚之浮水上也, 于時天地之中生一物, 狀如葦牙便化爲神, 號國常立尊。

---

8 각주 ⑦앞에서 든 신편증보 국사대계본 『석일본기』, 6면. 이하 『석일본기』로부터의 인용도 이 책에서 들었다.

옛날에 하늘과 땅이 구분되지 않고 음과 양도 아직 나뉘지 않았을 때, 이 세계는 혼돈되고 계란처럼 형태도 정해져 있지 않았고, 또한 그것은 어슴푸레 넓어서 사물의 조짐이 아직 그 안에 포함되어 있는 상태였다. 이윽고 맑고 밝은 부분이 떠올라 하늘이 되고 무겁고 탁한 부분은 뭉쳐 땅이 되었다. 하지만, 깨끗하고 작은 것은 뭉치기 쉽고, 무겁고 탁한 것은 뭉치기 어려운 법이다. 그래서 하늘이 먼저 완성되고, 땅은 후에 정해졌다. 그러는 사이에 신성神聖이 그 안에서 태어났다. (그리하여 말하길) 그 모습은 개벽이 시작될 때 토양이 떠올라 표류하는 모습, 딱 물고기가 물에 떠 있는 모습과 같았다. 그때 하늘과 땅 가운데 뭔가 하나가 생겨났다. 그 형태는 갈대 싹 같았는데 이것이 구니노토코타치노미코토國常立尊라는 신이 되었던 것이다.[9]

세계의 시작, 신의 출현이 이야기되고 있다. 서술상 두 개의 특징이 보인다. 하나는, '신이 그 안에서 태어났다神聖生其中焉'까지의 전반부 대부분이 중국 고대의 책인 『회남자淮南子』와 『삼오력기三五曆記』의 서술로 구성되어 있다는 점, 또 하나는 전반부와 후반부 양쪽에서 최초신의 출현이 언급되고, 후반부가 전반부의 일부를 다시 언급하는 형태라는 것이다.

전반부의 서술이 한적을 이용하고 있다는 것은 강서가 행해지는 현장에서도 인식되어 있었다. '또한 맑고 밝은 부분及其淸陽'에서 '땅은 후에 정해졌다地後定'까지가 『회남자』, 「천문훈天文訓」의 인용이라는 것은

---

9 서기의 현대어역은 『일본서기』(이노우에미쓰사다井上光貞감수 번역, 中央公論新社, 2003년, 초출 1987년)을 참조했다.

강사도 질문자도 언급하고 있다.[10] 흥미 깊은 것은 그들이 중국 고전을 인용해서 서기 기술을 구성하고 있다는 점을 알면서도 그것으로 서기의 가치가 떨어졌다고는 전혀 생각하지 않는다는 점이다. 천지의 시작과 같은 보편적인 이야기를 표현하기 위해 '한자세계' 속의 보편성을 가진 표현이 필요하다는 것은 그들에게 있어서 자명한 일이었다. 이 감각은 서기의 집필자들에게도 공통되는 것이었을 것이다.

그렇다고 해서 이 전반부 서술이 독창성이 없다는 것은 아니다. 그 독창성은 인용하는 방법에 있다.[11] 『회남자』『삼오력기』의 해당 부분을 비교해 보자. 다음과 같다.

* '고천지미부古天地未剖, 음양불분陰陽不分'

① 天地未剖, 陰陽未判, 四時未分, 万物未生, 汪然平靜. 寂然淸澄, 莫見其形

—『회남자淮南子』 숙진훈俶眞訓

하늘과 땅이 아직 형태가 안 만들어졌고, 음기와 양기가 아직 태어나지 않았으며, 춘하추동의 사계도 아직 나타나지 않았고, 만물도 아직 발생하지 않은, 그 아주 먼 옛날에는 소리 하나 없이 조용하고 구름 한 점 없이 맑게 개어 전혀 아무런 형태도 보이지 않았다.[12]

---

10 강서에서는『삼오력기三五曆記』도 언급하고 있지만, 이 부분 인용에 대해 확실히 말하고 있는 것은 아니다. '이것은 어슴푸레 넓어서 사물의 조짐은 아직 그 안에 포함되어 있는 채였다 溟涬而含牙'라는 표현에 대해서 질문자는『춘추위春秋緯』라는 책을 인용했다고 말하고 있다(『석일본기釋日本紀』).

11 고노시다카미츠神野志隆光는 이를 서기에 있어서의 '인용의 주체성' 이라고 평하고 있다. 『고대천황신화론 』, 와카쿠사쇼보若草書房, 1999년, 119면 참조.

12 이케다도모히사池田知久,『역주 '회남자'』, 講談社 학술문고, 2012년, 73면.

* '혼돈여계자渾沌如鷄子, 명재이함아溟涬而含牙'

②三五曆紀曰, 未有天地之時, <u>混沌狀如雞子</u>, <u>溟涬始牙</u>, 濛鴻滋萌、歲在攝提, 元気肇始, 又曰, 淸輕者上爲天, 濁重者下爲地, 沖和氣者爲人, 故天地含精, 万物化生

—『태평어람太平御覽』 천부天部[13]

『삼오력기三五曆紀』에 말하길, 아직 천지가 없을 때, <u>혼돈된 모습은 계란</u> <u>과 같았다.</u> 어슴푸레 넓은 가운데 사물의 조짐이 시작되고, 어두움이 널리 퍼진 가운데 점점 싹터 올랐다. 목성이 인시 방향에 있을 때, 기운이 움직이기 시작했다. 또한 말하길, 맑고 가벼운 것이 올라 하늘이 되고 탁하고 무거운 것은 내려가 땅이 되며 조화된 기운은 사람이 되었다. 그러므로 천지가 정기를 포함하고 만물이 태어나게 되었다.

*「급기청양자박미이위천及其淸陽者薄靡而爲天,

중탁자엄체이위지重濁者淹滯而爲地, 정묘지합단역精妙之合搏易, 중탁지응 갈난重濁之凝竭難, 고천선성이지후정故天先成而地後定」

③道始于虛◯, 虛◯生宇宙, 宇宙生氣, 氣有涯垠, <u>淸陽者薄靡而爲天</u>, <u>濁者滯凝而 爲地</u>, <u>淸妙之合專易</u>, <u>重濁之凝竭難</u>, <u>故天先成而地後定</u>, 地之襲精爲陰陽, 陰陽 之專精爲四時, 四時之散精爲万物

—『회남자淮南子』천문훈天文訓 (◯=우雨＋곽郭)

길이 막연한 확산을 만들어내고, 이윽고 그 확산에서 우주가 생겨나고, 우주에서 기운이 생겨났다. 그리고 기운 속에서 두 개가 분화가 나타나자

---

13 『삼오력기』는 실물이 존재하지 않는 책으로, 여기에서는 『태평어람』에 게재되어 있는 것을 인용한다. 서기의 작성에는 북제北齊의 유서(類書, 백과사전식 책(역자주))인 『수문 전어람修文殿御覽』이 이용되었을 거라고 추정되어 있다. 고노시神野志 각주 ⑪ 앞의 책, 제2 장에 있는 논의 참조.

맑고 밝은 기운은 넓고 길게 깔려 하늘이 되고, 무겁고 탁한 기운은 굳어 땅
이 되었다. 맑고 아주 작은 기운이 모이는 것은 쉽고, 무겁고 탁한 기운이 굳
는 것은 어렵다. 그래서 하늘이 먼저 생기고 땅은 후에 정해졌다. 또한 하늘
과 땅의 정기가 합쳐져 음양이 되고, 음양의 정기가 모여 사계四季가 되고
사계의 정기가 흩어져서 만물을 만들었다.[14]

    * '然後(연후), 神聖生其中焉(신성생기중언)'

    ④ 徐整三五曆紀曰, 天地混沌如雞子, 盤古生其中, 万八千歲, 天地開闢, 陽淸爲天,

      陰濁爲地, 盤古在其中

—『태평어람太平御覽』 천부天部2

서정徐整의『삼오력기三五曆紀』(『태평어람』에서는『三五曆紀』와『三五曆記』를
혼용해 쓴다(역자주))에 말하길, '천지가 혼돈되어 계란처럼 형태가 정해져
있지 않을 때, 반고盤古가 그 안에서 태어났다. 18,000년이 지나 천지가 개벽
하고 밝고 맑은 것이 하늘이 되고, 어둡고 탁한 것이 땅이 되었을 때, 반고는
그 안에 있었다.

『회남자』①에서는 세계 생성이 시작되기 이전의 상태를 나타내는
표현, 이어『삼오력기』②에서는 혼돈된 원래의 상태와 시작의 계기가
되는 표현이 인용되어 있다. 『회남자』③은 생성의 운동이 일어나고,
그 운동이 계속되어 천지와 만물이 구현되는 과정을 그리고 있다. 서
기는 여기에서 음양 원리의 설명이 포함된 천지생성의 묘사를 발췌하

---

14 이케다池田 각주 ⑫, 앞의 책, 91면. 단 일부 바꾼 곳이 있다.

고 있다. 『삼오력기』④는 『회남자』③과 마찬가지로 만물의 생성을 그리면서, 운동의 계속이 아니라 오히려 음양 두 기운의 운동 결과로서, 천·지, 그리고 반고가 태어났다고 말하고 있다. 천지가 성립하고 그 안에 생기는 제3의 존재를 말하고 있다는 점에서는 『삼오력기』② 도 그러하다. 『삼오력기』②는 천·지 성립에 더해 사람의 출현을 말하고 있다. 천지가 성립된 후에 출현하는 서기의 '신성神聖'은 ②에서는 '사람', ④에서는 '반고'로 표현이 다르긴 하다. 하지만, ④를 볼 때 '그 안에서 태어났다生其中'라는 표현이 서기와 중복되고 있으므로 서기는 이 표현을 『삼오력기』에서 얻었을 거라 생각된다.

이상과 같이 서기는 생성운동의 무한한 지속을 나타낸 『회남자』와 천·지와 함께 제3의 존재를 정립시킨 『삼오력기』를 합성함으로써 음양의 운동이 천지를 성립시키는 모습과, 다시금 계속되는 운동에 의해 출현되는 별도의 주체를 그려내게 되었다고 말할 수 있겠다. 고전표현을 빌리면서 독자적 서술을 만드는 서기의 능동성은 이러한 각색에서 찾아볼 수 있는 것이다.

또 하나의 특징은 '그리하여 말하길故曰' 이후 후반부의 신의 출현이 다시 언급되는 곳에서도 서기의 서술과 고전표현과의 관계가 잘 나타나 있다는 것이다.

후반부에서는 전반부에서 말한 땅의 성립과 신의 출현에 대해 다시금 모두 비유를 써서 객관적으로 표현하고 있다. 신의 출현을 구체적으로 다시 말한다는 것은 구니노토코타치라는 이름을 가진 최초신의 출현을 말하는 것으로, 여기에서는 본문을 생략했지만 이후 계속해서 고유의 이름을 가진 신들의 출현이 언급되고, 이자나키·이자나미라는 두 신의 출현이 기술된다. 그리고 이 두 신은 '양신陽神' '음신陰神'으로 만물을 낳게 되는 것이다. 이러한 두 신의 모습에서 전반부에 그려진 음양 운동의 원리와 지속이, 후반부 이하 이야기에 있어서도 저변을 이루고 있다는 것을 알 수 있다. 또한, 이러한 만물의 생성을 담당하는 주체로서의 신의 모습도 전반부에서 보인 『회남자』『삼오력기』의 합성에 의해 가능해졌다고 말할 수 있다. 즉, 전반부와 후반부에서 이야기를 일부 중복함에 따라 전반부 고전표현에서 이루어지는 기술이 후반부 이후에 전개되는 신들을 중심으로 한 이야기를 가능하게 하고 보증하게 하는 관계가 성립되는 것이다. 서기가 '한자세계'의 고전에 의거함으로써 독자적 이야기를 구축할 수 있었던 모습을 여기에서 볼 수 있다.

3. 훈독문 만들기

현대 우리들이 일본기 강서를 되돌아볼 때, 특히 특징적으로 보이는 것은 그들이 서기 서술의 철저한 훈독 — 한문은 그대로 유지하면서 글자 하나하나를 그대로 일본어로 읽는 것 — 을 시도해 본다는 점이다. 남겨진 기록에서 보면 강서가 개최될 때마다 서기 훈독문을 읽는 것이 통상적 예였고,[15] 서술을 어떻게 훈독할지가 종종 논의의 초점이 되고

---

15 강서 때는 쇼후쿠尙復라고 불리는 강사 보좌역이 텍스트를 낭독하는 것이 통상적 예였던 모양이다. 『서궁기西宮記』 제2(『고실총서故實叢書』 7, 明治 도서출판, 1993)제1 '시강 일본

있었던 모습도 엿보인다.

강서를 통해 확정되어 갔던 서기 서술의 훈독은 실은 앞서 소개한 현대 서기 간행본의 중심을 이루고 있는 훈독문과도 관련되어 있다. 방금 언급한 현존 최고最古의 사본에는 훈점(훈독을 위한 문자·부호)이 붙어 있지 않지만 그 다음의 옛 사본(헤이안 중기의 서사라고 추정됨)에는 이미 훈점이 붙어 있다.[16] 텍스트로서의 서기가 이어지는 오랜 역사 속에서 훈독은 일찍부터 텍스트와 공존해 있었다고 말할 수 있을 것이다.

훈독이라는 영위는 현재 일본뿐 아니라 '한자세계' 각 지역에서 번역의 한 시도로 널리 보인다고 알려져 있다.[17] 하지만, 일본기강서에 있어서의 공동 논의, 훈독어의 탐구를 번역으로 간주하면 때로 큰 문제를 내포하게 된다. 통상적 한문 해석과 한어 훈고訓詁에 기초한 훈의 확정에서 일탈된 것으로 보이는 논의가 포함되어 있기 때문이다.

실제 논의를 살펴보자. 문답 초점이 되고 있는 것은 앞서 인용한 서기의 서두, '청양자박미이위천淸陽者薄靡而爲天, 중탁자엄체이위지重濁者淹滯而爲地의 '박미薄靡'이다.

> 又問,「此序文自淸陽者已下至地後定,皆是淮南子天文訓之 文也, 修史者引以爲天地渾沌之序(公望案, 彼書薄靡爲薄歷, 高誘注云, 風揚塵之貌也), 若如此文者 다나히 쿠タナヒク止讀者, 與彼相違也, 如何」

기사始講日本紀事' 참조.

16 동양문고에 소장된 서기 권 22, 24의 사본(『일본서기』(비적대관秘籍大觀 제1집, 오사카大阪 매일신문사, 1926년 수록) 참조. 인터넷상에 있는 일본의 '국립국회도서관 디지털 컬렉션'에서 열람 가능하다.

17 김문경, 『한문과 동아시아—훈독 문화권』, 岩波서점, 2010. 참조.

答,「此書, 或變本文便從倭訓, 或有倭漢相合者也, 今是取倭訓便用彼文也, 未必盡

從本書之訓, 然則暫忘彼文, 猶**다나히쿠**タナヒク止可讀也」

—『석일본기釋日本紀』비훈秘訓1 [18]

또한 묻는다. "이 서문의 '맑고 밝은 것淸陽者'에서 이하 '땅은 후에 정해졌
다地後定'까지는,『회남자淮南子』천문훈天文訓의 문장으로 편찬자가 이를 인
용하여 천지혼돈의 서문으로 삼았다(긴모쓰公望의 조사에 의하면, 그 책
(『회남자』)은 '박미薄靡'를 '박력薄歷'이라 보았다. 고유高誘의 주注에 의하면,
바람이 먼지를 불러일으키는 모습이라고 한다).[19] 이 문장처럼 '다나비쿠
(얇게 옆으로 눕다)'라고 읽으면 '박미'와 다른 의미가 되는데 어떠한가?"
(박사가) 대답하여 말하길, "이 글(『일본서기』)에서는 본문을 바꾸어 편의
상 일본어 훈에 맞추는 경우도 있고, 일본어와 한어를 일치시키는 경우도
있다. 지금 경우는 일본어의 훈을 따서 그 문장(『회남자淮南子의 문장』)을
편의상 쓰고 있으므로, 문장이 꼭 훈을 따른다고는 할 수 없다. 따라서 일단
그 문장은 잊고 다나비쿠라고 읽는 것이 좋다."

질문자는 서두의 일부가『회남자』의 인용임을 지적한 다음,『회남
자』의 주석이 나타내는 한어 '박미薄靡'의 의미(바람이 먼지를 날려 올리는
모습)와 '박미'에 붙여진 '다나비쿠'라는 '왜훈倭訓(훈으로서의 일본어)의 의

---

18 『석일본기釋日本紀』, 219면.

19 이 기록을 남긴 야타베 긴모쓰矢田部公望의 주注가 삽입되었다고 생각되어지는 부분이다.
'박미薄靡'를 둘러싼 논의 전체에 대해서는 고노시다카미츠,『변주되는 일본서기』, 동경대
출판회, 2009년;「강서와 '왜어倭語'의 의제擬制」Ⅱ-5를 참조하기 바란다.

미(구름 등이 얇은 층을 이루어 가로로 기다랗게 깔리는 모습)'가 일치하지 않는 것을 지적하고 박사의 견해를 묻고 있다.

박사의 답은 놀라운 것이었다. 박사는 통상의 훈독처럼, 또한 질문자처럼 '왜훈倭訓'을 한어의 의미에 적합하도록 골라야 한다고 생각하고 있지 않다. 한어와 '왜훈'과는 일치하는 경우도 일치하지 않는 경우도 있다고 말하며, 이 경우는 앞서 채용된 일본어에 한어 한문이 붙여진 표현이므로 '박미'의 의미와의 차이는 신경 쓰지 말고, '다나비쿠'라고 훈독하면 된다고 단언하는 것이었다.

'다나비쿠'라는 말에 입각해 이 말이 우선되어야 할 이유에 대해서는 방기되고, 이미 정해져 있는 일본어 훈을 선험적先驗的으로 존중한다는 태도가 여기에 잘 나타나 있다.

많은 문답에서 선현으로부터 계승된 설을 명확한 이유 없이 존중하는 경우가 종종 보이는 점도 특징적이다. 논의 속에서는 훈으로서 보다 이치에 맞는 말이 달리 확인된 경우라도 선현의 설을 선택하거나 병기하는데 머물러 있다. 이것도 이미 정해진 것에 대한 존중이라는 점에서 '다나비쿠'라는 훈을 존중하는 것과 같은 태도라고 말할 수 있겠다.

그와 동시에 강서에 대해서는 질문자의 훈독에 대한 질문이 말뜻이나 문맥과의 정합성, 서술상의 합리성 등 늘 충실한 논리로 관철되어 있다는 점도 간과할 수 없다. 대답하는 박사들도 또한 그 대답에서 질문자와 마찬가지 논리와 감각을 가지고 있다는 것을 알 수 있다. 현대에 있어서 고훈古訓이라고 불리는 당시 훈독의 성과는 대부분의 경우 강서가 이루어지는 곳에서 극히 논리적이고 학문적인 훈독 시도와 검토가 이루어졌다는 것을 증명하고 있다.[20]

그러한 착실한 시도 속에서 훈독 범주에 들어가지 않는, 상기와 같은 드라마틱한 지향도 볼 수 있다는 점이 강서의 현저한 특징이다.

이 특이한 지향을 만들어내고 있는 것은 '박미'의 예에서 보이듯이 서기가 창출된 과정에 대한 공통 인식 때문이라고 생각된다. 바꿔 말하면, 강서의 박사들에게는 서기가 다른 한문 텍스트와는 달리 일본열도에서의 자신들의 언어문화나 구두 전승 속에서 창출된 한문 텍스트라는 점이 강하게 인식되어 있었다는 것이다. 그 때문에 박사들에 있어서 서기 한문을 훈독하는 일은 단순한 한어의 훈고訓詁에 그치는 것이 아니라 줄곧 서기 텍스트 성립의 기반이었을 일본어표현과의 관계에 대한 고찰을 동반하는 일이 아니었을까? 그러한 고찰 가운데『고사기』에 보이는 일본어 표현 등이 원래의 일본어라고 간주되고, 그것과 서기 기술과의 관계가 의문시되게 된 것이다.

제1절에서 서기 서두에 대해 검토한 것처럼, 서기의 기술은 '한자세계'의 고전이 가지는 논리와 표현으로 스스로를 성립시키고 있었다. 서기에서 기술되는 이야기의 원형으로서 본래 일본어 표현이나 전승이 존재하고 있었다고 해도 텍스트로서의 서기는 말하자면 그러한 원형에서 벗어나 성립되어 있었기 때문에 아무리 서기의 문자를 면밀히 검토해 간다고 해도 텍스트에서 거슬러 올라가 원형으로서의 일본어 표현을 검출하는 것은 불가능하다. 따라서 강서에서 행해진 것은 원래

---

20 오오타쇼지로太田晶二郎,「상대에 있어서의 일본서기 강구講究」(『오오타쇼지로 저작집』
   제3권 수록, 요시카와코분칸吉川弘文館, 1992, 초출 1939)는 강서 연구의 학문적 충실함을,
   간다기이치로神田喜一郎,『간다기이치로 전집』제2권, 同朋舍出版, 1983, 초출 1949)은 그
   성과로서의 고훈古訓을 각각 높이 평가하고 있다.

형태로 소급되는 것처럼 보이지만 실제로는 훈독에 대한 명확한 구분을 통해 서기 한문 기술과 그 원천이었을 일본어와의 관련을 새로이 만들어내는 것이었다. 그것이 여기에 교조적인 태도가 요구된 이유이다.

　정리하자면, 강서에 있어서의 훈독 방법은 어디까지나 한어 한문이라는 텍스트의 현실에 입각해서 그 의미와 훈을 탐구하는 태도에 입각해 있었다. 이것은 강서에 있어서의 탐구의 논리성, 과학성이라고 해도 좋을 것이다. 한편, 그와 더불어 서기 한문 서술에 입각하면서 그 속에서 그 원천인 일본어를 철저히 파악해 가려고 하는 태도가 있었다. 이것이 강서에 있어서의 탐구의 교조성敎條性(도그마티즘)이었다. 이러한 양면을 갖고 있었던 것이 강서에 있어서의 훈독문 만들기였다고 생각된다. 이 강서가 갖고 있던 태도의 특징은 후대의 시도와 비교해 보는 것으로 확실히 알 수 있다. 14세기(1339년)에 성립된 기타바타케지카후사北畠親房『신황정통기神皇正統記』를 들어 보자.

　『신황정통기』는 서기의 영향 하에 신들의 시대에서 14세기 현재까지의 천황가의 역사와 그 통합의 정통성을 말한 책이다. 서두에서 국명에 대해 '일본'이라고 표기하고 '야마토'라고 읽히는 것을 가리켜 지카후사親房는 "우리나라에 있어서 한자를 읽는다는 것은 많은 경우 이러한 것을 말한다. 히노모토日本'해의 근본'이라고 하는 것은 문자 그대로 읽은 것으로 국명을 말한 것이 아니다"라고 말하고 있다. "일본'이라는 문자에 입각해서 읽은 '히노모토'는 국명으로 인정되지 않고 '일본'이라 쓰고 원래의 일본어인 '야마토'라고 읽는다, 일본에 있어서의 한자 훈독의 대부분은 이러한 것이다'라는 주장이다. 원래 존재한 일본어에 한자 전래 이후 한자가 붙여졌다는 역사적인 과정을 상정하고,

통상의 훈처럼 '한자 → 일본어'라는 관계가 아니라 실은 '일본어 → 한자'라는 관계에 있는 것이 '우리나라'의 훈이라고 말하고 있다. 강서의 훈독을 관통하는 태도가 여기에 확실히 나타나 있는 것이다.

신대에 대한 『신황정통기』의 시작은 다음과 같다.[21]

> 원래 천지가 아직 분리되어 있지 않았을 때, 그 혼돈으로 덩어리가 되어 있는 모습은 계란과 같았다. 안에 들어차 확실치 않은 가운데 어떤 조짐을 품고 있었다. 이것이 음양의 시작이며, 아직 음양이 분화되지 않은 상태의 하나의 기운이다. 그 기운이 나뉘어 비로소 밝고 맑은 것이 옆으로 길게 뻗어(다나비키테) 하늘이 되고, 어둡고 탁한 것이 가라앉아 모여 땅이 되었다. 그 안에서 하나가 출현했다. 형태는 갈대 싹과 같았다. 곧바로 신神이 되었다. 구니노토코타치노미코토國常立尊이다.

이 서술이 제1절에 인용한 서기 서두에 기초해 있는 것은 확실하다. 단, 이 텍스트가 의거해 있는 것은 서기 한문 서술이 아니라 글 중에 있는 '다나비키테'라는 말에서 알 수 있듯이 강서에서 논의되고 있었던 서기의 훈독문이다. 한자와 가나의 혼용문으로 써 있다는 점에서 현재 우리들이 보고 있는 서기의 간행본 스타일에 가깝다고 말할 수 있다.

『신황정통기』에 부분적인 한문 표기가 있지만, 서기 등의 한문 서술은 인용되고 있지 않다. 일본기 강서가 어디까지나 한문서술을 중심으로 하면서 훈독으로서의 일본어 문제를 생각하고 있었던 것과는 달리

---

21 이와사다다다시岩佐正 역, 『신황정통기』, 이와나미문고, 1975, 24~25면.

훈독문만을 한문서술에서 잘라내어 독립적으로 사용하고 있는 것이다. 그러한 점에서, 텍스트는 확실한 형태가 되어 있지만, 다른 한편으로 강서에서 논의되고 있던 한문 서술과 훈으로서의 일본어와의 관련을 둘러싼 문제, 예컨대 '박미'와 '다나비쿠'에 대한 논의와 같은 문제는 보이지 않고 있다.

지카후사의 이러한 태도는 훈독 문제에 대해 '우리나라의 한자를 훈독하는 일은 대부분 이와 같다'라고 단언하는 것처럼 당시 텍스트로서의 서기가 '한자세계'의 산물이라는 것에 대한 자각이 희박해져 있다는 것을 보여준다. 『신황정통기』 속에서 천축(인도), 진단(중국)의 세계 생성설을 소개할 때, '같은 세계 안인 이상, 천지의 시작은 어디나 차이가 없을 터이지만, 삼국의 설은 각각 다르다'라고 말하고 있는 부분에 지카후사의 생각이 잘 나타나 있다. '한자세계'라는 세계관은 한문으로 번역된 불교설을 받아들이는 것으로 천축(인도), 진단(중국), 본조(일본)의 삼국적 세계로 확대되고, 그 일체성은 '같은 세계'라는 지리적인 확신이 되는 한편, 그 세계 내의 언설에 대해서는 '삼국의 설'이 각각 고유의 것으로 파악되고 비교되고 그 차이가 의식되게 되는 것이다.

하지만, 그러한 견해는 확실히 인식의 전도를 동반하고 있다. 중국의 천지생성설에 대해서 지카후사는 '단, 다른 책의 설에 혼돈미분의 형태, 천·지·인의 시작을 말하는 것은 우리나라 이야기의 신대神代의 시작과 닮아 있다'라고 말하고 있는데, 제1절에서 본 대로 중국의 '다른 책'과 '신대의 시작'을 말하는 서기는 '한자세계' 속에서 태생이 같은 것이다. 그것을 다른 것의 '유사함'이라고 파악하는 것은 텍스트 생성 기반으로서의 '한자세계'를 망각하는 것이다. 그리고 그러한 망각의 위에서야말로 서기의 훈독문을 베이스로 한 서술을 '우리 조정' 고유의 설이라고 말할 수 있게 되는 것이다.

이렇게 『신황정통기』를 살펴 본 다음 강서를 되돌아본다면 한문서술에 입각해서 원형으로서의 일본어를 탐구하는 강서의 시도는 텍스트로서의 서기를 '한자세계'와 일본의 언어문화와의 상화 관련 속에 계속 보호 유지해 가기 위한 것이었다는 것을 알 수 있다. 이 둘 사이에는 비약이 있는데, 그렇기 때문에 그것을 잇는 시도는 교조적일 수밖에 없다고 해도, 헤이안 시기에 서기를 연구한 사람들에게 있어서는 '한자세계'에 태어난 자신들의 텍스트인 서기에 대한 근본적 태도로서 그러한 시도는 필연적인 것이었을 것이다.

현재 서기의 간행본에는 훈독문과 한문 서술이 함께 게재되어 있다. 그 훈독을 창출한 일본기 강서는 이 둘의 관련 속에 서기라는 텍스트가 있다는 공통인식을 갖고 있었다. 당시의 학자들은 그러한 인식하에 살고 있었다.

4. 주석 만들기

주석 효시로서의 텍스트 속의 표현이나 내용 이해의 시도는 일본기 강서에 있어서 활발히 행해지고 있었다. 훈독을 확정하기 위한 논의뿐 아니라 말의 뜻이나 문맥 이해 그 자체를 목적으로 한 문답도 많이 있었던 것은 남겨진 기록을 통해서 알 수 있다.

여기에서는 그러한 축적된 해석에 대해 배우면서 강서의 논의가 갖고 있었던 서기의 텍스트적 원천으로서의 일본어나 텍스트 성립과정을 생각하는 방향과는 다른 방향에서 해석한 시도를 들어 보자.

그것은 15세기 중반, 당시 대정치가이며 대학자였던 이치조가네요시一條兼良(1402~1481)에 의한 서기 '신대' 주석의 시도 『일본서기찬소日本書紀纂疏』(1455~1457년 성립, 이하 『찬소』라고 약칭)이다. 찬소의 현저한 특징은 한문으로 쓰인 텍스트로서의 서기 '신대'를 해석의 대상으로 하는 것이었다. 그것은 강서에 있어서 큰 초점이었던, 어떻게 훈독하느냐 하는 문제를 일체 취급하지 않는다는 것, 강서에서 취급된 원천으로서의 일본어나 텍스트 성립과정 등을 묻지 않는다는 것을 의미했다. 서기를 '한자세계'의 텍스트로 간주하고 철저하게 해석하고 그 의의를 추구하는 것이 서기 해석에 있어서의 가네요시가 선택한 태도이고 이는 그때까지 없었던 시도였다. 찬소에 있어서 가네요시가 취한 중요한 방법이 두 가지 있었다. 하나는 서기 '신대' 전체를 문맥에 입각해서 중층적으로 분절하고 전체와 부분의 관련을 명확히 하면서 텍스트를 이해하는 방법으로, 불교 경전의 주석에 사용되는 과문(科文, 단락을 나누어 표제어를 두는 형식의 문장(역자주)) 형식을 도입한 것이었다. 제1절에서 인용한 서기 제1단 분문에 대해 그 분절한 실제 모습을 보이면 다음과 같다.

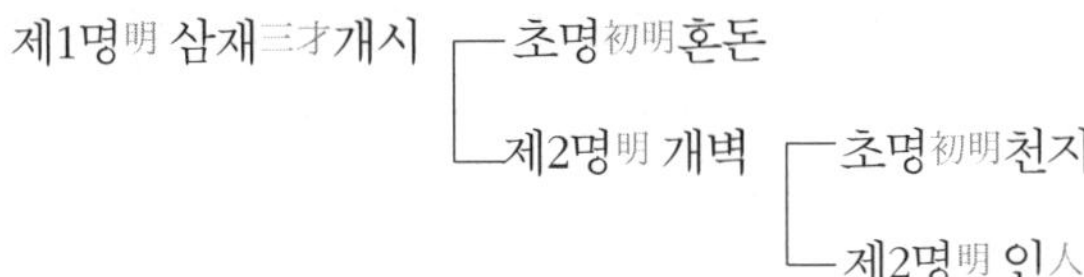

제2명^明 7대 화생^{化生}　─초중설^{初重說}개벽

제2명^明 7대　─초명^{初明} 3대

제2명^明 4대

'제1'과 '제2'로 크게 이분되어 있는 구분선은 제1절에서 우리들이 나눈 것과 마찬가지로 '신성이 그 안에서 생겨났다^{神聖生其中焉}'까지의 전반부가 '제1', '그리하여 말하길^{故曰}' 이후의 후반부가 '제2'이다. 실은 이 두 부분의 구별은 이미 강서에서도 되어 있었고, 전반부를 '서문'으로 간주하는 해석도 제기되어 있었다. 가네요시는 전반부를 '명삼재^{明三才}개시'라 이름붙이고, 혼돈에서 천·지 그리고 사람이 출현하는 과정을 제시하여 후반부 이후 전개되는 이야기의 시작을 구성하는 단락으로 취급하고 있다. '서문' 설보다도 명확하고 유기적인 의미 부여를 하고 있다고 하겠다. 또한 '제2'의 첫 절은 '중설^{重說}개벽'이라 명명하여, 전반부에서 말한 개벽을 다시금 말하고 있다는 점에서 신들의 출현을 언급해가는 서기 기술의 논리를 정확히 파악하고 있다고 할 수 있겠다.

이상의 방식은 텍스트 내용에 대한 철저한 이해 방법인데, 또 하나의 방법은 다른 텍스트와의 관련에 있어서 서기 '신대'의 의의를 검증하는 방법이다. 찬소에서 두 군데 인용해 보겠다.[22]

먼 고대의 일이라고 생각한다면 그것이 역사서로서 전해지는 일은 있을 수 없는 일이다. 신령이 사람에 붙어 말하고 성현이 붓을 들어 기록한 것이다. 이

22　이 두 개의 인용은 『천리도서관 선본총서 일본서기찬소 일본서기초^{日本書紀抄}』(八木書店, 1977)에서 인용했다. 각각 7면, 9면이다.

는 삼교설三教説을 통해 확인되는 것으로 이 책이 거짓이 아님을 알 수 있다.

아주 먼 옛날에는 문자가 없이, 줄을 묶고 나무에 새겨 서로간의 약속을 정했다. 우리나라 최초로 음양이 행한 일은 예부터 신성간의 일이거나 또는 신성이 사람에게 붙어 말을 전한 것으로, 그 말하는 부분은 삼교의 이치에 부합하지 않는 게 없다.

양쪽의 인용에 공통되는 두 가지 점에 주목하겠다.

하나는 서기 '신대'가 대상으로 하는 태고 시대에는 문자가 없고, 시대 환경을 직접 기록한 사서가 있을 리 없으며 모든 것은 전승에 의한 것이라는 인식이다.

또 하나는, 그러한 상황 속에서 서기 기술이 바른지에 대해서는 삼교의 설, 즉 유교, 도교, 불교설에 의해 증명되는 것으로 『일본서기』기술에 그들 삼교설에 어긋나는 것은 없을 거라는 주장이다.

이 둘은 서기 성립에 관련된 견해로, 여기에서 강서에서처럼 전승된 일본어와의 관계 탐구에 대해 생각해 볼 수도 있겠지만, 이미 밝혀졌듯이 가네요시는 '한자세계' 밖으로 눈을 돌리는 일은 하지 않았다. 대신에 유·도·불의 삼교설, 즉 '한자세계'를 구성하는 다른 언설과의 일치만이 서기 기술이 바르다는 것을 보여줄 수 있다 하여, 찬소에서 그것을 방법화하고 있는 것이다.

서기 제1단 본서 전반부에 대한 가네요시의 해석을 예로 들어 보자. 먼저 '고古'자의 경우 유교설의 문맥에서는 이것이 '상고上古' '현고玄古'를 가리킨다고 하고, 이기론理氣論의 견지에서는 천지음양은 아직 나뉘

어 있지 않으므로 '상하 왕래의 이치'는 이미 포함되어 있는 상태, 나아
가 불교의 사겁설四劫說로는 공겁空劫의 끝, 성겁成劫의 시작에 해당한다
고 보고 있다. 가네요시는 전반부 서술 전체에서 앞서 말한 것처럼 '혼
돈'에서 천·지가 성립되고, 나아가 사람이 생기는 과정을 읽어내고 있
다. 실제 서기 기술에서 천지 사이에 생겨나는 것은 '신성神聖'인데 그
'신성'이 사람이라는 해석을 면밀히 제시해서 천·지·인 삼재 구도라
는 것을 증명하고 있는 것이다. 또한, 이 과정 전체가 불교설의 '일심一
心'론이 말하는 세계생성 과정과 일치한다는 점, 즉 불교설에서 말하는
근본 존재인 '일진리지심一眞理之心'에서 '불각일념不覺一念'이 움직이기
시작해서 그것이 천·지, 나아가 사람을 생기게 하는 과정, 다른 불교
적인 표현으로 말하면 의보依報와 정보正報가 출현하는 과정과 일치된
다는 점도 보여주고 있다.

이처럼 가네요시는 박식함에 근거한 자유로운 해석을 매개로 다른
가르침과의 조응 관계를 보여 줌으로써 서기기술의 정당성, 또한 '한자
세계'에 있어서의 보편성을 증명하고자 했다.

때로 억지스런 해석도 볼 수 있지만 텍스트로서의 서기가 '한자세계'
에서 성립되었다는 점에 최대한 입각해서 '한자세계'를 구성하는 텍스
트 사이에서 서기의 의의를 확립하려고 한 그 방향성은 명확하다. 앞
서 든 텍스트에 내재된 해석에 의한 분절과 여기서 본 텍스트 사이에
보이는 조응이 연동하고 있다는 것은 말할 것도 없다. 가네요시는 서
기 기술 논리에 따라 서기라는 텍스트의 내부와 외부를 각각 분절하여
구조화하는 것을 해석의 큰 주축으로 삼은 것이고 그것은 기반으로서
의 '한자세계'가 존재 한다는 확신을 근거로 한 것이었다.

5. 나가며—두 개의 방향, 두 개의 '한자세계'

지금까지 8세기 초의 서기 기술의 성립과 9, 10세기의 일본기 강서의 문답, 14세기의 『신황정통기』, 그리고 15세기의 『일본서기찬소』, 서기와 '한자세계'와의 관계에 초점을 맞추어 살펴보았다. 서기 해석에 있어서 두 가지 탐구 방향이 존재했다는 점은 확실해졌다고 생각된다. 하나는 강서에서 볼 수 있었던 훈독의 기원으로서의 말을 추구하는 방향, 또 하나는 찬소에 보인 주석에 있어서 다른 텍스트와의 사이의 조응을 추구하는 방향이다. 어느 쪽이나 서기의 의의를 확신하는 시도라는 점에서는 차이가 없지만 '한자세계'에 대한 파악 방식, '세계'에의 대응 방식을 보면 이 두 가지가 많이 달라 있었다. 강서의 시대에 비해 한자 히라가나 혼용의 훈독문을 독립시켜 기록하고 있었던 『신황정통기』의 예가 보여주는 것처럼 가네요시가 살았던 15세기에는 실제로는 국가를 초월한 '한자세계'라는 보편적 감각은 희박해 있었다. 가네요시는 한문 텍스트로서의 서기에 대해 새로운 의미를 부여하기 위해 삼교설과의 일치에 따른 보장을 추구하고, 불교설이나 주자학을 받아들여 새로운 형태의 중세적 '한자세계'를 저절로 드러나게 했다고 말할 수 있는 게 아닐까?

번역 : 김정희

要旨

漢字世界 に向き合うということ
『日本書紀』解釈をめぐって

徳盛誠

　日本の最初の正史である『日本書紀』は、八世紀東アジアの〈漢字世界〉の中で編纂された。それ以来現代に至るまでの長い間、『日本書紀』は読まれ、研究され、注釈されてきた。その歴史は日本列島に住む人びとが〈漢字世界〉に向き合ってきた態度の歴史でもある。本論文では、十五世紀までのいくつかの画期を通じて、その歴史を明らかにする。

　具体的には、『日本書紀』の叙述が〈漢字世界〉で共有された教養から作り出されたことを確かめ、しかしながら十世紀の論議では『일본서기』が、普遍的表現としての漢文と固有のことばとしての日本語との双方にまたがるものとして位置づけられていることを明らかにする。さらに十四世紀になると、揺籃としての〈漢字世界〉を忘却して『日本書紀』叙述の固有性を主張する著述が現われたこと、そのように〈漢字世界〉認識が希薄化する一方で、十五世紀には、『日本書紀』の正しさを保障するものとして〈漢字世界〉の教養を新たに提示しようとする試みもあったことに注目する。このように〈漢字世界〉との関係に注目することは、『日本書紀』をより歴史的実態に即して理解する糸口になると考える。

참고
문헌

단행본

『서궁기(西宮記)』 제2권, 『고실총서』 제7권, 메이지 도서출판, 1993.

『일본서기』, 비적대관(秘籍大觀) 1, 오사카 매일신문사, 1926.

『일본서기사기 · 석일본기 · 일본일사』, 신정증보 국사대계, 吉川弘文館, 1932.

『천리도서관 선본총서 일본서기찬소 · 일본서기초』, 八木書店, 1977.

고노시다카미츠, 『고대천황신화론』, 若草書房, 1999.

___________, 『변주되는 일본서기』, 동경대학 출판회, 2009.

김문경, 『한문과 동아시아―훈독의 문화권』, 岩波書店, 2010.

사카모토타로 · 이에나가사부로 외역, 『일본서기』 상 · 하, 일본고전문학대계, 岩波書
       店, 1965, 1967.

사카모토타로, 『육국사(六國史)』, 吉川弘文館, 1970.

이노우에미쓰사다 역, 『일본서기』, 중앙공론신사, 2003.

이케다도모히사 역, 『회남자』, 講談社 학술문고, 2012.

야카모치 반가家持反歌의 전환과 난亂

엣추越中 시대 초기 장반가長反歌를 중심으로

박일호

1. 들어가며

오토모노 야카모치大伴家持의 반가反歌는 가키노모토노 히토마로柿下人麻呂의 자유롭고 독립적인 반가가 오히려 반가의 본질적 기능을 넘어서 비반가화非反歌化＝短歌化 되는 것을 극복하며, 단가 형식의 응집력을 이용하여 장반가長反歌 전체의 시적 완결성을 추구한다. 이러한 야카모치 반가家持反歌는 장가의 주제나 서정을 정교히 요약하는 '서정적 요약형 반가'로서, 엣추수령越中守 부임 이후에 형성되었다고 볼 수 있다.[1]

---

[1] 만요슈의 장가長歌에는 장가의 시세계를 요약하여 매듭짓거나 서정을 보완하는 반가反歌라는 단형식의 노래가 붙여진다. 만요슈 초기에는 붙여진 작품과 붙여지지 않은 작품이 병존하지만, 제2기 가키노모토노 히토마로柿本人麻呂 이후의 장가에서는 한 수 또는 여러

즉 야카모치 반가는 엣추 수령 부임을 전환점으로 하여 '전개형 반가'
— 장가의 범위를 벗어나 새로운 세계를 구축하는 반가 — 로부터 '서
정적 요약형 반가' — 서정을 가미하면서도 장가의 세계로 착실히 회수
되는 반가 — 로 변모하게 된다. 그렇다면 그러한 야카모치 반가의 형
성은 어디에 기인하는 것인가. 그것은 엣추수령 부임 초기, 특히 덴표
19년(747) 2월부터 4월에 걸쳐 현저한 특징으로서 나타나는 야카모치
의 한시문에 대한 깊은 경도傾倒와 밀접한 관련이 있다고 할 수 있다.

이 시기에 야카모치는 중국의 육조六朝, 초당初唐문학에 표현의 전거
를 가지는 한문서漢文序·한시를 창작하여 와카和歌와의 대비 또는 조
화를 시도하거나, 한문서에 '난亂' — 부賦에서 본편의 내용을 요약하여
종결시키는 형식 — 이라는 한문학 용어를 활용하기도 하고, 한편으로
는 장가를 '부賦'에 빗대어 제작하기도 한다.[2] 이와 같은 일련의 새로운
시도가 모두 한문학과 관련되어 있고 야카모치의 한시문에 대한 의식
의 고양이 특히 이 시기에 두드러진다.[3] 바로 이러한 한문학 세계에 깊

수의 반가를 동반하는 형식이 정형화된다. 만요슈 초기의 반가는 장가의 후반부를 음률
적으로 반복하거나 장가의 시어를 그대로 차용하면서 시세계를 요약하는 형태로서 이
른바 '후렴구적 요약'의 반가라 할 수 있다. 이후 히토마로에 의해 장가의 시세계를 확장
하고 증폭시키는 전개형 반가가 시도되며, 반가는 장가에 종속되면서도 개성을 담는 하
나의 문예양식으로서 정착된다. 이후 만요슈 후기의 오토모노 야카모치大伴家持에 이르
러서는 히토마로 반가의 유형과는 다른 요약형 반가가 중심을 이루게 되는데, 이는 만요
슈 초기의 후렴구적 요약의 반가와는 다른 양식적 의도에 의거한 '서정적 요약형 반가'라
고 할 수 있다. 이러한 변화는 특히 야카모치의 엣추수령 부임을 계기로 나타나며, 이후
그의 독자적인 반가가 제작된다. 졸고, 「大伴家持反歌考」, 『上代文學』 75, 上代文學會,
1995 참조.

2 '난亂'을 수반하는 '부賦'의 작품은 주로 『초사楚辭』에 수록되어 있는데, 부 및 난의 성격과
기능에 관해서는 호시카와 기요타카星川淸孝, 『楚辭の硏究』, 養德社, 1961; 다케지 사다오
竹治貞夫, 『楚辭硏究』, 風間書房, 1978 참조.

3 이 시기의 야카모치의 중국문학 수용 양상을 논한 글로는 고지마 노리유키小島憲之, 「天平
期に於ける萬葉集の詩文」, 『上代日本文學と中國文學』 中, 塙書房, 1964; 오노 히로시小野寬,

이 심취해 있던 시기에 야카모치의 '서정적 요약형 반가'가 제작되기 때문에, 새로운 반가 양식으로의 전환 또한 '부賦'의 '난亂'을 접한 야카모치의 방법적 자각에 의해 이루어진 것이라 추론할 수 있다.

이 글에서는 이러한 야카모치에 의한 반가의 양식적 전환은 어디에 기인하는가 하는 물음을 던지며, 한문서 내에서 반가를 난에 빗대어 표현하며 난이라는 용어를 원용하고 있는 야카모치·이케누시池主 증답시가군(제17권·3965~77)과 '~부'라는 제목을 가지는 장반가군(3985~7, 3991~2, 4000~2)을 분석하여 야카모치의 '서정적 요약형 반가'와 '난'의 관련 양상을 고찰한다. 이를 통해 야카모치의 독자적인 반가 제작 방법과 그 획득과정에 보이는 반가 양식에 대한 인식 변화의 일면을 탐색해 보고자 한다.

「大伴家持の漢詩文」, 『和漢比較文學叢書』第二卷, 和漢比較文學會, 1986; 데쓰노 마사히로鐵野昌弘, 「轉換期の家持―『病臥』の作をめぐって―」, 『日本上代文學論集』, 塙書房, 1990; 이케다 미에코池田美枝子, 「家持・池主の交友觀」, 『古代文學』32, 古代文學會, 1992 등을 들 수 있다. 이 중에서 데쓰노는 한문학에 의해 독자적인 표현세계가 구축되는 양상을 야카모치 「臥病의 작품」과 중국 육조 「臥病詩」와의 관계를 중심으로 고찰하며, 덴표天平 19년(747) 봄을 야카모치 와카의 전환기로 보고 있다.

2. 야카모치家持 · 이케누시池主 증답시가군의 구조와 난亂

엣추 수령으로 부임하여 현지 업무에 적응하기도 전에 중병에 걸려 죽음도 생각해야 했던 야카모치가 다행히 고비를 넘기며 점차 건강을 회복하게 되자, 덴표 19년(747) 2월 29일에 문우文友이자 관하의 관리인 오토모노 이케누시大伴池主에게 서간형식의 한문서와 단가 2수를 보낸다. 이 작품을 출발점으로 하여 장반가 세계에 있어서 새로운 전환을 의미하는 독특한 와카와 시문의 증답이 전개된다. 두 가인의 증답시가군을 정리해 보면 다음과 같다.[4]

① 2월 29일 야카모치 / 이케누시池主에게 보내는 비가 2수

— 제17권 · 3965~3966

(A) 한문서 : 뜻하지 않게 병에 걸렸으나 점차 회복 되어 가는

상황과 봄 풍광에 대한 동경

단가 : 봄꽃을 즐길 수 없는 병고에 대한 탄식

② 3월 2일 이케누시 / 야카모치에게 보내는 답가 2수

— 3967~3968

(A') 한문서 : 야카모치의 문장에 대한 상찬과 봄 풍경을 함께 완상할 수

4　『万葉集』 및 『楚辭』의 본문 인용은 각각 사타케 아키히로佐竹昭廣 외, 『万葉集』 本文編 및 譯文編, 塙書房, 1970; 星川淸孝, 『新釋漢文大系 楚辭』, 明治書院, 1970에 의함.

없는 쓸쓸함

단가 : 병 때문에 봄의 아름다운 경치를 감상할 수 없는 야카모치에

대한 위로

③ 3월 3일 야카모치 / 다시 보내는 노래 1수

— 3969～3972

(B) 한문서 : 자신의 문재文才에 대한 겸손

장반가 : 병고의 슬픔과 이케누시에 대한 감사, 그리움

④ 3월 4일 이케누시 / (야카모치에게 보내는)칠언만춘 삼일유람 1수

(七言晩春三日遊覧一首)

(C) 한문서 : 만춘의 풍광과 주연을 함께 즐기지 못하는 슬픔

칠언율시 : 곡수(曲水)의 연회를 떠오르게 하는 즐거운 연회의

모습과 만춘의 풍광에 대한 찬미

⑤ 3월 5일 이케누시 / (다시 보내는 답가 1수)

— 3973～3975

(B') 한문서 : 야카모치의 문재文才에 대한 상찬

장반가 : 야카모치의 슬픔에 대한 위로와 야유회에의 권유

⑥ 3월 5일 야카모치 / (이케누시에게 보내는 칠언율시 및 단가 2수)

— 3976～3977

(C') 한문서 : 이케누시의 시문에 대한 감사의 인사

칠언율시 : 만춘의 풍광에 대한 동경과 그것을 즐기지 못하는 탄식

(D) 단가 2수 : 만춘의 경치를 즐기지 못하는 안타까움과 원망, 이케누시
를 연모하는 마음.

이 야카모치·이케누시증답시가군은 (A)(한문서·단가) → (A')(한문
서·단가), (B)(한문서·장반가) → (B')(한문서·장반가), (C)(한문서·칠언율
시) → (C')(한문서·칠언율시), (D)(단가)와 같이 형태적으로 네 개의 그룹
이 서로 정교하게 호응하고 맞물리면서 시세계를 전개시킨다.

우선 (A·A')에서는 흐드러지게 핀 아름다운 봄꽃을 와병중이어서
함께 완상하지 못하는 아쉬움과 그것을 위로하는 마음을 주고받고 있
다. 먼저 야카모치의 (A)한문서는 '지금이야말로 아침에는 봄꽃이 그
향기를 정원에 퍼뜨리고, 저녁에는 봄 꾀꼬리 봄빛 물든 숲에서 지저
귑니다方今春朝春花流馥於春苑 春暮春鶯囀聲於春林'라고 봄경치에 대한 동경
을 읊고, 화답하는 이케누시의 (A')한문서는 '아 ! 상상이나 하였겠습
니까. 향그런 난초와 혜초蕙草사이를 잡초가 떼어 놓고 가야금과 술을
즐기지도 못한 채 좋은 계절을 덧없이 보내며, 아름다운 자연에게 업
신여김을 받을 줄이라고는. 원망스러운 것은 그 점이기에 아무 말도
못하고 그저 봄을 보낼 수밖에 없군요豈慮乎蘭蕙隔 琴罇無用 空過今節物色輕
人乎 所怨有此不能默已'라고 봄 경치를 함께 완상하지 못하는 쓸쓸함을 전
하고 있다.

한문서에 이어지는 야카모치의 (A)단가 2수는 봄꽃을 꺾지 못하는
안타까움과 휘바람새가 꽃을 떨어뜨려 버릴지도 모른다는 불안한 마
음을 읊고, 이케누시의 (A')단가는 야카모치가 단지 봄꽃이라고 하던

것을 꽃의 이름으로 적시하며 산벚꽃을 보여 주고 싶은 마음과 황매화가 오래 피어 있기를 열망하는 마음으로 답하고 있다.

야카모치가 다시 보내고 이케누시가 이에 화답하는 (B · B')에서는 봄의 정경이 보다 구체적으로 표현되어, 상대를 그리워하는 사모의 정과 만나지 못하는 슬픔이 심화된 형태로 공명하고 있다. 즉 (B)의 한문서에서 겸손하게 표현된 야카모치 자신의 문재는 (B')의 한문서에서 이케누시에 의해 찬양되어지고, 야카모치 (B)의 장반가에 서술된 자신의 병에 대한 탄식과 이케누시를 향한 연모의 정은 이케누시의 (B') 장반가에서 야카모치에 대한 위로와 그리움으로 응답되고 있다.

(C · C')에서는 두 사람의 공감하는 모습이 3월 삼짇날上巳의 연회라는 중국 전래의 행사를 매개로 하여 서술되며 내용면에서 변화가 일어나고 있다. 증답의 관계에 있어서도 변화가 생겨서 (A · A')나 (B · B')의 경우와는 반대로 '이케누시 → 야카모치'의 관계로 되어 있고, 즐거운 곡수연曲水宴의 모습을 그리는 (C)에 대해 (C')는 연회의 동참을 선망하는 야카모치의 심정으로 응대하고 있다. 다만 이러한 변화는 형식적 호응 구조를 완전히 바꾸어 놓거나 형식의 호응 관계를 무너뜨리는 것이 아니라, 시가를 주고받는 과정에서 생긴 증답 순서의 어긋남을 시정하지 않고 그 시간차와 어긋남을 그대로 가군에 배치함으로써 단조로워질 수 있는 동일 형식 반복의 시군에 미적 활력을 부여하기 위함이라고 볼 수 있다.

이상과 같이 (A)와(A'), (B)와 (B'), (C)와 (C')의 세 그룹은, 형태상 · 내용상으로 완전한 호응관계를 이루고 있는데, 이와는 달리 (D)만은 대응하는 시가詩歌를 갖지 않고 고립되어 있다. 즉 '한문서＋단가', '한문서＋장단가', '한문서＋칠언율시'의 형태로 연쇄적으로 전개되어 온 구조가 (D)에서 파탄을 일으키고 있는 것이다. 그러나 이와 같이 형태적으로 고립된 (D)가 내용적으로는 앞선 시가의 세계와 단절되어 있지 않다. 그렇다면 (D)는 무엇을 이어 받고 있고, 그리고 이렇게 형식적으로는 고립되어 있으나 내용적으로는 연결되어 있음은 무엇을 의미하는가. (D) 단가 2수를 살펴보자.

피었더라도 차라리 몰랐다면 좋았을 텐데 무심케도 황매화 보내어 주시다니
(咲けりとも知らずしあらば黙もあらむこの山吹を見せつつもとな)

― 제17권 · 3976

갈대울타리 울 밖에 기대서서 그대가 저를 그리워하시기에 꿈에 보였던 거죠
(葦垣の外にも君が寄り立たし戀ひけれこそば夢に見えけれ)

― 제17권 · 3977

(D)의 제1단가는 보내 온 황매화를 모티브로 하여 만춘의 경치를 즐기지 못함을 탄식하고, 제2단가는 꿈을 매개로 자신에 대한 이케누시의 그리움과 이케누시를 연모하는 자신의 심정을 읊고 있다. 꿈은 상대에 대한 절실한 그리움을 상징하는 강렬한 소재이다. 구보타 우쓰보窪田空穂『萬葉集評釋』, 오모다카 히사타카沢瀉久孝『萬葉集注釋』, 아소 미즈에阿蘇瑞枝『萬葉集全注』 등에서는 이 야카모치의 단가 2수에 대해, (D)의 3976번 노래가 (B')의 3974번 노래에, (D)의 3977번 노래가 (B')의 3975번 노래에 각각 대응되고 있다고 지적하고 있는데, 그 근거로

'황매화山吹', '울타리 밖葦垣の外' 등의 어구가 공통구로 활용되고 있다는 점을 들고 있다.[5] 그러나 (D)가 단지 3974 · 3975 번 노래와 같은 앞선 작품의 한 부분을 받는 것에 머물러 있지 않다는 점에 주목해야 할 것이다. (D) 제1단가의 '황매화山吹'는 (B')의 '황매화山吹'를 그대로 이어 받았다기보다는 (A)의 '봄꽃春の花', (A')의 '벚꽃櫻' · '황매화山吹', (B)의 '산벚꽃山櫻花' · '황매화山吹', (C)의 '복숭아꽃桃花' 등을 포괄하는 꽃으로서 봄의 경물 그 자체를 상징하는 것이며, (D) 두 수의 '만춘의 풍경에 대한 강한 선망과 상대에 대한 위로 및 사모의 정'이 바로 2월 29일부터 시작된 증답시가군 전체의 주제 — (A · A')로부터 (C · C')로 이어져 내려온 작품 전체의 주제 — 이기 때문이다. 즉 (D)의 제1단가는 야카모치의 입장에서 제2단가는 이케누시의 입장에서, 서로가 만나고 싶어도 만날 수 없는 원망과 탄식, 그리움과 기대감을 안타까움으로 집약하며 두 문우의 그리움이 교차하는 가군 전체의 주제를 아우르고 있다. 이렇게 (D)는 형태적으로 고립되어 연쇄적 구조를 무너뜨리고 있지만, 내용면에서는 가군 전체를 시야에 넣고 그 세계를 두 수의 단가에 응축하여 담아내고 있는 것이다. (D)가 가군의 최종부에 위치하며 이와 같이 가군 전체의 주제를 수렴하여 매듭짓고 있다는 점에 주목한다면, 야카모치 · 이케누시 증답시가군은 상호 대응구조로 이루어진 그룹 (A · A'), (B · B'), (C · C')를 연결하며 전개시키다가 (D)로 주제를 분명히 하며 매듭짓고 있어서, 두 가인의 증답이지만 마치 일관된 주제로 제작된 한 가인의 창작물처럼 구성된 집합체라 할 수 있다. 그 구

---

5   窪田空穗, 『新訂 萬葉集評釋』 11, 東京堂出版, 1985; 澤瀉久孝, 『萬葉集注釋』 17, 中央公論社, 1967; 阿蘇瑞枝, 『萬葉集全注』 17, 有斐閣, 1985의 3976 · 3977번 노래 주석 참조.

조는 앞 그룹의 내용을 그 다음 그룹이 이어받고, 또 그것을 그 다음 그룹이 전개시켜 최종 단가 2수가 그 앞의 주제 전체를 되돌아보며 정리 요약하는, 이른바 기승전결 형식으로 되어 있다. 즉 (A→A')→(B→B')→(C→C')→(D)와 같이 시간의 경과와 더불어 진전되어 가는 양자(야카모치·이케누시)의 심정이 최후의 야카모치 단가에 의해 매듭지어져, 그곳에서 작품전체의 주제가 반추되고 가군의 시세계가 다시금 음미된다.

그런데 이와 같은 야카모치·이케누시 증답시가군의 구조 '(A~C')→(D)' — 시가형식에 있어서 동일한 주제를 전개시켜 나가다가 최종부에 총괄 요약하는 노래를 첨가하는 구조 — 는 한문학의 부에서 최종부에 한 개의 장—章을 덧붙이며 시세계의 전개를 종결시키는 구조 '(본편)→(난)'과 유사하다. 『초사楚辭』의 한 예를 들어보자.

추사

마음이 울적하여 시름에 잠기고, 홀로 탄식하며 아픔은 더해간다.

근심은 가슴 속에 맺혀 풀리지 않고, 길고 긴 시간의 흐름 속에서 가을밤이 긴 것을 새삼스레 느낀다.

추풍이 초목의 모습을 바꾸어 놓는 것도 슬픈데, 천축天軸의 회전도 부산스럽게 돌아 계절은 빨리도 바뀌는구나.

나는 때때로 주군의 많은 노여움을 사고, 이에 몹시 상심하고 괴로워한다.

그저 먼 곳을 향해 정처 없이 떠나고 싶지만, 백성들의 재난을 보곤 멈추어 서고 만다.

그래서 여기 내 보잘 것 없는 진정을 전하고자 글을 지어, 받들어 내 아름다운 주군에게 보낸다.

　(…중략…)

소가로 읊기를, 아름다운 분을 위해 내 마음을 전하네, 밤낮없이 간해도 그 시비를 바로잡을 도리가 없구나.

주군은 자신의 아름다움을 자랑할 뿐, 내 말은 귀담아 들으려 하지 않네.

창으로 읊기를, 어느 새가 남쪽으로부터 날아와 한수漢水의 북쪽 땅에 멈추었네.

용모도 훌륭하고 아름다운데, 무리와 헤어져 홀로 낯선 땅에 사네.

이미 고독하여 무리와 섞이지 아니하는데, 주군 쪽에는 어진 신하도 없도다.

　(…중략…)

난으로 읊기를, 긴 여울물을 따라 큰 강을 거슬러 올라간다.

미친 듯이 주위를 둘러보며 남쪽을 향해 나아가 조금이나마 마음을 달래건만,

뾰족한 바위가 높이 솟아 있어, 내 소원을 이루기 어렵네.

내 뜻을 버리고 떠나려 하지만, 발을 내딛기가 괴롭구나.

떠돌며 헤매다 북고北姑에 머물었건만,

마음은 번민으로 괴로워하고 용모도 흐트러져 물이 흘러가듯 고향에 돌아가려했네.

수심에 잠겨 탄식하니 정신은 괴롭고, 내 영혼은 저 멀리 고향을 생각하건만,

길은 멀고 어두우며, 게다가 주군에게 간곡히 아뢰어 줄만한 사람도 없네.

길을 가며 생각하는 바를 송頌으로 지어, 얼마간 이것으로 내 마음을 달래려 하지만,

이 근심하는 마음을 주군에게 전할 길 없으니, 이 말을 누구에게 고하리.

抽思

心鬱鬱之憂思兮　獨永歎乎增傷

思蹇產之不釋兮　曼遭夜之方長

悲秋風之動容兮　何回極之浮浮

數惟蓀之多怒兮　傷餘心之懮懮

願遙赴而橫奔兮　覽民尤以自鎮

結微情以陳辭兮　矯以遺夫美人

(…中略…)

少歌曰

與美人抽思兮　幷日夜而無正

憍吾以其美好兮　敖朕辭而不聽

倡曰

有鳥自南兮　來集漢北

好佳麗兮獨　處此異域

旣獨而不羣兮　又無良媒在其側

(…中略…)

亂曰

長瀨湍流　泝江潭兮

狂顧南行　聊以娛心兮

軫石崴　蹇吾願兮

超回志度　行隱進兮

低佪夷猶　宿北姑兮

煩冤瞀容　實沛徂兮

愁嘆苦神　靈遙思兮

路遠處幽　又無行媒兮

道思作頌　聊以自救兮

憂心不遂　斯言誰告兮

　　이 「추사抽思」는 굴원屈原의 부 중에서도 '소가少歌', '창倡' 등의 가곡형식歌曲形式을 갖춘 예술적이며 기교가 풍부한 작품으로 잘 알려져 있다. 군주로부터 버림받은 것에 대한 슬픔이 작품 전체를 통해 애절히 표현되고 있는데, 형태상 '전문前文'·'소가'·'창'으로 된 본편과 '난'의 종결부로 구성되며 시세계는 4개 단락을 이루며 전개된다. 우선 전문에서는 군주의 노여움을 사서 추방된 것에 대한 비통한 심정과 군주를 향한 간언과 원망이 40구에 걸쳐 서술되어 있다. 그리고 본편 중간에 위치하며 특정한 부분의 의미를 요약하는 형식인 소가[6]에서는, 군주를 미인에 비유한 전문의 비유법을 이어받아 자신의 말에 귀를 기울여 주지 않는 군주에 대한 근심을 토로함으로써 전문의 내용을 되새기고 있다. 이렇게 전개되어 온 본편의 주제는, 새로이 가락을 바꾸어 노래하는 형식인 창[7] 부분에 이르러 한수漢水의 북쪽으로 유배된 고독감을 서술하는 모습으로 일변한다. 그리고 마지막 난에서는 자신의 우울한 마음

6　『순자荀子』 궤시佹詩편에 있는 소가小歌와 마찬가지로, 사辭의 중간에서 어떤 부분의 의미를 총괄하는 작은 가사歌辭를 말한다. 星川清孝, 『新釋漢文大系 楚辭』, 明治書院, 1970, 206면 참조.

7　창唱과 동일함. 본래는 합창할 때에 선창하는 것을 창倡, 先倡이라고 한다. 여기에서는 가락을 바꾸어 부르는 노래를 말하며, 이 일단락이 그 창가唱歌의 가사이다. 위의 책, 207면 참조.

을 군주에게 전하지 못하는 슬픔과 망향의 정이 서술되며 작품전체가 요약·매듭지어 진다. 특히 난의 마지막 문장인 '이 근심하는 마음을 주군에게 전할 길 없으니, 이 말을 누구에게 고하리憂心不逐 斯言誰告兮'에는, 자신의 충언을 군주가 귀담아 들으려 하지 않는 것에 대한 막막한 심정이 집약되어 있다.

이와 같이 『초사』의 「추사」는 크게 본편(전문＋소가＋창)과 난의 2단 구성으로 되어 있으며, 세부적으로는 각각의 단락(전문＋소가＋창+난)이 서로 긴밀하게 연결되면서 맨 마지막 난을 향해 전개되어 나가 그 난에 의해 작품전체의 주제가 총괄·매듭지어 지는 4단 형식으로 되어 있다.

야카모치와 한문학의 부와의 관계를 생각할 때에 『문선文選』에 다수 수록되어 있는 『초사』의 부를 상정할 수 있는데,[8] 그『초사』의 주류를 이룬 서정적 작품에 있어서 서술상의 커다란 특징이라고 할 수 있는 것이 2단구성이며, 이 구성법 형성의 선구적 존재가 굴원이다.[9] 즉 굴원은 본편 말에 난을 붙이거나, 혹은 본편 중간에 내용 전환의 단락을 둠으로써 한편의 작품을 크게 두 개의 단락으로 구성하였는데, 지금의 예로 인용한 추사의 경우는 본편에서 전개된 주제를 최후의 난에 의해 매듭짓는 2단 구성으로 되어 있다. 즉 '전문→소가→창'과 같이 하나의 주제가 본편 안에서 각각 다른 형식을 거치면서 종결부인 난으로 집

---

[8] 예를 들면 이케누시의 7언 유람시에 표현된 '구름과 천둥의 모양이 그려진 술통에 향기로운 술雲罍酌桂'의 '桂酒'는 『초사』「九歌」(東皇太一)이나 『문선』「雪賦」에 보이며, 야카모치 7언 율시의 '벗들과 시가를 읊으며嘯侶'도 『문선』「洛神賦」에서 유사구를 확인할 수 있어서, 당시의 『초사』나 『문선』 수용의 일면을 엿볼 수 있다.

[9] 타케지竹治, 앞의 책 참조.

약되어 가는 구조로 되어 있는데, 이러한 「추사」의 구조는 동일한 주제가 '한문서'·'한시'·'장가'·'단가'와 같이 각각 다른 형식으로 연결되며 전개되어 마지막 단가 2수로 매듭지어지는 2단 구성(세부적으로는 4단 구성)의 야카모치·이케누시 증답시가군의 구조와 흡사하다. 따라서 덴표天平 19년(747) 봄에 이루어진 야카모치·이케누시 증답시가군은 본편에서 변화무쌍하게 전개된 세계를 난으로 종결시키는 부와 같은 구조로 이루어진 하나의 통일된 작품이며, 이러한 유사성은 야카모치의 한문학의 부 형식에 대한 특별한 의식의 존재를 의미한다고 볼 수 있다.

3. 야카모치家持 한문서漢文序의 난亂

이상과 같이 야카모치·이케누시 증답시가군에 있어서 한문학의 부가 의식되었다는 사실은 증답시가군 중 마지막으로 야카모치가 이케누시에게 보낸 시가문의 한문서에 '난을 본떠서 말하길式儗亂曰'과 같이 난이라는 용어가 원용되고 있는 점을 통해서도 확인할 수 있다. 야카모치가 이케누시에게 보낸 「한문서·칠언율시·단가」를 살펴보자.

⑥ (C')

어젯저녁 심부름꾼을 통해 기쁘게도 만춘유람시를 보내 주시고, 또 오늘 아침 서신에는 고맙게도 여러분들과 함께한 들놀이의 노래를 담아 보내 주셨습니다. 먼저 훌륭한 문장을 배견하자 점차로 마음속의 우울함이 가시고, 이어서 빼어난 구를 읊조리자 근심은 완전히 사라졌습니다. 여기에 그려진 풍광을 나두고 그 무엇이 마음을 밝게 할 수 있겠습니까. 단지 저는 천성이 무능하여 이 우둔한 재능을 갈고 닦을 여지가 없습니다. 붓을 들어도 붓끝을 상하게 할 뿐이고 벼루를 앞에 두고 먹이 마르는 것을 모르고 그저 생각만하고 있습니다. 하루 종일 들여다보아도 글을 지을 수 없습니다. 흔히 문장은 타고나는 것이지 배워 얻는 것이 아니라고 합니다. ⓐ<u>어찌 자구를 찾고 운을 맞추어 그대의 고아한 시에 답할 수 있겠습니까. 하지만 시골 어린 아이들도 옛사람들도 보내온 글에는 반드시 답했다고 합니다. 그래서 서투르나마 시를 지어 삼가 웃음거리로 삼으시라고 보내옵니다.</u> ⓑ(지금 여기에 말을 만들고 운을 맞추어 그대의 고아한 시에 답합니다. 하지만 돌을 구슬 속에 섞어 놓은 것과 어찌 다를 바가 있겠습니까. 마음껏 소리를 내어 되는 대로 노래 부르고 기뻐하는 것과 같겠지요. 마치 어린아이가 제멋대로 하는 노래와 같지요. 삼가 종이 한 귀퉁이에 써서 <u>난을 본떠 읊기를)</u>

昨暮來使、幸也以垂晚春遊覽之詩、今朝累信辱也以覘相招望野之歌。一看玉藻、稍寫鬱結、二吟秀句、已蠲愁緒。非此眺翫、孰能暢心乎。但惟下僕、稟性難彫、闇神靡瑩。握翰腐毫、對研忘渴、終日目流、綴之不能。所謂文章天骨、習之不得也。ⓐ <u>豈堪探字勒韻、叶和雅篇哉。抑聞鄙里少兒、古人言無不酬。聊裁拙詠、敬擬解咲焉。</u> ⓑ (如今賦言勒韵、同斯雅作之篇。豈殊將石間瓊、唱聲遊走曲歟。抑小兒譬濫謠。敬寫葉端、<u>式擬亂曰、</u>)

7언1수

얼마 남지 않은 늦봄의 아름다운 경치는 화창하고, 삼월 초사흘의 부드러운

바람은 부는 듯 마는 듯 절로 가볍네.

찾아온 제비는 진흙을 입에 머금고 집으로 들어와 축복하고, 돌아가는 기러

기는 갈대 잎을 물고 저 멀리 난바다로 날아간다.

듣건데 그대는 삼월 초사흘 벗들과 곡수曲水의 연회를 열어 시가를 짓고, 약

주를 마시고는 부지런히 술잔을 흐르는 맑은 물에 띄웠다 하네.

나 또한 그 흥겨운 연회의 자리에 함께 하고 싶은 마음 간절하나, 여전히 병

마에 시달려 발걸음이 휘청거릴 뿐이네.

　　七言一首

杪春餘日媚景麗　　　初巳和風拂自輕

來燕銜泥賀宇入　　　歸鴻引蘆迥赴瀛

聞君嘯侶新流曲　　　禊飲催爵泛河淸

雖欲追尋良此宴　　　還知染懊脚跨跙

(D) 短歌二首

*앞에 인용

　이 야카모치 한문서의 마지막 부분에 보이는 난을 한시문의 부에 붙

여지는 난과 같은 용어로 보는 견해는 일찍이 근세의 가모치 마사즈미

鹿持雅澄『万葉集古義』로부터 시작되어 현재 정설화되어 있다. 그런데

문제는 그 난이 무엇을 가리키며, 또한 그것은 무엇을 본편으로 하고

있는가 하는 점인데, 이에 대해서는 종래 두 가지 설로 나뉘어져 제시되어 왔다. 즉 ① 7언 율시를 본편으로 하고 이어지는 단가 2수(3976·3977)를 난으로 보는 설(가모치 마사즈미, 『万葉集古義』; 야마다요시오山田孝雄, 『万葉五賦』, 『신편일본고전문학전집万葉集』 등)과 ② 한문서를 본편으로 하고 7언 율시를 난으로 보는 설(오모다카, 『万葉集注釋』, 『고단사講談社문고 万葉集』; 아소, 『万葉集全注』 등)을 들 수 있다.[10]

①은 가모치 『万葉集古義』에 의해 주석의 형태로 처음 언급되는데, 가모치 자신의 견해라기보다는 나카야마 겐스이의 의견이라며 그의 설을 단순히 소개하는 정도에 머물러 있다. 구체적으로 난이 단가 두 수를 가리키며 그 용어가 부와 관련되어 있음을 논하는 연구는 근대 이후에 등장하는데, 야마다 요시오의 예가 처음이라고 할 수 있다. 해당 부분을 인용한다.

(상기 인용문에서 b부분—필자주)이 서간문에는 더욱 중요한 사항이 있다. 그것은 우선 '지금 여기에 말을 만들고 운을 맞추어 그대의 고아한 시에 답합니다如今賦言勒韻同斯雅作之篇'라고 되어 있다. 이것은 이케누시의 7언 4운시에 화답하며 4운시를 만든 연유를 기술한 것으로서, 그 밑에 '삼가 종이 한 귀퉁이에 써서 난을 본떠 읊기를敬寫葉端式擬亂曰'라고 함은 끝에 단가를 덧붙인 것을 의미한다. 난이란 원래 중국에서 시부詩賦의 끝에 부가되는 소가小歌를 말하는 것으로서 초사에 그 예가 적지 않다.[11]

---

[10] 그 외에 『신일본문학대계万葉集』는 7언 율시와 단가 2수를 난으로 보고 있고, 사사키 노부쓰나佐佐木信綱, 『評釋万葉集』 7; 다케다 유키치武田祐吉, 『万葉集全註釋』 12; 『신초新潮일본고전집성万葉集』 5 등은 난에 관하여 부를 짧게 요약한 것이라고 언급하고 있을 뿐, 해당 한문서의 난이 무엇을 가리키는가에 대해서는 특별히 언급하고 있지 않다.

야마다가 부의 마지막 부분이 난이라는 기본적 성격을 근거로 3월 5일자 서시가序詩歌의 최종부인 단가 2수를 난이라고 설명하고 있는 점은 타당하다고 할 수 있다. 그런데 그 단가 2수의 본편에 해당되는 부분이 과연 단가 2수 바로 앞에 위치하는 7언 율시뿐이라고 할 수 있을까.

7언 율시가 만춘풍광의 찬미와 그것을 완상하지 못하는 탄식, 그리고 이케누시에 대한 선망의 마음을 기술하고 있어서, 단가 2수와 내용적인 연관성을 가지고 있는 것은 인정된다. 그러나 만춘의 경치를 즐기지 못하는 탄식과 이케누시에 대한 사모의 정은 7언 율시에 한정된 것이 아니라 2월 29일에 시작된 이케누시와의 증답시가군 전체에 걸치는 일관된 주제라고 할 수 있다. 야카모치의 단가 2수가 어느 한 부분만을 받고 있는 것이 아니라 증답시가군 전체를 받아서 내용을 총괄하고 있음은 앞에서 기술한 바대로다.

한편 ②의 경우, 한 예로 오모다카『万葉集注釋』은 '난은 부의 끝에서 한 편의 줄거리를 총괄하는 말이다. 「설부雪賦」, 「동소부 이소洞簫賦離騷」에도 "난으로 읊기를亂曰"이라고 하고 있다. 그것은 뒤에 오는 시를 난에 비유한 것이다'라고 지적하며, 원래 부의 난이 '난으로 읊기를'이라는 말로 시작된다는 사실에 근거하여 7언 율시를 난으로 한문서를 본편으로 보고 있다. 그런데 이 설은 난이 한 편의 작품을 총괄하여 종결시키는 형식이라는 가장 기본적인 특성을 고려하지 않았다는 문제점이 있다. 즉 난으로 보는 7언 율시 다음에 단가 2수가 이어져 있기 때문에 그 7언 율시가 증답시가군의 종결적인 기능 — 난과 같은 기능 —

---

11 山田孝雄,序說,『万葉五賦』, 一正堂書店, 1950, 13~14면.

을 지니지 못하다는 점을 간과하고 있는 것이다. 그리고 내용적으로도 7언 율시는 오히려 그 이전의 이케누시의 서간 (C)의 7언 율시를 받고 있기 때문에, 더더욱 이 7언 율시의 기능적 성격은 난과는 거리가 멀다고 하지 않을 수 없다.

이상과 같이 생각해 보면 이 야카모치 한문서의 난은 본 증답가군의 가장 마지막 단가 2수를 가리키는 것이며 그 본편은 바로 이 2수 이전까지 전개되어 온 서시가序詩歌 전체라고 해야 하지 않을까. 그렇다면 이상과 같이 야카모치가 증답시가군 전체를 한시문의 부에 견주며 난의 성격을 갖춘 단가 2수를 붙인 경위에 대해 살펴봄으로써, 이 문제를 보다 더 명확히 할 필요가 있을 것이다.

증답시가군의 마지막 시가문인 야카모치 (C')의 한문서를 살펴보면, ⓐ'어찌 자구를 찾고 운을 맞추어 그대의 고아한 시에 답할 수 있겠습니까. 그러나 시골 어린아이들도 옛사람들도 보내 온 글에는 반드시 답했다고 합니다. 그래서 서투르나마 시를 지어 삼가 웃음거리로 삼으시라고 보내옵니다豈堪探字勒韻叶和雅篇哉 抑聞鄙里少兒 古人言無不酬 聊裁拙詠敬擬解咲焉'와 ⓑ'지금 여기에 말을 만들고 운을 맞추어 그대의 고아한 시에 답합니다. 하지만 돌을 구슬 속에 섞어 놓는 것과 어찌 다를 바가 있겠습니까. 마음껏 소리를 내어 되는대로 노래 부르는 것과 같겠지요. 마치 어린아이가 제멋대로 하는 노래와 같지요. 삼가 종이 한 귀퉁이에 써서 난을 본떠 읊기를如今賦言勒韻同斯雅作之篇 豈殊將石間瓊唱聲遊走曲歟 抑小兒譬濫謠 敬寫葉端式擬亂曰'과 같이 종결부분이 두 개의 글로 구성되어 있음을 알 수 있다. ⓑ는 각 문장이 'ⓐ 豈堪探字勒韻叶和雅篇哉'→'ⓑ 如今賦言勒韻同斯雅作之篇', 'ⓐ 抑聞鄙里少兒'→'ⓑ 抑小兒譬濫謠', 'ⓐ 聊裁拙詠

敬擬解哢焉' → 'ⓑ 敬寫葉端式擬亂曰'과 같이 유사한 구문으로 ⓐ문장에 대응하고 있으며, 내용상으로도 ⓑ는 ⓐ의 내용 — 우둔함에도 불구하고 답장을 쓴다는 취지 —를 동일하게 반복하여 기술하고 있다. 이렇게 ⓐ와 ⓑ는 매우 흡사한 구조와 내용으로 이루어져 있으며 특히 ⓐ구 '敬擬解哢焉'는 그 전의 이케누시 한문서(A')의 결부 '聊擬談話哢耳'와 호응하고 있어서, ⓐ만으로도 충분히 이케누시에 답하는 글이 된다. 따라서 이 ⓐ글만으로도 맺을 수 있다. 그런데 흡사한 내용의 ⓑ글이 이어져 있는 것이다.

　이와 같이 한문서는 2중의 종결부를 가지고 있는 셈인데, 그렇다면 왜 ⓑ글이 이어져 있는 것일까. 이 문제를 분명히 하기 위해서는 우선 ⓑ글이 고사본古寫本에는 소문자로 기록되어 있다는 점에 주목해야 할 것이다.[12] 소문자로 기록되어 있다는 점은 본문과 다르게 취급되는 글이라는 의미로 해석될 수 있기 때문이다. 이 부분은 야카모치의 한문서 집필 의도를 엿볼 수 있는 곳인데, 종래의 주석서는 대부분 '별안別案', '별개의 본문', '초안'이라고 언급하고 있을 뿐 왜 ⓑ부분이 여기에 첨가되었는지 하는 문제까지는 설명하고 있지 않다. 하지만 여기의 ⓑ글은 '초안', '별개의 안', '별개의 본문' 등과 같이 단순히 ⓐ부분을 대체할 수 있는 글로서가 아니라, 후에 추가한 이른바 '의도적 가필加筆'의 의미를 가지는 글로 보아야 하지 않을까.

12　ⓑ부분은 『니시혼간지본西本願寺本』을 비롯하여 대부분의 고사본에는 소문자로 기록되어 있는데(단, 『칸다본神田本』에는 할주割注로 되어 있다). 『겐랴쿠교본元曆校本』에는 ⓑ부분이 빠져 있다. 『겐랴쿠교본元曆校本』에 ⓑ부분이 보이지 않는 점에 관해서는 작품의 성립 문제와도 관련되어 있어서 확실한 해답을 얻기는 어렵지만, ⓑ부분이 주요 주석서의 판단처럼 야카모치 자신의 기록이라는 점에는 변함이 없다고 할 수 있다.

야카모치는 ⓐ의 '敬擬解咲焉'으로 일단 한문서를 쓰고, 이어서 7언 율시를 제작하였다. 그리고 2월 29일의 한문서와 단가로부터 3월 5일의 한문서(ⓑ는 포함하지 않음)·7언 율시에 이르는 증답시가문를 되돌아보며 이 전체를 부의 본편으로 생각하고, 이어서 그 본편의 내용을 요약하여 종결시키는 난의 성격을 가지는 단가 2수를 지었다. 그래서 내용이 중복됨에도 불구하고 한문서 ⓐ부분에 '난에 견주다'라는 내용을 포함한 '如今賦言勒韻' 이하의 ⓑ글을 덧붙인 것이 아닐까. 즉 야카모치는 이케누시와의 6일간에 걸친 시가문 증답에 있어서 한시문의 장시 형식 '부'를 인식하여, 단가 2수를 '난'으로서 추가함으로써 이제까지 계속되어 온 시가문 증답을 완결시키려고 한 것이라 할 수 있다. 이와 같은 난에 견주어진 단가 2수의 성격, 즉 본편의 내용을 요약하여 작품 전체의 주제를 총괄하는 성격이야말로 그 이후 야카모치의 반가 제작에 크게 영향을 미치게 된다. 이러한 야카모치의 난의 원용과 양식적 자각은 엣추수령시대의 야카모치의 작품 세계에 있어서 서정적 요약형 반가의 제작이라는 독자적인 방법으로서 구현되기 때문이다.

4. 엣추越中 3부賦의 반가反歌

이상과 같은 한시문의 난의 성격에 대한 야카모치의 인식은 야카모치·이케누시 증답시가군과 거의 같은 시기에 제작된 '~부'라는 제목의 장가 「후타가미야마산부二上山賦」(3985~7), 「후세호반유람부遊覽布勢水海賦」(3991~2), 「다치야마산부立山賦」(4000~2)에서도 확인된다. 엣추 3 부라고 불리는 이 작품군은『만요슈』내에서 유일하게 '부'라는 제목이 붙여진 작품이라는 점에서 일찍이 주목을 받아 성립 배경과 의의에 대한 많은 연구가 이루어졌다.[13] 이러한 종래의 연구는 부와 장가의 관계나 장가를 부라고 칭한 이유 등을 중심으로 이루어진 것이어서, 부의 중요한 종결 형식인 난과 야카모치의 반가와의 관계에는 주목하고 있지 않다. 다만 야마다 요시오나 하시모토 다쓰오橋本達雄가 '~부'라는 제목을 가지는 장가의 제작은 앞선 증답시가군 내에서 사용된 난이라는 용어의 연장선상에 있다는 점은 언급하고 있으나,[14] 그러한 난에 대한 야카모치의 인식을 반가의 제작과 관련시켜 논하고 있지는 않다. 하지만 이케누시와의 시증답 과정에서 획득한 난에 대한 야카모치의 인식과 새로운 방법적 자각이 장가의 세계로 회귀되는 서정적 요약형 반가를 제작하게 하고, 이어서 '~부'로 빗대어지는 장반가 제작도 시도하게 하는 중요한 계기가 되었다고 해야 할 것이다.

그러면 「후타가미야마산부」를 예로 들어, 이 「엣추 3부」의 반가가 장가 세계로 환원되는 서정적 요약형 반가, 즉 한시문의 부의 난과 같은 성격을 지니는 노래로 제작되고 있음을 확인해 보자.

13　이 장가에 의한 '부' 제작의 의의를 논한 주요 연구로는 간보리 시노부神堀忍, 「家持と池主」, 『万葉集を學ぶ』第8集, 有斐閣, 1978; 하시모토 다쓰오橋本達雄, 「二上山の賦をめぐって」 및 「家持と池主―二首の賦とその敬和について」, 『大伴家持作品論攷』, 塙書房, 1985; 다쓰미 마사아키辰巳正明, 「家持の越中賦」, 『万葉集と中國文學』, 笠間書院, 1987; 에구치 기요시江口洌, 「越中五賦の世界―〈賦〉作成の目的と動機, 及びその文體意識」, 『上代文學』第70號, 1993 등을 들 수 있다.

14　山田孝雄, 序說, 앞의 책 및 橋本達雄, 앞의 글 참조.

후타가미야마산부二上山賦 1수 (이 산은 이미즈군射水郡에 있다)

이미즈강이 산자락을 휘도는 (다마쿠시게) 후타가미야마산 봄꽃 피어나 흐
드러진 때에도 가을 단풍이 붉게 물든 때에도, 문밖을 나가 멀리 우러러 보
면 신성하기에 저토록 고귀한가, 기품 있기에 또 보고 싶은 건가. 신이 깃든
산 시부타니곶으로 아침이 되면 밀려오는 흰 파도 저녁이 되면 차오는 밀물
처럼 끊이지 않고 오로지 한결같이 먼 옛날부터 지금 이 순간까지 상찬해왔
듯 보는 모두가 이 산을 사랑하리라.

—제17권・3985

시부타니곶 암초로 밀려오는 흰 파도처럼 더욱 그리운 옛날 자꾸만 떠오르네

—3986

(다마쿠시게) 후타가미야마산 지저귀는 새 울음소리 그리운 계절 찾아왔구나

—3987

二上山の賦一首 この山は射水郡に有り

射水川 い行き巡れる 玉くしげ 二上山は 春花の 咲ける盛りに 秋の葉の にほへる時
に 出で立ちて 振り放け見れば 神からや そこば貴き 山からや 見が欲しからむ　皇
神の 裾回の山の 澁谿の 崎の荒磯に 朝なぎに 寄する白波 夕なぎに 滿ち來る潮の
いや增しに 絶ゆることなく 古ゆ 今の現に かくしこそ 見る人ごとに かけて偲はめ

—제17권・3985

澁谿の崎の荒磯に寄する波いやしくしくに古思ほゆ

—3986

玉くしげ二上山に鳴く鳥の聲の戀しき時は來にけり

　　　　　　　　　　　　　　　　　　　　　　　　　　　　　—3987

　　右、三月三十日に興に依りて作る。 大伴宿祢家持

　이 작품은 덴표 19년(747) 3월 30일 야카모치가 조세출납 보고를 위한 상경을 앞둔 시점에 엣추의 경승지 후타가미야마산을 찬미하며 읊은 노래로서 귀경하며 가지고 가는 '지방 경승지의 노래 선물' 같은 성격을 가진다. 우선 장가에서는 봄꽃과 가을단풍이 아름다운 후타가미야마산의 경관과 그 산기슭의 시부타니곶에 펼쳐지는 바다의 풍경을 찬미하며 예부터 사람들이 후타가미야마산의 풍경을 마음에 두고 사랑해 왔고 앞으로도 변함없이 사랑할 것임을 읊고 있다. 봄의 개화와 가을의 단풍, 산과 바다, 과거·현재·미래 등 모두를 아우르며 시간적·공간적으로 완전한 아름다움을 갖춘 후타가미야마산이 경탄의 시선과 찬양의 언어로 신성하게 그려지고 있다. 제1반가는 장가 후반부의 바다와 파도를 비유 표현(조코토바 : 序詞)으로 받아서 그리움의 시선이 과거로 향하고, 제2반가에서는 장가 전반부의 산에 대한 표현을 받아서 청각적 이미지의 '우는 새 소리鳴く鳥の聲'를 추가하여 후타가미야마산을 상찬하는 마음에 현실감을 더한다. '우는 새 소리' 구는 장가에서 읊어지지 않는 표현인데, 이는 장가의 '(다마쿠시게) 후타가미야마산 봄꽃 피어나 흐드러진 때에도 가을 단풍이 붉게 물든 때에도玉くしげ二上山は 春花の咲ける盛りに 秋の葉はにほへる時に'라는 후타가미야마산의 계절 표현에 호응하며 계절감에 감각적 서정을 더한 것이다. 이렇게 2수의 반가는 장가의 전반부를 제2반가가 받고, 장가의 후반부를 제1반가가 받

는 형태로 대응하면서 장가의 세계를 충실히 요약하고 그에 현실적 공감의 서정을 더하고 있다. 이것이 바로 서정적 요약형 반가이며, 장가의 세계를 넘어서 새로운 시세계로 전개해 나가는 전개형 반가와 차별화된다. 그 차별화되는 특성이란 장가의 세계와 등거리를 유지하면서 그 세계에 착실히 회수되는 서정을 가미하며 요약하는 것이라고 할 수 있다.

하시모토는 이 「후타가미야마산부」에 대해, 그 내용이 선행 가인의 전통적인 궁정찬가를 기반으로 하고 있는 점을 이유로 들어 처음부터 부로 만들 의도를 가지고 제작에 임한 것이 아니라 완성된 후에 '~부'라는 제목을 붙인 것이 아닌가 하는 견해를 제시하고 있다.[15]

그러나 전술한 바와 같이 「후타가미야마산부」의 제작은 이케누시와의 시가증답을 통해서 새롭게 인식된 부와 난이라는 형식을 장가 제작에 원용한 것이라 할 수 있다. 그와 같은 부에 대한 강한 인식은 반가를 난에 견주어 서정적 요약형의 반가로 제작하고 있는 점에서도 확인할 수 있다.[16]

「후타가미야마산부」외에 호수를 주제로 한 「후세호반유람부」에 있어서도 반가는 '후세 호반布勢の海', '흰 파도白波', '늘 찾아가며 더더욱 매년마다あり通ひいや年のはに' 등과 같이 장가 어구를 활용하여 장가의 주제

---

15 하시모토橋本, 앞의 글 참조.

16 한편 이 「후타가미야마산부」에 선행가와의 유사구·유사어가 많이 보이는 점을 이유로 독창성이 희박한 작품으로 평가되어 왔다(佐々木, 『評釋万葉集』; 쓰치야 분메이土屋文明, 『万葉集私注』 등). 그러나 그와 같은 다수의 유사구·유사어의 존재도 부와 난이라는 새로운 문학형태를 이식하는 과정에서 필연적으로 생겨난 '한시문에 대응하는 문예로서의 와카和歌라는 것에 대한 야카모치의 특별한 의식'과 '한시문적 방법의 와카화和歌化에 대한 의지'에 기인하는 것이라고 볼 수 있다.

—후세布勢 호수의 유람행사가 미래에도 계속될 것을 바라는 마음—
을 간명하게 요약하면서, 미래의 유람에 대한 실현의 의지를 더하며
맺고 있다. 엣추 3부의 마지막 작품「다치야마산부」에 있어서도 반가
제1수와 제2수는 장가의 산을 묘사한 구와 강을 묘사한 구를 각각 받아
서 일 년 내내 눈 내리는 다치야마산과 물 맑은 가타카이가와강片貝川
을 찬미하며 다치야마산의 장엄한 경관을 노래함으로써 장가의 주제
를 집약시키고, 변함없이 찾겠다는 의지를 표명하며 매듭짓고 있다.
이렇게 장반가를 부로써 제작한 작품군에 있어서, 반가는 장가의 세계
를 충실히 요약하면서 새로운 서정을 더하거나 자신의 심정을 선명하
게 표현한다. 이러한 반가의 성격은 부에 있어서 본편의 내용을 최종
적으로 간결하게 요약하면서 서정을 가미하거나 시적 화자의 심정을
표명하는 난의 성격에 가깝다.[17]

이상과 같이 야카모치는 엣추 3부에 앞서서 이미 난을 문예용어로
서 이용하였을 뿐만 아니라, 부에 붙여지는 난의 특성을 반가의 제작
에 의식적으로 원용함으로써 반가를 장가의 세계에 착실히 회수되는
서정적 요약형 반가로 제작하였다고 해야 할 것이다.

---

17 이와 같은 야카모치 반가의 방법은 이케누시 반가에도 계승되는데, 앞의 야카모치「3부」
　중 두 개의 부에 화답하여 제작한 이케누시의 작품(3993~4, 4003~5)에서 확인된다.

5. 나오며

엣추수령 부임 이전의 야카모치는 히토마로와 같은 선행 가인들의 반가 제작방법을 계승하여 장가의 세계를 벗어나 새로운 세계를 구축하는 전개적 반가를 제작하였다. 그러나 엣추 부임을 계기로 야카모치는 내용을 충실하게 요약하면서도 새롭게 더해지는 심정이 서정적으로 장가의 세계에 착실하게 회수되는 서정적 요약형 반가를 제작하게 된다. 이와 같이 야카모치 반가가 전환되는 계기는 엣추 부임 초기에 제작되는 이케누시와의 시가문 증답에서 찾아볼 수 있다. 즉 야카모치의 엣추 부임 이후의 새로운 반가가 제작되는 계기는 덴표 19년(747) 봄에 시작된 이케누시와의 시가 증답 속에서 고양된 한시문에 대한 문예적 관심, 특히 한문학의 '부賦'라는 양식에 대한 재인식에 있다고 할 수 있다. 그것은 구체적으로 야카모치의 '난亂'과 '부賦'라는 용어의 사용에 단적으로 나타난다. 야카모치는 이케누시와 주고받은 증답시가군에서 부에 붙여지는 난에 견준 단가 2수의 제작, 그리고 장가에 의한 부를 시도한 엣추 3부의 제작을 통해서, 반가의 시적 기능에 대해 새롭게 인식하게 되었다고 할 수 있다. 그 이후의 야카모치 반가는 한문학 부의 종결형식인 난과 같은 성격을 가진 양식 — 장가의 내용을 총괄하여 요약하며 서정을 가미하여 종결시키는 형식 — 으로서 제작된다.

그리고 그와 같이 야카모치에 의해 자각·구현된 서정적 요약형 반가는 이케누시 반가에도 이어지는 등 만엽후기의 중심적 방법이 된다. 즉 야카모치의 덴표 19년(747) 봄의 반가에 대한 새로운 발견과 시도는 반가에 대한 새로운 양식적 개척을 의미할 뿐만 아니라 만요슈 반가의 역사에 있어서 중요한 전환점이라는 의의를 갖는다. 그 전환의 계기를 만들고 와카의 세계에 새로운 방법을 구현하게 한 것이 바로 부와 난을 비롯한 한문학의 교양과 문예적 원용이라고 할 수 있다.

要旨

家持反歌の転換と亂
越中時代初期の長反歌を中心に

朴一昊

　越中守赴任以前の家持は、人麻呂などの先人に倣って、長歌の世界をはみ出て新しい世界を構築しながら展開していく反歌を制作した。しかし、越中赴任を契機として家持は、抒情を加えながらも長歌の內容を丹念にまとめて長歌の世界に着實に回收される、いわば長歌の世界を越えない抒情的要約型の反歌を制作するようになる。

　そのような家持反歌の転換の契機となったのが、越中赴任間もない頃の池主との詩歌文贈答である。つまり、家持の越中赴任以後の新しい反歌制作の方法は、天平十九年(747)春に始まった池主との贈答の中で高められた漢詩文への文藝的傾倒、特に漢文学の「賦」という形式に對する再認識だったと考えられる。それは具體的には家持の「亂」と「賦」という用語の使用に端的に表されている。家持は、池主との贈答詩歌群における「賦」への認識とともに「亂」になぞらえての短歌二首の制作、そして長歌によって「賦」を試みた「越中三賦」の制作を通じ、反歌に對する自覺を新たにしたと考えられる。それ以後の家持反歌は、漢文學の「賦」における「亂」の性格を具有するもの—抒情を加えながら長歌の內容を締め括って終止させる、「まとめ」的なもの—として制作されるのである。

　そして、そのように家持によって自覺・具現された抒情的要約型の反歌
は、池主反歌にも受け繼がれるなど萬葉後期の反歌史を主導するものとな
る。家持の天平十九年春における反歌への再認識と試み(創造)は、家持反
歌の新しい様式的開拓を意味するだけでなく、萬葉反歌史上の一つの転換
点として位置付けることができる。その転換の契機となり和歌の世界に新
しい方法を具現化させたのが、まさに賦および乱をはじめとする漢文学の
教養とその文芸的援用であったといえよう。

참고문헌

논문

江口洌,「越中五賦の世界—〈賦〉作成の目的と動機, 及びその文體意識」,『上代文學』第70號, 1993.

橋本達雄,「二上山の賦をめぐって」및「家持と池主—二首の賦とその敬和について」,『大伴家持作品論攷』, 塙書房, 1985.

小島憲之,「天平期に於ける萬葉集の詩文」,『上代日本文學と中國文學』中, 塙書房, 1964.

小野寛,「大伴家持の漢詩文」,『和漢比較文學叢書』第二卷, 和漢比較文学会, 1986.

神掘忍,「家持と池主」,『万葉集を學ぶ』8, 有斐閣, 1978.

池田美枝子,「家持・池主の交友觀」,『古代文學』32, 古代文学会, 1992.

辰巳正明,「家持の越中賦」,『万葉集と中國文學』, 笠間書院, 1987.

鐵野昌弘,「轉換期の家持—『病臥』の作をめぐって」,『日本上代文學論集』, 塙書房, 1990.

단행본

鹿持雅澄,『万葉集古義』1~10, 名著刊行会, 1928.

武田祐吉,『增訂 万葉集全註釋』12, 角川書店, 1957.

山田孝雄,『万葉五賦』, 一正堂書店, 1950.

星川淸孝,『楚辭の研究』, 養德社, 1961.

________,『新釋漢文大系 楚辭』, 明治書院, 1970.

小島憲之 外,『新編日本古典文学全集 万葉集』1~4, 小学館, 1994~1996.

阿蘇瑞枝,『萬葉集全注』17, 有斐閣, 1985.

窪田空穗,『萬葉集評釈』新訂 11,東京堂出版, 1985.

佐佐木信綱,『佐佐木信綱全集 評釋万葉集』7, 六興出版 社, 1954.

________ 外,『第4刷新增補版 校本万葉集』, 岩波書店, 1994~1995.

佐竹昭廣 外,『万葉集』本文編 및 譯文編, 塙書房, 1970.

__________,『新日本古典文学大系 万葉集』4, 岩波書店, 2003.

竹治貞夫,『楚辭研究』, 風間書房, 1978.

中西進, 『講談社文庫 万葉集』3, 講談社, 1981.
青木生子, 『新潮日本古典集成 万葉集』5, 新潮社, 1984.
沢瀉久孝, 『萬葉集注釈』17, 中央公論社, 1967.
土屋文明, 『新訂版 万葉集私注』8, 筑摩書房, 1977.

근대 국민국가 형성과 국문학사

한·중·일 삼국의 국문학사의 태동

배정열

1. 머리말

인문학의 위기라는 표현을 자주 접한다. 실제로 어느 정도로 인문학이 위기인지는 별도로 하더라도 인문학 관련 과목이 주를 이루었던 대학의 교양과목이나, 인문학을 주요 커리큘럼으로 하는 대학의 기존 학과들은 커다란 변화의 시기를 맞고 있다. 서양의 근대화된 학문이론이 수입 된지 1세기를 넘기려하고 있다. 인문학의 대표인 '문·사·철' 즉 문학, 역사, 철학 등의 분야에서 그 변화가 더욱 크게 일어나고 있다.

본고에서는 한국과 중국 그리고 일본, 삼국의 '국문학사'의 서술초기를 고찰하여 당시의 국문학사 서술상의 문제점을 규명하고자 한다.

원래 '문학'이라는 단어는 문장이나 학문을 뜻하는 폭넓은 의미로 사용되었으며 메이지 시대의 사전류에서는 학문을 의미하는 'ガクモン'이라는 발음으로도 읽혔다. 실제로『明治のことば辞典』의 해설을 보면 '본래는 학문의 의미였지만, 영어 literature의 번역어가 되어 메이지 시대에는 문자에 의한 예술 작품 즉 문예를 의미하게 되었다'[1]고 되어있다. 문학이라는 단어가 학예나 인문학 일반을 폭넓게 의미했던 것이, 영어 literature의 번역어가 되어 시나 소설 등의 문예 작품만을 의미하는 범위로 변하게 되었다는 것이 일반적인 정설로 되어있다. 문학이라는 어휘가 학문이라는 의미에서 문예라는 의미로 전환되어진 것은, 기존의 학문이 크게 변용되어 '문·사·철'이라는 인문학에서 문예의 분리가 시작되었다고도 볼 수 있다.

이러한 환경 속에서 한중일 삼국의 국문학사 서술 초기의 문제점으로서, 당시의 각국의 시대상황과 국문학사 서술과의 관련성, 국문학사 서술의 목적, 그리고 문학사의 범위와 시대구분, 서술 언어의 문제, 국가와 민족정체성 문제 등을 중심으로 고찰하여, 근대 민족국가 형성과 발전을 목표로 한 삼국의 국문학사의 문제점을 규명하고자 한다.

---

1 본고의 인용문 중 일본어를 원문으로 하는 부분은 필자의 번역이며 논문의 이해를 돕기 위해 가능한 한 한글 번역을 이용했음.

2. 1910년까지의 일본의 문학사 저술

아시아나 유럽을 막론하고 인류의 대표적 문화권에서 문학이라 일컬어지는 것들이 발생한 것은 기원전의 일이지만, 문학연구의 한 분야로서의 문학사는 18세기 유럽에서 시작된다. 그리고 그 문학연구 방법은 아시아에서는 일본이 최초로 받아들이게 된다.

1867년 메이지 근대 혁명을 계기로 서양문물을 대량으로 받아들여, 근대 국민 국가로 출발한 일본에서는, 1890년경부터 1910년경까지 20년간 활발하게 문학사 저술이 진행된다.

그 20년간의 주요 역사적 사건으로는,

1890년 제1회 중의원선거로 제국 국회 소집, 교육칙어 공표.

　　　　제1차 경제공황 발생.

1893년 집회 · 결사 · 출판 · 판권법 공표.

1894년 동학민중봉기, 청일전쟁, 여순침략.

1895년 청국항복.

1900년 치안 경찰법 공표.

1902년 영일동맹.

1904년 러일전쟁 발발, 여순점령, 한일의정서.

1905년 러일전쟁 승리, 제 2차 한일 협약.

1910년 한일합병, 조선총독부 설립.

기록에서 보듯이, 청일전쟁과 러일전쟁 등의 국가 간 분쟁과 교육칙어, 집회결사, 치안경찰법 공포 등의 국내 정치 세력 간의 치열한 대립이 있었다. 이러한 근대 초기 상황 속에서 문학사가 출판된 것이다. 일본 국립국회도서관 장서 검색시스템인 NDL-OPAC와 일본 전국대학도서관 등의 소장 데이터베이스인 Webcat Plus에서 문학사, 문예사, 문학전사, 문학발달사, 문학소사, 문학략사, 문학의 역사, 문학연혁 등을 검색어로 하고 출판연도를 5년 단위로 구분하여 얻은 건수를 표로 하면 아래와 같다. 저서명이 아니고 별도의 타이틀이나 내용의 주석 등에 앞의 검색어가 포함된 경우도 있으며, 문학사연구나 문학사론 등이 포함 되어 있다. 정확도는 떨어지지만 실태파악에는 크게 문제가 되지 않는다고 보여 진다.[2]

	NDL-OPAC	Webcat Plus
출판년도미상	31	1
1881~1885	1	1
1886~1890	4	3
1891~1895	13	13
1896~1900	21	21
1901~1905	44	42
1906~1910	32	29
1911~1915	9	8
1916~1920	12	8
1921~1925	22	24
1926~1930	72	65
1931~1935	88	88
1936~1940	62	65
1941~1945	79	66
1946~1950	124	99

2　豊福健二, 「東アジア各國文學史の草創期」, 『東アジア三國の文化―受容と融合』, 關西文化研究叢書 12, 武庫川女子大學關西文化研究センター, 2009.3.

앞의 표에 의하면 1880년대 이후 처음으로 문학사가 등장하여, 급격하게 숫자가 증가하다가, 1910년대부터 1920년대에 걸쳐 그 숫자가 일시적으로 감소세를 보이는 특징을 갖고 있다. 그렇지만 1920년대 이후, 30년대, 40년대에 걸쳐 매우 활발한 문학사의 저술시대를 맞이한다. 시기적으로 문학사의 중요성이 부각된 시기라고 할 수 있다. 1910년까지 일본에서 출판되어 현존하는 문학사관련 저서들을 국가별로 정리하면, NDL-OPAC 의 데이터에서는 일본문학사가 90권, 중국문학사가 32권, 영미문학사가 10권, 독일프랑스문학사가 14권, Webcat Plus의 데이터에서는 일본문학사가 77권, 중국문학사가 16권, 영미문학사가 10권, 독일프랑스문학사가 6권 등의 숫자를 보인다. 당시 일본의 학계나 교육계 등의 각국의 문학사에 대한 관심도를 알 수 있는 자료이다.[3]

다음의 문제로서 실제로 출판된 문학사의 저서수와 현존하는 문학사 간의 차이에 대해 조사해 보면, 1903년 출판된 하가 야이치芳賀矢一의 『國文學史十講 訂正改版』의 「서론」에는 선행하는 14종의 문학사가 소개되어 있으며 위의 표에 소개된 두 데이터에서도 모두 확인 가능하다. 그러나 1929년 출판된 일본문학 번역가 謝六逸의 『일본문학사』 권말의 참고문헌에는 38종의 일본문학사관련 저서가 소개되어있으나 3건의 저서가 위의 데이터에는 포함되어 있지 않다. 이로보아 현존하지 않는 문학사의 존재가 확인된다.

---

[3] NDL-OPAC과 Webcat Plus의 검색 결과가 일치하는 것도 상당수 있겠지만 중복되는 데이터를 제외하는 작업이 곤란하여 두 데이터베이스의 총건수를 그대로 사용했음.

이 시기에 다수의 문학사가 출판된 이유에 대해, 와다 히데노부和田英信가 '메이지기 간행의 중국문학사'에서 '저술로서의 형태를 가짐과 동시에 교육현장의 학과목으로서의 기능도 했다. 오히려 교육현장의 수요에 응하는 형태로서 저술이 행해졌다고 보는 것이 타당하다'[4]라고 지적하고 있듯이, 다른 나라의 문학사도 포함하여 출판의 주된 요인은 수업의 교재였다. 근거로서 와세다 대학의 문학교육과 강의록, 혹은 그의 전신인 동경전문학교 문학과 강의록, 또는 그것들을 기초로 출판된 것이 눈에 띠게 많다. 또한 현 동양대학 전신인 철학관哲學館도 많은 수를 점하고 있다. 1910년까지 출판되어 현존하는 문학사 중에 강의록이라는 어휘를 포함하는 저서수가 43건 등장하며 위의 두 데이터 상에서 중복 되지도 않는다. 이에 강의록 또는 수업교재가 다수였음을 알 수 있다.

이 시기의 문학사에 나타난 다음의 특징으로는 저자의 연령이 상당히 젊다는 점과 문학전공이 아닌 연구자가 많다는 사실이다. 최초로 문학사를 출판했을 시기의 주요 저자들의 연령을 출생연도에서 계산한 것을 몇 예를 들어보면 다음과 같다.

末松 謙澄(27세), 三上 參次(25세), 高津 鍬三郎(26세),

落合 直文(29세), 渋江 保(34세), 大和田 建樹(35세),

池谷 一孝(29세), 藤田 豊八(28세), 内藤 湖南(31세),

笹川 種郎(28세), 芳賀 矢一(32세), 藤田 作太郎(31세),

五十嵐 力(29세).

---

4 和田英信,『중국문학사관』,「명치기간행의 중국문학사」, 2002.

총 47명중 30대가 43명, 40대가 3명, 50대는 없고 60대가 1명으로, 평균연령이 33세로서 현재의 연구자로서는 상상하기 어려운 젊은 나이이다. 그 이유로는 새롭게 생긴 문학사라는 과목을 담당하게 된 젊은 교수들이 직접 담당교과목의 교재를 출판하였기 때문이다. 전해오는 에피소드에 의하면 당시의 대학수업에 제출한 학생 레포트가 검사를 마치고 학생에게 돌아오면 출판사에서 레포트를 매입하겠다는 연락이 왔다고까지 전해진다.[5]

당시 전공영역 이외의 연구자로서 문학사를 저술한 경우를 살펴보면, 일본문학사를 저술한 미카미 산지三上參次는 일본사를 전공, 오와다 켄주大和田建樹는 시인, 중국문학사의 후지타 도요하치藤田豊八는 동양사 전공, 일본문학사와 중국문학사를 저술한 사사가와 다네오笹川種郎는 미술사 전공의 연구자들이다. 시부에 다모츠渋江保의 저술을 보면 역사학, 교육학, 사회학, 공학, 천문학, 지리학, 주역 등의 다방면에 걸쳐 있으며, 문학사에 있어서도 영국, 그리스, 로마, 독일, 프랑스 문학사까지도 저술하고 있다. 이가라시 리키五十嵐力도 동경전문학교에서 영문학을 강의하면서 독일문학사를 저술했고, 일본문학사도 저술했으며 일본의 헤이안 문학의 연구자이기도 하다. 현재로서는 상상을 초월하는 일이지만 문학사가 태동하는 저술 초기 상황의 한 단면을 알 수 있다.

일본문학사의 특이 사항으로 에도시대의 국학자 모토오리 노리나가本居宣長는 한방의학이 주 전공인 의사였으며, 메이지문학의 거성 모리 오가이森鴎外는 군의관으로 군의총감까지 오른 인물이며 현재도 존

---

5   「先學を語る－藤田豊八博士」, 『東方學』 63, 1982.

경받는 소설가로 기록되고 있다. 최근의 문학사 저술에서도 비전공가
인 가토 슈이치加藤周一가 1975년 『일본문학사 서설』[6]을 출판하여 학계
에 많은 영향을 미치고 있다.

1980년대부터 1910년까지의 20년에 걸친 다량의 문학사 저술은 위
와 같은 특징을 가지면서, 내용의 충실성 면에서와는 별도로 젊은 연
구자들에 의해 왕성하게 문학사가 저술된 시기이다. 또한 특기할 사항
으로 청일전쟁(1894~5), 러일전쟁(1904~5), 한일병합(1910)을 거치면서
일본이 제국열강에 합류하는 시기와 중첩된다는 점이다. 일본문학사
는 그러한 시대상황하에서 탄생했다는 시대적 요구에 충실한 내용을
담게 된다.

3. 일본문학사

일본에서 최초로 출판된 일본문학사는, 1890년 미카미 산지三上參次,
다카츠 슈사브로高津 鍬三郎의 『일본문학사』[7]이다. 「서언」의 기술에서
도 '본서는 실로 일본문학사의 효시이다'라고 밝히고 있으며 학계에서
도 인정받고 있는 사실이다. 미카미와 다카츠의 『일본문학사』는 많은

6　가토 슈이치, 『일본문학사 서설』(전공자가 아니라는 일부의 혹평도 있지만 전반적으로
　높이 평가되고 있음. 영어번역과 한국어 번역이 있음).
7　미카미 산지·다카츠 슈사브로, 『일본문학사』上, 下권으로 구성. 金港堂出板, 1890.

연구자들에 의해 다양한 연구가 진행되어 왔다. 선행연구의 주요내용은 유럽문학사 등의 저서를 참고로 했다는 것과, 국학파의 입장에서 기술했다는 점이 크게 지적되어져 있다.

유럽문학사를 참고로 했다는 점에 관하여 「서언」의 기술에 다음과 같이 나타나 있다.

> 저자인 두 사람은 일찍이 대학재학 시절부터, 언제나 함께 서양의 문학사를 펴보고, 그 편찬법에 감탄을 했으며, 또한 문학사라는 것이 있어 문학의 발달을 상세히 알게 하며, 이것의 연구하는 순서가 잘 정리정돈 되어 있음을 기뻐했다. 이와 동시에 본국에는 아직 이러한 문학서가 없다. 또한 문학사라는 것도 없어서 본국의 문학을 연구함에 있어, 외국의 문학을 연구하는 것보다 한층 곤란함을 느낄 때마다, 외국의 문학사가 부럽고, 본국의 사정을 불쌍히 여겨 어떻게 해서든 일본에도 그에 뒤지지 않는 문학서, 또는 그들과 어깨를 나란히 할 수 있는 문학사를 저술하고자 마음을 굳게 했다.
>
> ―「서언」, 『일본문학사』, 1~2면.

라는 서술과 함께 유럽의 문학서와 문학사를 많은 부분 참고했다고 기록하고 있다.

특히 1864년 영국문학사를 저술한 프랑스의 이폴리트 텐Hippolyte Taine에게서 많은 영향을 받은 사실이 지적되어 있다. 텐은 문학의 특징을 결정짓는 외부적 조건으로서 인종, 환경, 시대라는 3요소를 강조하고 있다. 텐의 3요소 이론은 후지타 도요하치의 『중국문학사』(1897년 출판)에도 보이며, 이케타니 가즈타카池谷一孝의 『일본문학사』[8]에서도 구체적으로 3요소 이론에 관해 언급하고 있으며 각 항목별로 상술하고 있다. 미카미와 다카츠의 문학사에 있어서는 텐의 3요소 이론 중에서 환경 즉, 문학의 형태를 결정짓는 사회 환경에 관한 언급은 거의 보이지 않는다.

다음으로 텐의 3요소 이론 중에서 인종에 관한 내용의 파악을 조동일의 『동아시아 문학사 비교론』[9]의 해설 부분을 인용하기로 한다.

> 그때까지 여러 문학사가가 각기 자국 문학의 발전을 찬양하고 우수성을 자랑했다. 문학사 서술이 그런 의미의 애국주의와 불가분의 관계를 가졌다. 그러나 그 누구도 문학사 이해의 보편적 원리를 무시하고 민족성 우월론의 관점에서 자국문학의 우수성을 주장하지는 않았다. 떼느는 문학의 특질이 문제라고 하는데 동의하면서, 논의를 객관화 하고 검증을 엄밀하게 해야 한다고 선언했다. 프랑스인이 스스로 프랑스문학의 인종적 특징을 살피는 것은 객관적일 수 없고, 애국주의적 우월감을 은연중 나타내는 폐단에서 벗어나기 어려우므로, 검증의 대상을 외국문학으로 바꾼다고 했다. 희랍문학은 대단하지만 이미 과거의 것이 되었고, 독일문학은 중간에 공백이 있어 적합하지 않다 하고, 오랜 역사를 가지고 아직 살아있으면서 직접 관찰하기 쉬운 영국문학이 가장 적합한 검증 대상이라고 했다. 그래서 영국문학사를 썼다.
>
> —「제1장 문학사 서술 경과 검토」, 『동아시아문학사비교론』, 11면.

---

8   池谷一孝,『일본문학사』, 東專邦語文學科 第1回1年級講義錄, 1897.
9   조동일,『동아시아 문학사 비교론』, 서울대 출판부, 1993.

위의 인용문에서 보듯이 프랑스인 텐이 자국문학사를 기술하지 않고 영국문학사를 기술한 이유가 명확하다. 그러나, 미카미와 다카츠의 『일본문학사』는 텐의 선언이 안중에도 없다는 듯이 애국주의 나아가 국수주의적 입장에 충실한 기술이었다. 「총론」의 '제1장, 문학이란 무엇인가'라는 항목에서 다음과 같이 기술하고 있다.

> 소위 문학사란, 국민으로 하여금 자국을 사랑하고 흠모하는 관념을 심오하게 하기 위함 뿐만이 아니라, 현재의 문장의 체재가 천차만별인 것을 걱정하는 자는, 이 문학사를 거울삼아 과거를 반추해 보며, 올바름을 정해서 보충할 수 있기 때문이다. (6면)

출판 당시의 일본사회의 경직성. 즉 주변국가와의 전쟁, 국내의 정치적 소요 등의 상황을 잘 반영하고 있으며 일본문학사 기술자체가 당시의 일본사회를 더욱 국수주의화 하는 데 일조하고 있음을 보여준다. 마찬가지로 미카미와 다카츠의 『일본문학사』가 국학파의 입장에서 기술되었다는 점에 관해 고찰해보자.

사이토 마레시斎藤希史의 『漢文脈의 近代—淸末＝明治文学圈』의 제1장 「文学史의 近代—和漢에서 東亜에」[10]에 구체적인 지적이 있으며 그 내용을 정리해보면.

미카미는 1890년 출판한 『일본문학』의 「일본역사문학의 관찰」에서, 예를 들어 라이산요頼山陽의 『일본외사』에 관하여, '외국의 문장(한문)

10　名古屋大學出版會, 2005. 산토리학예상 수상.

으로 쓰여졌기 때문에 일본문학의 측면에서는 대단히 가치가 적다 '고 평가하며, 또 '스가하라 미치자네나 오오에 구니후사도 무라사키시키부나 세이쇼나곤에는 미치지 못한다'고 표현하고 있다. 한문으로 기록된 역사서나 한시 등을 히라가나로 기록된 일본의 고대 여성문학에 비해 낮게 평가하고 있다. 메이지 신정부의 역사편찬에 반대한 국학國學계와 미토水戶학계의 역사가들의 모임인 사학협동史學協會의 전통을 계승한 사상이며, 그들은 일본의 역사를 타국의 문자(한자)로서 기록하는 것은 타당치 않다는 사상을 표방하고 있었다.

실제로 미카미와 다카츠는 『일본문학사』의 「서언」에서 '본서는 총론에서 서술했듯이 문학의 정의에 따라 한문기록은 대상으로 선택하지 않았다. 다만 그 국문학과 관계되는 부분은 각각 이점을 명확히 했다'고 기술하고 있으며, 이론에 철저하기 위해, '에도시대의 문학' 항목에서 융성함이 극에 달했던 에도시대의 한문에 관해서는 언급을 하지 않고 있으며, '한학자의 和漢혼화문'이라는 항목을 새롭게 만들어 한시를 고의로 무시하고 있는 점이 보인다. 국수주의적인 색채가 강한 문제점을 안고 있으나, 히라가나 문학 즉 민족 고유어 문학에의 가치평가라는 새로운 면이 있어 현재에도 평가가 나누어지고 있다.

미카미와 다카츠의 『일본문학사』 다음으로 출판된 것은 오와다 겐쥬大和田建樹의 『和文學史』[11]이다. 오와다는 〈철도창가〉, 〈고향의 하늘〉 등의 군가를 만든 작사가로서도 유명하다. 그의 문학사를 미카미와 다카츠의 문학사와 비교하면, 한문, 한학, 시 등의 항목을 신설한 점과, 애국주의적인 경향이 강화 되고 있다는 지적이다. 서문을 인용하면,

---

11 大和田建樹, 『和文學史』, 博文館출판, 1892년.

아, 우리 동포 4천만 제군이여. 서로서로 사랑하며 서로의 따뜻한 정이 다른 외국과 비교해서 더욱 뛰어난 것은 어찌된 일일까. 성군을 함께 하며, 국가를 함께 하고, 풍속, 언어, 역사, 문명사를 함께 하는 연유가 아니겠는가. 문명사와 역사를 함께 하고 언어풍속을 함께 하는 관계는, 동포4천만의 일대의 강한 민족을 만들고, 동양고도의 일대의 강국을 만들어 보지 않을쏘냐. 문학사의 이러한 사실들과 관계의 위대함은 앞에서 서술한 바가 있다. 문학사는 애국심을 양성하는 주된 원소를 점유하고 있다고 해도 어느 누가 믿지 않을쏘냐.

—『和文學史』, 11면

라고 기술하고 있듯이 애국주의적 경향의 강화가 눈에 띈다. 1892년에 출판되고 1894년 청일전쟁이 발발하고 1905년 러일전쟁에서 승리하여 애국주의 사관은 극에 달하게 된다. 당시의 시대상의 반영과 실태가 여실히 나타나고 있으며, 이러한 애국주의적 경향은 형태를 달리하며 변형되어 오늘날의 문학사에서도 발견되고 있다. 문명사로서의 일본문학사의 저술을 통해 근대 국민 국가의 정신적 기반을 문학작품에서 찾고 있다. 일본문학사는 그러한 전통을 지금까지도 유지해 오고 있다.[12]

---

[12] 현행의 일본문학사에서도 히라가나문학작품 중심으로 편성되어 있으며 여전히 각 시대별 한시나 한문 작품은 문학사에 거의 등장하지 않는다. 각 시대별로 한시나 한문 작품은 히라가나 작품보다 월등히 높이 평가 받았고, 영향력도 컸으며, 명치시대까지도 정부의 공식 문장은 한문이었다.

4. 중국문학사

　최초의 중국문학사를 무엇으로 하느냐는 어려운 문제이다. 가와이 고조川合康三는 「지금, 왜 중국문학사인가—서문을 대신하여」[13]에서 가장 빠른 시기의 중국문학사로서 다음의 저서들을 들고 있다.

　제정 러시아의 Vasiliv, Vasilli Pavlovich, 『중국문학사개설』(1880)
　末松謙澄, 『중국고문학략사』(1882)
　兒島獻吉郎, 『중국문학사』(1891~92)와 『문학소사』(1894 ?)
　藤田豊八, 『중국문학사』(1897)
　古城貞吉, 『중국문학사』(1897)
　영국의 Herbert A. Giles, 『중국문학사』(1901)

　위의 작품을 인용하고 어느 것이 가장 빠른 중국문학사인지는 간단히 정할 수가 없다고 서술하고 있다. 위의 4명의 일본인에 의한 저서는 모두 '支那文學史'로 표기하고 있으나 번역은 중국문학사로 하였다. 제정 러시아의 바시리에프(1818~1900)는 중국어, 만주어, 몽고어, 티벳어, 산스크리트어와 한국어 그리고 일본어에까지 능통한 중국학의 대가이며, 특히 불교연구에 빼어난 연구가였다. 시문과 희곡 소설에 대한 평론 등도 있지만, 유학을 중심으로 제자백가에 이르는 경전의 평가가

13　和田英信, 앞의 책.

중심 내용이라고 한다.

『중국고문학략사』를 저술한 스에마츠 겐쇼는 케임브리지 대학에서 문학, 어학, 법학을 전공하고, 일본고대소설의 대표작인 『겐지 이야기』의 일부를 영역하여 해외에 일본문학을 소개한 인물로 알려져 있다. 본 저서는 고대중국의 학술사를 주요 내용으로 하고 있어 순수문학사는 아니다.

다음으로 고지마兒島는 1909년에 총 1,154페이지에 이르는 방대한 『중국문학사』(고대편)을 저술하지만, 위의 두 저서는 잡지에 연재된 것으로 내용적으로 완성된 것은 아니다.

후지타藤田의 저서는 최근의 연구결과에 의해 1897년 출판이 밝혀졌으며 후루키 사다키치古城貞吉의 저서보다는 약간 빠르다고 한다.[14] 후지타는 당시 전시대를 정리한 중국문학사를 저술할 예정이었으나 개인사정에 의해 중단하게 되어, 결국 전시대에 걸친 완성된 문학사는 후루키古城가 최초가 된다.

후지타 도요하치는 제국대학 문과대학 한문과 졸업 후, 대학원에서 중국철학사를 전공하여 동양사에 관한 저술이 많다. 중국 체류 중에 페스탈로치와 루소의 영향을 받아 루소의 『에밀』을 한문으로 번역하였다. 당시 중국의 지도자들에게 큰 영향을 끼쳤다고 전해진다. 또한 루소의 '자연으로 돌아가라'라는 사상은 노자의 영향을 받은 것이라 주장하고 있다.

대단한 독서가로서도 유명하여 二十四史에 거의 토씨를 달았고, 마

14　杜轍文,「藤田豊八의 중국문학사연구」,『二松學舍大學人文論叢』73, 2004.

르크스의 자본론을 원서로 읽었다고도 전해진다. 후지타는『중국문학사』에서 중국의 한족은 북방민족과 남방민족으로 나누어져 있고, 중국문학의 주요부분을 형성해 온 것은 북방민족이라고 하는 것이 그의 기본 사상이다. 그리고 북방 민족은 다른 지방으로부터 이주해온 민족이라고 기술하고 있다.

후지타는 그의 문학사에서, 사상내용을 의미하는 '상想'과 예술형식을 의미하는 '형形'의 개념을 도입하였다. 오늘날에는 상식화 되어있는 방법이지만 후지타가 최초로 도입한 학설이다. 다음으로 문학의 범위에 관한 문제로, 그는 중국사상에 커다란 관심을 갖고 있으면서도 문학사에서는 사상과 문학을 구별하고자 했다. 사상서, 역사서에 관한 언급이 많지만 그것들을 문학으로 취급하고 있다. 그리하여 공자, 맹자 등과 전국제자에 관한 기술이 많고, 그들을 문학적 측면에서 고찰함을 목표로 했지만, 사상가의 생애나 사상의 성립, 사상 그 자체에 관한 분석 등의 부분이 많은 점은 단점으로 평가된다.

후지타는 그의 문학사 「해설」 부분에서 '폭군의 폭정, 역신의 반역, 다른 나라에서는 그 예를 볼 수가 없으며, 사람의 간으로 초를 담그고 인육을 먹는 등, 보통의 개화된 국민이 들으면 전율을 느끼는 것들도 그들은 아무렇지도 않게 믿고 있다'라는 기술이 보이며, 후루키도 역시 '그들의 보수적인 성질은 좀처럼 경쾌한 행위를 즐겨하지 않지만, 이익 앞에서는 용감무쌍하여 뜨거운 물이나 불을 밟아 목숨을 희생하는 한이 있어도 피하려 하지 않는다'라고 그의 저서의 「서론」에서 언급하고 있다. 후지타와 후루키의 문학사에는 중국에 대한 멸시와 편견이 나타나고 있는 점도 간과해서는 안 된다. 청일전쟁에서 승리한 당시 일본인들의 중국관이 보인다. 또한 일본인의 중국경시사상은 근대 국민 국가 형성기의 일본문학사 저술에도 여실히 나타나고 있다. 청국과의 전쟁, 그리고 그 승리는 중국경시사상을 낳았고, 한문 작품의 경시로까지 이어지며, 히라가나 작품에 대한 지나친 가치 평가를 낳게 했던 것이다.

영국 하버트 자일즈Herbert A. Giles 의 『중국문학사』(1901)는 세계문학사 총서의 일부분으로, 그는 선행하는 중국문학사를 참고하지 않고 있다. 서양인에 의한 중국문학사로 주목을 받았지만 내용면에서는 문화사에 가깝다고 한다.

중국인에 의한 최초의 중국문학사는 林傳甲의 『중국문학사』(1904)로서, 이것은 사사가와笹川種郎의 『중국문학사』(1898)를 기초로 하여 교과서용으로 급거 완성 시킨 것이다. 일반적으로 당시에는 일본인의 중국문학사에서 영향을 받은 것이 많다. 조금 뒤에 출판된 노신의 『한문학사강요』에서도 권말의 참고서에 고지마 겐키치와 스즈키 도라오鈴木虎雄의 저서를 기록하고 있다.

중국인이 독자적으로 저술한 것은 謝無量의 『중국대문학사』(1918)[15]가 최초이며 그 후 胡適의 『백화문학사』(1928), 鄭振鐸의 『삽화본중국문학사』(1932), 劉大傑의 『중국문학발전사』(1941~1949)등 다수의 저술이 나타난다. 謝無量의 『중국대문학사』는 최초의 중국인에 의한 저술이지만 내용면에서 근대화가 되어 있지 않고, 역대의 문학관을 산만하게 개관했다. 문학의 종류를 나누고 문학의 변천을 살피는 등 과거에 관해서도 참고자료를 제공하는 정도이며 저자의 주장이나 학설 등은 보이지 않는 점이 있다.[16]

---

15 謝無量, 『中國大文學史』, 中華書局, 1918.

5. 한국문학사

    최초의 한국문학사는 安廓의『조선문학사』이다. 1922년 韓一書房에서 출판되었으며 안확은 1886년에서 1946까지 생존한 인물[17]이다. 유소년기에 국가가 외세의 침입에 시달릴 때, 독립협회 운동에 참가하기도 하고, 1905년 을사보호조약이라 일컫는 국가 자주권이 상실 된 이후는 애국계몽 운동가로 변신하여 교육자가 된다. 마산 창신학교 교원으로 재직 당시 국가가 멸망하자 해괴한 행동을 보인 에피소드가 전해오며 젊은 지식인으로서의 고뇌를 엿볼 수 있다. 1914년 일본으로 건너가 일본대학에서 정치학을 전공한다. 이때부터 유교나 불교도 부정하는 과격한 국가주의적 경향이 나타난다. 안확이 지키고자 했던 것은 고조선에서 고구려로, 고구려에서 발해로 이어져 내려와 발해 멸망 후는 지하로 스며들었다는 동이족의 순결한 정신이다. 1916년 귀국하여 항일비밀결사의 하나인 조선국권회복단에 참가해 마산 지부장이 된다. 3·1운동을 경남 창원에서 맞이하고, 왕성한 문필활동을 전개한다. 1921년에는 조선청년연합회의 기관지인『我聲』의 편집을 담당하게 된다. 그리고 1920년『자각론』, 1921년『개조론』, 1922년『조선문학사』를 발표하게 된다. 그 후 민족운동이 좌우파로 분열되자 사회활동의 일선에서 은퇴하게 된다.

---

16 조동일,『동아시아 문학사 비교론』, 78~79면의 구체적인 내용 참조
17 권영민 편저,『한국 현대문학 대사전』, 서울대 출판부, 2004.

안확은 대종교로부터 지대한 영향을 받았지만, 왕성한 집필시기인 1920년대에는 국수주의적 경향으로부터 탈피하여 국학파로서는 드물게 유교와 불교 등도 수용하고, 외래사상이 애국주의를 발전시켰다는 관점에서 진화론적 한국사관을 갖게 되며 개화파로 된다.

안확은 자신의 『조선문학사』[18]를 '『자각론』의 서문'이라 규정하고 있다. 『자각론』은 3·1운동 후의 정신적 혼미와 주체성 상실을 해결하기 위해 쓰여진 것이다. 그는 대종교의 경전으로 단군 말씀의 기록인 『삼일신화』를 한국 最古의 문학이라 평가한다. 「제1장 서론」의 「제1절 문학과 문학사」에서 대부분의 문학사와 동일하게 '문학이란 무엇인가'라는 문제로 시작된다. '문학이란 미적 감정을 기초로 하여, 언어 또는 문자에 의해 인간의 감정을 표현한 것'이라고 정의한다. 미카미와 다카츠의 '문학이란 한 문체를 가지고 교묘하게 인간의 사상, 감정, 상상을 나타낸 것으로 실용과 쾌락을 겸하는 것을 목적으로 하여, 대다수의 사람에게 개략적인 지식을 전하는 것을 일컫는다'[19]는 주장과의 유사성은 인정되나 상관관계는 구체적인 고찰을 필요로 한다.

안확의 『조선문학사』는 135면에 불과하며 내용도 부족한 면이 있으나, 기술의 방법론과 문학사 대상의 범위에 관한 점에서 주의할 만한 점을 제시하고 있다. 문학사의 시대구분이라는 항목을 설정하여 시대구분의 정확성을 기하려한 점과, 구비문학과 불교문학도 문학사의 대상으로서 중요시하고 있는 점들이다. 한문학에 관하여도 많은 원문을 인용하고 있으며, 이 점에 관하여 일본 국학파의 계통을 잇는 미카미

---

18 조동일, 『동아시아 문학사 비교론』, 114~116면의 구체적인 내용 참조.
19 「總論」 제2장, 「문학의 정의 내림의 곤란함, 문학의 정의」, 13면.

와 다카츠의 문학사와는 차별성을 보이기도 한다. 순수문학 이외의 사상서나 역사서 등에 관해서도 후루키의 『중국문학사』 정도는 아니지만, 최근의 한국문학사와 비교하면 폭넓게 수용하고 있다고 볼 수 있다.

안확이 『조선문학사』를 집필한 시기는 일본에 의한 식민지 시대로 암울하면서도 문학사 집필 자체가 대단히 어려운 상황 하에서 이루어졌다. 1919년 3·1독립운동이 실패로 끝난 후 총독부의 강화된 검열에 의해 일부분이 삭제되기까지 했다. '제37절 신구문학의 대립'은 두 군데 합계 18행이 삭제된 채로 출판되었다. 1984년 을유문화사에서 번역본으로 출판된 『조선문학사』에는 최원식이 주를 붙였다. 앞의 10행에 관해서는 '1910년의 국가 멸망에 관한 기술'일 것이라는 추측을, 뒤의 8행에 관해서는 '3·1운동에 관한 기술'일 것이라고 추측하고 있다. 본서가 혹독한 통제시대의 저술이라는 또 하나의 증거로 '大正十一年四月五日 發行'이라는 일본식 연호를 사용하고 있는 점이다.

안확 이후의 한국문학사의 저술은, 권상로의 『조선문학사』가 해방 전에 출판 되었을 것이라고 확인 될 뿐으로 해방을 맞기까지는 조선문학 관련 저술이 거의 확인 되지 않는다. 철저한 통제와 검열로 인해, 한국문학사는 저술자체가 불가능에 가까운 상황이었다. 해방을 맞이한 후 1948년 이명선의 『조선문학사』,[20] 김사엽의 『조선문학사』가 출판되면서 활발하게 진행되게 되지만, 오늘날까지 이어지는 남북 분단은 한국문학사를 반쪽으로 만드는 결과를 가져왔다.

---

[20] 이명선, 『조선문학사』 범우문고 89, 범우사, 1990.

6. 삼국 국문학사의 공통된 문제점

첫 번째로 문학사 범위의 문제이다.

미카미와 다카츠의 『일본문학사』는 「문학이란 무엇인가」라는 항목에 상당한 면수를 할애하고 있다. 그리고 오늘날 문학이라는 의미를 순문학이라 표현하고 있다. 그 순문학의 의미가 히라가나 문학에 한정시킨다는 문제가 있다. 즉, 한문학과 불교문학, 사상, 철학 등의 배제를 의미하기도 한다.

중국문학사에 관하여는 바시리에프, 스에마츠, 고지마 등이 역사서와 사상서를 주요 대상으로 하고 있으며, 후지타와 후루키 역시도 사상서에 할애한 비중이 상당히 크다. 중국인에 의한 중국문학사도 초기의 것들은 일본인의 저술을 참고로 한 탓에 같은 경향을 보이며 노신의 저술도 예외는 아니다. 중국문학사에 있어서는 당시의 문학이라는 의미가, 중국의 전통적 사상에 의해 학문 일반을 의미하는 것이어서 그런 경향이 강하게 보였다고도 생각된다. 또한 중국은 문학작품과 역사서, 사상서와의 완벽한 구별이 어렵다는 점이 있다. 한·중·일 삼국의 공통된 문제이기도 하다. 서로 교차하는 부분이 넓은 것이 특징이기도 하다. 그리고 일본에서는 중국이나 한국만큼 사상서가 발달하지 못한 점을 가지고 있다. 개략적으로 보면, 중국의 경우는 사상서 안에 문학이 들어 있는데 비해, 일본에서는 문학작품 속에 사상이 들어 있는 경우가 많다는 차이점을 보인다.

안확의 『조선문학사』는 분량과 내용의 문제는 있으나 구비문학과 불교문학, 한문학의 원전의 인용, 그리고 역사서와 사상서의 인용 등 오늘날의 문학사보다는 폭넓게 다루고 있는 것이 특징이다. 초기의 문학사가 순문학이외의 영역까지도 포함하는 현상은 유럽도 동일하다.

둘째로 시대구분의 문제이다.

한국과 중국은 왕조의 교체기가 국명의 교체기로서, 형식적으로 지금까지 하나의 왕조가 통치해오고 있다는 일본과는 차이점을 갖고 있다. 그러나 동아시아 각국은 일반적으로 왕조교체기에 따라 문학사를 구분 지어 왔으나, 왕조교체기와 문학의 변화가 함께 하지 않는 경우와 왕조마다 존립기간의 차이가 크다는 문제를 갖고 있다. 예를 들어 조선시대 같은 경우 500년을 넘는 기간으로 하나의 시대로 보기에는 어려움이 많아, 일찍부터 한국문학사에서는 왕조교체와는 다른 시대구분을 사용하고 있으며, 현재에도 커다란 문제의 하나이다. 그에 비해 일본의 경우 정치권력의 변화에 따른 시대구분을 택하고 있으며, 각 시대별 기간이 유사하여 큰 문제가 되지는 않는다.

왕조교체에 따르지 않는 시대구분으로는 문학의 형태나 문예사조 등의 변천에 따른 구분, 그리고 사회경제사의 시대구분을 응용하는 것이 일반적이다. 사회경제사에 따른 시대구분은 마르크스주의의 영향을 크게 받고 있다.

또 다른 하나는 각국의 연호를 사용하는 것이다. 그 대표가 일본의 경우이다. 특히 일본문학사에서는 근현대의 문학사를 연호를 사용하고 있다. 메이지문학, 다이쇼데모크라시, 쇼와문학, 헤이세이 문학 등으로 상세하게 구분지우고 있으나, 메이지는 45년간, 다이쇼는 15년간, 쇼와는 65년간이라는 커다란 기간의 차이를 갖고 있다. 그 외에도 연호와 문학형태나 사조의 변화가 맞지 않는 문제는 여전히 남아 있다. 중국과 한국의 경우 현재는 연호를 사용하지 않고 있다. 그렇지만 중국의 문화혁명기나 한국의 해방전후기 등의 시대구분이 사용되고 있으며 각국의 특징에 맞는 시대구분이라 여겨진다.

세 번째로 언어의 문제이다.

동아시아문화권을 한자문화권이라 칭하며 오랜 기간을 공통된 한자를 사용하여 왔다. 그로인해 한중일 삼국은 고대로 거슬러 올라갈수록 한문기록이 대부분이며 민족별 고유 언어에 의한 기록은 비교적 늦은 시기에 시작되거나, 그 분량에 있어서도 비교적 적은 것이 특징이다. 삼국의 문학사의 내용을 언어의 형태로 보면, 각 민족 고유언어문학, 한문문학, 구비문학 등으로 대별할 수 있다. 그리고 구체적인 용어 문제로 한국은 구비문학, 중국은 민간문학, 일본은 구승문학이라 칭하며, 각국의 문화적 기반의 차이점을 나타내고 있다. 구비라는 어휘는 미타니와 다카츠의 『일본문학사』와 후지타의 『중국문학사』에도 등장을 한다. 그러나 미타니와 다카츠의 저술은 한문문학을 철저히 배제하고 있으며, 호적胡適의 『백화문학사』는 민족고유어문학을 중시하고 있다. 그리고 초기의 일본문학사나 중국문학사는 구비문학에 관심이 적었으나, 안확의 『조선문학사』는 구비문학을 중요시 하고 있다.

마지막으로 민족의 문제이다.

주지의 사실이지만 중국은 92퍼센트의 한족과 55개의 소수민족으로 구성된 다민족다문화국가이다. 일본도 아이누민족이나 오키나와민족 등에 관한 배려의 부족이 문제가 되어 오고 있다. 한 때 한국과 일본에서는 단일민족이라는 사상이 유행하여 우월감을 가졌던 시기가 있었던 것도 사실이다. 초기 문학사의 기술에는 소수민족에 관한 기술이 보이지 않는다. 최근의 한국사회에서는 다문화가정이라는 표현을 자주 듣게 된다. 앞장에서 문학사가 태동했던 시기가 국수주의적 애국주의가 팽배했던 시기임을 간주 할 때, 앞으로는 소수민족 혹은 소수에 대한 배려와 국가, 민족, 이문화간의 협력이 필요한 시기의 도래임을 알게 된다.

7. 맺음말

한국과 중국 그리고 일본, 삼국의 국문학사 저술 초기를 고찰하여 당시의 시대상과 국문학사 서술과의 관련성 및 서술상의 문제점 등을 파악하고 그 원인들을 고찰해 보았다. 메이지 시기까지 문학이라는 어휘는 넓은 의미의 학문을 의미했으며 점차 문예의 의미로 전환되어 학문과 문예가 분리되기에 이른다. 이러한 사상적인 변화의 시기에 국문학사의 저술이 시작된다. 이 시기의 또 다른 측면은 국가와 민족의 위기상황이었다는 점도 잊어서는 안 된다. 즉 국문학사의 기술이야말로 민족적 자긍심의 고취이며 국가주의의 고양을 목표로 했다는 것이다. 서양의 영향을 받아 저술된 한중일 삼국의 국문학사는 본질에 있어서는 객관성을 상실한 반대되는 현실을 맞게 된다.

일본문학사는 미카미 산지와 다카츠 슈사브로 그리고 오와다 겐주

로 이어지면서 국가주의적 경향이 강화되는 특징을 갖는다. 중국문학
사는 초기에는 일본인이 저술한 중국문학사에서 커다란 영향을 받아
일본인의 사상이 그대로 전수되어지며 순문학보다도 역사서나 사상서
의 비중이 큰 것이 특징이다.

한국문학사의 경우 3 · 1운동 후의 총독부의 혹독한 검열 하에서 출
판 되었으며, 식민지라는 시대상황이 한국문학사의 기술 자체를 불가
능하게 했다. 이유는 국문학사가 민족정기의 계승발전, 국민국가의 형
성을 위한 정신적 교과서였기 때문이다.

국문학사 태동시기의 특수한 시대상황의 영향으로, 자국민의 문화
적 자긍심 고취는 주변국가의 멸시와 무시로 이어졌으며, 서로 협력하
고 협조하기보다는 지배하고 복속시키는 제국주의로 이어졌다는 특징
을 갖고 있다. 그러한 문제점이 오늘날의 각국 국문학사에까지 이어지
고 있음을 반성해보아야 한다.

韓・中・日三国の国文学史の胎動

裴貞烈

　本稿は日本、中国、韓国の三国の国文学史叙述の初期を考察して、当時の各国の時代状況と国文学史叙述との関連性、すなわちその目的と叙述上のいくつかの問題点についての考察を目的とした。国文学史がそれぞれ叙述されるようになった時期は、それぞれの民族と国家とが危機状況下にあり、現実の苦しい状況を文化民族としての誇りを持たせることで克服しようとする願望が強かった。いわば国民国家の形成と国文学史叙述とは同時に進行され、互いを支えあってくれたことになる。

　日本文学史は、三上と高津(1890)、そして大和田(1892)によって叙述され国民国家と愛国主義を強調している。1894年の日清戦争の勃発に代表されるようにこの時代状況は日本文学史の内容に大きな影響を及ぼした。

　最初の中国文学史は日本人研究者によって叙述され、それを基にして中国人研究者による初期の文学史が叙述された。中国文学史は韓国や日本の文学史と比べて、歴史や思想関連の内容が多く含まれていることが特徴である。

　一方、韓国文学史は日本による厳しい検閲を受けて出版された。検閲の理由は韓国が置かれていた時代状況、すなわち植民地という環境であった。国文学史を叙述しようとする側と検閲する側との葛藤の発生は、国民国家をめぐる民族主義や文化民族という思想の違いを理解すれば当然のことである。植民地という独特な状況下で、韓国文学史は誕生したのである。

　以上のような各国の時代状況下で国文学史の叙述が行われてから、1世紀以上の時間が経過している。叙述当時の状況と国文学史との内容の関連性を考察することで、今日における国文学史教育の再起に貢献することを願うものである。

참고
문헌

단행본

권영민 편저『한국 현대문학 대사전』, 서울대 출판부, 2014.

김사엽, 『조선문학사』正音社, 1950.

이명선, 『조선문학사』범우문고 89, 범우사, 1990.

안확, 『조선문학사』大正 11, 을유문화사, 1984

조동일, 『동아시아 문학사 비교론』, 서울대 출판부, 1993.

謝無量, 『中國大文學史』, 中華書局, 1918.

市古貞次 他6人, 『新編日本文学史 新訂版』, 明治書院, 1990.

斎藤希史, 『漢文脈의 近代－清末＝明治文学圏』, 名古屋大學出版會, 2005.

三上參次, 高津楸三郎, 『日本文學史』, 金港堂, 1890.

和田英信, 『중국문학사관』, 「명치기간행의 중국문학사」, 2002.

日本文學協會 編, 『日本文學講座2 文學史の諸問題』大修館書店, 1987.

岩波講座, 『文学13 ネイションを越えて』, 岩波書店, 2003.

2부

한자세계에 있어서 텍스트의 변주

별개의 고대사 『삼국사기』와 『삼국유사』

별개의 세계관을 통해

박정의

1. 들어가며

순수하게 민간에 전승되어 온 것이 아니라 국가 또는 개인에 의해서 의도적으로 쓰여진 사서는, 자기를 보장하기 위해서 그 시대의 사람들을 납득시킬 수 있는 세계관을 모색해 왔다. 일본에서는 『고사기』가 그 이념인 '천황을 중심'으로 하는 세계관을 그 시대에 맞게 창조하였고, 『일본서기』는 아시아에 있어서의 자국 '일본'의 위치를 확보할 세계관을 창조했다. 이것은 고노시 다카미츠神野志隆光가 이미 밝힌 바이다.[1]

게다가 『고사기』, 『일본서기』는 그때그때 시대의 요구에 응하기 위해 그 해석을 바꿔 새로운 세계관을 창조했다. 천황도 불교에 귀의歸依

1　박정의, 「천황을 보장한 『고사기』」, 『일본학보제』 46, 한국일본학회, 2001, 373~387면.

했던 중세에 들어서자『일본서기』가미요노마키神代巻의 주석서인 이치
조 가네요시一条兼良의 저서『일본서기찬소』나 기타바타케 지카후사北
畠親房의 저서『신황정통기神皇正統記』등 불교의 보편적 세계관에서 天竺
(인도)・震旦(중국)・本朝(일본) 삼국으로 구성된 틀에서 세계를 해석했
다.[2] 또 근세는 서양의 우주구조론宇宙構造論이 들어오던 시대에 맞추어
『고사기』의 주석서인 모토오리 노리나가本居宣長의『고사기전古事記伝』
17조 권부권巻附巻으로서 핫토리 나카츠네服部中庸의『삼대고三大考』가
1779년에 간행되었다. 이는 '天＝日, 地＝地球, 泉＝月'로『고사기』의 세
계관을 해석했다.[3] 이처럼 그 시대를 납득시키기 위해서 새로운 세계관
이 창출되어 왔다고 할 수 있다.[4]

한국에서도 사정은 마찬가지로 중세에 들어서자『삼국사기』와『삼
국유사』가 각각 시대를 납득시킬 수 있게 저술되었다.『삼국사기』가
유학자인 김부식金富軾에 의해서 1145년에 편찬된 반면,『삼국유사』는
그것보다 136년 늦은 1281년[5]에 스님인 일연에 의해서 각각 시대적 상
황과 요구에 따라 별개의 세계관을 그곳에 그렸다.

본 글은 위와 같은 관점에 입각하여『삼국사기』와『삼국유사』의 두
사서史書가『고사기』와『일본서기』가 그렇듯 전혀 다른 이념(세계관)에
서 저술된 별개의 고대사임을 밝히고자 한다.

---

2 神野志隆光,『古事記과 日本書紀』, 講談社現代新書, 1999, 34면.

3 金澤英之,「宣長와『三大考』」,『國語와 國文學』74-3, 東京大學出版局, 1997, 39~53면.

4 朴正義,「日本神話에 있어서의 世界觀의 變遷」,『일본문화학보』15, 한국일본문화학회, 2002,
   223~240면.

5 『三國遺事』가 언제 편찬되었는지 확실하지 않지만, 일반적으로 일연 70세 이후 경사京師
   가 되어 국존国尊의 칭호를 받기 전까지(1275~1281), 즉 운문雲門사 시절의 업적으로 알
   려져 있다(金思燁,『完譯 三國遺事』, 明石書店, 1997, 4~6면).

2. 중국 중심의 세계관 『삼국사기』

1) 고려왕조 정당성 확립기의 『삼국사기』

고려 초기 그 정치 체제는 호족연합豪族連合 정권이었기 때문에 고려 왕조의 왕권은 약하고 호족 간의 힘의 균형으로 겨우 유지되어 있었다. 그러나 고려 왕조 4대 광종光宗이 왕좌에 오르자 그 양상은 일변했다.

광종은 호족 숙청과 왕권 강화에 모든 힘을 썼다. 먼저 노비안검법奴婢按檢法 제정(956년)으로 지방 호족의 소유인 노비화한 양민을 해방함으로써 공민의 수를 확보하여 국가의 수입을 확대했다. 이는 호족의 경제력 약화를 도모하는 것이기도 했다. 다음에 중국식 과거제도를 실시(958)하여 종래의 벌족閥族 중심인 폐쇄된 인재 등용제도에서 탈피함으로써 일부 유력 호족에 의한 관료의 독점을 억제시켰다. 더 계속해서 문산계文散階[6]의 설정과 백관百官의 공복公服을 제정(960년)하여 왕을 중심으로 한 계급 제도를 확립하여, 호족에 대한 절대적인 왕의 위치를 확보했다. 이러한 일련의 정책은 결과적으로 호족의 약화와 함께 왕권의 상대적 강화를 가져왔다.[7] 그 후 975년에 죽을 때까지 15년간 왕권에 따르지 않는 반대 세력을 건국 공신·종친을 불문하고 가차 없

---

[6] 고려 위계位階제도이고 『고려사』 백관지에 '문종 대에 29계階의 문산계文散階를 정했다'라고 있다. 그 후 고려 충렬忠烈왕 1년(1275)에는 원나라의 간섭을 받고 다섯 개 이상의 명칭을 바꿨다. 충선忠宣왕 즉위 년(1308년)에 처음으로 정일품正一品을 정하고 일품一品에서 구품九品까지 정종正從이 정비되어 육품六品이하를 랑郞으로 불렀다. 이후에도 여러 번에 걸쳐 변혁이 이루어졌다(李弘植篇, 『韓國史大事典』, 敎育國書, 1992, 556면).

[7] 河炫綱, 『韓國中世論』, 新丘文化社, 1989, 7면.

이 숙청하여 중앙의 권신 귀족의 세력을 억압했다. 왕권에 대항할 만한 유력 호족이 없어지면서 동시에 중앙 집권화와 호족의 귀족화가 시작되었다. 이 시기 고려의 왕은 그 칭호를 국내에서 황제로 하고 또 광덕光德·준풍峻豊 등 독자적인 연호도 사용했다. 광종 이후에도 귀족의 반란이 있기는 있었지만 『삼국사기』가 쓰여진 시기는 왕조의 위치가 확고한 시대였다.[8] 즉 정치적으로는 국내가 안정되었던 시대였다고 할 수 있다.

또 대외적으로는 『삼국사기』가 쓰여진 1145년까지 고려의 외교 관계는 기본적으로 북방 민족에 대해서는 적대하고 중국 송나라에 대해서는 우호 관계를 구축하였다. 그리고 그 외교 정책은 주체적이었다. 여기에 당시 고려 왕조의 대외 정책을 단적으로 보여주는 중요한 사건을 몇 가지 들면 아래와 같다.

- 10세기 말 거란契丹 태종太宗이 낙타를 오십 마리 바쳐 통교通交를 요청해 왔지만 거부.[9]
- 985년에 송과 거란과의 싸움에서 송에서 원병을 요구 받았으나 거부.[10]
- 986년에 거란에서 고려가 송나라와 연합하는 것을 막기 위해서 친선을 요구했으나 거부.[11]
- 993년부터 1019년까지 거란에 의해서 세 번이나 침략을 받고 불리하게 되

---

8 河炫綱, 『韓國中世史研究』, 一潮閣, 1989, 109~122면.
9 韓沽欣, 『韓國通史』, 學生社, 1976, 150면.
10 위의 책, 151면.
11 위의 책, 151면.

었을 때도 거란을 상국으로 모시기를 거부하고 결과적으로 거란을 격퇴.[12]

• 금나라가 성립되어 거란을 공략하기 위해서 양국의 화친을 요구했으나 거부. 이때 동시에 송나라는 고려를 통해서 금나라와 연합해서 거란에 대항하려 했으나 거부.[13]

당시 고려는 송, 거란, 금 등의 열강 가운데에서 중립적 입장을 견지해 왔다. 또 거란의 침입을 세 번이나 격퇴하고 게다가 남송에서 금으로 연행된 황제 징종徽宗, 흠종欽宗 부자를 구출해 달라는 요청도 있었다.[14] 이처럼 고려는 약소국가가 아닌 열강과 겨룰 만한 힘이 있었음을 확인할 수 있다. 『삼국사기』의 시대는 고려가 어느 나라와도 손잡지 않으면서 자국의 주체성을 유지했으며 왕조는 대외적으로도 안정되어 있었다.

고려 왕조의 문제는 한반도의 지배자로서 그 정통성을 보장하는 것이었다. 고려 이전의 신라·고구려·백제 삼국의 왕조는 시조전설에 그 정통성이 보장되어 있지만, 고려 왕조는 지방 호족 출신으로 시작도 호족 연합 대표에 불과했다. 즉 고려 왕조 자체의 권위가 없었기 때문에 그 정당성을 보장하기 위해서는 다른 권위를 빌릴 수밖에 없었다. 여기서 생각되는 것이 중국의 권위를 빌리는 것, 또 하나는 그 이전에 한반도에 성립한 왕조의 정통성을 계승함으로써 자신의 정통성을 보장하는 것이다. 이러한 때에 고려 왕조를 보장하기 위해서 『삼국사기』가 편찬되었다고 할 수 있다. 바로 이것이 『삼국사기』의 주제이다.

---

12 위의 책, 151~156면.
13 위의 책, 168면.
14 위의 책, 169면.

2) 중국을 상국으로 섬긴『삼국사기』

『삼국사기』는 고려 인종仁宗 23년(1145년)에 간행된 현존하는 한국 최고最古의 기전체紀伝体 정사이다. 그러나 하현망河炫綱은 '이 사서의 편찬에 많은 사람이 참가했으나 편찬 책임자인 김부식金富軾의 사관이 결정적인 영향을 주고 있다. 즉『삼국사기』의 사관은 바로 김부식의 소산이다'[15]라며 역사서로서의 신빙성을 의심했다. 주지와 같이 김부식은『삼국사기』를 편찬했을 때 유교적 입장을 강조했다. 지금까지 김부식의『삼국사기』에 대해서 많은 비판이 제기되어 왔지만, 그 핵심 중 하나가 이 유교적 사관이다. 최남선崔南善이 유교사관을 비판하여 저서『삼국유사해제三国遺事解題』에서

> 유교적으로 보아서 怪亂하다하면 말살하기를 가리지 않고 漢學上으로 보아서 비야하다 하는 것이면 變改하기를 서슴지 않고 字句의 便을 爲하얀 伸縮과 刪添을 임의로 하고 好惡의 情을 因하얀 取捨와 剪裁를 예사로 하여 그 事實에 忠 하려 하는 것 보담 차라리 文辭에 殉하고 그 原相에 卽하는 것 보담 차라리 주관에 구하려 한 것이기 때문에 삼국사기에서 國儀的 古史를 徵하려 함은 不可能에 속한 관이 있나니.[16]

라고 하며『삼국사기』는 정확한 고대사라 할 수 없다고 단정했다.『삼국사기』의 본문에 기재되어 있는 김부식의 사론[17]에서 보듯이 주관에

---

15 河炫綱,『韓國中世論』, 新丘文化社, 1989, 95면.
16 위의 책, 95면에서 재인용.

입각해 서술한 고대사이다. 즉 김부식은 유교적 사관에 의거해 새로운 고대사를 만들어 냈다고 할 수 있다. 그 중에서도 중국을 상국으로 섬기는 사대事大사관이 오늘까지 가장 많은 비판을 받아왔다.

예를 들어 고구려 침략을 명령한 수나라 양제煬帝의 기사 '二十二年春二月。湯帝下詔討高句麗'(『三國史記』卷二十 高句麗本紀 第八)가 『삼국사기』에 기재되어 있다. 이 기사 중의 '討'자에 주목해 보자. '討' 자는 정의의 군대를 출동시키고 도적이나 외적을 정벌하는 의미를 가진 한자이다. 즉 중국을 중심으로 한 천하에 고구려가 대항했기 때문에 이를 '討'라는 것이다. 이에 대해 하현망은 '『삼국사기』는 그 편찬 과정에서 한국 측의 사료 이외에 중국 측 사료를 많이 이용하고 있다. 즉 『三国志』, 『後漢書』, 『晋書』, 『魏書』, 『唐書』, 『新唐書』, 『通典』, 『冊府元亀』, 『資治通鑑』 등에 수록된 삼국의 관계 사료를 이용하는 과정에서 소화하지 못하고 있는 예를 자주 보게 되는 것이다'[18]라고 말하고 있다.

그러나 중세에 들어선 시점에서 자국의 입장인지 또는 중국의 입장인지 분간을 할 수 없을 만큼 당시의 학자들의 학문적 수준이 낮았다고는 생각되지 않는다. 특히 『삼국사기』의 편찬자들은 당시를 대표하는 학자들로 구성되었을 것이다. 그리고 이미 414년 고구려 장수長壽왕에 의해 세워진 『광개토왕비문広開土王碑文』의 일면에 자국 고구려의 입장에서 주변국 신라나 백제에 대해서 '토討'자가 사용되어 있다. 즉 『삼국사기』 편찬 당시의 학자가 '자국의 입장에서 중국의 사료를 소화시키

---

17 『三國史記』卷第二十二 高句麗本紀 第十, 『三國史記』卷二十八 百濟本紀 第六의 마지막 부분의 고구려와 백제가 멸망한 기사에 나온 김부식의 사론을 참조.

18 위의 책, 97면.

지 못했던'것이 아니라'중국의 입장에서 쓴'것으로 생각해야 한다.

이것에 관해서는『삼국사기』편찬 당시의 역사적 상황과 시대적 정신을 주의해서 볼 필요가 있다. 당시 한반도는 중국문화권(한자세계) 속에 있었다. 특히『삼국사기』편찬당시 고려의 지식인들은 중국 선진문화를 배우는 것에 열중하고 있었다.『삼국사기』,「진삼국사표進三国史表」에 성상聖上 폐하(고려 제17대 인종)의 말로 기록된'오늘 학사대부学士大夫는 오경제자五経諸子의 서書와 진한秦漢역대의 사史를 상설하는 자는 있지만, 그에 반해 자국에 관해서는 망연하고 그 시작도 끝도 모르는 것은 참으로 개탄할 것이다'[19]가 대표하듯 당시의 시대정신은 중국적 가치관에 지배되어 있었다. 이 사상적 배경으로서 사대주의가 꼽힌다.

또『삼국사기』는 전편에 걸쳐서 중국에의 조공 기사가 실려 있어,[20] 이것으로도『삼국사기』가 중국을 상국으로 삼았음을 확인할 수 있다. 이어『삼국사기』에서 자국의'왕王'의 죽음에 대한 한자 표기를 보면 더욱 뚜렷해진다.

사람이 죽었을 때 그 지위에 따라 사용되는 한자가 다른데,'天子-崩','諸侯-薨','貴人-卒','庶人-死'이다.[21]『삼국사기』·『삼국유사』와 대조 비교되는『고사기』에서는'붕崩'자와'사死'자의 두 글자만 사용되며'훙薨'자와'졸卒'자는 보이지 않는다. 그리고'붕崩'자는 역대 천황에만 사용되었다.[22] 신탁神託을 무시하고 죽은 주아이中哀 14대 천황, 폭군이라

---

19 『三國史記』進三國史表 "以爲今之學士大夫. 其於五経諸子之書. 秦漢歷代之史. 或有淹通詳說之者. 至於吾邦之事. 却茫然不知其始末. 甚可嘆也."
20 崔書寧,「日本에 있어서의 天皇의 絶對性과 現在」, 圓光大學校大學院 博士論文, 2008, 205~218면.
21 禮紀 曲禮,「天子死曰崩 諸侯曰薨 大夫曰卒 士曰不祿 庶人曰死」.
22 예외로서'천황'이외에도 교코景行천황의 황자 야마토타케루노미코토倭建命 등에게도'崩'자가 쓰여 있는데, 이는 일본 국토의 완성 등 그 공적 매우 크고, 천황이 돼야 했던 자로

불리던 부레츠武烈 25대 천황에게도 '붕'자가 예외 없이 사용되어 있다. 이렇게 한번 천황이 된 자에게는 그 공적에 관계없이 천하의 지배자 '천자天子'에만 사용되는 '붕'자를 사용한 것과는 달리, 그 이외의 사람에게는 그 공적에 불구하고 '훙'자와 '졸'자를 쓰지 않고 '사'자만 사용함으로써 천황의 절대성을 보장했다. 이는 천황을 세계의 중심으로 한 『고사기』의 세계관과 일치하는 것이기도 하다.[23] 또 『일본서기』에서도 천황의 죽음에는 '붕'자가 틀림없이 사용되어 있다.[24]

자국의 왕의 죽음에 대한 한자 표기의 차이는 『삼국사기』와 『삼국유사』의 차이를 단적으로 나타내고 있는 것이기도 하다. 『삼국사기』에서는 조사 결과 '붕崩'자는 4개, '훙薨'자는 115개, '졸卒'자는 60개, '사死'자는 60개였다. '붕'자는 湯王(殷王朝14代孫)[25] · 文帝(唐太宗)[26] · 唐德宗[27] 등 중국의 역대 황제에게만 사용되고, 한반도 역대 왕에게는 기본적으로 '훙'자를 사용하고 있다. 또 진흥真興왕의 왕비,[28] 송씨松氏[29] 왕비, 동명왕인 주몽의 어머니 유화柳花[30]와 태후 우씨(太后于氏 高句麗十一代 東川王의 太后)[31]에게도 왕과 같은 대우를 하여 '훙'을 사용하고 있다. 게다가 가야伽

서 쓰였다고 생각된다. 그러나 이것은 예외 중의 예외이다.

23 崔書寧, 「『고사기』에 있어서의 죽음의 漢字表記」, 『일본문화학보』 20, 한국일본문화학회, 2004.
24 위의 책.
25 「孟子曰. 湯崩. 太丁未位」(『三國史記』卷第一 新羅本紀第一).
26 「大事未終. 文帝先崩」(『三國史記』卷第七 新羅本紀第七)「八年夏4月. 唐太宗崩」(『三國史記』卷第七 新羅本紀第七).
27 「是年唐德宗崩」(『三國史記』卷第十 新羅本紀第十).
28 「王妃亦效之爲尼. 住永興寺及其薨也」(『三國史記』卷第四 新羅本紀第四).
29 「冬十月. 王妃松氏薨」(『三國史記』卷第十三 高句麗本紀第一).
30 「東明王十四年秋八月. 王母柳花薨於東扶餘」(『三國史記』卷第三十二 雜志第一).
31 「秋九月. 太后于氏薨」(『三國史記』卷第十七 高句麗本紀第五).

伽국의 시조 김수로金首露왕의 12대 손자이고 삼국 통일을 이룬 신라의 장군인 김유신金庾信[32]과, 태종 무열武烈왕의 차남이고 신라의 장군으로서 장산獐山성을 쌓아 나라를 지키고 또 외교가로서도 나당羅唐연합군의 조직에 성공한 김인문金仁問[33]에게도 왕과 같은 '홍薨'자를 쓰는 데도 주목해야 한다. 그러나 자국 왕에게 '붕崩'자가 사용된 예가 없다.

또 태자太子와 왕비에게 '졸卒'자를 쓰는 경우도 있었다. 신라 14대 진흥真興왕의 태자 소덕炤德, 신라 38대의 원성元聖대왕의 아들 인겸仁謙, 신라 42대 흥덕興德왕의 장화부인章和夫人, 신라 48대 경문景文왕의 왕비인 문의文懿왕비이다. 이 사람들은 업적이 없거나 조사早死했다는 공통점이 있다.

이어 백제 21대 왕인 개로蓋鹵[34]왕처럼 '사死'자를 사용한 사례도 있다. 개로왕은 토목 공사(궁궐의 축조, 제방 축조 등)를 실시함으로써 국력을 피폐시키고 마지막에는 고구려 장수長壽왕이 보낸 첩자인 승려 도림道琳의 계략에 의해서 한강 유역 일대를 빼앗겨 포로가 되어 살해됐다. 왕이란 자리에 있었지만 그 행적에 의해서 '사死'의 한자 표기가 사용된 것으로 추측된다.

즉 『삼국사기』는 '붕崩'이라는 한자를 중국의 황제에게만 사용하고, 자국의 왕에 대해서는 '붕崩'자보다 한 단계 아래의 '홍薨'자라는 한자를 사용했다. 또 그 행적에 따라서는 '홍薨'자보다 더 낮은 '졸卒', '사死'자를 사용하는 경우도 있다. 그에 반해 『삼국유사』는 중국의 황제와 마찬가

---

32 「至秋七月一日. 薨于私第之正寢. 享年七十有九」(『三國史記』卷第四十三 列傳第三).

33 「寢疾薨於帝都. 享年六十六」(『三國史記』卷第四十三 列傳第三).

34 「羅兵雖退. 城破王死」(『三國史記』卷第二十五 百濟第三).

지로 자국의 왕의 죽음에 대해서도 '훙崩'자를 쓰고 있다.[35] 이처럼 『삼국사기』의 죽음의 표기에서도 중국을 상국으로 삼았던 것을 확인할 수 있다.

3. 신라를 계승한 『삼국사기』

다음으로 『삼국사기』에 고려 왕조가 그 정통성을 보장하기 위해서 어느 왕조를 계승했다고 기재되어 있는가를 살펴보자. 『고려사』에 수록된 고려 태조 왕건王建이 후손에게 남겼다는 열 가지 가르침『훈요10조訓要十条』의 8조에 옛 백제 지역을 '차령車嶺산맥 남쪽과 공주강(금강) 외의 지방은 산세가 거꾸로 달려 인심도 이와 같다(역모의 기상을 품고 있으니 결코 그 지역 사람을 중히 쓰지 말라)'[36]라고 되어 있듯이 삼국 중에서도 백제는 제외하고 생각해야 한다. 문제는 고려 왕조가 고구려 아니면 신라의 어느 왕조를 계승한 것인가.

고려의 전신인 태봉泰封시대 궁예弓裔는 고구려의 계승임을 표방했다. 특히 고구려를 계승해서 건국한 발해渤海가 926년에 거란契丹에 멸망된 뒤 그 의식은 더욱 강해졌다.[37] 그러나 후삼국을 통일하여 한반

---

35 崔書寧, 앞의 책.

36 고려 태조가 자손에게 귀감으로서 남긴 유훈인 訓要十條의 第八條 "車峴以南 公州江外 山形地勢 並趨背逆 人心亦然."

37 河炫綱, 「高麗時代의 歷史繼承意識」, 『韓國의 歷史認識』上, 創作批評社, 1976, 192~193면.

도의 유일한 지배자가 된 시점에서 신라 왕조의 정통성을 인식하는 역사의식으로 전환한 것이 보인다.[38] 신라는 스스로 고려에 항복하면서 신라의 지배 계급은 그대로 고려의 새로운 지배 계급으로 변신했으며 고려 초기의 사상계를 신라 출신의 유교 학자가 잡았다. 또 『삼국사기』의 편찬자 김부식도 신라 왕족 출신의 유교 학자인 것도 무관할 수 없다.

『삼국사기』 고려본기에 있는 고구려 멸망의 기사에 이어 저자 김부식의 사론이 추가로 기재되고 있다. 이것을 살펴보자.

고구려는 진, 한의 뒤로 중국의 동북쪽에 있어 그 북쪽은 모두 천자(중국 황제)의 맡은 것으로, 어지러운 세상이면 특출한 영웅이 일어나서 명위를 潛竊하므로 가히 살기가 두려운 곳이라 하겠다. 그리고 겸손한 뜻이 없으므로 그 강역을 침탈하여 서로 원수를 만들며 그 군현으로 들어와 산다. 이 까닭으로 싸움이 그치지 않고 연하여 화를 만들므로 늘 편안한 세월이 없으며 그 환란이 東으로 옮겨 우리에게 미치게 되는 것이다. 수, 당의 통일을 당하여도 그랬다. 그러나 고구려는 오히려 순종하지 않고 이에 거역하며 왕은 그 사인을 토실에 가두고 그를 두려워하지 않았다. 이와 같은 까닭으로 屢次 問罪의 군사를 일으키게 되었는데 혹 때로는 기병을 베풀어 대군을 함몰시켰으나, 마침 왕은 항복하고 국가가 멸망하여 뒤가 끊어지고 만 것이다. 그런 始末로 보면 마땅히 그 上下衆庶가 화할 때는 비록 대국이라도 능히 빼앗지 못하나 不義를 나라에, 不仁을 백성에 미쳐 그 원망을 일으키면 곧 붕괴

---

178   동아시아 고전학과 한자세계

하게 되어 스스로 그 기세를 떨치지 못한다. 그러므로 맹자는 말하기를 "천시와 지리는 人和만 같지 못하다" 하였고, 左氏는 말하기를 "나라의 흥함은 복으로써 하고 그 망함은 과로써 하니라"고 하였으니 이는 의미가 있는 말이다. 대체 그러면 무릇 국가를 다스리는 자가 포악한 관리의 구박과 강한 종친의 약탈을 그대로 놓아두어 人民을 잃게 되면, 비록 다스리려 해도 어지럽지 않고 보존하려해도 어지럽지 않고 보존하려해도 망가지지 않으리오? 또 이 어찌 억지로 물마시고 취하는 것을 싫어하는 것과 다르리오?[39]

이 기사를 통해 편찬자 김부식이 고구려를 어떻게 인식했는지 이해할 수 있다. 우선 '天子(중국 황제)의 맡은 것으로, 어지러운 세상이면 특출한 영웅이 일어나서 명위名位를 하므로 가히 살기가 두려운 곳이라 하겠다. 그리고 겸손한 뜻이 없으므로 그 강역을 침탈하여 서로 원수를 만들며 그 군현으로 들어와 산다'라고 원래 천자 즉 중국의 황제가 다스리는데 세상의 혼란을 틈타 고구려는 나라를 세웠다고 나라의 성립에서부터 문제시 하여 고구려의 시작부터 그 정통성을 인정하지 않는다. 다음에, '이 까닭으로 싸움이 그치지 않고 연하여 화를 만들므로 늘 편안한 세월이 없으며'라고, 정통성 없는 고구려는 건국 이래 계속 국내는 혼란스럽다고 말하고 있다.

---

39 『三國史記』卷22, 高句麗本紀第十 宝藏王下 "高句麗自秦漢之後. 介在中國東北隅. 其北隣皆天子有司. 亂世則英雄特起. 潛竊名位者也. 可謂居多懼之地. 而無謙巽之意. 侵其封場以讐之. 其郡縣以居之. 是故兵連禍結. 略無寧歲. 及其東遷. 值隋唐之統一. 而猶拒詔命以不順. 囚王人於土室. 頑然不畏如此. 故屢到問罪之師. 雖或有時設奇以陷大軍. 而終於王降國滅後止. 然觀始末. 当其上下和, 衆庶睦, 雖大國不能以取之. 及其不義於國, 不仁於民, 以興衆怨. 則崩潰而不自振. 故孟子曰. 天時地利不如人和. 左氏曰. 國之興以福. 其亡也以禍. 國之興也. 視民如傷. 是其福也. 其亡也. 以民爲土芥. 是其禍也. 有味哉斯言也. 夫然則凡有國家者. 縱暴吏之驅迫, 强宗之聚斂. 以失人心. 雖欲理而不亂, 存而不亡. 又何異强酒而惡醉者乎."

게다가 '수隋, 당唐의 통일을 당하여도 그랬다. 그러나 고구려는 오히려 순종하지 않고 이에 거역하며 왕은 그 사인을 토실에 가두고 그(중국)를 두려워하지 않았다'라고 있듯이 중국에 통일 국가가 성립해도 이에 따르지 않았다고 기재하고 있다. 중국을 상국으로 섬겨야 하는데 따르지 않았다고 비판한 것이다. 이 때문에 612년에 고구려 을지문덕乙支文德 장군이 수나라 113만 대군을 섬멸한 살수薩水대전 등, 593년에서 648년까지 수나라 4번 당나라 3번의 침략을 모두 격파한 한민족의 찬란한 역사적 사실도 '때로는 기병을 베풀어 대군大軍을 함몰시켰으나'라는 표현밖에 안 된다. 즉 중국에 맞섰으니 고구려는 멸망해도 당연하다고 『삼국사기』는 말하고 있는 것이다.

그리고 고구려를 마지막으로 비평하여 '불의不義를 나라에, 불인不仁을 백성에 미쳐 그 원망을 일으키면 곧 붕괴하게 되어 스스로 그 기세를 떨치지 못한다', '대체 그러면 무릇 국가를 다스리는 자가 포악한 관리의 구박과 강한 종친의 약탈을 그대로 놓아두어 인민人民을 잃게 되면, 비록 다스리려 해도 어지럽지 않고 보존하려해도 어지럽지 않고 보존하려해도 망가지지 않으리오? 또 이 어찌 억지로 물마시고 취하는 것을 싫어하는 것과 다르리오?'라고 고구려왕조의 정통성뿐만 아니라 그 행적의 미비도 밝히고 있는 것이다.

또 백제의 멸망을 기재한 『삼국사기』 「백제본기」의 최후 부분에 부가된 김부식의 사론에 다음과 같은 기사가 실려 있다.

고사에 말하기를 '백제는 고구려와 함께 부여에서 났다'하고 또 말하기를 '진・한의 난리 때에 중국 사람이 많이 해동으로 왔다'고 한 것은 즉 삼국의 조상은 어쩌면 고성인의 苗裔로 그 享国이 오래 잖으냐 백제의 말기에 이르러서 소행의 非道함이 많고 또한 세대로 신라와 仇讐가되고 고구려와 連和하여 신라를 침략하였고, 이로운데 편승하여 신라의 重城 거진의 침략을 그치지 않았으니 소위 仁善으로 隣国과 친하는 보배가 아니다. 이에 당고종은 조서를 내려 그 구원을 풀게 하려했으나 겉으로 따르고 속으로 어겨 大国에 죄를 지었음으로 그만 멸망한 것이니 또한 마땅한 것이라 하겠다.[40]

이는 신라를 침범하는 것이 중국 중심으로 한 세계 질서를 침해하는 것을 의미하며, 그래서 백제가 멸망할 필연성이 있었다고 기술하고 있는 것이다. 여기서 주목해야 하는 것은 '삼국의 조상은 어쩌면 고성인古聖人의 묘예苗裔로'부분이다. 이 부분은 『삼국사기』 본문에 기재된 삼국의 시조전설과는 분명히 모순된다. 문제는 여기서 '고성인古聖人'은 누구냐는 것이다. 이 시대는 이미 말한 『삼국사기』의 인종의 말[41]에서도 알 수 있듯이 당시의 지식인들은 중국에 대한 지식밖에 없고, 또 삼국의 시조 이전의 역사에 등장하는 '고성인'은 존재하지 않는다. 이 때문에 '고성인'은 중국의 '고성인'이라고 볼 수밖에 없다. 즉 '삼국의 시조가 중국의 옛 성인의 피를 받아 나라를 이어받았다'라며, 중국의 성인의 피를 받은 것에 의해서 한반도 국가들을 권위화한 것이다.

---

40 『三國史記』卷28, 百済本紀第六 義慈王條 "古史日. 百済與高句麗同出扶餘. 又云. 秦漢亂離之時. 中國人多竄海東. 則三國祖先豈其古聖人之苗裔耶. 何其亨國之長也. 至於百済之季. 所行多非道. 又世仇新羅與高句麗連和以侵之. 因利乘便. 割取新羅重城巨鎭不已. 非所謂親仁善隣國之宝也. 於是唐天子再下詔平其怨. 陽從而陰違之. 以獲罪於大國. 其亡也亦宜矣."

41 『三國史記』進三國史表 "以爲今之學士大夫. 其於五経諸子之書. 秦漢歴代之史. 或有淹通詳說之者. 至於吾邦之事. 却茫然不知其始末. 甚可嘆也."

또「고구려본기」의 마지막에 실려 있는 김부식의 사론 '그러나 고구려는 오히려 순종하지 않고 이에 거역하며 왕은 그 (중국에서의) 사인을 토실에 가두고 그(중국)를 두려워하지 않았다'에서,[42] 이미 말했듯이 고구려가 멸망한 것은 상국인 중국에 맞서기 때문이다. 그리고 이 중국의 권위를 지켰던 신라가 유일하게 한반도의 정통성 있는 나라로『삼국사기』는 이야기하고 있는 것이다.

김부식의 사론은 삼국은 모두 중국 성인의 후예이고, 그리고 중국의 성인의 후예로서 바른 질서를 지켜 왔던 것이 신라이었기 때문에 신라가 삼국을 통일하게 되었으며, 그러나 신라 말기 세상이 혼란해지자 고려가 신라 왕조를 계승하여 건국됐다고 결론지었다. 여기에서 중요한 것은 신라가 스스로 고려에 항복하였던 것이다. 스스로 양위했기 때문에 고려가 신라의 정당성을 계승하였다고 주장할 수 있다. 즉 유일하게 한반도에 중국으로부터 물려받은 정통성을 지킨 신라 왕조를 계승한 것이 고려 왕조이며, 이 때문에 신라 중심의 고대사로서『삼국사기』는 존재하지 않으면 안 되었다.

또『삼국사기』는「신라본기」에서 시작하고「고구려본기」·「백제본기」로 이어지는 삼국을 기술한 기전체 사서이다. 즉 삼국의 이야기이다. 그러나 삼국이 한반도에서의 최초의 나라가 아니라,『삼국사기』자체가 삼국 이전의 나라에 대해서도 언급하고 있다.「신라본기」시조 혁거세거서간赫居世居西干조에 있는 기사 '이보다 먼저 조선의 유민遺民들은 이곳에 와서 산곡간山谷間에 해어져 여섯 마을六村을 이루고 살았

42　『三國史記』卷22, 高句麗本紀 第十 宝藏王下條 "而猶拒詔命以不順. 因王人於土室. 其頑然不畏如此."

다'[43]에서 고조선이라고 볼 수 있는 나라의 존재가 확인된다. 이어 같은 조에 '거서간居西干이라는 진한의 말로 왕이다'[44]라고 진한이 나온다. 이들 이외에도 마한馬韓·가야加耶 등이 기재되어 있는데도 불구하고『삼국사기』는 삼국에서 시작된다.

중국의 '고성인'의 피를 이어받은 것에 의해서 삼국이 권위가 있는 것이고, 그 이전의 '고성인'의 피를 이어받지 않은 나라는 의미가 없는 것이다. 이 때문에『삼국사기』는 한반도의 시작을 삼국의 역사에서 기록했다고 할 수 있다. 그렇다면 삼국 외의 나라가 뜻하는 바는 무엇인가. 신라본기를 보면 가야 등 주변국들은 자주 나오는데 '가야를 정벌했다'[45]라는 기사가 있듯이 이들은 신라가 성장하는 과정에서 정복해야 할 대상일 뿐이다.

그러나 왜倭·일본日本에 관해서는 다른 주변 국가와는 다르다. '倭·倭人·倭国'의 기사가 자주 나오는데, 대부분이 왜의 침략을 격퇴하는 기사이고 왜까지 나가서 정벌하는 것은 없다. 더 정복해서 국토로 편입하겠다는 의도는 어디에서도 읽을 수 없다. 그리고 '왜倭'라는 대상이 초기에는 분명치 않다. 신라 기마니사금祇摩尼師今 12년(123년)에 '봄 3월 왜국과 강화했다'[46]라고 있으나, 신라 아달라니사금阿達羅尼師今 20년(173년)에 '왜의 여왕 히미코卑弥呼가 사자를 보내 예물을 가지고 교제를 요구했다'[47]라는 기사가 있다. 이미 '강화'했는데, '교제를 요구한'것은

---

43 『三國史記』卷1, 新羅本紀第一始祖赫居世居西干條 "先是. 朝鮮遺民. 分居山谷之間. 爲六村."

44 『三國史記』卷1, 新羅本紀第一始祖赫居世居西干條 "居西干. 辰王."

45 『三國史記』卷1, 新羅本紀第一祇摩尼師今條 "加耶寇南邊. 秋七月. 親征加耶."

46 『三國史記』卷1, 新羅本紀第一祇摩尼師今條 "與倭國講和."

47 『三國史記』卷2, 新羅本紀第二阿達羅尼師今條 "夏五月. 倭女王卑弥呼遣使來聘."

분명히 모순된다' 초기에 왜는 야마토(일본)정권을 나타낸 것이라 할 수 없고, 바다를 건너오는 사람들을 망라한 총칭이라고 할 수 있다. 자주 나오던 왜 기사가 소지마립간炤知麻立干 22년(500년)의 기사 '왜인이 장봉진長峯鎭을 공격하여 멸망시켰다'[48]를 마지막으로 왜의 침략의 기사는 보이지 않는다. 그 후 본문의 내용은 삼국의 싸움으로 일관되어 있다.

다음에 왜가 나오는 기사로는 문무왕 3년(663년) '왜국의 수군이 와서 백제를 도왔다. 왜선 천 척.'[49] 문무왕 5년(665년) '고구려와 결탁하여 왜국과 통교하고'[50]가 있다. 이것들은 신라에 의한 통일기에 해당된다. 그리고 거기에 나오는 왜국은 야마토 정권을 가리키고 있는 것은 명백하다. 지금까지 정체가 분명치 않은 왜가 아니라 이웃 나라로서 그 존재가 확인된다. 그 후 경덕景德왕 원년(742년) '겨울 10월에 일본의 국사国使가 왔는데 이를 받지 않았다'[51]라고 처음으로 '일본'이라는 한자표기가 보이며 '국사'라는 표현도 사용되고 이웃 나라로서 그 존재가 확인되다. 다음에 애장哀莊왕 3년(803년) '가을 7월에 일본과 수교하여 우호 관계를 맺었다'[52]에서는 공식적으로 일본을 대등 관계의 이웃 나라로서 인식하는 것을 확인할 수 있다. 이후 빈번히 일본의 기사가 보인다.

백제 본기에서는 백제 아신阿莘왕 6년(397년) '여름 5월 왕은 왜국과 우호 관계를 맺고'[53]라고 단순한 침략자 아니라 이웃 나라로서 존재하고 있음이 확인되는데, 이는 문무왕 5년(665년) '고구려와 결탁하고 왜국과

48　『三國史記』卷3, 新羅本紀第三炤知麻立干條 "倭人攻陷長峯鎭."

49　『三國史記』卷7, 新羅本紀第七文武王下條 "此時倭國船兵. 來助百濟. 倭船千艘."

50　『三國史記』卷6, 新羅本紀第六 文武王條 "結託高句麗. 交通倭國."

51　『三國史記』卷9, 新羅本紀第九景德王條 "冬十月. 日本國使至. 不納."

52　『三國史記』卷10, 新羅本紀第十哀莊王條 "秋七月. 與日本國交聘結好."

53　『三國史記』卷25, 百濟本紀第三哀莊王條 "夏五月. 王與倭國結好."

통교하고'와 마찬가지로 신라에 맞서는 행위로서 추후에 확인된다. 고구려 본기에서는 지리적인 문제인가 왜에 관한 기사는 보이지 않는다.

『삼국사기』에서는 왜·일본은 『광개토왕비문』처럼 고구려를 중심으로 한 세계의 밖에 있는 것이 아니라, 중국을 중심으로 한 세계의 안에 있다. 그러나 한반도의 국가는 중국의 '고성인'의 피를 받았음으로 그 위치는 일본보다 위에 있다.[54]

『삼국사기』는 중국 중심의 세계 속에서 삼국은 중국에 연결되어 있으며, 그 중에서 신라가 중국의 정당성을 지켜 한반도의 정당한 패자가 되었고, 그 신라를 고려가 계승하였다고 전하는 것이다. 이것을 도식화하면 아래와 같다.

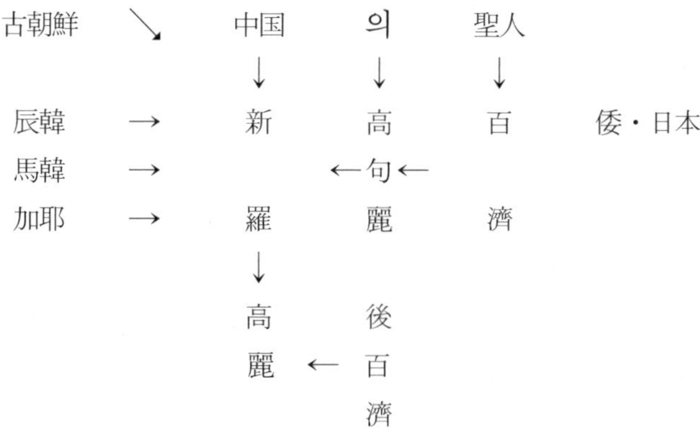

---

[54] 중국의 정사를 보아도 일본의 위치는 한반도의 국가보다 낮은 위치에 있었던 것은 사실이다. 讚(仁德?)왕이 438년 종조에서 수여된 작위는 "安東將軍"였지만 백제 余映(久爾辛)왕은 420년에 "鎭東大將軍" 고구려의 장수高璉왕은 같은 해에 "征東大將軍"을 받고 있다. 장군 호는 征東 → 鎭東 → 安東 순으로 지위가 낮아진다. 일본이 "大將軍"호를 받은 것은 478년이다.

4. 불교의 보편적 세계관 『삼국유사』

1) 민족 존망기의 『삼국유사』

『삼국유사』가 저술된 시기는 원나라에 침략당해 국가와 민족이 사라질 위기에 처해 있던 시기이다. 즉 왕조보다는 '민족'[55] 자체의 존속에 대한 욕구가 커진 시기라 할 수 있고,『삼국사기』가 저술된 시기와 시대적 요구가 다르다. 문제는 왕조의 정통성 보장이라는 수준이 아니라 더 나가서 근본적으로 국가와 민족의 의미를 생각해야 했다. 즉 한 민족의 존속 자체를 물어야 할 시기였다고 할 수 있다.

『삼국사기』 편찬 후『삼국유사』가 성립될 때까지의 역사적 배경을 간략하게 살펴보면 다음과 같다. 문신文臣에 비해 지위는 낮고 또 대우도 열악한 것에 불만을 가진 무신武臣들은, 정중부鄭仲夫를 중심으로 1170년 반란庚寅의 乱을 일으켜 무신정권을 세웠다. 이후 100년간 무신정권이 계속됐다. 그러나 서로의 권력 투쟁에 정권의 중심은 빠른 속도로 바뀌면서 그동안 국내는 혼란에 빠지고 고려 왕조의 왕권은 이름뿐이었다. 1196년 최충헌崔忠献의 정변에 의해 최 씨 무신 정권이 탄생하자 중앙 정치는 안정되고, 이 상태는 약 60년간 계속되었다. 그러나 그 말기는 원나라의 침략으로 무너질 때(1258년)까지 원나라에 대한 항

---

55 '민족'이란 근대 유럽에 의해서 만들어진 말이며『삼국유사』 시대에는 '민족'이란 말을 쓰지 않았던 것은 확실하다. 그러나『삼국유사』는 외부에 대해 같은 역사·문화를 공유하는 공동체로서 한반도의 사람들을 담고 있다. 거기에 '민족'의 개념이 존재하는 것으로 판단하고 '민족'이라는 말을 사용한 것이다.

전으로 일관했다. 『삼국유사』의 저자 일연(1206~1289)은 바로 이 시대 사람이었다.

『삼국유사』가 기록되는 시기인 1275년부터 1281년까지는 원나라와의 항전에 패배하고 국가 정통성이 무너졌던 시기였다. 그러나 고려왕이 항복한 후에도 삼별초가 제주도까지 자리를 옮겨 원나라에 대해 철저 항전한 것에서 보여 지듯이 민족의 존속을 유지하려는 믿음이 가장 강한 시기였다고 할 수 있다. 이러한 때에 '지켜야 할 민족의 존속 가치 그리고 정통성'을 확증할 필요가 있었다. 거기에 『삼국유사』의 주제가 있었다. 이 때문에 『삼국유사』는 민족주의에 의해서 저술됐다고 현재에 이르기까지 쉽게 주장되어 왔다. 그러나 이 민족주의에는 의문을 제기하고자 한다.

2) 왕조의 계승을 말하지 않은 『삼국유사』

『삼국유사』는 저자 일연이 '김부식이 저술한 『삼국사기』가 유교적인 합리주의의 역사적 서술방식에 의하여 우리나라 상고시대의 신화적 전설을 주관적으로 刪削 개서한 것에 대하여, 자신은 어디까지나 신정 시대의 신화전설을 원형 그대로 보존 기술했음을 나타낸 것이다'[56]라고 말하듯이 『삼국사기』와 비교하면 내용적으로 차이를 보이고 있다. 여기에서는 시조의 차이에 대해서만 간단히 살펴본다.

---

56 民族文化研究所篇,『三國遺事研究』上, 嶺南大學校出版部, 1984, 4면.

• 고조선-단군

『삼국사기』: 기술 없음

『삼국유사』: 환인桓因 帝釈의 서자庶子 환웅桓雄의 아들.[57]

『삼국유사』에서는 환웅桓雄은 하늘에서 내려 올 때 천부인天符印을 받아 삼천 명을 거느리고 삼위태백산三危太白山에 내려선다. 이는 하늘의 의지에 의해서 고조선이 열렸다는 것을 이야기하는 것이다.

• 고구려-시조주몽朱蒙

『삼국사기』: 天帝의 아들 解慕漱와 河伯의 딸 사이에 생긴 아이.[58]

『삼국유사』: 天帝의 아들 解慕漱와 河伯의 딸 사이에 생긴 아이.[59]

『삼국사기』와 『삼국유사』는 내용이 동일하지만 『삼국유사』의 북부여北扶余조에서는 해모수解慕漱는 천제天帝의 아들이 아니라 천제로 되어 있으며, 오룡차五竜車를 타고 하늘에서 내려온다고 기록되어 있다.[60] 여기에서도 하늘의 뜻으로 나라가 열린 것을 명확히 하고 있다.

---

57 『三國遺事』卷一紀異二, 古朝鮮條 "昔有桓因(謂帝釋也)庶子桓雄 (…中略…) 雄乃仮化而婚之 孕生子號檀君王儉."

58 『三國史記』高句麗本紀 "得女子於太白山南優渤水. 問之曰. 我是河伯之女. 名柳花. 與諸弟出 遊. 時有一男子. 自言天帝子解慕漱. 誘我於熊心下. 鴨淥邊室中私之. 卽往不返 (…中略…) 置 於暖處. 有一男兒. 破殼而出. (…中略…) 扶餘俗語. 善射爲朱蒙. 故以名傳."

59 『三國遺事』卷一紀異一, 高句麗條 "得女子於太白山南優渤水. 問之云. 我是河伯之女. 名柳花. 與 諸弟出遊. 時有一男子. 自言天帝子解慕漱. 誘我於熊心下. 鴨淥邊室中知之. 而往不返 (…中 略…) 置於暖處. 有一兒. 破殼而出. (…中略…) 國俗謂. 善射爲朱蒙. 故以名焉."

60 『三國遺事』卷一紀異一, 高句麗條 "天帝降于訖升骨城(在大遼醫州界)乘五龍車. 立都稱王國號 北扶餘. 自稱名解慕漱."

• 신라−시조박혁거세朴赫居世

『삼국사기』: 말의 모습은 홀연히 사라지고 거기에 큰 알이 남아 있었다.[61]

『삼국유사』: 말은 하늘에 날아오르고, 거기에 큰 알이 남아 있었다.[62]

『삼국유사』에서는 말이 하늘로 사라지는 것을 통해 박혁거세가 나온 알은 하늘에서 내려오는 것임을 암시하고 있다. 사람들도 임금이 하늘에서 내려왔다고 말하고 있다.[63] 또 박혁거세는 재위 61년에 하늘로 돌아간다.[64] 이어 원래 있던 여섯 마을의 조상이 모두 하늘에서 왔다고 기재되어 있고,[65] 이것도 하늘의 뜻으로 나라가 열린 것을 명확히 하고 있는 것이다. 이처럼 『삼국유사』는 삼국의 왕조가 모두 하늘의 의지에 의해서 열렸다고 한다. 즉 삼국의 시작을 『삼국사기』처럼 중국과의 관계에서 말하고 있지 않다.

여기에서 『삼국유사』에서 고려가 삼국 중 어디를 계승하고 있느냐가 문제된다. 일반적으로는 신라라고 한다. 그 이유로 두 가지를 들 수 있다.[66] 우선 기이紀異편에 신라의 역대 왕은 거의 기재되고 있는데, 고구려·백제왕의 기재는 매우 적어 단지 왕력王曆에서 그 자취를 알 수 있을 뿐이다. 이는 신라 관계 자료가 고구려보다 많이 남아 있다는 점

---

61 『三國史記』新羅本紀始祖赫居世居西干 “有馬跪而嘶. 則往觀之. 忽不見馬. 只有大卵.”

62 『三國遺事』卷1, 紀異一 新羅始祖赫居世王條 “有一白馬跪拜之狀. 尋檢之. 有一紫卵(一云靑大卵). 馬見人. 長嘶上天.”

63 『三國遺事』卷一 紀異一, 新羅始祖赫居世王條 “時人爭賀曰. 今天子已降.”

64 『三國遺事』卷一 紀異一, 新羅始祖赫居世王條 “理國六十一年. 王升于天.”

65 「天降」라고 직접적으로 쓰여 지지 않지만, 여섯 마을의 조상 모두 「산봉우리와 산에 내렸다」라고 쓰여져 있다. 이는 「天降」라고 봐도 된다고 생각한다(『三國遺事』卷一 紀異一 新羅始祖赫居世王條 “一曰 (…中略…) 初降于瓢嵓峰. (…中略…)二曰(…中略…)初降于兄山”).

66 河炫綱, 앞의 책, 103면.

도 중요한 요인 중 하나이다. 그리고 일연의 속세는 김씨로 그 출신은 신라 계통이고 또 거주 지역이 신라가 있던 경상도라는 개인적인 사정도 적지 않은 영향을 미쳤다고[67] 할 수 있다.

이러한 점에서 『삼국유사』도 『삼국사기』와 마찬가지로 역시 신라 중심의 역사가 거기에 그려져 있다고 주장되어 왔다. 그러나 내용적으로 『삼국사기』처럼 명확하게 신라 중심의 역사는 보이지 않는다.

그리고 왕력 제1 동명왕東明王에 '단군의 아들'[68]이라고 있다. 고구려의 시조 주몽朱蒙을 한민족의 시조 단군의 아들이라고 표기한 것은 고구려가 고조선을 계승했다고 보는 것에 이어진다. 즉 한반도 지배자로서의 정통성은 고조선에서 고구려로 연결됐고, 당연히 그것을 고려가 이어받지 않으면 고려 왕조의 정당성을 제시할 수 없게 된다. 그러나 고구려의 계승도 본문의 내용에서 명확히 찾아 볼 수 없다.

이처럼 어느 왕조를 계승했는지는 『삼국유사』에서는 명확치 않다. 즉 『삼국유사』에 있어서 왕조의 계승은 큰 의미를 갖지 못하고 그것이 주제도 아니었던 것이다.

3) 불교의 보편적 세계 『삼국유사』

『삼국유사』 조선조의 기사를 보면 『위서魏書』를 인용하고 '與高(堯)同時'[69]라고 고조선의 단군을 중국 전설의 성제聖帝 요堯와 병렬해서 적고

---

67 위의 책, 103면.
68 『三國遺事』, 王曆－"高句麗第一東明王 (…中略…) 壇君之子."

있다. 또『고기古記』를 인용하고, '以唐高卽位五十年庚寅. 都平壤城(今西京). 始稱朝鮮'[70]이라고 단군 조선의 시작을 성제聖帝 요堯와 비슷한 시기로 한다. 『삼국유사』는『위서』뿐만 아니라『고기』까지 인용하면서 중국의 시작과 동시에 고조선 단군의 존재를 확인한다. 중국의 영향이 아닌 독자적으로 이뤄진 즉 중국과 대등하다고 주장하는 것이다. 그 이후에도 중국과의 관계는 중국을 상국으로 섬기지 않고 대등하게 기재되어 있다.

이는『삼국유사』에 중국에 대한 조공의 기사를 볼 수 없는 점에서도 분명하다.[71] 이어 중국 황제와 마찬가지로 자국의 왕의 죽음에 대해서 천자에게만 사용할 수 있는 '붕崩'자를 쓰는 것으로도 이해할 수 있다.[72] 문제는 중국과 대등한 것을『삼국유사』가 어떻게 확증했는가 하는 점이다.

『삼국유사』는 불교 관계 기사를 많이 싣고 있는 것이 우선 주목된다. 『삼국유사』는「왕력王曆」, 「기이紀異」, 「홍법興法」, 「탑상塔象」, 「의해義解」, 「신주神呪」, 「감통感通」, 「피은避隱」, 「효선孝善」의 아홉 편으로 구성되어 있는데, 그 중「홍법」이하「효선」까지 일곱 편은 불교 관계 기사로 구성되어 있다. 그리고 이들 불교 관계 기사는 일연의 일관된

---

69 『三國遺事』卷一 紀異一 古朝鮮條 "魏書云. 乃往二千載. 有檀君王儉. 立都阿斯達(經云. 無葉山. 亦云. 白岳. 在白州地. 或云. 在開城東. 今白岳宮是). 開國號朝鮮. 與高(堯)同時"(현대어 역)『魏書』에는 "지금부터 2천년 전에 檀君王儉이 있고, 도읍을 阿斯達(経에는 無葉山이라 하여 또 白岳이라고도 하고 있지만 이는 白州에 있다. 혹은 開城 동쪽에 있다고 하지만 지금의 白岳宮이 그것이다)에 정하고 나라를 열어 朝鮮이라고 불렀다. 高(堯)와 같은 시대라고 말하고 있다."

70 『三國遺事』卷一 紀異一 古朝鮮條 "古記云. 以唐高卽位五十年庚寅. 都平壤城(今西京). 始稱朝鮮"(현대어 역)"『古記』이 하기에는. (왕검은)당나라 高堯이 즉위한 지 50년이 지난 庚寅에 평양(지금의 서경)에 도읍하여, 처음 조선이라고 부른다."

71 崔書寧, 앞의 책.

72 위의 책.

관점에서 정리되어 있고, 거기에서는 자국 중심인 주체적 입장에서 정리한 노력을 엿볼 수 있다.[73]

이와 같은 시점에서 주목해야 할 것은, 불교 발상지 천축天竺(인도)과 한반도가 관련된 설화가 많이 수록되어 있다는 점이다. 『삼국사기』에 인도에 관한 기사가 없는 것과는 차이가 크다. 『삼국유사』의 경우 불교라는 세계 속에서 거기에 나타난 세계가 지역적으로도 확대되어 있다고 말할 수 있다. 즉 문제는 한반도에 국한된 것이 아니다. 그러나 지금까지 『삼국유사』에 기재된 인도의 기사가 가지고 있는 의미를 살펴본 적이 없다. 이에 『삼국유사』에 실린 인도의 기사 몇 개를 들어 살펴보기로 한다.

우선 원종흥법염촉멸신原宗興法厭髑滅身조[74]를 보면, 서역(인도)의 고승이 한반도의 통일에 힘을 썼다고 하고 있는데, 인도가 한반도에 관여한 것을 나타내고 있다. 또한 귀축제사歸竺諸師[75]조의 기사에는 인도가 먼 나라의 신라를 의식해서 신라를 '翳說羅言貴也' 즉 귀국貴国이라고까지 말하고 있다. 왜 신라를 의식해서 귀국이라고 하는 것인가.

이것을 구체적으로 말하는 기사가 가락국기駕洛國記[76]조에 있다. 여

73　河炫綱, 『韓國中世論』, 新丘文化社, 1989, 100면.

74　『三國遺事』卷三 興法三, "原宗興法厭髑滅身條 : 他方菩薩出現於世謂芬皇之陳那浮石寶蓋. 以至洛山五臺等是也. 西域名僧降臨於境. 由是併三韓而爲邦. 掩四海而爲家" (현대어 역) "타계의 보살이 이 세상에 나타내이것은 분황사芬皇寺의 진나陳那와 부석사浮石寺의 보개寶蓋. 그럼으로써 이것을 낙산洛山의 5대 등이라 말한대 서역(西域 : 인도)의 명승이 경내에 강림 했다. 이에 의해서 삼한을 합하여 하나의 나라가 되었고 사해四海를 합하여 한 집이 되었다."

75　『三國遺事』卷四 義解五, "歸竺諸師條 : 天竺人呼海東云矩矩吒翳說羅也. 矩矩吒言鷄也. 翳說羅言貴也" (현대어 역) "천축(인도)의 사람은 해동(신라)을 부르는데 구구타예설라라고 했는데, 구구타는 닭이고 예설라는 귀이다."

76　『三國遺事』卷2, "紀異二 駕洛國記條 : 妾是阿踰陀國公主. (…中略…) 一作夢中. 同見皇天上帝. 謂曰. 駕洛國元君首露者. 天所降而俾御大寶. 乃神乃聖. 惟其人乎. 且以新家邦. 未定匹偶.

기에는 황천상제皇天上帝가 아유타국阿踰陀國왕의 꿈에 나타나 '가락국의 왕은 하늘이 명한 자이니, 아유타국의 공주를 신부로 보내라'고 하는 기사이다. 이 기사와 관련하여, 같은 가락국기조[77]에 가락국의 시조 수로首露가 황천상제의 명에 의해서 왕이 된 기사가 실려 있다. 이 기사와 앞의 기사가 호응하며 천축(인도)과 한반도가 황천상제의 명에 의해 관계를 맺어 나라를 세워 가는 이야기가 성립된다.

또 탑상편의 황룡사구층탑皇龍寺九層塔조[78]에, 신라의 왕의 조상이 인도 출신이라는 기사가 있다. 이것도 인도와 한반도의 왕이 피와 불교로 관계를 맺은 것을 나타내고 있다. 이것들은 모두 불교라는 하나의 세계 안에 인도와 한반도가 함께 있는 것을 말한다.

마지막으로 인도 관련 기술의 결론이라고도 할 수 있는 기사가 탑상편의 전후소장사리前後所將舍利조에 실려 있다.

『三國遺事』卷三 塔像四 前後所將舍利条: 大敎東漸. 洋洋乎慶矣哉. 讚曰. 華月夷風尙隔煙. 鹿園鶴樹二千年. 流傳海外眞堪賀. 東震西乾共一天.

卿等湏遣公主而配之" 言訖升天(현대어 역) "나는 아유타국(인도)의 공주이다. (…중략…) 어젯밤의 꿈속에서, 황천상제를 (부왕이) 만났다. (황천상제가) 말씀하시기를, 가락국왕의 수로는 하늘이 내려 왕위에 앉게 한 자이며, 이 사람이야 말로 신성 그 자체이다. 새롭게 나라를 다스리고 있지만, 아직도 배우자가 정해져 있지 않다. 경들은 공주를 보내 그 배우자로 하시오." 말을 마치시고 하늘로 승천 하셨다.

77 『삼국유사』卷2, "紀異二 駕洛國記條: 皇天所以命我者. 御是處. 惟新家邦. 爲君后. 爲玆故降矣" (현대어 역) "황천이 나에게 명하기를 '여기에 나라를 새롭게 세우고, (나에게 여기의) 군주가 되라' 그리하여 지금 여기에 내려온 것이다."

78 『三國遺事』卷3, "塔像四 皇龍寺九層塔條: 文殊又云. 汝國王是天竺刹利種王. 預受佛記" (현대어 역) "문수가 또 말하기를 '그대 의 국왕은 천축의 찰리 종족의 왕으로, 진작부터 불기(석가의 예언을 적은 문장)를 받았다.'"

현대어 역 : 대교(불교)의 동방전래는 양양했으니 경사스러운 일이다. 기리어 읊는다. 화월(중국)과 이풍(동방)이 서로 연진煙으로 막혔는데, 녹원의 학수는 어느덧 2천 년이 되었구나. 해외(동국)에 전해오니 참으로 경하일세, 동진(동국)과 서건(인도)이 한 세상이 되었구나.

즉 '東震西乾共一天'이라 하여, 한국·중국·인도 삼국이 하나의 세계에 있다고 말하고 있다. 이것은 일본이 중세에 가졌던 '삼국세계관三国世界観'과 유사한 것이다.

중세를 대표하는 『일본서기』의 주석서로서 이치조 가네요시一条兼良가 지은 『일본서기찬소日本書紀纂疏』가 있다. 이 『일본서기찬소』는 당시 유행하고 있던 삼국세계관을 그대로 받아 들여 거기에서 일본의 위치를 확보하려는 것이다. 즉 본조(本朝 : 일본)와 천축(天竺 : 인도) 진단(震旦 : 중국) 삼국의 관계에서 세계를 보고, 삼국이 각각 경(經 : 인도) 한적(漢籍 : 중국) 신서(神書 : 일본)에 기록되어 있듯이 각각 다른 세계의 시작을 가졌지만 본질적으로는 삼국은 하나의 세계이며, 그것은 경이 말하는 우주론에 근거한 세계임을 확신하고 납득하는 불교적 세계관이다.[79] 또 요시다 가네토모吉田兼倶[80]는 『일본서기찬소』를 기본으로 하여 『일본서기』 가미요노마키神代卷를 해설講釈했을 때에 쇼오토쿠聖德태자의 말로서 '불교는 원래 신도神道라고 하는 종자種子로부터 나와, 문자라고 하는 지엽枝葉에 의해 꽃이 피어, 그것이 일본으로 돌아온 것이다. 오히려 가

---

79 神野志隆光, 앞의 책, 38~41면.
80 요시다 가네모토吉田兼倶(1435~1511) : 신기관神祇官 집안인 우라베卜部씨한테서 나오고, 그 가학家学을 대성해, 요시다신도吉田神道를 확립한 자.

치의 근원은 일본에 있다'라고 이야기했다. 경에서 말하는 것과 유교 ·
도교가 말한 것과 『일본서기』가 말하는 것은 모두 같은 것이다. 즉 모
든 것은 하나라고 말한 것이다. 천축이든 진단이든 같은 세계에 있는
것이다. 가치를 공유하는 세계, 보편적 세계라고 할 수 있다. 그 세계 속
에 있는 것으로서 일본을 평가하는 것이다.[81]

　『삼국유사』도 이와 같이 불교의 보편적 세계관 안에서 자국의 존재
를 확인했다고 말할 수 있다. 앞서 논하였듯이 『삼국유사』에 있어서,
단군조선은 중국과 병렬해서 시작된다. 그 이후도 중국과의 관계는 동
등하다. 이것은 『삼국유사』에 중국에 대한 조공朝貢의 기사가 보이지
않는 것을 보아서도 알 수 있다.[82] 게다가 중국의 황제와 같이 자국의
왕의 죽음에 대해서도 천자天子＝皇帝에만 사용하는 '붕崩'자를 사용하고
있는 것[83]을 보아서도 이해할 수 있다.

　'불교가 인도에서 흥하여, 그것이 중국에 전해져, 마지막에 한반도
에 전해졌다' 이것은 얼핏 보면 불교적 세계 속에서 그 가치의 원천을
인도로 하여 자신들을 말단에 둔 것 같지만, 고조선의 단군의 존재에
의해서 그 지위는 역전이 된다. 즉 고조선이 '환웅桓雄, 帝釈天의 子강림'에
의해 열린 불교 교화의 세계에서 건국되어 또 단군이 제석천帝釈天의 손
자인 것을 처음부터 확인하여, 불교적 세계에서의 가치의 원천으로서
인도 · 중국에 대해 자기 입장을 주장할 수 있다. 단군이 환웅의 아들

81　神野志隆光, 앞의 책, 44~46면.

82　崔書寧, 앞의 책.

83　중국의 황제의 죽음을 「붕崩」자를 사용하는데 대해 자국왕의 죽음으로는 「홍薨」자를 사
　　용하는 등, 중국을 상국으로서 중국 중심의 세계를 받아들이고 있다.

즉 제석천 환인桓因의 손자인 것이 여기서 의미를 가진다.

또 『삼국유사』 의상전교義湘伝敎조의 기사를 보면 다음에 같이 쓰여
져 있다.

『三国遺事』卷第四 義解第五. 義湘伝敎条：儼前夕夢. 一大樹生海東. 枝葉溥布. 來陰
神州. 上有鳳巣. 登視之. 有一摩尼宝珠. 光明屬遠.

현대어 역 : 지엄智儼이 전날 밤 꿈을 꾸니, 해동(한국)에 큰 나무가 나, 가
지와 잎이 우거져, 그것이 자라서 신주(중국)를 뒤덮었고, 그 위에 봉황의
둥지가 있었다. 올라가서 그것을 보니, 한 개의 마니보주가 있었으며, 그 광
명이 먼 곳까지 비추고 있었다.

'一大樹生海東. 枝葉溥布. 來陰神州'라는 문구는 지금까지의 불교적 세
계의 중심이 중국에서 한반도로 바뀐다고 암시하는 것이라 할 수 있
다. 이것은 신라시대의 이야기로 되어 있지만, 그 후 중국이 원나라한
테 정복당하여 불교적 세계에서의 중심적 위치가 붕괴했다는 역사적
사실을 근거로 하여 고려시대에 고쳐 쓴 설화라고도 할 수 있다. 이외
에도 『삼국유사』에는 불교의 중심지가 인도·중국에서 한반도로 옮기
는 것을 암시하는 설화가 다수 기록되어 있다.

예를 들면, 탑상4 황룡사장육皇龍寺丈六조[84]에, 불교의 발상지 인도에

---

[84] 『三國遺事』卷3, "塔像四 皇龍寺丈六條：未幾. 海南有一巨舫. 來泊於河曲縣之絲浦. 檢看有牒
文云. 西竺阿育王. 聚黃鐵五萬七千斤·黃金三萬分. 將鑄釋迦三尊像. 未就. 載舡泛海而祝曰.
願到有緣國土. 成丈六尊容. 幷載模樣一佛二菩薩像. (…中略…) 南閻浮提十六大國·五百中

서 만들 수 없었던 불상이 돌고 돌다가 불교의 발상 1300여 년 후 신라에 이르러 완성된다고 하는 기사가 있다. 인도에서 완성할 수 없었던 불상을 신라에서 완성한 것은 불교 융성의 땅으로서 인도보다 한반도가 적절한 땅인 것을 나타내는 것이다. 또한 불교 발상 이래 돌고 돈 끝에 신라에 도착한 것은, 신라가 처음부터 그 적지였다는 것도 나타낸다고 할 수 있다. 또 전후소장사리前後所將舍利조[85]에 부처의 이가 하늘에서 중국에 주어졌는데 도교의 융성과 함께 무용지물이 되어 버려지려고 했는데, 그것을 고려인이 본국에 가지고 돌아가 한반도에 전했다고 하는 기사가 있다. 불교의 융성지隆盛地로서의 중국은 이미 사라지고, 불교의 중심지가 한국으로 옮겨졌다는 것을 암시한 설화라고도 할 수 있다.

이와 같이 『삼국유사』는 불교의 세계 안에서 자국을 평가하는 것에 의해, 즉 불교의 중심지가 인도로부터 중국으로 또 중국에서 한반도로 옮겨져, 한반도는 미래영겁未来永劫에 걸쳐서 부처가 지켜주는 나라가 된다고 주장한다. 불교적 세계의 원천源泉이라고 하는 주장도, 이 모든 것이 한반도를 제석환인의 손자 단군이 처음으로 나라를 세운 것에 의해 의미를 가진다.

國・十千小國・八萬聚落. 靡不周旋. 皆鑄不成. 最後到新羅國. 眞興王鑄之於文仍林. 像成. (…中略…) 後大德慈藏西學到五臺山. 感文殊現身授訣. 仍囑云. 汝國皇龍寺. 乃釋迦與迦葉佛講演之地. 宴坐石猶在. 故天竺無憂王. 聚黃鐵若干斤泛海. 歷一千三百餘年. 然後乃到而國. 成安其寺. 蓋威緣使然也[與別記所載不同]."

[85] 『三國遺事』卷3, "塔像四 前後所將舍利條: 崇奉左道. 時國人傳圖讖曰. 金人敗國. 黃巾之徒・諷日官奏曰. 金人者佛教之謂也. 將不利於國家. 議將破滅釋氏・坑諸沙門・焚燒經典. 而別造小舡・載佛牙泛於大海. 任隨緣流泊. 于時適有本朝使者・至宋聞其事. (…中略…)密授佛牙. (…中略…) 使臣等旣得佛牙來奏. 於是睿宗大喜. 奉安于十員殿左挨小殿."

인도의 시작은 『삼국유사』에는 적혀 있지 않지만, 중국의 시작은 '요제堯帝'라는 단어에서 요제가 일원이 되는 삼황오제三皇五帝[86]를 근거로 나타나고 있다. 한국·중국·인도는 따로 따로 시작해 발전했지만 불교가 마지막에 한반도에 전파되는 것으로써, 즉 '大敎東漸. 洋洋乎慶矣哉：대교(불교)의 동방전래는 양양했으니 경사스러운 일이다'를 받아서, '東震西乾共一天：동진(동국)과 서건(인도)이 한 세상이 되었구나'라고 불교에 의해 세계가 하나로 되는 것이다.

중국의 존재를 무시함으로써 비로소 고구려를 중심으로 한 세계관을 확립하게 된 『광개토왕비문広開土王碑文』.[87] 중국 중심의 세계에 들어감으로써 자국을 보장한 『삼국사기』.[88] 어찌하였든 중국으로부터 자유롭지 않지만, 『삼국유사』는 불교라는 보편적 세계 속에서 처음으로 중국으로부터 자유로울 수 있었고, 중국 중심의 세계관에서 벗어나 새로운 세계관을 확립할 수 있었다고 할 수 있다.

이와 같이 『삼국유사』는 원나라의 침략으로 인한 국가 존망기에 불교의 보편적 세계관으로 자기의 존재를 확증하였다.

---

86 삼황오제三皇五帝는, 중국의 최초의 세습 왕조 하夏 이전의 시대로 여겨지는 신화 전설 시대의 제왕으로, 삼황三皇은 신, 오제五帝는 성인으로서의 성격을 가진다고 여겨지고 있다. 삼황三皇은 이하와 같은 5설이 잘 알려져 있다. 천황天皇·지황地皇·태황(泰皇：인노人皇)(『史記』秦始皇本紀), 복희伏羲·신농神農·황제黃帝(西晋·皇甫謐 『帝王世紀』), 수인燧人·복희伏羲·신농神農(「礼緯含文嘉」－「風俗通」皇覇篇) 등의 제설이 있다. 오제는, 결정된 기록으로서는 사마천司馬遷의 『사기史記』이며, 황제黃帝·전욱顓頊·제곡帝嚳·요堯·순舜이 있다. 이외에 소호小昊·전욱顓頊·제곡帝嚳·당요唐堯·우순虞舜(『帝王世紀』)등의 설이 있지만. 어쨌든, 당요唐堯는 전설상의 성군으로 나타난다.

87 『廣開王碑文』에 나타나는 천하관天下觀에서는 중국은 존재하지 않고, 거기에는 백제·신라와 고구려 그리고 그들에 지배되는 나라만이 존재한다.

88 朴正義, 「韓日古代神話와 中世神話에 나타난 世界觀의 比較」, 『일본문화학보』 12, 한국일본문화학회, 2002, 283~287면.

5. 마치며

현재의 역사서도 이 시대를 보장하며 미래의 방향을 제시하고자 허위를 포함한다. 이것은 김일성-김정일-김정은 체제를 보장할 수 있도록 써진 북한 역사 책[89]을 예로 들 것도 없이, 한국에서도 군사 정권 시절의 역사 교과서를 보면 자명하다. 시대에 따라 역사서의 기술이 변화하는 것은 이 때문이다. 과거로 올라가면 올라갈수록 그것은 현저하다.

고대 동 아시아는 중국 왕조가 세계의 중심이라는 가치관을 바탕으로 질서가 유지되어, 이를 총괄했던 것이 중국의 황제이다. 그 정치 기구가 책봉冊封제도이다. 이 책봉제도는 중국 국내의 봉건제도를 주변국까지 확대한 것으로, 주변국의 군주가 중국 황제에게 조공하여 황제의 신하로서 '왕王' '공公' '후候'로 책봉되는 제도다. 여기에는 조공의 의무가 부과되지만, 책봉됨으로써 신하가 되고, 이것에 의해서 각국의 군주들은 중국을 중심으로 한 세계에서 그 지위가 보장되었다. 고대 한국과 일본도 중국의 책봉 제도 속에 있었다고 중국 역대의 사서에 기록되어 있다. 즉 중국 황제 아래에서 각국의 군주가 서로 관계를 유지함으로써 질서가 유지된 세계관이다.

그러나 중국을 중심으로 한 세계관은 대외적인 문제이고 동 아시아 국가들은 국내에 있어서는 중국으로부터 독립된 세계관을 모색했다. 특히 당시 동아시아의 선진국이고 오늘날까지 그 체제를 유지해 온 한

---

[89] 「1866年 金日成主席の曾祖父金膺禹先生はじめピョンヤンの人民、『シャーマン』号を大同江に撃沈」(鄭晉和編, 朝鮮史年表, 雄山閣, 1992, 45면).

국·일본은 그것이 현저하다. 이를 현재까지 전하고 있는 것이 한국에서는 『광개토왕비문』, 『삼국사기』, 『삼국유사』, 일본에서는 『고사기』, 『일본서기』이다. 이것들은 분명 역사서의 형식을 유지하고는 있지만 쓰인 시기의 국가이념을 완성하는 것을 목적으로 기록되어 있다. 즉 쓰여진 당시의 국가의 보장과 영원한 번영을 기원하고자 쓰여진 것이다. 거기에 기재된 것은 정확한 고대사라고 말하기는 어렵다. 게다가 각각 편찬된 시대의 차이로 인해 역사에 대한 요구가 달라 각각 별개의 고대사를 창조해 왔다고 할 수 있다. 신화를 '일원적신화론一元的神話論'90의 잘못된 관점을 시정하여 '다원적신화론多元的神話論'의 관점에서 생각해야 했듯이, '사서'도 '다원적역사론多元的歷史論'으로 보아야 한다. 적어도 고대 중국 문화의 영향 아래 있던 동아시아에서는 그렇다.

『삼국사기』는 중국 중심 세계관에서, 중국의 정당성을 이어받은 신라를 계승함으로써 고려 왕조의 정당성을 확증했다. 『삼국사기』의 주제는 왕조의 정당성을 보장하는 것이라고 할 수 있다. 그것과 달리 『삼국유사』의 시대는 원나라의 침략을 받은 시대여서 왕조의 정통성 보장이라는 수준이 아니라 더욱 근본적으로 국가와 민족을 생각해야 했다. 즉 한민족의 존속 자체가 위태로웠던 시기였다. 거기에 『삼국유사』가

---

90 과거의 신화 연구 방법이라는 것은 원래 하나의 신화라는 것이 존재하고 그것에서 여러 가지 신화가 파생된 것을 전제로 일원적신화론에 따른 것이었다. 즉 『고사기』에 나타난 신화도 『일본서기』에 나타난 신화도 또 다른 신화도 원래 같은 신화이자 같은 의미를 지닌 것으로 생각하여, 더욱 『고사기』 신대神代 전체로서의 의미를 생각하는 것이 아니라 부분 부분 각각 독립한 의미가 있다고 생각하는 것이다. 이 때문에 『고사기』 신대를 해석하는 데 있어서 그것과 비슷한 다른 신화, 예를 들면 『일본서기』 신권神卷 등의 부분 부분을 인용하고 다른 나라의 신화까지 인용하는 등 본래 『고사기』가 가졌던 의미를 크게 벗어나, 결과적으로 새로운 신화를 만들어 왔다고 할 수 있다. 이에 대해 모든 각각 다른 신화라고 본 다원적신화론이 주류가 되어 있다.

존재할 필요성이 있었다고 할 수 있다. 『삼국유사』의 주제는 불교의 보편적 세계관 안에서 자신의 존재를 확인하고, 가치의 원천으로서 천축天竺・중국中國에 대해 자신들의 입장을 주장하는 자기확증自己確証이었다.

이렇게 두개의 사서는 각각 시대의 요구에 따라 각각의 세계관으로 각각의 고대사를 창조해 왔다. 『삼국사기』와 『삼국유사』의 고대사는 서로 같지 않음에도 불구하고 이 둘을 합쳐 한국 고대사의 형태를 만들어 왔다. 즉 일본에서 『고사기』와 『일본서기』를 합치고 맞추어 고대사를 만들어 낸 것처럼 그 잘못을 우리 고대사 연구에 있어서도 답습踏襲하고 있다. 일본 측 자료 『고사기』 『일본서기』와 한국 측 자료 『광개토왕비문』 『삼국사기』 『삼국유사』는 각각 별개의 세계관에 입각한 다른 기록물이다.

要旨

別個の古代史『三国史記』と『三国遺事』
別個の世界観を通して

朴正義

『三国史記』の問題は、対外的なものでなく、あくまでも国内において高麗王朝の正統性をいかに保障するかであった。このため『三国史記』は、中国を中心とする世界観のもとに、中国の正当性を受け継いだ新羅を継承した国として、高麗王朝の正当性を確証した。『三国史記』は歴史をそのように著わした。

それに反し、『三国遺事』の問題は、王朝の正統性保障というレベルでなく、蒙古に侵略され国家民族の存亡の危機に際し、国家・民族をいかに保障するかという対外的なものであった。『三国遺事』には、仏教発祥の地天竺と韓半島が関連する説話が多く収録されている。即ち、『三国遺事』は、仏教という世界のもとで中国は勿論天竺まで含んだ世界的な視野で、国家・民族を保障しようとしたのである。これは、日本が中世に持ち得た「三国世界観」と酷似する。日本の「三国世界観」は、天竺・震旦・本朝それぞれの世界の始りの知識を持つなかで、「天竺・震旦・本朝はその世界の始りは異なるが、仏教という一つの世界にある」と語るのがそれである。『三國遺事』も、「東震(東国)と西乾(印度)は共に一つの天なり」(前後所将舍利条)と韓国・中国・印度三国が同じ世界あると語り、仏教の普遍的世

界観の中で自己の存在を確認するのである。『三国遺事』は歴史はそのよう
に著わした。

　このように、『三国史記』と『三国遺事』は、別々の世界観の基に著わさ
れた古代史といえる。つまり、別々の古代史である。それにもかかわら
ず、現在も『三国史記』と『三国遺事』を張り合わせて、韓国古代史を創り
続けている。これは、日本において『古事記』と『日本書紀』を張り合わせ日
本古代史を創造してきた誤りを踏襲するものである。

참고
문헌

단행본

강인구·김두진·김상현·장충식·황패강 역,『주석삼국유사』I·II·III·IV, 한국
　　　정신문화연구원, 이문화사, 2003.

김성환,『고려시대의 단군전승과 인식』, 경인문화사, 2002.

김종권 역,『삼국사기』上, 下, 명문당, 1988

단군학회 편,『단군과 고조선연구』, 지식산업사, 2005.

민족문화연구소 편,『삼국유사연구』상, 영남대 출판부, 1984.

박정의,『삼국유사―단군에 근거한 국민 국가관 연구』, 인문사, 2012.

송호정,『고조선사』, 푸른역사, 2003.

신형식,『한국의 고대사』, 삼영사, 2002.

이홍식 편,『한국사대사전』, 교육국서, 1992.

이기동·이기백,『한국사강좌』1, 고대편, 일조각, 2001.

이우성·강만길,「한국의 역사인식」상, 창작과비평사, 1976.

일연, 김사엽 역,『삼국유사』, 명석서점, 1997.

최남선 역,『삼국유사』, 민중서관, 1954.

＿＿＿ 편,『삼국유사』증보, 서문문화사, 1999.

하현강,『한국중세론』, 신구문화사, 1989.

＿＿＿,『한국중세사연구』, 일조각, 1989.

한우흔,『한국통사』, 학생사, 1976.

堀 敏一,『中国と古代東アジア世界』, 岩波書店, 1993.

神野志隆光,『古事記と日本書紀』, 講談社現代新書, 1999.

盧泰敦編,『檀君と古朝鮮史』, 四季節出版社, 2000.

井上秀雄訳,『三国史記』1·2·3·4, 平凡社, 1980, 1983, 1986.

『삼국유사』에 인용된 '南(-)倭(-)'에 대하여

신종원

1. 머리말

한국고대사 자료에 보이는 '왜倭'는 의외로 모호하고 그 의미가 다층적·다원적이다. 『삼국사기』 상대 기사만 보더라도 왜 사료는 50여 건이나 되며, 이미 적지 않은 연구가 있다. 그에 비해 『삼국유사』에는 왜 기사가 손에 꼽을 정도며, 연구 또한 많지 않다.[1] 제목에서 제시한 것처럼 『삼국유사』에는 왜를 가리킬 때 두 번이나 신라의 '남(쪽)'이라 적

---

[1] 다음과 같은 연구가 눈에 띈다. 井上秀雄, 「三國遺事와 日本關係—倭·日本의 地理的 位置를 중심으로」, 『三國遺事의 綜合的 檢討』, 韓國精神文化硏究院, 1987; 木下禮仁, 「三國遺事にみえる倭關係記事」, 『日本書紀と古代朝鮮』, 塙書房, 1993; 木村誠, 「三國遺事에 보이는 倭와 日本에 대하여」, 『一然과 三國遺事』, 신서원, 2007; 佐伯有清, 『三國史記倭人傳 他六篇』, 岩波文庫, 1988.

고 있다. 이들 사료를 읽기에 따라서는 한반도 남부지역에 왜(人)가 존재한 것으로 이해되기도 한다. 부르기 편하게 이러한 주장을 '한반도왜인설韓半島倭人說'이라 해두겠다.

『삼국유사』찬자撰者는 왜 자체에 대한 이해나 서술을 의도하지 않았지만, 백제의 위치에 대하여 중국 사서의 지리정보를 인용하고 있는데, 그 주변에는 왜倭가 있다. 여기에 한반도왜인설이 생길 소지가 있다. 일찍이 한반도왜인설에 대한 비판이 없지 않았지만 여전히 새로운 자료나 근거를 들어 재생산되고 있는 현실은 그 비판이 충분치 않았기 때문이다. 필자는 주로『삼국유사』의 '南(一)倭(一)' 운운한 사료 및 중국 사서의 韓·倭·百濟에 대한 지리정보를 중심으로 논의를 전개하고자 한다.

2.『삼국유사』의 '南(一)倭(一)' 사료

1) '南倭'

아래 사료에 왜倭는 격퇴 / 진압의 대상으로 나온다.

① 首露王聘迎之, 同御國一百五十餘年, 然于時海東未有創寺奉法之事, 蓋像敎未至, 而土人不信伏, 故本記無創寺之文. 逮第八代銍知王二年壬辰, 置寺於其地, 又創王后寺(在阿道訥祇王之世 法興王之前), 至今奉福焉, 兼以鎭南倭, 其見本國本記. 塔方

四面五層, 其彫鏤甚奇, 石微赤班色, 其質良脆, 非此方類也, 本草所云, 點雞冠血爲驗

者是也. 金官國亦名駕洛國, 具載本記. 讚曰, 載厭緋帆茜旆輕, 乞靈遮莫海濤驚, 豈徒

到岸扶黃玉, 千古南倭遏怒鯨.

―『三國遺事』, 塔像, 金官城婆娑石塔

‘남왜南倭’를 그대로 써놓든[2] ‘남쪽의 왜’라[3] 하든 그 뜻에 차이는 없다. 이것은 왜의 위치에 대해 ‘가야의 남쪽’에 있다는 뜻에 지나지 않기 때문이다. ‘남왜南倭’를 ‘일본열도 안의 왜’라 이해하고 이와는 별도로 ‘북왜北倭’를 상정하는[4] 견해도 있는데 지나친 해석이다. 백승충은 위 〈금관성파사석탑金官城婆娑石塔〉조의 왜 관련 내용을 가야와 왜 사이의 사실적 관계를 전하는 것이라기보다는 왜에 대한 신라인의 적대적 인식을 반영한 것으로 보았다.[5] ‘본기本記’나 ‘본국본기本國本記’라 한 것은 모두 『삼국유사』, 紀異第二, 「가락국기」를 말한다.[6] 「가락국기」는 고려 문종(1046~1083) 때 쓰인 가락(가야)국의 통사다. 왕조가 존속했던 시기로부터 500년가량의 시차가 있으므로 가락국 멸망 이후 물론 신라인들의 소견이 많이 반영되었을 것이다. 여기에 더하여 『삼국유사』에 실린 가야 관계 기사는 고려후기 즉 일연 당대의 관념이나 문제의식까지

---

2 이병도, 『譯註幷原文 三國遺事』, 廣曺出版社, 1976, 319면; 村上四男, 『三國遺事考證』下之
　　一, 塙書房, 1994, 161면.
3 강인구 외, 『譯註 三國遺事』 III, 713면, 한국정신문화연구원, 2002; 리상호, 『국역 삼국유
　　사』 신서원, 1990중판, 350면의 본문에서는 ‘남쪽 왜국’이라 하고, 讚에서는 ‘왜적’이라
　　번역하였다.
4 姜吉云, 『한일 고대 관계사의 쟁점』 2판, 한국문화사, 2011, 9면.
5 백승충, 「문헌에서 본 가야 삼국과 倭」, 『한국민족문화』 12, 부산대 출판부, 1998, 282면.
6 村上四男, 『三國遺事考證, 下之一』, 塙書房, 1994, 165면.

포장되어 실렸다.[7] 특히 인용문의 "오늘날에 이르기까지 복을 빌고 겸하여 남쪽의 왜倭를 진압한다"를 보면 '남왜南倭'는 일연 당대의 일본을 가리킨다. 고려후기부터 휩쓸기 시작한 왜구의 침구侵寇를 막아주는 것도 이 파사석탑의 영험이라고 한다. 그런데 건탑建塔 기사를 「가락국기」에서 보면 "一云金銍王. 元嘉二十八年卽位, 明年爲世祖許黃玉王后奉資冥福, 於初與世祖合御之地創寺曰王后寺, 納田十結充之"라고 하여 다만 왕후의 명복을 빌 뿐이었다. 익히 아는 바 『삼국유사』를 저술할 당시 왜에 대한 두려움과 방어 의식은 같은 책 「만파식적」조에도 나타난다.[8]

왜의 실체에 대해 논의하면서 이노우에 히데오井上秀雄는 가야가 곧 왜일 수 있다고 하였다.[9] 그 반론으로 사에키 아리키요佐伯有淸는 위의 질지왕 2년 "남왜南倭를 진압하기 위해서 왕후사를 세운다"는 기사를 인용하면서, 그러면 가야가 왜를 (진)압한다면 가야＝왜라는 주장은 성립되지 않는다고 한다.[10] 그러나 앞에서 말했듯이 일본열도의 왜를 분명히 알고 난 연후의 금관성파사석탑조金官城婆娑石塔條는 오히려 고려시대의 사실이 반영된 것이어서 반론의 적절한 논거가 될 수 없다.

---

7   讚은 정확히 『三國遺事』 撰者의 詩文이다.

8   고려시대 大王信仰의 한 例에 불과한 경주 感恩寺 앞바다의 大王岩이 시대를 거슬러 신라 문무왕대의 對倭鎭護 사적으로 『三國遺事』에 기록된 사례와 같다. 대왕암과 그 사적에 대해서는 다음 글 참조. 辛鍾遠, 「대왕암」, 『한국 대왕신앙의 역사와 현장』, 일지사, 2008.

9   井上秀雄, 「三國遺事와 日本關係―倭・日本의 地理的 位置를 중심으로」, 앞의 책, 1987, 153면.

10   佐伯有淸, 『三國史記-倭人傳, 他六篇』, 岩波文庫, 1988, 19면.

2) '南(−)倭(−)'

아래 인용은 안홍·자장시대 신라의 이웃나라를 거론한 문장이다.

②神人禮拜, 又問, 汝國有何留難. 藏曰, 我國北連靺鞨, <u>南接倭人</u>, 麗濟二國, 迭犯

封陲, 隣冠縱橫, 是爲民梗.

— 『三國遺事』, 塔像, 皇龍寺九層塔

자장慈藏과 신인 사이의 대화라는 것이 후대의 설화이고[11] 신비적 종교체험의 영역이므로 당시 신라가 처한 대외 위기를 얼마나 반영한 것인지 모르겠다. 여기에는 '여제麗濟'(고구려·백제) 두 나라에 더하여 말갈과 왜인이 등장한다. 고구려가 있음에도 북쪽의 말갈을 말한 것은 하나의 실체를 두고 거듭 말하였거나 신라나 고구려 영역 어디에도 속하지 않는 주변인을 지칭했을 것이다. 이 점은 뒤의 '왜인倭人' 또한 마찬가지로서 내용상으로는 백제를 가리키거나 아니면 신라와 국경을 접하고 있는 어느 종족/국가를 지칭한 것으로 보이는데 남쪽이라는 방향으로 보아 백제가 되기는 어렵다. 어떻든 '왜인倭人'은 그 실체가 무엇이든 신라의 통치범위에 들어가지 않는 사람들이다.

자장慈藏이 신인神人에게 호소한 대외인식은 아래에서 보듯이 하나의 구호口號(slogan)처럼 한때 유행했던 모양이다.

---

11 慈藏이 신라 사절로 당나라에 간 해는 선덕여왕 7년(638)인데 入唐하면서 바로 五臺山 巡禮를 했다는 기간을 설정하려고 2년 앞당겨 636년에 入唐했다고 하였다. 辛鍾遠, 「慈藏과 中古時代 社會의 思想的 課題」, 『新羅初期佛教史研究』, 民族社, 1992, 255〜258면.

③ 羅人云 "北有靺鞨, 南有倭人, 西有百濟, 是國之害也. 又 "靺鞨地接阿瑟羅州." 又

東明記云 卒本城地連靺鞨

—『三國遺事』, 紀異第一, 靺鞨·渤海

이들 말갈이나 왜인倭人이 구이九夷 즉 중국의 변방 종족이기도 하지만 자장慈藏시절의 자국인식自國認識 '佛國(土)＝신라'에서 볼 때는 신라의 주변국이며, 중화까지도 '東夷(共工之族)'[12] 즉 아홉 오랑캐에 지나지 않는다. 이러한 대외인식을 『삼국유사』는 신라 중고기中古期의 고승高僧 안홍安弘(579~640)이 지었다는 「해동안홍기海東安弘記」를 들어 부연해준다.

④ 淮南子注云 "東方之夷九種." 論語正義云 "九夷者一玄菟·二樂浪·三高麗·

四滿飾·五鳧臾·六素家·七東屠·八倭人·九天鄙." 海東安弘記云 "九韓者一日

本·二中華·三吳越·四千羅·五鷹遊·六靺鞨·七丹國·八女眞·九穢貊."

—『三國遺事』, 紀異第一, 馬韓

일본이나 단국丹國 등 후대의 나라이름에서 알 수 있듯이 당초 '아홉 오랑캐九韓'라고 막연히 불리던 나라들이 어느 사이 남북에 각각 국경을 맞대고 있는 말갈과 왜로 나타나며, 그들과의 연결 상황을 정확히 '연連'·'접接'이라 표현하였다. 그러므로 ②·③의 '南(−)倭(−)'는 더 이상 명목상으로만 존재하는 구한九韓이거나 바다 건너 섬나라 왜倭가 아니다.

신라의 남쪽에 붙어 있는 '倭'는 어느 나라 / 세력 / 집단을 말하는가? 『삼

국사기』나 『삼국유사』에서 일컫는 '말갈'·'왜'같은 비칭종족명卑稱種族名
으로서가 아니라 제삼자第三者의 객관적 기록이 남아 있다. 아래는 479년
에 신라의 남쪽나라 가라加耶가 제나라에 사신을 파견했던 기록이다.

⑤ 加羅國 三韓種也. 建元元年, 國王荷知使來獻. 詔曰 : 可授輔國將軍·本國王.

—『南齊書』, 東南夷, 加羅國

한반도 중남부에는 서기 500년을 전후하여 분명히 백제·신라·가
야 세 나라가 있었고, 북쪽의 고구려까지 치면 네 나라 즉 '사국시대'였
다. 신라인들이 처한 이러한 국제상황을 두고 그들은 스스로 "북으로
는 말갈이, 남으로는 왜인倭人이, 서쪽에는 백제가 있어 이들이 (우리)나
라의 해악이다"라고 하였다. 국제정세의 인식에서 나온 이러한 상투어
는 비록 사국 시대가 지났지만 자장대慈藏代에도 여전히 반복되고 있다.

『삼국사기』나 그 전신이라 할 『(舊)삼국사』이래 고려시대의 역사가
들이 앞 시대를 '삼국시대'로 규정한 체제에서 원칙적으로 가야는 기록
에 나올 수 없지만 실제로는 존재했던, 말하자면 '무명유실'한 신세가
되었다. 자신을 위협하는 고구려를 '말갈靺鞨'이라 낮추어 불렀듯이 수
사원칙이나 체제상 표출을 자제할 수밖에 없는 가야를 '북의 말갈'과
대칭시켜 '왜'라고 불렀던 것은 아닐까?

『삼국사기』 신라본기 기사에서도 500년을 기준으로 그 앞 시대에 빈번
히 등장하던 '왜'가 소지마립간炤知麻立干 18년(496)부터 '가야'로 바뀌는데
연구자들은 이 둘을 이질적으로 보지 않는다.[13] 각 사서의 편찬사정이나
자국과의 관계여하에 따라 가야 또는 왜를 선택하여 불렀던 것 같다.

3. 백제의 나라 위치

1) 『삼국유사』에 인용된 백제의 나라 위치

이웃나라와의 거리·방향을 통해 백제의 위치를 밝히는 데에 『삼국유사』, 紀異第二, 南夫餘·前百濟·北夫餘條(아래 「南夫餘條」로 줄임)는 『삼국사기』를 인용하고 있다.

⑥ 百濟地理志曰, 後漢書曰 "三韓凡七十八國, 百濟是其一國焉. 北史云, "百濟(其國)東極新羅(句麗) 西南俱限大海, [北際漢江] 其都曰 (…中略…) 通典云, "百濟南接新羅, 北距高麗(千餘里), 西限大海." 舊唐書云 "百濟 (…中略…) 東北(至)新羅, 西渡海至越州. 南渡海至倭(國) 北(渡海至)高麗" 新唐書云, "百濟 (…中略…) 西界越州 南倭 皆踰海(乃至), 北高麗. (『三國遺事』, 紀異第二, 南夫餘)

백제가 영토를 접하고 있거나 마주한 나라에 대한 기술로서 『삼국사기』 백제지리지는 중국 정사의 지리지를 인용하였다. 괄호 속 글자는 이들 선행 자료와 대조하여 원초의 모습으로 보완한 것이다. 『구당서舊唐書』를 보면 왜의 위치는 '바다 건너渡海' 있다고 분명히 썼다. 『신당서新唐書』에서는 이웃나라와 바다를 사이에 두고 있는 것을 '계界'라 썼는데 왜倭의 경우는 월주越州에 준하여 생략한 뒤 '둘다皆 바다 건너踰海'라고 부

---

13 三品彰英, 『日本書紀朝鮮關係考證』 上, 天山舍, 1962, 171면; 辛鍾遠, 「三國史記 新羅上代 기사에 보이는 倭—金富軾의 對外觀과 저술의 실제」, 『한국사학사학보』 32, 2015, 118~119면.

연하여 정확성을 기하였다. 다만 『신당서新唐書』의 경우는 아래에 보듯이 원문과 차이가 난다.

史書	條項	內容
新唐書	東夷傳	百濟 (…中略…)西界越州, 南倭, 北高麗, 皆踰海乃至. 其東, 新羅也
三國史記	地理志4	新唐書云, 百濟 西界越州, 南倭, 皆踰海, 北高麗

즉 『신당서新唐書』는 북쪽의 고구려도 월주越州나 왜처럼 바다 건너 있는 듯 쓰고 있는데[14] 『삼국사기』에서는 이를 고쳐 썼다. 이처럼 『삼국사기』 찬자撰者는 앞선 자료를 인용하되 자신의 견해를 반영하였다.[15]

백제를 중심으로 왜와의 거리 및 위치에 대해서 舊・新『당서唐書』는 '도해'・'유해'라 하였다. 이들 新・舊『당서』보다 앞서는 당대의 사서에서 바다와 맞닿아 있을 경우에는 '限(大海)'을 썼다(『北史』, 『通典』). 『北史』의 경우, 신라와 (고)구려를 구분 없이 '극極'으로만 표현한 것이 문제시 되었든지 『삼국사기』에서는 (고)구려를 빼고 원문과는 별도로 "북쪽으로는 한강과 맞닿아際 있다"라고 삽입하였다.[16] 『통전通典』에서는 영토가 맞닿아 있으면 '접新羅'이라 하고, 강/바다 너머 있어서인지 고구려에 대해서는 '거高麗'라 하였다.

그러면 동이전류東夷傳類에서 나라끼리 가까이 있는 경우는 어떤 글자

---

14 『舊唐書』도 "北渡海至高麗"라 하였다.

15 '其東, 新羅也'가 『삼국사기』에 탈락되어 있음은 이미 지적된 바 있다. 三品彰英, 『三國遺事考證』 中, 塙書房, 1979, 224면.

16 한편 漢江 건너 있는 고구려에 대하여 『三國史記』 百濟本紀1, 溫祚王 卽位年條에서는 '(北)帶(漢水)'를 썼다.

를 썼을까? 변진사람들의 문신습속文身習俗을 소개하는 가운데 관련 표현
이 나온다. 『삼국지』 왜인전에는 문신 기사가 세 번이나 나오다시피[17]
문신 풍습은 왜인들의 큰 특징이다. 『후한서』 한전을 보면 "其國近倭 頗
有文身者"라[18] 하였다. 한이 왜에 가까이 있어서인지 문신文身한 이가 자
못 많았던 모양이다. 여기서는 일단 '근近'의 용례에 유의해두고자 한다.

2) 韓·倭의 境界

『三國志』韓傳은 이렇게 시작된다.

> ⑦ 韓 在帶方之南 東西以海爲限 南與倭接

—『三國志』韓傳

이어서 마한·진한·변한을 차례로 상술하므로 사료 ⑦은 삼한 전
체를 아우르는 표현이며, 그것은 곧 한반도 남반부의 동·서·남쪽 경
계에 대한 서술이다. 즉 이웃나라가 어디인지를 밝혀주는 그야말로
'대전치문大前置文'이다. 어느 정사正史 이국전異國傳이든 이 방식은 마찬
가지다. 이런 이유로 뒤에서 볼, 마한의 남쪽으로 접하는 왜(⑩)는 왜인
전 (⑨)의 그것을 가리킨다. 그렇지 않다면 아래 변진조처럼 '제이第二의

---

17 男子無大小, 皆黥面文身 (…中略…) 夏候小康之子 封於會稽, 斷髮文身, 以避蛟龍之害 (…中
略…) 文身亦以厭大魚水禽, 後稍以爲飾.

18 『삼국지』에서는 단순히 "男女近倭 亦文身"이라 하여 문맥이 잘 통하지 않는다.

왜倭'를 두든가 아니면 왜인전에서 복수複數 왜倭에 대한 어떠한 부연설명이나 변명이 있었을 것이다.

이후 남쪽 경계에 관해서는 『삼국지』(第二弁辰傳)에 한 번 더 나온다.

⑧ 瀆盧國與倭接界

—『三國志』第二弁辰傳

⑦과 ⑧의 내용이 완전히 같지는 않아도 (삼)한의 남쪽 변경과 왜와의 대치관계를 나타내는 서술인 점은 동일하다. 그렇다면 ⑧도 내용상으로는 "(瀆盧國=)弁辰南與倭接界"로 이해되는데 ⑦은 '접接'이라 하고 ⑧은 '접계接界'라 하였다. 독로국瀆盧國은 후대의 거제도 또는 동래설東萊說 어느 쪽에 따르더라도 거기는 육지의 끝이므로 독로국과 접하는 지역은 곧 바다다. '접接'의 사전적 의미는 ㉠ 붙어 있다連接·接續나 ㉡ 가깝다近接·隣接와 같이 둘 다 가능하지만 『삼국지』 동이전의 경우는 앞의 문신 기술(가깝다)에서 보았던 '근近'과 차별되므로 ㉠에 한정된다. 그렇다면 변한과 대마도·왜 사이에 바다가 놓여 있으니 '접계接界'가 정확한 표현이다. 이때의 '계界'는 중간지대이고 그 자체 하나의 경역境域을 이룬다.[19] '계界'가 바다 사이에 끼인 중간지역임은 『신당서』

---

19 '界'에 대하여 필자와 가장 가까운 해석을 한 예로는 "바다나 사막 같은 無主의 管域"(日野開三郎, 「北岸─三國志·東夷傳用語解の一」, 『日野開三郎 東洋史學論集』 9, 1984(初出1952), 432면)이라 한 예가 있다. 이 사료를 두고, "조선의 南端에 일본 영토가 있다"라고 해석하여 大韓海峽도 倭의 영토로 보기도 한다(稻葉君山, 「魏志倭人傳の瀆盧國與倭接界は如何に讀むべきか」, 『考古學雜誌』, 5-4, 1914). 한편 한국학계에서는 "그중에서 독로국은 왜와 경계를 접하고 있다"라거나(『국역중국정사조선전』, 국사편찬위원회, 1986, 53면) "接에는 連續의 뜻과 近의 뜻이 있어, 위의 경우는 '독로국은 왜와 地境이 가깝다'는 뜻으로 보아야

백제전이나 이를 옮겨 쓴『삼국사기』지리지, 백제조에서 월주와 왜 사이의 바다를 '界'라 쓴 예에서 이미 보았다.

왜인전의 대전치문大前置文을 보겠다.

⑨ 倭人在帶方東南大海之中

—『三國志』倭人傳

사료 ⑦에서 한과 '접接'한다는 왜倭나 사료 ⑧에서 독로국瀆盧國과 '접계接界'한다는 왜의 소재를 '대해지중大海之中'의 왜로 보아, 중간지역이 개재된 대안對岸으로 보는 까닭이 여기에 있다.

한편『후한서』한전韓傳의 표현을 보면 다음과 같다.

⑩ 馬韓在西, 有五十四國 其北與樂浪 南與倭接 (…中略…) 弁辰在辰韓之南, 亦十

有二國, 其南亦與倭接

—『後漢書』韓傳

마한과 낙랑이 접경한 예를 견주어 왜倭와도 접경한 것으로 이해하기 쉬우나 원문 자체가 불친절하여 오해의 소지가 많다.『후한서』는 한韓의 남쪽 영토를 마한과 변진 두 나라로 나누었기 때문에 왜가 두 번 나올 수밖에 없다.『후한서』의 이런 식 '개악改惡'에 대해서는 일찍이 아래

한다"(千寬宇,『加耶史硏究』일조각, 1991, 201면)라고 해석하는데 다소 모호한 표현이다. 선석열은 "부산의 독로국은 왜의 대마국과 대한해협을 사이에 두고 접하였다"고 해석하였다.「가야신라시기 부산지역 대왜교류의 변화와 반전」,『항도부산』29, 2012, 109면.

와 같은 평가가 있었다.

> (삼국지는) 한 전체 즉 삼한에 관한 기사인데, 후한서에서는 기사의 순서를 달리하였기 때문에 마한에 관한 기사로 둔갑하여 버렸다. 후한서의 기술이 환골탈태하고 있는 일례다.[20]
>
> 후한서에서는 지리적 위치 (…중략…) 등 내용에 대하여 배려한 흔적이 있다. 따라서 기사의 移置가 불가피하며, 삼국지 기사의 부분적 생략 즉 거두절미와 수반하여 그러한 移置가 때로는 내용을 무시하여 심한 오류를 일으킨 예가 많다.[21]

그래서인지 『후한서』 이후로는 이런 식의 모호한 표현이나 정확하지 않은 문장은 제외시켰다. 『진서』 동이전의 글은 『삼국지』 및 『후한서』의 내용을 원칙이나 요령 없이 축약하여 앞뒤 연결이 부자연스럽고 난해한 데가 많다. 아래 그 마한조를 보겠다.

⑪ 辰韓, 在帶方南, 東西以海爲限. 馬韓居山海之間, 無城郭.

—『晉書』, 馬韓

『삼국지』 및 『후한서』의 해당 기록과 두드러진 차이는 '남여왜접 南與倭接'을 제외시켰다. 아마도 어떤 정보를 입수하였거나 지리지식이 많아짐에 따라 왜와의 막연한 거리관계 표현을 바로 잡은 것으로 보인

20　전해종, 『삼국지 · 후한서 동이전 및 위략기사 대조』, 일조각, 1980, 61면.
21　전해종, 위의 책, 144면.

다. 사료 ⑥의 『북사』·『통전』에서 보듯이 『후한서』 이후 중국 사서의 동이전류東夷傳類에 이 문구가 사라진 것은 물론이다. 이러한 현상은 아래 표와 같이 한국측 역사책 『삼국사기』·『삼국유사』의 기록을 중국 사서와 비교해보아도 알 수 있듯이 고려시대 史家들은 『후한서』를 인용하여 삼한을 언급하면서도 '남여왜접'은 제외시키고 있다.

<표_1> 여러 史書의 對倭 記述

史書	條項	內容
三國志	韓	在帶方之南 東西以海爲限 南與倭接
後漢書	韓	馬韓在西, 有五十四國 其北與樂浪 南與倭接… 弁辰在辰韓之南, 亦十有二國, 其南亦與倭接
三國史記	地理志 百濟	後漢書云, 三韓凡七十八國, 百濟是其一國焉. 北史云,
三國遺事	南夫餘	百濟地理志曰, 後漢書曰 "三韓凡七十八國, 百濟是其一國焉."

지금까지 본 것처럼 (三)韓과 倭의 연결·대치 모습은 중간지대 '界'를 둔 상태이나 『삼국지』 한전韓傳에 이 글자가 없는 까닭에 오해의 빌미를 주었다.

4. '韓半島倭人說'

1) 魏志「倭人傳」의 序頭

魏志「倭人傳」은 아래와 같이 시작된다.

⑫ 倭人在帶方東南大海之中, 依山島爲國邑. 舊百餘國, 漢時有朝見者, 今使譯所通三十國. 從郡至倭, 循海岸水行, 歷韓國, 乍南乍東, 到其北岸狗邪韓國, 七千餘里. 始度一海千餘里 至對馬國

둘째 문장(밑줄 부분)은 해석의 여지가 있는데 필자 나름으로 번역해보겠다.

(대방)군에서 왜로 가는 길은, 해안을 따라 물길로 한국을 지나 남쪽으로 가다가 동쪽으로 가면 그 북안인 구야한국에 도착하는데 (모두) 7천여 리이다. 비로소 바다를 건너 천여 리를 가면 대마국에 이른다.

한국을 지났는데歷韓國 다시 한국狗邪에 이르는 것이 우선 보기에 이상하다. 그래서 구사한국狗邪韓國을 왜倭 영토로 보는 설이 있음직하다. 물론 '역歷'을 중간지점의 몇몇 한국을 통과하여 동남쪽으로 가다보면 구야한국에 이른다는 뜻으로 읽을 수 있다. 어떻든, 사료 ⑫에 대한 종래의 해석을 소개하겠다. 도엽군산稻葉君山은 말한다.

조선의 南端이 당시 일본영토인 것은 의심할 수 없다. (…中略…) 狗邪韓國 즉 金海가 倭國의 北岸이 된다는 뜻은 狗邪韓國이 日本領이라는 것이 명백하여 의심할 수가 없다. (…中略…) 任那府 창건의 시작이라고 아니할 수 없다.[22]

"왜국의(에서, 으로부터) 북쪽北岸"이라 번역해놓고는 "왜국 땅인(영토로서의) 북안"＝구사한국狗邪韓國이 되어 구사한국 자체가 '일본령'이 되고 만다. '其'를 왜로 보되 그 왜의 범위가 한반도의 구사한국까지 포함되므로 이 해석을 따르자면 구사한국 북쪽에 바다가 놓여 있어야 한다거나[23] "무엇보다도 독로국인 동래의 주변에 왜라는 세력이 개재할 공간이 없다"는[24] 반박은 정당하다. 한반도 남부를 왜 땅으로 보려는 잘못을 지적하여 천관우는 "이것은 삼국지에도 분명히 狗邪韓國·弁辰狗邪國(밑줄은 필자)이라고 나와 있어, 그러한 해석은 매우 비생산적인 개념의 혼동이 된다"라 하였다.[25]

이 문제를 타개한 연구자는 히노 가이사부로日野開三郎다.[26] 왜(대마도)의 북안北岸이 구사한국이라고 보려면 그 중간지대 즉 대한해협 건너 북쪽의 한반도 남해안을 '북안北岸'으로 보고 이때의 '안岸'은 일반적으로 육지(뭍)가 끝나는(물과 만나는) 기슭이[27] 아니라 뭍이 시작되는 지점이라고 보게 된다. 이것은 바다나 강을 항해하는 선원과, 그들의 말

22　稻葉君山, 「魏志倭人傳の瀆盧國與倭接界は如何に讀むべきか」, 『考古學雜誌』, 5-4, 1914, 243면.
23　日野開三郎, 「北岸－三國志·東夷傳用語解の一」, 『日野開三郎 東洋史學論集9』, 1984(初出 1952), 439면.
24　千寬宇, 『가야사연구』, 일조각, 1991, 67면.
25　千寬宇, 위의 책, 202면.
26　日野開三郎, 앞의 글.
27　바다나 강 따위의 물과 닿아 있는 땅.

을 듣고 옮긴 상인이나 사신의 입장에서 볼 때 있을 수 있는 표현으로서 "상식과 통념에는 어긋나는" 것이라고 한다. 히노 가이사부로日野開三郞는 안岸의 기준을 바다로 보았고, 그 대안이 구사한국이라고 해석하였다. 이 바다는 한·왜 어디에도 속하지 않는 중간지대 관역으로 보았다. '기其'와 '북안北岸'을 모두 살리는(有意味한 글자로 보는) 탁설卓說이라 할 수도 있겠지만 撰者 陳壽가 과연 그렇게 분절적·논리적으로 썼는지 알 수 없다.

일본학자들은 동이전 문장의 불비·모순에 대해 의외로 관대하며 어떻게든 순리적으로 우호적으로 해석하고 있지만 야마오山尾幸久는 여기에 새로운 문제를 제기하였다.

결국 진수는 한지를 조선반도나 거제도로 한정시켜 <u>조선해협을 왜지라</u> 보고 '水陸의 접촉선'인 '岸'(日野開三郞의 〈北岸〉, 1952)을 '狗邪韓의 南岸'='倭의 北岸'이라 하고 있다. '其北岸' 세 글자는 진수가 덧붙인 고증적·주석적 기사이고, 제일차 사료에는 있을 리가 없다.[28]

한·왜 사이에 끼인 대한해협까지를 왜지라고 이해하였으며, 연문도 끼어 원문 자체가 잘못되었다고 지적하였다. 한과 왜의 중간지대인 해협을 왜 영토라 선언한 것은 차치하고, '其北岸'이 주석이라는 그의 주장도 달리 방증할 자료가 없다. 이후 히노 가이사부로日野開三郞의 해석은 그대로 지지를 받고 있다.[29] 결국 야마오山尾幸久 자신도 토로한 바 어환

---

28 山尾幸久, 「魏志東夷傳」, 講談社, 1972, 217면. 같은 책 74면에도 동일한 내용이 있다.
29 田中俊明, 「魏志 東夷傳の韓人と倭人」, 『古代を考える、日本と朝鮮』武田幸男 編, 19면, 吉川

魚豢・진수陳壽 등의 한반도 삼국에 대한 지리 지식은 매우 빈약하다.[30]

몇 글자, 혹은 불과 한 줄에 그치는 기술을 두고 나온 해석은 가능한 모든 논리와 해명 그리고 현대 역사학자의 입장이 진열되어 있다 해도 지나친 말이 아니다. 그 원인은 전적으로 믿기도 어렵고, 때로는 문장 자체도 평이하지 않은 데 있다. 삼국지 편찬체제의 특징은 완전히 통합하여 동이전을 서술한 것도 아니며, 또한 각기 독립시켜서 서술한 것도 아니기 때문에 이런 현상이 나타난다고 한다.[31] 그래서 "동이전의 찬수태도는 매우 안이하고 (…중략…) 따라서 두찬杜撰에 속하는 것이라고 평할 수밖에 없다"는[32] 평가를 받고 있다. 달리 표현하면, "삼국지의 원 자료로 알려진 위략을 요약/정리하여 새로운 문장으로 개변改變시키면서 내용이 모순되거나 문장이 연결되지 않는 경우가 지적되고 있다."[33]

서영대는 부여・고구려전이 관구검의 침입 때 알려진 생생한 지식을 토대로 한 것임에 비해 한전의 경우는 군현을 통해 간헐적으로 알려진 내용으로서 생동감이 적고 오래된 지식에 기초한 것이라고 한다. 그뿐 아니라 단편적인 기사마저도 여기저기 산재되어 있어 어디서부터 어디까지가 관련기사인지 애매한 때가 있다고 하였다.[34] 삼국지 한조韓條의 성곽・성책의 유무에 대한 헛갈리는 기사 등에 대해서는 현

弘文館, 2005.

30 山尾幸久, 앞의 책, 84면.

31 전해종, 앞의 책, 55면.

32 위의 책, 142면

33 김경호, 「총론―삼국지 동이전의 세계」, 권인한 엮음, 『삼국지 동이전의 세계』, 성균관대 출판부, 2013, 30~31면.

34 서영대, 「한국종교사 자료로서의 삼국지 동이전」, 『한국학연구』 3, 인하대 한국학연구소, 1991, 12면, 15면.

재의 고고학적 지식을 원용하더라도 삼국지 기사는 완전히 해결되지 못한 문제가 여전히 남아 있다고 한다.[35] 수레의 확인은 더욱 극적이다. 1997년에 광주광역시 신창동에서 출토된 수레바퀴와 가로걸이대는 처음엔 의례용 목기로만 여겨졌다가 유물정리 과정에서 밝혀진 것이다. 이는 "마한인은 (…중략…) 소나 말을 탈 줄 모른다馬韓人 (…中略…) 不知騎乘牛馬. 진한은 소와 말을 타고 부릴 줄 알았다辰韓 (…中略…) 乘駕牛馬"는 후한서 동이전 한조의 기록이 틀렸음을 확인시켜주었다.

2) 井上秀雄의 說

왜의 연원에 대해서 많은 연구를 한 이노우에 히데오井上秀雄는 중국 사료까지 종합하여 다음과 같이 결론 내렸다.

> 倭가 地域名으로 한정되는 것은 나중의 일로서, (중국) 삼국시대에는 江南地方・內蒙古東部・南朝鮮・'日本列島의 倭' 등 4個所가 되었다. 이것은 騎馬民族의 이동설로 파악될 수도 있는데 사료상으로는 同時竝列로 나온다. 倭가 완전한 민족이름으로 사용되는 시기는 唐代에 와서부터이다.[36]

---

35 권오영, 「삼국지 동이전 한조의 고고학」, 권인한 엮음, 『삼국지 동이전의 세계』, 성균관대 출판부, 2013, 239면.

36 井上秀雄, 「三國遺事와 日本關係─倭・日本의 地理的 位置를 중심으로」, 앞의 책, 1987, 130면; 「倭人のふるさと考」, 『倭・倭人・倭國』, 人文書院, 1991, 88면.

왜족倭族의 이동을 근래에는 쌀稻作문화의 전파로 설명하지만 결론은 큰 차이가 없다.[37] 그 가운데는, 양자강 하류의 여러 월국越國도 왜족으로서 월越과 왜의 상고음上古音은 '오(wo)'로서 서로 통한다는[38] 등 흥미로운 연구도 있다. 하지만 필자 같은 문외한으로서는 이해의 한계가 있으며, 논자에 따라서는 종족이름이 같다는 데 그리 의미를 두지 않는 이도 있다.[39] 고대 왜의 외연을 넓혀 본 이노우에 히데오井上秀雄는 한일고대사 속의 왜에 대하여 다음과 같이 말한다.

『魏志』의 編者가 생각하고 있는 倭의 지리적 위치는 두 가지가 있는데, 하나는 한반도 남단부이고, 이와는 전혀 사료계통이 다른 것이 倭人傳에서 말하는 海島의 倭다.[40]

금방 짐작하겠지만 위지魏志에서 말하는 한반도 남단부의 왜란 사료 ⑦"韓 在帶方之南 東西以海爲限 南與倭接"과 ⑧"瀆盧國與倭接界"를 말한다. 두 사료에 나오는 글자 '접接'을 해석하는데 그는 같은 용례로서 韓傳보다 앞서 나오는 나라 위치에 대한 서술을 든다. "夫餘 (…中略…) 西

37　野口赫宙, 『韓と倭－天孫民族はどこから來たか』, 講談社, 1977, 32~40면; 杉本憲司, 「倭人の原流を探る－吳越文化と倭人傳」, 『倭人傳を讀む』(森浩一 編), 中公新書, 1982, 74면.
　　鳥越憲三郎, 『古代朝鮮と倭族－神話解讀と現地踏查』, 中央公論社, 1992, 12~13면.
　　小林敏男, 「中國文明と漢字の傳來」, 『日本國號の歷史』, 吉川弘文館, 2010, 25면.
38　『삼국지』 동이전 왜인의 언어에서 南楚나 古越語가 보인다는 연구가 있다. 모리 히로미치, 「三國志 東夷傳의 倭人條와 야요이 시대의 언어」, 권인한 엮음, 『삼국지 동이전의 세계』, 성균관대 출판부, 2013, 145~147면.
39　천관우, "이 연결은 증명도 되지 않고 있으며, 중국대륙의 倭는 명칭이 우연히 같은 것일 뿐 일본의 倭와는 구별되는 것이라고도 한다", 『가야사연구』, 203면.
40　井上秀雄, 김동욱 외역, 『古代韓國史』, 일신사, 1975, 61~62면.

與鮮卑接”・“高句麗 (…中略…) 北與夫餘接”의 ‘接’은 ‘영토가 붙은[地續]’ 경우이므로 “같은 기재방법을 쓸 경우 문자가 같으면 그 해석도 같아야 하는 것이 문자사용법의 기본”이라고 하여 한반도 남부에서 한[韓]과 영토가 붙은 왜를 방증하였다.[41] 그리고 자신의 韓半島倭人說을 확인・보강하는 자료로서『삼국유사』의 사료 ③ “羅人云: 北有靺鞨, 南有倭人, 西有百濟, 是國之害也”를 들었다.[42]

필자는 다음과 같은 이유로 이노우에 히데오[井上秀雄]의 주장에 수긍할 수 없다. 첫째, 사료 ⑦의 스케일은 한반도의 동・서를 말하는 동해와 서해이므로 남쪽으로 접하는 대상도 최소한 남해 정도를 두고 생각하는 것이 옳을 것이다. ‘접[接]’ 용례의 비교는 선비・고구려・부여 상호간의 경우보다는 오히려 ⑧ 독로국[瀆盧國]의 예를 참고하는 편이 맞다고 본다. 앞에서 검토하였듯이 ⑦도 실은 ‘계[界]’가 빠진 부주의한 서술이라고[43] 볼 때 한[韓]・독로국[瀆盧國]과 왜는 엄연히 바다를 사이에 두고 떨어져 있는 한반도와 일본열도로 각각 존재한다. 둘째, ⑧의 ‘접계[接界]’에서 이노우에 히데오[井上秀雄]는 ‘계’를 뭍=육지인 ‘경역’이라는 고정관념에 빠져 있는데, 왜와의 관계이므로 ‘바다 영역’도 한번쯤 고려해보았어야 했는데 그러지 못했다. 셋째, 사료⑦・⑧이 말하는 삼한시대=『삼국지』시대와 사료 ③의 新羅・『麗・濟의 한반도 삼국시대는 시대차가 있으며, 정확히 말하면 사료⑦・⑧이 말하는 ‘남’은 (三)韓의 남쪽인데 반해 ③의 경우는 신라의 남쪽나라이므로 같은 ‘왜’라 하더라도

---

41 井上秀雄,「中國文獻朝鮮・韓・倭」,『任那日本府と倭』, 寧樂社, 1978, 320면.
42 위의 책, 145면.
43 木下도 사료 ⑦도 ⑧이 같은 방식으로 읽어야 하므로 이 사료가 한반도 남부에 왜인이 살았다는 근거가 되지 않는다고 하였다.『魏志倭人傳』, 218면.

그 실체 / 내용을 검토해보아야 했다. 넷째, 한·왜의 국경이나 거리를 논할 때 빠뜨릴 수 없는 「왜인전」의 자료 "도기북안구사한국到其北岸狗邪韓國"을 참작하지 않았다.[44]

이노우에 히데오井上秀雄는 자신의 주장을 방증하려고 황룡사구층탑조를 원용했으나 전혀 텍스트가 다른 것이다. 신라인들이 말하는 왜는 자신들의 남쪽에 있는 가야나 그 아류 / 주변인을 뜻한다. 이렇게 두 왜를 설정하고 이해한다고 하여 모순되는 것은 아니다. '왜(人)'들 자신이 스스로를 정의한 것이 아니라 『삼국지』 동이전이나 『삼국유사』에 나오는 왜는 중국인이나 신라·고려인들이 이해하고 불렀던 타칭이므로 다수의 왜(人)가 있을 수 있다. 마지막으로 덧붙이고자 한다. 선석열은 앞글에서, 부산지역의 왜계 유물은 왜인이 왕래·거주한 사실을 증명한다고 하였다. 이런 현상은 기원전 2~1세기의 경상남도 사천시 늑도 유물에서도 보이고 있다.[45] 하지만 이런 교류·거주의 흔적과 왜계 나라의 존재와는 차원이 다른 문제라고 생각한다.

---

44 우연인지는 몰라도 井上秀雄가 魏志倭人傳(사료 ⑫)을 인용하면서 이 부분이 제외되었다. 즉 "從郡至倭, 循海岸水行 (…中略…) 其餘旁國"이라고 적었다. 「中國文獻朝鮮·韓·倭」, 『任那日本府と倭』, 寧樂社, 1978, 318면.

45 국립진주박물관, 『국제무역항 늑도와 하루노쓰지』, 국립진주박물관, 2016.

5. 맺음말

고려후기에 쓰여진 『삼국유사』에는 삼국의 역사를 기술하면서도 저술 당대의 인식이나 표현이 얼마간 들어 있다. 이 책 「塔像篇」에 실린 '금관성파사석탑金官城婆娑石塔'은 가야가 '남왜'를 진압하려고 세웠다고 한다. 하지만, 앞선 자료인 「가락국기」에는 왕비의 명복을 빌기 위해서 지었다고 적혀 있다. 고려말 왜구에 대한 경계의식을 가야의 사탑을 빌어 표현하였는데, 가야 '남쪽의 왜'는 곧 일본열도의 그것을 가리킨다.

국방의식에 대한 신라인들의 상투어는 "北有(혹은 連) 靺鞨, 南有(혹은 接)倭人"이다. 북쪽나라 고구려를 낮추어 '말갈'이라 칭하였다. 남쪽에 있는 왜(人) 또한 신라를 침범하는 적국으로서 서로 영토를 '접接'하여 있다고 표현하였으므로 바다 건너 있는 일본열도를 가리키는 것은 아니다. 이에 삼국시대 한반도 남부에 존재했던 또 하나의 나라 가야를 신라인들이 왜라고 낮추어 부른 것을 알 수 있고, 신라의 남쪽 이적이라는 점에서 가야인 또한 섬나라 왜인과 다를 바 없다고 여겼기 때문일 것이다.

신라시대에 널리 유행하던 말 '남(쪽의) 왜'를 한반도의 왜인으로 오해하기 쉽듯이, 중국사서의 「동이전東夷傳」에도 일본열도의 왜와는 별도의 왜인이 한반도에 살고 있었다는 식으로 읽힐 수 있는 문장이 있다. 『삼국지』 한전의 "韓, 在帶方之南. 東西以海爲限, 南與倭接"나 第二弁辰傳의 "瀆盧國與倭接界"가 그것이다. 한반도 왜인론자들은 앞 사료의 (三)韓·瀆盧國과 倭사이에 바다가 개재된 것을 인정하지 않았다. 하지

만『삼국지』「동이전東夷傳」의 여타 기사를 참고하면 '접계接界'는 분명
히 바다라는 중간지대가 있을 때 쓰는 표현이다. 다만 '南與倭接'의 경
우는 생략 또는 부주의한 표현에 불과하다. 이런 오해의 원인은『삼국
지』동이전의 기술이 원래 단편적이며, 전체적으로 체계나 원칙이 없
는 데서 비롯되었다.

홍미로운 사실은 이렇게 오해의 소지가 있는 문구를『삼국사기』의
「백제지리지」에서는 아예 빼든가 아니면 문구文句의 순서를 바꾸어 개
선하였다는 점이다.『삼국사기』찬술자 김부식, 나아가서 신라인들은
『삼국지』나『후한서』의 기록이 모호하고 부정확하다는 것을 잘 알고 있
었다. 마찬가지로 그들이 일본열도의 '왜'와 같은 이름으로 가야를 칭했
다 해서, 두 대상을 구분하지 못했을 리는 없다. 그들은 '가야＝왜'와 국
경을 맞대고 있기 때문이다. 다만 신라인들에게 그러한 구분이 별다른
의미가 없고, 어차피 '남쪽의 주변인九韓'일 뿐이었을 것이다. 결론적으로
인국명隣國名이나 이종족명異種族名은 타자의 판단과 이해관계에 크게 좌
우된다고 하겠다.

要旨

『三國遺事』に引用された'南(-)倭(-)'について

辛鍾遠

　韓国古代史資料に見られる'倭'とは、意外に曖昧であり、その意味が多層的・多元的である。『三国遺事』には、倭に関連する記事が十余個あり、'倭'の用例は三十回に及ぶ。この中で事件や逸話ではなく、専ら倭国を指し示す場合には'南倭'とし、方向を表示している。新羅を中心として指し示したものであり、この様な史料は数え方によっては二、三個存在する。本稿は、この南倭の実態を明らかにすることが目的である。この外にも『三国遺事』には『三国史記』の百済地理志を引用しているが、ここには百済を中心に倭へ行く方向や距離を書き入れている。しかし、その内容を見ると中国史書の地理志を引用したものであり、結局、南倭を理解するには、これら『三国史記』及び中国側の記事を併せて参考にしなければならない。

　高麗後期に書かれた『三国遺事』には、三国の歴史を記述しながらも、著述当代の認識や表現がいくらか含まれている。この書の塔像篇に収められている「金官城婆娑石塔」條には、伽耶が'南倭'を鎮圧するためにこの塔が建てられたとあるが、この記事の原典といえる『三国遺事』の「駕洛国記」條には、王妃の冥福を祈るために建てられたと記されている。高麗末倭寇に対する警戒意識を、伽耶の寺塔を借りて表現したのであるが、伽耶から'南方の倭'とは即ち日本列島を指し示す。

　国防意識に対する新羅人たちの常套語は、"北有(或は'連')靺鞨、南有(或は'接')倭人"である。北方の国、高句麗を見下して'靺鞨'と称した。南方にいる倭(人)もまた、新羅を侵犯する敵国として互いに領土を接していると表現し、海を挟んだ日本列島を示すものではない。ここに三国時代の韓半島南部に存在したもう一つの国である伽耶を、新羅人たちが倭と見下して呼んだことが分かり、新羅の南方夷狄という点において、伽耶人もまた島国倭人と違いがないと考えたためであろう。

　新羅時代に広く流行した言葉「南(方の)倭」を韓半島の倭と誤解しやすいのと同様、中国史書の東夷伝には、日本列島の倭とは別途の倭人が韓半島に暮らしていたという様に読める文章がある。『三国志』韓伝の"韓、在帯方之南。東西以海爲限、南與倭接"や、第二弁辰伝の"瀆盧國與倭接界"がそれにあたる。'韓半島倭人'論者たちは、前者の史料の(三)韓と瀆盧國の間に、海が介在することを認めなかった。しかし、『三国志』東夷伝のその他の記事を参照すると、'接界'は明らかに海という中間地帯がある場合に使う表現である。ただ、'南與倭接'の場合は省略、もしくは不注意な表現に過ぎない。この様な誤解の原因は、『三国志』東夷伝の記述がもともと断片的であり、全体的に体系や原則が無いところから始まった。

　興味深い事実に、この様な誤解の余地がある文句を、『三国史記』の百済地理志では初めから取り除く、もしくは文句の順序を変えて改善したという点がある。『三国史記』撰述者である金富軾、ひいては新羅人たちは『三国志』や『後漢書』の記録が曖昧で、不正確であるということをよく知ていた。同様に、それらが日本列島の'倭'と同じ名前で伽耶を称したとして、二つの対象を区分できなかったはずはない。彼らは伽耶＝倭と国境

を、照らし合わせているためである。ただ、新羅人たちにその様な区分は
さほど意味がなく、いずれにせよ'南方の周辺人(九韓)'であるのみだっただ
ろう。結論として、隣国名や異種族名は他者の認識と利害関係に大きく左
右されると言える。

참고
문헌

자료

『三國史記』, 『三國遺事』

『三國志』, 『後漢書』, 『新唐書』, 『舊唐書』, 『北史』, 『南齊書』, 『通典』

논문

권오영, 「삼국지 동이전 한조의 고고학」, 권인한 엮음, 『삼국지 동이전의 세계』, 성균관
      대 출판부, 2013.

김경호, 「총론―삼국지 동이전의 세계」, 권인한 엮음, 『삼국지 동이전의 세계』, 성균관
      대 출판부, 2013.

백승충, 「문헌에서 본 가야 삼국과 倭」, 『한국민족문화』 12, 부산대 한국민족문화연구
      소, 1998.

선석열, 「가야·신라시기 부산지역 대왜교류의 변화와 반전」, 『항도부산』 29, 부산광
      역시 시사편찬위원회, 2013.

서영대, 「한국종교사 자료로서의 삼국지 동이전」, 『한국학연구』 3, 인하대 한국학연구
      소, 1991.

辛鍾遠, 「慈藏과 中古時代 社會의 思想的 課題」, 『新羅初期佛教史研究』, 民族社, 1992.

_____, 「大王岩」, 『韓國 大王信仰의 歷史와 現場』, 一志社, 2008.

_____, 「三國史記 新羅上代 기사에 보이는 倭―金富軾의 對外觀과 저술의 실제」, 『韓國
      史學史學報』 32, 한국사학사학회, 2015.

稻葉君山, 「魏志倭人傳の瀆盧國與倭接界は如何に讀むべきか」, 『考古學雜誌』 5-4, 1914.

모리 히로미치, 「三國志 東夷傳의 倭人條와 야요이 시대의 언어」, 권인한 엮음, 『삼국지
      동이전의 세계』, 성균관대 출판부, 2013.

木村誠, 「三國遺事에 보이는 倭와 日本에 대하여」, 『一然과 三國遺事』, 신서원, 2007.

木下禮仁, 「三國遺事にみえる倭關係記事」, 『日本書紀と古代朝鮮』, 塙書房, 1993.

杉本憲司, 「倭人の原流を探る―吳越文化と倭人傳」, 『倭人傳を読む』 森浩一 편, 中公新書,

1982.

小林敏男,「中國文明と漢字の傳來」,『日本國號의 歷史』, 吉川弘文館, 2010.

日野開三郎,「北岸—三國志・東夷傳用語解の一」,『日野開三郎 東洋史學論集』9, 初出
　　　1952, 1984.

田中俊明,「魏志 東夷傳の韓人と倭人」,『古代を考える、日本と朝鮮』武田幸男 編, 吉川弘
　　　文館, 2005.

井上秀雄,「中國文獻朝鮮・韓・倭」,『任那日本府と倭』, 寧樂社, 1978.

______,「三國遺事와 日本關係—倭・日本의 地理的 位置를 중심으로」,『任那日本府と
　　　倭』, 寧樂社, 1978.

______,「三國遺事와 日本關係—倭・日本의 地理的 位置를 중심으로」,『三國遺事의 綜
　　　合的 檢討』, 韓國精神文化研究院, 1987.

______,「倭人のふるさと考」,『倭・倭人・倭國』, 人文書院, 1991.

단행본

姜吉云,『한일 고대 관계사의 쟁점』2판, 한국문화사, 2011.

姜仁求 외,『譯註 三國遺事』Ⅲ, 韓國精神文化研究院, 2002.

國史編纂委員會 편,『국역 中國正史朝鮮傳』, 1986.

리상호,『국역 삼국유사』중판, 신서원, 1990.

李丙燾,『譯註幷原文 三國遺事』, 廣曺出版社, 1976.

全海宗,『東夷傳의 文獻的研究』, 一潮閣, 1980.

정효운,『古代 韓日 政治交涉史 研究』, 學研文化社, 1995.

千寬宇,『加耶史研究』, 一潮閣, 1991.

山尾幸久,『魏志東夷傳』, 講談社, 1972.

三品彰英,『三國遺事考證, 中』, 塙書房, 1979.

野口赫宙,『韓と倭 – 天孫民族はどこから來たか』, 講談社, 1977.

井上秀雄(金東旭 외 共譯),『古代韓國史』, 日新社, 1975.

鳥越憲三郎,『古代朝鮮と倭族 – 神話解讀と現地踏査』, 中央公論社 1992

佐伯有淸,『三國史記倭人傳 他六篇』, 岩波文庫, 1988.

村上四男,『三國遺事考證』下之一, 塙書房, 1994.

『일본서기』 속 임나

임나라는 국호에 대해

김정희

1. 들어가며

『일본서기』 속에서는 임나 국호에 대해 숭신 천황의 이름을 따서 임나(미마나)가 되었다고 말한다. 그에 대해 현재 학계에서는 임나(미마나)가 숭신의 이름에 영향을 끼쳤다고 하여, 그 뜻은 아유카이후사노신鮎貝房之進『조선국명고朝鮮國名考』[1] 이래의 설, 즉 군주의 나라라는 설이 널리 지지를 얻고 있다. 하지만 이들 논의는『일본서기』 속에서는 얻어낼 수 없는 이야기이다.

임나에 대해서는 질을 달리 하는 임나일본부설에 이끌려 지금까지

---

[1]　鮎貝房之進,『朝鮮國名号』, 國書刊行會, 1931, 19~32면.

임나 그 자체에 대한 연구가 소홀히 되어 왔다고 말하지 않을 수 없다. 게다가 '허구'로서 취급하여 상기 국호의 문제에 주목하여 『일본서기』 전체가 구축한 세계 속에서 임나를 보려고 하는 논저는 보이지 않는다. 본고는 왜 『일본서기』가 다른 한반도 국가들의 국호가 아니라 임나 국호만을 골라 그 유래를 다루었는지, 『일본서기』는 임나의 국호를 통해 무엇을 말하려고 하는지를 밝히는 것으로, 역사적 사실여부를 논하려고 하는 것이 아님을 말해 둔다.

2. 임나 국호를 둘러싼 논의

1) 제설

『일본서기』 속에서 임나의 모습은 다른 한반도 국가들과는 다르다. 먼저, 임나 기사 시작 부분에 주목해 보자. 고려(『일본서기』 속에서는 고구려를 '고려'로 표기하므로 여기에서도 '고구려'를 '고려'로 표기하도록 한다)와 백제는 신공황후 신라정벌 때(14대 중애천황), 신라는 신대神代 일서一書를 제외하면, 임나와의 관련 속에서 수인 천황대(11대 천황)에, 임나는 그에 앞서 숭신천황대(10대 천황)에 각각 그 최초의 용례를 싣는다. 임나는 다른 한반도 국가들에 앞서 최초의 조공국으로 기록되고, 유일하게 국호의 유래에 대해 기록하고 있다. 그것은 무엇을 의미하는 것일까?

그럼, 임나 국호와 관련하여 다음 기사를 들어 보자.

23년 봄 정월에 신라, 임나의 관가官家, 미야케 를 무너뜨렸다. 어떤 책에서는 21년에 임나가 멸망했다고 한다. 통틀어서 말하면 임나라고 하고, 나눠 말하면 가라국加羅國 · 안라국安羅國 · 사이기국斯二岐國 · 다라국多羅國 · 졸마국卒麻國 · 고차국古嵯國 · 자타국子他國 · 산반하국散半下國 · 걸손국乞湌國 · 임례국稔礼國, 모두 열 나라이다(흠명 23년 정월).

임나국, 소나갈질지蘇那曷叱知를 파견하여 조공하였다. 임나는 축자국筑紫國을 떠나 2천여리, 북으로 바다를 사이에 두고 계림鷄林의 서남에 있다.(숭신 65년 7월).

그 두 나라의 원한이 이 때 처음으로 생겼다. 어떤 책에서 말하길, 어간성御間城, 미마키 천황대에 이마에 뿔이 있는 사람, (···중략···) "의부가라국意富加羅國 왕의 아들, 이름은 도노아아라사등都怒我阿羅斯等 (···중략···) 일본국에 성황聖皇이 있다고 전해 듣고 귀화歸化하였다." (···중략···) 천황, 아아라사등我阿羅斯等에게 말하길, "네가 길을 헤매지 않고 빨리 왔더라면 선황先皇을 만나고 섬길 수 있었을 것이다. 그러니 너희 본국의 이름을 고쳐 어간성御間城, 미마키 천황의 이름을 따 너희 나라 국명으로 삼아라." (···중략···) 이로서 그 나라 이름을 미마나국彌摩那國이라 하였고 이것이 유래가 된 것이다(수인 2년 그 해).

먼저, 『일본서기』 속에서의 임나란 반드시 가라국加羅國 · 안라국安羅

國등 10개국의 총칭으로 사용되어지는 것은 아니지만(예컨대, 흠명천황 5년 3월조에는 임나가 안라의 하위에 있는 나라로 보인다) 본고에서는 논의의 편의상, 임나라고 하면 상기 총칭으로 사용하고 있음을 밝혀 둔다.

‘임나’는 신라(계림)의 서남쪽에 있는 나라로, ‘고려’, ‘백제’, ‘신라’가 신공황후의 신라정벌 때 처음으로 일본에 조공한다고 기록하는 것과는 달리, 숭신(미마키)천황 때부터 일본에 조공한 나라라고 기록된다. 수인 천황 때 신라와 임나 사이의 원한을 말하면서 일설로서 임나 국호에 대해 숭신천황의 이름인 미마키를 따서 ‘미마나彌摩那국’이 되었다고 그 유래담을 전하고 있다. 임나 국호 문제에 대해 아유카이후사노신 『조선국명고』[2]에서는 임(군주의 뜻 : 님)＋나(‘국가’라는 뜻의 ‘야’로부터의 변이음 ‘나’), 즉 군주국·천황국의 뜻으로, 남가라(南加羅)가 일본에 조공하고 나서부터의 명칭이라고 말한다.[3]

또한, 『일본서기 한국관계기사연구』I[4]에서는 임나(im-na)가 일본어음의 ‘미마-나(mima-na)’라고 발음되는 것에 대해 받침을 허용하지 않는 일본어 구조에 맞추기 위해 ‘im-na’가 ‘imu-na’(u모음 첨가), ‘ima-na’(a모음 동화), ‘mimana’(m자음동화)의 단계를 거쳐 ‘미마나’라고 불리게 되었다고 하고, 고령가야인 ‘미오야마국’이나 금관가야인 ‘임해臨海’에서 온 명칭일 거라고 추측한다.

---

2 鮎貝房之進, 『朝鮮國名号』, 國書刊行會, 1931, 19~32면.
3 한편, 김인배·김문배, 『임나신론』에서는 원래 있었던 임나라는 국호가 미마키 천황의 이름에 영향을 끼쳤다고 하며, 미마나라는 음은 한국의 고대음 ‘죠곰마나 나라’(미(죠곰)＋마＋나＋국), 즉 ‘소국’을 한자 차용으로 표기했다고 해석하고 있다(김인배·김문배, 『임나신론』, 고려원, 1995, 249~257면).
4 김현구·우재병·박현숙·이재석, 『일본서기 한국관계기사의 연구』I, 일지사, 2002, 33~34면.

여기서 고대어인 언어학적 변이를 파고들 생각도 없고, '미마키'에서 '미마나'로, '미마나'에서 '미마키'에로 그 영향관계를 물을 생각도 없다. 문제는 『일본서기』의 편찬자가 '키'와 '나'의 차이에도 불구하고, 임나 국호와 미마키御間城 천황의 이름을 결부시키려고 했다는 점이다.

상기의 이야기에 의하면 미마御間＋키城 ↪ 군주(임 : 미마彌摩)＋나라 (나 : 那)라는 이야기가 되는데 이것은 『일본서기』속에서 설명될 수 있는 것이 아니다. '키城'와 '나那'는 발음도 다르지만 한자로서도 『일본서기』속에서 '키城' '나那', '나라國'의 어느 것도 서로 통용되는 예는 없고, '나那'가 '땅地'의 뜻으로서 사용되는 경우도 없다. 또한, 『일본서기』에서는 '임나국任那國'으로 기록되어 있으므로 '那'가 '國'의 의미라고 하면 '國＋國'으로 중복되어 버린다. 즉, 임나가 군주의 나라라는 것은 원래의 임나 어원설명은 되더라도 『일본서기』가 말하려고 하는 임나 국호의 유래는 되지 않는다는 것이다.

그럼, 다음으로 임나가 천황의 이름을 따른다는 것에 대한 의미를 살펴보기로 하자.

2) 천황의 이름을 딴다는 것—미야케 · 나시로名代

여기서 상기되는 것이 『고사기』 속에 있는 '미나시로御名代(고대에 천황 황후 황자등의 이름을 후세에 전하기 위해 그 이름을 따서 둔 황실의 사유민)'이다. 『고사기』에서는 예컨대 청녕천황(시라카노오야마토네코노미코토, 白髮大倭根子命)의 이름을 따서 시가카베白髮部를 두었다고 하는 용례가 여기저기 보인다. 한편, 『일본서기』에는 '미나시로御名代'라는 명칭은 없지만 같은 것이라 판단되는 '미나이리베御名入部' 등 몇 개의 관련기사가 보인다.

천황이 말씀하시길, "예로부터 천황의 시대마다 그 이름을 딴 백성을 두어 이름을 후세에 알렸다"(효덕천황 대화 원년 9월).

"황자 등 개인이 소유한 미나이리베御名入部, 황조대형의 미나이리베御名入部 (…중략…) 및 그 미야케屯倉를 또한 예전과 같이 둘 것인가 말 것인가"라고 물으셨다. 신이 삼가 이 말씀을 듣고 "하늘에 두 개의 태양이 없고 나라에 두 명의 왕이 있을 수 없습니다. 그러므로 천하를 통일하여 만민万民을 부릴 수 있는 것은 오직 천황뿐입니다. (…중략…) 그러므로 이리베入部 524명과 미야케屯倉 181개소를 헌상합니다"라고 대답하였다(효덕천황 대화 2년 3월).

"짐은 네 명의 처를 들였으나 지금까지 후사가 없다. 만대 후에는 짐의 이름이 끊길 것이다." (…중략…) 오토모노오무라지카나무라大伴大連金村가 아뢰길, " (…중략…) 무릇 우리나라에서 천하의 왕이 된 분은 후사가 있고 없음에 관계없이 반드시 어떤 것으로 이름을 남기고 있습니다. 청하건대 황후와 다음 비妃를 위해 미야케屯倉의 땅을 정하여 후대에 남게 하여 전대의 흔적을 나타내도록 하십시오"(안한천황 원년 10월).

통설에 의하면 '미나시로(미나이리베)'는 천황이 정한, 천황·황족에 생활물자를 공납하는 농민[5]이라고 하는데, 효덕천황대에서는 황족 개인에 속한 사민私民으로서의 미나이리베가 놓여진 목적을 천황의 이름을 세상에 전하기 위해서라고 말한다. 또한, 천하의 백성을 노역하게 하는 것은 천황뿐이라고 하며, 나카노오에中大兄 황자는 자신의 사민(미나이리베, 御名入部)[6] · 개인 소유지인 미야케屯倉를 천황에게 바친다고 한다. 이는 대화개신 때의 천황에의 권력집중 모습을 보여준다고 파악할 수 있는 부분이기도 하지만, 여기서 혼이덴키쿠시本位田菊士 씨[7]는 이 천황의 이름을 딴 미나시로를 '어원적으로 천하가 천황의 소유물이며 또한 그러해야 한다고 하는 관념에 기초한 것'이라고 지적하고 있다. 그의 지적은 안한 천황 원년의, 천하의 왕은 무언가에 의해 이름을 세상에 전한다는 기사나, 같은 해 12월의 '솔토지하率土之下' '보천지상普天之上'이라는 왕의 영역에 천황의 이름이 널리 퍼진다는 기사 등에서도 추측할 수 있다.

『일본서기통석』[8]에서는 상기의 '미야케屯倉'에 대해 그 어원을 조정에서 찾으며, 조정의 땅에서 나온 곡물 보존고가 미야케라고 말한다. 『일본서기』에는 각지에 많은 미야케를 설치했다고 하는 기사나 '미야케의 조세(안한천황 2년 9월)'에 대한 기사, '미야케의 곡물(선화천황 원년 5월)'에 대한 기사, 인덕 즉위 전기에 왜의 미야케와 병기되어 있는 둔전屯田에 대해 천하를 다스리는 자가 아니라면 그것을 관리할 수 없다는 기사가 있으므로, 통설적 이해[9]로서 미야케 설치가 왕권의 토지 소유를

---

5   平野邦雄, 「大化前代の社會構造」, 『日本歷史 古代』 2, 岩波書店, 1962, 104면.

6   『記』의 미나시로御名代도 『紀』의 미나이리베御名入部도 모두 황족에 붙는 것으로 기록된다.

7   本位田菊士, 「子代と御名代と屯倉ー大化前代における「公地・公民」の槪念と實態ー」, 『日本史研究』, 日本史研究會, 1985, 74면.

8   飯田武鄕, 『日本書紀通釋 第三』, 東京印刷株式會社, 1909, 1528면.

토대로 한 지방 지배 체제를 의미하고 있다고 봐도 좋을 것이다.

즉, 천황 이름을 딴 '베部'란 천황에 속하는 백성으로 미야케를 통해 황실에 대한 공납을 담당하고 있었다는 것인데, 임나라는 국호가 천황의 이름을 딴다는 것도 같은 맥락에서 생각할 수 있겠다. 즉, 천황의 이름을 딴 임나가 미야케官家(『일본서기』 안에서는 관가, 둔창 모두 미야케로 발음)를 통해 천황에의 공납을 행하고 있다는 것이다.

그럼, 다음 기사는 어떻게 받아들여야 하나.

- 임나 일본의 현읍에 있는 백제의 백성(계체 천황 3년 2월):
  사신을 보내어 일본의 현읍에 있는 백제의 백성중 호적에 누락되어
  3·4대가 지난 사람들을 백제로 옮겨 호적에 넣는다.
- 우리 미야케官家, 우리 백성, 우리 인민, 우리 군현(흠명 천황 23년 6월):
  신라가 임나 미야케官家를 멸망시켰다고 하는 기사에서 나온 천황의 말
- 삼국인 고려·백제·신라의 백성남녀(지통 천황 칭제 전기 윤 12월):
  축자筑紫국의 대제大宰가 삼국의 백성과 승려 62명을 헌상.

『일본서기』속에서 '고려·백제·신라의 백성'의 예는 있어도 '임나의 백성'이라는 예는 없다. 우연히 없을 가능성을 배제하지 않고 보면, 천황은 임나를 '우리 나라我国'라고는 말하지 않지만 임나의 미야케官家를 '우리 미야케我官家', '우리 백성我百姓', '우리 인민我黎民', '우리 군현我郡県'이라고 말한다. 또한 '임나의 일본의 현읍'이라 말하고, '한반도 국

---

9   大山誠一, 『古代國家と大化改新』, 吉川弘文館, 1988, 245~246면.

가의 일본의 현읍'이라고 하지 않는다. 호적에 누락되었다고 하여 임나 일본의 군현에 있는 백제의 백성을 백제로 옮겼다고 말하는 것처럼, 임나의 백성은 다른 한반도 국가들의 백성과는 구분되는 것이다. 게다가 계체 천황대에는 가라코韓子(번녀(蕃女)[10]와 일본인 사이에 태어난 아이)가 문제시되고 있는데 이러한 이야기는 일본인과 임나인과의 사이에서만 기록되고 있다(계체 24년 9월).

물론, 『일본서기』 속에서 '미야케官家'가 놓인 곳은 고려·백제·신라·임나라고 기록되지만, 그 조공은 국가 간의 구별 없이 병기되고 있고 그 공물이 국가에 향한 것인지, 천황인지, 황실인지 기록되고 있지 않다. 하지만 천황의 이름을 딴, 천황의 속민으로서 천황에의 공납을 행하는 것은 임나 관가의 백성으로, 그 구성인은 일본인과 임나인이 된다. 임나가 다른 한반도 국가들과 마찬가지로 미야케를 둔 국가로 기록된다고 해도 다른 국가들의 미야케와는 구별되어 있다는 것이다.

임나가 다른 국가들과 차별시되는 것은, '부용附庸(추고 천황 31년 그 해)'의 예에서 확실히 알 수 있다. 다른 한반도 국가가 아니라 임나만이 일본의 '부용附庸'이라고 기록되는데『사기史記』에는 '부용'에 대해 다음과 같은 기사를 싣고 있다.

효왕孝王이 말하길, "옛날에 백예伯翳는 순을 위해 가축을 길러 크게 번식시켰다. 그리하여 순은 그 공을 치하하여 영토를 주고 예翳라는 성을 주었

---

10 『일본서기』속에서는 한반도 국가들을 (서)번((西)蕃), 해표海表의 제번諸蕃, 번국蕃國, 번병蕃屏으로 표기하며, 주의 인용문이기는 하지만 중국—왜(번) (제명 5년 7월)에 대하여 일본—한반도 국가들(번)을 이야기하고 있다. '번蕃'이란 울타리가 되어 지켜 주는 곳을 말한다(성무천황 4년 2월 주).

다. 지금 그 자손도 또 짐을 위해 말을 번식시켜 주었다. 짐도 그 공을 위해 영토를 분할하고 부용으로 삼았다. 이리하여 비자非子에게 진秦의 땅을 주어 '예'씨의 제사를 잇게 하고, 호를 진예라 하였다.

—『사기』 진본기秦本紀 제5[11]

주나라 효왕이 말하길, 백예伯翳가 황제인 순舜을 위해 말을 키우고 토지와 성을 받았듯이 자신을 위해 말을 번식시킨 백예의 자손에게 토지를 부여하고 부용으로 삼았다. 황제로부터 성을 받고 그 제사를 맡으며, 황제를 위한 용역을 하는 곳이 부용 땅이라는 것이다. 요컨대 임나는 『일본서기』 안에서 한반도 나라들과 마찬가지로 미야케官家로서 조공을 행하지만, 거기에 천황의 이름을 따고 천황의 속민으로서 일한다는 용(역)의 임무를 겸하고 있었다는 것이 된다. 일본부가 다른 한반도 국가가 아니라 임나에 설치되었다고 말할 수 있는 장치가 여기에 설정된 것이다.

3. 말하는 것과 말하지 않는 것의 이유

지금까지 효덕 천황대에 왜 '임나의 조調'가 폐지되는 기사가 있는지

11 　司馬遷撰, 『史記(四部備要)』, 中華書局, 1970, 177면.

의문시되어 왔다. 효덕 천황대에 다른 한반도 국가의 '조'가 아니라 임나의 '조'만이 폐지되는 기사가 있는 이유는 임나가 멸망했기 때문이 아니라(고려·백제의 경우 국가 멸망후도 일본에의 '조'는 폐지되지 않고 일본에의 '조' 기사가 계속된다), 『일본서기』가 미야케屯倉·고시로子代·나시로名代의 폐지와 그 백성을 국가의 것으로 하는 '공지공민제公地公民制'가 효덕 천황 대화개신(대화2년)때에 행해졌다고 기록하고 있기 때문일 것이다. 즉, 천황의 이름을 딴 백성으로서의 임나 미야케官家의 '조'는 이 시기에 폐지되는 기사를 실을 수밖에 없게 되는 것이다.

또한, 고려·백제·임나 멸망에 대한 기술 방식은 어떠한가? 고려의 경우, '대당大唐의 대장군 영공英公, 고려를 멸망시키다(천지천황 7년 10월)' 이라고 하고, 백제의 경우 '올해 7월에 신라 (…중략…) 당인唐人을 이끌고 백제를 전복시키다'(제명 천황 6년 9월)[12]라고 하여, 고려나 백제의 미야케官家가 멸망했다고는 말하지 않는다. 하지만 임나의 경우 '신라, 임나의 미야케官家를 멸망시켰다. 다른 책에 말하길, 21년에 미마나가 멸망했다고 한다'(흠명천황 23년 정월)고 하여, 임나 미야케官家의 멸망을 정문正文에 임나 멸망을 일설로서 취급하여 임나보다 임나 미야케에 더 비중을 싣고 있다. 또한 『일본서기』 속에서 나라 전체를 가리키는 경우는 '우치쓰미야케內官家'로, 나라에 설치된 시설을 가리키는 '미야케官家'와 구분하고 있으므로,[13] 여기에서 임나의 미야케와 임나를 동일시할 수는 없다. 요컨대 한반도 국가들의 '미야케官家'는 말하여지

---

12 같은 해 7월 주에도 『일본세기日本世記』인용의 유사한 기사가 보인다.

13 谷和樹,「みやけ」,『古事記』における制度として」,『國語と國文學(第千五号)』, 東京大學國語國文學會, 2007, 18~19면.

지만 그 중에서도 임나의 미야케가 특히 중시되고 있다는 것이다. 게다가 다른 국가들의 멸망과는 달리, 『일본서기』는 흠명 천황대에서 임나 부흥을 위한 일본측의 오랜 노력을 많은 지면을 할애해 기록하고 있는 것을 생각하면, 『일본서기』가 임나의 '조'를 얼마나 중시하고 있는지 알 수 있을 것이다.

일본 열도 내에 보내는 미코토모치國司가 임나에만 파견되는(웅략 천황 7년 이 해) 기사도 주의를 요한다. 미코토모치는 땅을 백성에게 부여하고, 조세와 부역調賦을 받고, 사정仕丁(공용의 부역을 위해 징발되는 농민)을 정하고, 사정과 나라들의 경계를 조사한 것을 천황에게 바치는, 소위 징세 등의 목적으로 파견되는 임시지방관이라고 하는데(추고 12년 4월, 효덕천황 대화 2년 8월), 미코토모치司는 다른 국가들에는 파견되고 있지 않다. 미코토모치司와 같은 뜻訓을 갖는 '부府'가 다른 국가들이 아닌 임나에만 '임나(안라)일본부'로 기록되는 것도 우연은 아닐 것이다.

그럼, 왜 임나에만 이러한 역할이 부여되었나? 마찬가지로 일본에 '조'를 바치는 신라는 끊임없이 정벌되고 '소귀小鬼'라고 불리지만, 임나에 대해서는 『일본서기』는 긴 지면을 할애해 그 부흥을 도모하는 기사를 싣는다. 그럼, 여기서 임나 국호의 유래를 말하는 기사를 한 번 더 상기해 보자. '귀화'한 의부가락국意富加羅國의 왕자는 천황을 '섬기고 나서' 본국에 '돌아가고' 숭신천황의 '이름을 따서' 임나라는 국호를 갖는다. 마찬가지로 수인 천황대에 병기되어 있는 '래귀'[14]한 신라왕자

---

14 래귀来歸는 『일본서기』 속에서 부역과 공납이 의무 지워 있는 '귀화歸化·투화投化·화래化來·화귀化歸' 한 사람들과는 달리 '의지해 온다'는 의미밖에 갖고 있지 않다. 주 속에서는 히보코의 '화귀'라고 되어 있지만, 『일본서기』가 정문正文으로서 선택한 것은 '래귀'이다.

히보코는 정문正文에 천황에의 조공이 아니라 '신의 물건神物'을 '가져 왔다'고 하고, 본국에 돌아갔다고는 하지 않는다. 신라왕자는 천황과의 관련이 아니라 신과의 관련, 물건의 도래라는 의미밖에 가지지 않는데 반해, 의부가락국意富加羅国(임나)의 왕자는 귀화해 천황을 섬기며 천황의 이름을 따서 국호가 정해지는 등 천황과의 관계 속에서 말하여지는 것이다.

현실은 '임나'라는 명칭이 이미 존재하고 '미마키御間城'라는 천황의 이름에 영향을 끼쳤을지도 모른다. 하지만 현실이 어떠하든 『일본서기』는 임나라는 국호의 유래를 말함으로써 '임나'가 다른 한반도 국가들과는 달리 천황의 이름을 따고, 천황에 직속하며, 천황에의 조·부역을 바치는 나라가 된 것을 나타내려고 한다. 그리고 『일본서기』는 '어조국御肇国천황'(국토 최초의 지배자라는 의미)이라고 이름 붙여지는 숭신천황대에 최초의 조·부역의 기사(숭신천황 12년 9월)와 함께 임나의 조공(숭신 65년 7월)을 말하고, 계속해서 일본이 그 부흥을 도모하는 나라로 나타낸다. 『일본서기』는 중국의 제국적 세계관으로 표출되는 황제가 제후에 이름을 부여하는 형태를 따서 최초의 지배자로서 위치 지워져 있는 어조국御肇国천황인 숭신의 이름과 임나의 국호를 연결시키고 있는 것이다.

4. 나가며

『일본서기 한국관계기사연구』[15]에서는 『일본서기』가 임나를 중시하는 것에 대해 스에마쓰末松설(한반도 국가들과의 관계가 임나를 중심으로 행해졌다고 하는 설)에 대해 김현구설(한반도 국가들과의 관계는 백제를 중심으로 행해졌다는 설)을 들고, 이것은 『일본서기』 편자의 서술태도에 기초하는 것으로, 역사적 사실을 반영한 것이 아니라고 말한다. 하지만, 이 주석서는 『일본서기』의 어떠한 편찬의식이 임나의 갖가지 기사를 만들었는지, 『일본서기』 전체의 논리가 부분에 편재하는, 그 유기적 관계를 설명하고 있지 않다.

식민지시대를 정당화하기 위해 사용되어진 고대 일본의 한반도 남부 지배설. 이 설에 가장 먼저 내세워지는 것이 『일본서기』의 임나기사이기 때문에 이 문제는 감정에 기초한 연구로 이어지기 쉽다. 하지만, 사실 여부가 어떠하든 텍스트 그 자체의 논리와 의도를 볼 노력을 소홀히 해서는 안 될 것이다. 그러한 의미로 텍스트론은 지금의 사실론에서의 접근과는 다른 방식으로 텍스트 속의 갖가지 답을 찾아줄 것이다. 그리고 그것은 사실의 진위를 논하기 전에 물어야 할 것이라고 생각된다.

임나는 『일본서기』 속에서 왜 숭신천황대에 최초의 조공국으로 기록되는지, 왜 그 천황대에 다른 한반도 국가에는 없는 임나(미마나) 국

---

15 김현구·우재병·박현숙·이재석, 『일본서기 한국 관계기사의 연구』 I, 일지사, 2002, 23면.

호의 유래를 말하는지, 왜 일본이 다른 국가와는 달리 임나의 부흥만을 끊임없이 도모하려고 했는지, 왜 임나의 '조'만이 효덕 천황대에 폐지되었다고 하는지, 이러한 서술방식의 이유는 『일본서기』속에서 그 답을 찾아낼 수 있는 것이다.

일본에 대해 번국蕃國이라는 외부를 말하는 『일본서기』[16]에 있어서 그 외부를 분절하여 천황의 속민을 두는 것은 중국이 작위를 부여하고 토지를 봉하고, 주변제국을 황제의 덕에 따르게 하려고 하는 한편, 대방군이나 낙랑군[17]등을 설치하고, '한韓'의 직접지배를 도모했다고 하는 중국 지배질서체제와 그다지 차이가 없다.

그 전체를 관통하는 『일본서기』의 의도는 『일본서기』속에서 갖가지 서술방식으로 나타난다. 먼저, 『일본서기』는 한반도 국가들 중 임나를 선택해 숭신과 결부시킨다. 사실은 임나(미마나)라는 명칭이 이미 존재하였고, 『일본서기』가 유사한 음을 갖는 숭신의 이름(미마키)을 선택하고, 천황의 이름을 딴 나라, 천황에 속해 조역調役을 바치는 나라로 기록하고 있는 건지도 모른다. 어찌됐든 인민(남녀)에게 조역이 부과되고, 나라 최초의 지배자라는 뜻을 갖는 '어조국御肇國천황'의 세상으로 자리 매김 되는 숭신 천황기(12년 9월)이기 때문에 임나는 이 천황과 관련하여 말하지 않을 수밖에 없게 된다. 또한, 『일본서기』는 왜 임나가 그렇게 취급되어졌는지에 대해 신라왕자 히보코의 '래귀來歸'와 의부가

---

16 고노시 다카미츠, 『일본이란 무엇인가』에서는 외부를 갖지 않는 『고사기』와 외부를 만드는 『일본서기』를 『고사기』『일본서기』세계관에 기초하여 논증하고 있다(神野志隆光, 『「日本」とは何か』, 講談社, 2005, 43~53면).

17 藤堂明保 등, 『中國の古典17 倭國伝』隋書, 學習研究社, 1985, 66면.

락국意富加羅國(미마나)왕자의 '귀화[18]'를 병기한다. 『일본서기』의 임나
는 이처럼 국호의 유래를 말하는 것으로 일본과 임나의 관계가 아니라
천황과 천황의 이름을 딴 천황 속민의 관계를 말하며, 임나의 멸망보
다 임나 관가의 멸망이 정문正文에 기록되며, 긴 지면을 할애하여 임나
부흥을 말하며, 효덕 천황조에 나시로名代의 폐지 기사와 함께 임나 조
의 기사도 없어지게 되는 것이다. 지금까지 임나라는 국호에 대해서
단순히 '허구'로서 간주해 온 것은 사실론에서 보면 바른 이야기겠지
만, 정당한 텍스트 이해라고는 말할 수 없다. 『일본서기』속 임나 국호
에 대한 기록은 임나가 일본이라는 나라에 속해 있다는 것을 말하려는
것이 아니라 임나의 미야케가 천황의 이름을 딴 천황과 속민이라는 것
을 말하기 위한 장치였던 것이다.

---

18 『일본서기』 속에서 '귀화(투화·화래·화귀를 포함한다)'는 한반도 국가들(고려·백
제·신라)의 사람이나 백제를 경유해 온 중국계(진인秦人·한인漢人·오인吳人) 사람들, 큐
슈 남단이라고 비정되어 있는 액구인掖玖人에 한정된다. 『일본서기』에서는 의부가라意富加
羅왕자의 귀화로 '미마나' 국호의 유래를 말하고, 그 이후의 '가라인' '임나인'의 귀화는 말
하고 있지 않다. 고려인·백제인·신라인의 귀화와 안치를 말하는 기사가 계속되는 것과
는 다른 기술방식이라는 것이다. 요컨대 『일본서기』는 의부가라왕자의 귀화와 국호를 말
함으로써 다른 한반도 국가들과는 변별되는 임나의 시작을 보여주고 있는 것이다.

要旨

『日本書紀』の中の任那』
任那という国号をめぐって

金静希

『日本書紀』の任那記事を取り扱う際に、もっとも多く表れる用語は「虚構」という二文字である。「虚構」と言ってしまうのは簡単であるが、ほとんどの場合、なぜその「虚構」を作ったのか、テキスト全体からテキストに遍在する論理を説明しようとしていない。本稿は『紀』が「正しくない」と言うものでもなければ、「正しい」と言うものでもない。史実を問い、その真偽を問いただす前の、いわば前提となる「テキストそのものの意図する論理」を明らかにする立場だということである。特に本稿は、任那の国号を取り出して、任那の記事がなぜそう語られたのかという語りの所以を『紀』全体の世界観の中で究明しようとしたものである。

『古事記』は天皇治下の世界の起源と関わる韓を語ろうとしているのに対して、『紀』の関心はいかに天皇の支配秩序に朝鮮諸国が収まるのか、それにあったと思われる。その中でも『紀』は任那の「みやけ」を天皇の名を負う天皇直属の民として、天皇への調役を担うところとして位置づける。そのため他の朝鮮諸国とは違って、任那の国号の所以と、意富加羅国(ミマナ)の王子の帰化が国の最初の支配者と呼ばれる崇神と結び付けられ、任那の滅亡より任那の官家の滅亡が重んじられ、名代の廃止のある孝徳紀に任那

の調が廃止されるのである。『紀』はこのように国号をもって最初に日本と
任那という国の関係ではなく、天皇と属民の関係であることを打ち出して
いるのである。

참고
문헌

논문

谷和樹, 「みやけ―『古事記』における制度として」, 『国語と国文学(第千五号)』, 東京大学国
　　　語国文学会, 2007.
平野邦雄, 「大化前代の社会構造」, 『日本歴史 古代』2, 岩波書店, 1962.
本位田菊士, 「子代と御名代と屯倉―大化前代における「公地・公民」の概念と実態」, 『日本
　　　史研究』, 日本史研究会, 1985.

단행본

김인배·김문배, 『임나신론』, 고려원, 1995.
김현구·우재병·박현숙·이재석, 『일본서기한국관계기사연구』 Ⅰ, 일지사, 2002.

鮎貝房之進, 『朝鮮国名号』, 国書刊行会, 1931.
飯田武郷, 『日本書紀通釈　第三』, 東京印刷株式会社, 1909.
大山誠一, 『古代国家と大化改新』, 吉川弘文館, 1988.
神野志隆光, 『「日本」とは何か』, 講談社, 2005.
小島憲之, 直木孝次郎外編, 『新編日本古典文学全集 日本書紀2』, 小学館, 1996.
坂本太郎, 家永三郎外, 『日本古典文学大系68 日本書紀』下, 岩波書店, 1965.
　　　　　　　　　　　, 『日本古典文学大系67 日本書紀』上, 岩波書店, 1967.
藤堂明保·竹田晃·影山輝国訳, 『中国の古典17 倭国伝』, 学習研究社, 1985.

司馬遷撰, 『史記(四部備要)』, 中華書局, 1970.

『장생죽도기』의 천하

권오엽

1. 들어가며

『장생죽도기』는 1801년^{享和元年}에 운양대사의 섭사 적인사·적인분 赤人墳의 사인으로 적분을 관리하기 위해 거주하는 야다 다카토^{矢田高当} 가 고적을 집록하여 편찬한 것이다. 운양대사는 島根県 簸川郡 大社町 에 있는 이즈모 대사^{出雲大社} 또는 저축대사라고도 하는 신사로, 대국주 신^{大国主神}을 제신으로 한다. 야다는 적인사^{赤人社}의 신주로 제사나 기 도를 관할하며 주민들의 상담에 응했다. 그런 과정에서 어민 椿義左衛 門이 은기도^{隠岐島}(오키섬)의 복포에서 죽도^{竹島}(울릉도)에 도해는 板屋何 兵衛의 경험담을 듣고 그것을 야다에게 들려주자, 야다는 그것을 『장 생죽도기』로 편찬했다.

『장생죽도기』는 서문과 10장의 본문과 결어, 2옹^翁이 8년 후에 작성하여 첨부한 제발문으로 구성되어있는데, 사물을 쌍이나 3쌍으로 묶어서 설명하는 것이 특징이다. 죽도에 도해하던 板屋가 80여 세일 때, 30대 중반의 椿에게 이야기한 죽도의 경험담을, 椿가 80여 세가 되었을 때 동년배의 시전에게 들려주자, 야다가 그것을 한 권의 책으로 정리했다. 그리고 세상을 오래 산 3옹이 관계된 책이기 때문에『장생죽도기』로 명명하고, 그것을 견문하면 千代万代를 사는 松竹처럼 장수할 수 있다는 것이 板屋의 사고였다.

그런 사고는 松島와 竹島의 단단한 바위에 우거진 녹음이 장수를 보장하기 때문에 편찬물을『장생죽도기』로 명명한다는 서문만이 아니라 '朝鮮国・隱岐国・出雲国' 삼국의 장생에 관한 것을 3옹이 관계하여 편찬된 것이기 때문에, 그것을 견문하면 장생이 보장된다고 말한 결어에도 나타나있다. 그러나 그것은 사실이라기보다는 송죽사상의 근거하는 관념으로 보아야 할 것이다.

편자의 그런 사고 때문인지『장생죽도기』에는 사실로 볼 수 없는 허구가 많다. 죽도 도해가 德川家綱 시대에 시작되었다는 것을 비롯해서, 연행된 조선인의 행적이 은기도에 한정된 것, 안용복의 언동, 송도가 綠島라는 것, 송도를 일본령으로 단정한 것 등, 허구의 연속이라고 말할 정도다. 문제는 그런 허구가 사실을 몰랐거나 확인할 자료가 없는 것을 원인으로 하지 않는다는 것이다. 그런 자료는 많았고, 구하는 것도 어려운 일이 아니었다. 시전보다 27년 늦게『竹島考』를 편찬한 강도 정의가 '죽도의 자세한 기록과 도감'을 건네주는 사람도 있었다고 말할 정도로 자료를 귀하는 것은 어려운 일이 아니었다. 야다도 많은 자료를 모아 편찬한 이상, 岡嶋가 확인한 자료 정도는 확인한 것으로 볼 수 있어 『장생죽도기』의 허구는 사실을 몰랐기 때문이 아니라 의도된 결과로 보아야 한다.

　야다는 막부가 1696년에 일본인의 죽도도해를 금지시킨 사실과 그 이후로 송도에 건너다니는 일이 없었다는 것도 알고 있었다. 그런데도 '송도는 일본 서해의 끝'으로 단정하고, 조선에 가까우나 일본의 섬으로 생각되는 죽도라는 말을 했는데, 그런 단정이나 추정은 사실이 아니라 죽도도해가 재개되는 것을 염원하는 지역사회의 인식에 응한 것으로 보아야 한다.

　『장생죽도기』에는 많은 지명이 나오는데, 자세히 설명된 것은 은기도뿐이다. 모든 장에서 빠지는 일 없이 은기도에 건너는 항로, 은기도에 끌려간 조선인의 행적이나 언동, 은기도와 위원중국와의 관계 등을 언급한다. 은기도를 隱岐三子の洲라고 칭하고 고천원가 파견한 도대명신이 鎭座하는 섬으로 하는데, 그것은 고천원이 수호하는 大八島国와 葦原中国가 『고사기』가 이야기하는 세계의 중심이라는 것처럼, 은기도를 고천원이 수호하는 섬으로 해서 『장생죽도기』가 이야기하는 세계의 중심에 위치시키는 일이다. 그런 내용들의 허실은 역사적 사실이나 야다의 사고, 지역사회의 시대적 사상을 통해서 확인할 수 있을 것이다.

2. 『장생죽도기』의 구성과 허구

『장생죽도기』는 서문 뒤에 페이지를 바꾸어 2페이지에 걸친 목록을 싣고 있으나, 서문에 대응하는 결어가 없다. 그러나 「12장」과 책의 대미를 알리는 '長生竹島記終'이라는 표기 사이에, 행을 바꾸어 3자를 물려서 쓰기 시작한 3페이지의 내용이 있는데, 분량이나 내용으로 보아 「결어」로 볼 수 있다. 또 그 뒤에 1828년 文化戊辰에 橋下와 江陽 쓴 제발문이 있다. 따라서 『장생죽도기』의 구성은 다음과 같은 구성으로 보고 검토해야 한다.

① 長生竹島記序

② 隱岐洲에서 죽도로 도해하는 것을 들은 일

③ 同洲에 出雲國에서 가는 해상의 도법, 그리고 도해하는 항구에 관한 것.

④ 仝洲에서 송도에 가는 다케시마마루 竹島丸가 들리는 항구에 관한 것.

⑤ 仝洲에서 죽도로 도해하는 해상의 거리에 관한 것.

⑥ 同洲의 도다이묘진도대명신의 신덕으로 죽도에 도해하는 일.

⑦ 同洲에서 죽도로 여섯 번째로 건넜을 때 조선인을 만나 서로 놀란 일.

⑧ 同洲에서 죽도로 일곱 번째로 건넜을 때, 조선인의 주연에 능한 일.

⑨ 同洲에서 조선인을 끌고 와서 주진한 일.

⑩ 붙임, 貝藻를 엮어서 戲文으로 한 것.

⑪ 同島에서 조선인을 끌고 왔을 때, 船中에서 심문한 일.

⑫ 同島에서 8년 째에 安龍福 朴於屯이 의리를 지키며 隱洲에 다시 도해한 일.

⑬ 결어

⑭ 題跋文

　목록의 10장은 「從隱岐洲」, 「同洲」, 「從仝洲」, 「從同島」로 시작되는 장으로 은기도에 전하는 죽도의 전승, 出雲国에서 은기도에 가는 航路, 은기도에서 송도·죽도로 가는 항로, 은기도에 연행된 조선인에 관한 것을 내용으로 한다. 「붙임」도 연행된 조선인의 은기도에서의 생활상이고, 「서」와 「결어」도 은기도와 죽도의 관계를 내용으로 한다. 제발문만이 出雲의 2옹이 『장생죽도기』를 평하는 내용으로 『장생죽도기』가 은기도 중심의 기록이라는 것을 알 수 있다. 각 장의 개략을 정리하면 다음과 같다.

　① 「장생죽도기서」는 은기도를 「隱岐三ッ子の洲」로 칭하는 것으로 시작한다. 일본인들이 죽도에서 조선인을 은기도로 연행했다가 송환했더니, 익년에 다시 찾아오는 의리를 지켰으므로 앞으로도 출운국·은기국·조선국이 약속을 잘 지켜야 한다. 푸른 송도·죽도가 영원한 것처럼 일본과 조선의 영원한 우호를 기원하며 편찬물을 『장생죽도기』로 명명하여 후세에 전하고 싶다.

　송도와 죽도가 푸른 常磐固磐이기 때문에 장수를 보장한다고 하는 것은 송죽사상과 같은 관념에 근거한다. 송도를 緑島로 한 것이나 德川家綱 시대에 죽도도해가 시작되었다는 내용은 사실과 다르다. 송도는 수목이 자라지 못하고, 죽도도해는 德川秀忠 시대에 시작되었다. 그 이전에는 도해가 없었다는 것도 사실이 아니다. 조선은 해금정책을 펴면서도 관리를 파견하여 관리하고 있었다.

②「隱岐洲에서 죽도로 도해하는 것을 들은 것」에서는 雲洲大社의 椿와 죽도에 도해하는 板屋, 그리고『장생죽도기』를 편찬한 야다 3옹에 관한 설명이다. 椿는 18세인 元文 연중에 은기도의 福浦에서 60대 후반의 板屋한테 죽도의 경험담을 들었는데, 30대 중반인 宝暦연간에도 재회한 80여세의 板屋한테 들은 것을 시전에게 들려주었고, 야다는 그것을 1801년에『장생죽도기』로 편찬했다. 그때 두 사람도 80여 세의 노옹이었다.

야다는『장생죽도기』를 편찬한 1801년을 죽도 도해가 시작되어 110연년에 이른다고 말했는데, 그것은 일본인의 도해가 시작되었다는 1624, 5년寛永元・二이 아니라 板屋가 죽도에 도해하기 시작한 1687년貞享四年부터 1690년元祿三경을 말한다.

③「同洲에 出雲國에서 가는 해상의 도법, 그리고 도해하는 항구에 관한 것」은 隱岐三ッ子の洲와 日山嶋라는 별명을 소개하고, 은기도의 지리적 설명만이 아니라 出雲国의 三保関, 多古が鼻, 杵築大社、日御埼, 宇龍浦 등지에서 건너가는 항로까지 설명하고, 焼火山의 성령이나 文覚上人이 수행한 사실도 소개했다. 다른 지명에서는 볼 수 없는 상세한 설명이다.

이곳에서 은기도를『고사기』가 이야기하는 大八島国의 1국인 隱岐三ッ子の洲로 하고, 6장에서는 葦原中国을 수호하는 도대명신이 진좌하는 섬으로 하는 데, 그것은 은기도를『장생죽도기』가 이야기하는 세계의 중심에 위치시키는 일이다.

④「仝洲에서 송도에 가는 松島에 가는 竹島丸가 이 들리는 항구에 관한 것」에서는 송도를 녹음에 뒤덮인 섬으로 노래하고, 松十八公으로 장

식된 섬 그림자가 만리에 아름답게 비친다며, 수목이 우거진 섬으로 했다. 은기도의 島後에서 170리라는 도정과 면적, 竹島에 가는 竹島丸 나 松前에 가는 廻船이 들리는 섬으로 '本朝 西海의 끝이다'라며 일본의 섬으로 단정했다.

항로의 도정이나 섬의 면적은 계산하는 방법에 따라 다를 수 있어 문제가 아니나, 수목이 자라지 못하는 암도를 수목이 우거진 섬이라 는 것은 사실과 다르다. 그것은 쌍을 이루는 죽도가 綠島라는 것에 맞 춘 표현, 송도이기 때문에 소나무가 우거졌다는 관념으로 보아야 한 다. 송도를 일본령으로 한 것은 10장에서 언급한 '竹島渡海禁制令'과 모 순된다.

⑤ 「송洲에서 죽도로 도해하는 해상의 거리에 관한 일」은 대나무가 우거진 죽도에서 장수와 평안을 구하는 노래로 시작된다. 송도에서 90 리, 은기도에서는 260리의 道程을 설명한 후에 죽도에서 조선까지의 거리가 30리라는 것을 설명하면서 조류로 보면 일본령인 것처럼 말했 다. 송도를 일본령으로 보는 것과 궤를 같이하는 인식이다. 그런 표현 은 結語에도 있다. 송도를 일본령으로 단정한 것을 근거로 하는 영유의 주장이다.

⑥ 「송洲의 도대명신의 神德으로 죽도에 도해하는 일」에서는 隱岐三 ツ子の洲라고 칭한 은기도를 葦原中国의 邪鬼를 제거하라는 명을 받은 도대명신이 진좌하는 섬으로 했다. 오리鴨로 변하는 도대명신은 宮川・ 大谷・村川 3家가 파견하는 배의 좌현에 앉아 안내하고, 3家는 죽도 산 오동나무로 큰 북을 만들어 神楽를 연주하여 신을 위로하는 방법으로 신탁을 받고 있었다. 은기도는 죽도만이 아니라 長崎나 松前의 산물들

도 모여드는 섬으로, 조선침략에 참가했다 병사한 자의 묘도 있다.

은기도를 고천원의 명으로 伊耶那岐·伊耶那美가 낳은 大八島国의 1국인 '隱岐三ッ子の洲'로 칭하고 고천원이 파견한 도대명신이 진좌하는 섬으로 하는 일은 『장생죽도기』의 세계를 『고사기』의 세계와 연결하는 일로, 사실로 볼 수 없다. 宮川家가 죽도에 도해했다는 기록은 달리 없어 3쌍으로 묶는 것을 좋아하는 矢田의 윤색으로 보인다.

⑦ 「同洲에서 죽도로 6회째 건넜을 때 조선인을 만나 서로 놀란 일」의 '6회째'는 1690년부터 시작된 板屋의 1692년 도해를 말한다. 이 해에 竹嶋丸의 수부들은 조선인이 마련한 小屋과 철포, 石火矢 등으로 장식한 암혈을 보자 겁을 먹고, 공동어렵을 합의했으면서도, 죽으면 아무 것도 아니다며, 신풍을 빌어 빈 배로 귀향한다. 귀향하는 도중에 燒火山가 보이자 後鳥羽院法王가 부른 노래를 생각하며 신의 수호에 감사했다.

조선인의 무장은 사실이 아니다. 조선인을 연행했던 선장의 진술서 그 어디에서도 확인할 수 없는 내용이다. 조선인의 거처에는 꽂이전복, 少網, 두건, 누룩 등이 있을 뿐이었다. 철포로 무장한 것은 일본인들이었다.

⑧ 「同洲에서 죽도로 7회째로 건넜을 때, 조선인의 주연에 능한 일」은 안용복과 박어둔을 연행한 내용으로 『장생죽도기』의 핵심부분이다. 조선인을 만나자 빈 배로 돌아갔던 村川家의 수부들은 다음 해에도 철포나 石火矢 종류로 장식한 小屋을 보자, 두려움을 느끼면서도 작년처럼 공동어렵을 합의하여 조선인들을 안심시켰다. 그리고 선상에 마련한 주연에 조선인을 초청하여, 만취하여 쓰러진 둘을 연행한다. 뒤늦게 그 사실을 안 조선인들이 石火矢를 쏘면서 추격하다, 연행되는 동

료들이 같이 다칠 것을 걱정하며 회선했다. 조선인을 연행한 竹島丸이 은기도로 귀항하자 놀란 주민들이 떼지어 모여들었다. 그 중에는 선장의 부인도 있었는데, 조선인이 불쌍하다며 상의를 벗어서 걸쳐주었다. 야다는 그런 부인의 행위를, 남편이 지은 인과를 되돌아본 자애 깊은 행위로, 여인의 귀감이라고 평했다.

그러나 주연에 초대받은 조선인이 '이런 기회가 아니면 두 번 다시 마실 수 없다'며, 술에 정신을 빼앗기더니 결국에는 취하여 정신을 잃고 쓰러졌다'는 묘사나 취기가 깨자 '하늘에 절하고 겁먹은 표정으로 눈물을 흘리고 손을 비비며 정신없이 일본인들에게 절하기 시작했다'는 타 자료에서는 확인할 수 없는 내용이다. 그리고 1693년에는 村川家가 아닌 大谷家가 도해했다.

⑨「同洲에서 조선인을 끌고 와서 注進한 일」은 조선인을 연행한 수부들의 보고를 받은 村川家는 희대의 어리석은 일이라며 놀라서 막부에 보고하고, 지시가 있을 때까지 福浦에 억류했다.

그러나 1696년에 조선인이 福浦에 억류된 것은 3일 정도였다. 심문을 마치자 福浦를 떠나 4월 27일부터 6월 6일까지 鳥取藩에 억류되어 있었다. 그런데 야다는 둘의 행적을 은기도에 한정하고, 두 사람이 은기도에서 생활한 내용을 10장에서 자세히 설명한다.

⑩「붙임, 貝藻를 엮어서 戲文로 한 것」은 조개와 해초 이름을 열거하는 방법으로 은기도에 연행된 조선인의 심경이나 고역, 향수심을 상정하고, 결국에는 교화시켜서 귀국시키는 것으로 은기도를 정화되는 성지로 여기게 한다. 은기도에 유배되는 죄인은 반드시 사면되어 돌아간다는 것으로, 조선인도 교화되어 귀국하는 날이 온다는 것을 예고했다.

은기도는 표착하는 이국인을 각 가정이 돌아가며 보살피는 관습으로, 이국인을 은기도의 관습에 순종시킨다. 그 순종은 섬 사람들의 보살핌만이 아니라 '여인은 두 남자를 따르지 않는다' 등을 내용으로 하는 포고의 규정에 의해 사람으로서의 도리를 깨닫는 것으로 보았다. 그리고 그러기 위해서는 古道의 가르침을 전하는 『고사기』를 이해해야 하는 필요성을, 海藻와 비교해서 설명했다.

은기도를 葦原中国을 수호하는 도대명신이 진좌하는 隱岐三ッ子の洲로 칭한 야다는 出雲大社의 社人으로 『고사기』의 내용을 이해하는 것으로 생각되어, 그가 조선인의 교화를 이야기하며 『고사기』를 언급한 의미는 크다. 은기도가 고천원이 파견한 도대명신이 수호하는 섬이라면, 조선인이 받는 은혜는 고천원을 다스리는 천신의 후예 천황이 베푼 은혜를 입는 것이 된다. 귀국을 허가 받은 조선인이 무릎을 꿇고 이별의 예를 취하는 것은 일본에 교화된 결과였다.

조선인이 2개월이나 은기도에 억류된 것으로 하고 있으나, 은기도에 억류된 것은 7일 정도로, 米子, 鳥取, 江戸, 長崎, 対馬 등지에서 6개월 이상이 억류된 후에 귀국했다. 그것을 야다는 은기도에서 長崎로 직행한 것으로 해서 두 조선인의 행적을 은기도에 한정한다.

⑪ 「同洲에서 조선인을 끌고 왔을 때, 선중에서 심문한 일」은 竹島丸의 선상에서 조선인과 일본인이 북극성을 의지하는 항해술이나 북극성을 중심으로 하는 성좌군을 좌표로 하는 항해법, 그리고 남만의 항로를 이야기하는 내용인데, 연행이라는 상황과는 맞지 않는다. 일본어로 대화한 것으로 보아 안용복과 竹島丸의 선두가 은기도를 지나 米子로 향할 때의 대화로 보인다.

그러나 『장생죽도기』가 조선인의 행적을 은기도에 한정하는 것을 생각하면, 죽도에서 은기도로 연행하는 5월 18일이나 19일에 이루어진 대화로 보아야 하나, 그것은 안용복이 목숨을 빌었다 내용과 모순된다. 따라서 허구이거나 다른 기회에 있었던 대화로 보아야 한다.

⑫「同島에서 8년째에 안용복 박어둔이 의리를 지켜 隱洲에 다시 도해한 일」은 송환된 안용복과 박어둔이 은혜에 감사하며 다음 해에 은기도를 방문한 내용이다. 矢田는 그것을 '원수를 은혜로 갚는다'는 군자의 말을 실천하는 것으로 보았다. 그것은 연행을 원수의 행위로 보고, 방문을 군자의 도리로 보는 것으로, 보은의 방문이라는 내용과 모순된다. 잘못하여 西村에 표착한 두 조선인이 항로를 물어 福浦에 이르자, 주민들이 해변에 나와 환영했다. 당시의 일본은 이국인의 상륙을 금하고 있었는데도 둘은 상륙하여 '손가락으로 하늘을 가리키고 9배한 다음에 모여든 주민들에게 3배'하는 의례를 취했다. 그러자 주민들이 눈물을 흘리며 환영했다. 의례를 마친 둘은 승선하여, 紅淚로 옷소매를 적시며 이별을 슬퍼하는 福浦의 남녀노소에게, 눈물을 흘리며 손을 흔들었다.

두 사람이 은기도에 들린 것은 1693년뿐이다. 다른 기록에 의하면, 안용복이 다시 일본을 방문하는 것은 1696년으로, 그때의 일행 11인에 박어둔은 포함되지 않았고, 2주 정도 머물렀으나 福浦가 아니라 大久村이었다. 鳥取藩을 방문하고 귀국할 때 福浦에 들렸는지 여부는 기록으로 확인할 수 없다. 따라서 두 사람이 1694년에 福浦에 잠시 들렸다 돌아갔다는 내용은 사실로 보기 어렵다. 더군다나 1694년의 안용복은 동래부에서 복역 중이었다.

⑬「결어」는 '장수하여 몸이 늙고 말았다. 파뿌리 같은 백발이 된 지금 지난날이 생각난다. 그 일들을 말하고 만다'라고, 椿가 옛날 일을 회상한 노래를 전후로 해서 내용이 다르다. 전반부에서는『장생죽도기』가 80여세의 3옹의 관여로 완성되었기 때문에 '朝鮮国・隠岐国・出雲国' 삼국의 진기한 장생과 '竹島・松島・은기도' 3도의 진기한 영세담이 모이고, 3옹이 이야기한 내용이라 그것을 견문하면 장생이 보장된다는 내용이다.

후반부에서는 出雲大社의 해변에서 죽도가 보이는 것 같다는 관념을 말하고, 동쪽의 송도가 일본의 섬이기 때문에 서해의 송도도 일본령이라고 말하고, 조선 가까운 곳에 있는 죽도가 일본의 섬일까라는 의문을 표했다. 그리고 송에는 죽이 첨부되는 것으로, 송도와 죽도의 쌍은 음양의 화합을 나타낸다는 송죽사상에 근거해서, 송도와 쌍을 이루는 죽도의 영유까지 주장한다. 사물을 쌍이나 3쌍으로 묶어서 설명하는 목적이 그것에 있었다.

⑭「제와 발」은 1801년에 편찬한『장생죽도기』를 宍道湖에서 풍류를 즐기는 橋下 옹과 江陽 옹이 읽고, 1828년 여름에 3옹이 호반에서 자리를 같이하고 대화하는 자리에서 橋下 옹이 감흥에 젖어 題詩를 읊고, 江陽 옹이 跋文을 썼다. 橋下 옹은 和韓 양국의 배경과 과거를 알 수 있었다고 읊었고, 江陽 옹은 고적을 집록한 것이『죽도기』라는 사실을 확인하고, 湖中에서 야다와 같이 회담할 때 그것을 접한 일, 그것을 보고 한인과의 역사적 경위만이 아니라 황국의 평화, 隠岐나 出雲의 풍속도 이해할 수 있었다는 것 등을 언급했다. 즉, 제1옹의 편찬물의 제문을 제2옹이 쓰고, 제3옹이 발문을 쓴 것이다. 이것은『장생죽도기』의 완

성에 관여한 3옹에 제발문을 작성한 3옹이 대응하는 것으로, 장생을
이중으로 보장하는 일이다.

3. 은기도와 『고사기』

1) 은기도 중심의 세계

『장생죽도기』는 전장에 걸쳐서 은기도에 접근하는 항로, 은기도와
송도·죽도의 관계, 은기도의 조선인 등을 이야기하여, 은기도가 『장
생죽도기』가 이야기하는 세계의 중심이라는 것을 알 수 있다. 出雲, 肥
前国, 石見, 長門, 松前 등의 지명이나 조선국도 언급하는데, 은기도와
관계되는 내용에 한정된다.

> 隱岐三ッ子洲는 日山嶋라고도 한다. 島前·島後 2도가 있는데 이것을 4군으
> 로 나눈다.

은기도의 고명 隱岐三ッ子洲와 별명 日山嶋도 언급하고, 은기도를 島
前과 島後로 대별한 다음에, 島後가 周吉郡과 穩地郡으로 나뉘고, 도전
이 知夫郡과 海士郡으로으로 나뉘는 것을 설명한 후에, 내해의 형상과
수심, 어장, 섬들 간의 항로, 지명의 유래, 인가의 분포까지 설명했다.

그 뿐만이 아니라 文覚上人이 수행한 일이나 後鳥羽院法皇이 유배된 사실도 소개한다. 出雲国의 三保関·多古が鼻·杵築大社·宇龍浦 등지에서 은기도에 건너가는 항로를 소개하면서

隠岐의 島後에서 松島에 가는 방향을 말하자면 서방의 먼바다에 해당한다. 동방에서 부는 바람을 받아 2일 2야를 범주한다. 그 도정은 36정을 1리로 해서, 해상의 행정은 170리 정도라 한다.

은기도 島後에서 송도까지의 항로를 설명하고

송도에서 죽도에 가는 것은 같은 방각으로 나아간다. 卯(동방)의 바늘로 卯(동방)에서 불어오는 바람을 받아, 하루 낮 하루 밤을 범주한다. 해상의 도정은 90리 정도이다. 은기도에서 죽도까지, 해상의 里數는 도함 260리라는 것이 된다.

송도에서 죽도까지의 항로도 설명한 다음에 은기도에서 죽도까지의 거리 260리도 확인한다. 그것은 죽도·송도에서 은기도까지의 설명, 즉 양도에서 은기도에 접근하는 항로를 설명한 것이다. 그 항로를 통하여 산물이나 물품이 은기도로 모여든다. 보물섬으로 장수를 보장한다는 죽도의 산물을 비롯해서, 그것들을 매각하여 구매한 長崎의 물품 松前의 산물 등도 모여든다. 죽도에서 반입한 오동나무로 북을 만들어 도대명신의 신탁을 비는 음악을 연주한다. 산물만이 아니라 내외의 사람들도 모여들어 교화되는 곳이 은기도다. 죄를 지은 사람들이 유배

되어 참회하여 사면 받는 형식의 은혜를 입는다. 일본의 죄인이라 해도 은혜로 순화되는 곳이고, 표착하는 조선인이라 해도 신세를 지며 순종하게 되는 곳으로서의 은기도다.

그 은혜라는 것은 '정숙한 여인은 지아비를 두 번 바꾸지 않는 법이다'는 도리 등을 내용으로 하는 포고의 규정이나, '달도 흐리지 않은 德川 어대의 천하를 비추는 햇빛과 같은 은혜'를 말한다. 그런 은혜를 베푸는 은기도이기 때문에 연행된 조선인도 귀국하는 은혜를 입었고, 보은의례를 취하기 위해 다시 방문한 것이다.

은기도가 은혜를 입는 성지라는 정통성은 隱岐三ッ子洲라고 칭하는 것이나 葦原中国을 수호하는 도대명신이 진좌한다는 것으로 보장된다. 隱岐三つ子の洲와 葦原中国은 『고사기』가 이야기하는 도명과 국명으로 고천원의 수호가 보장된다. 야다는 그 도명과 국명을 언급하는 것에 그치지 않고,

옛날의 도리를 알려주는 『고사기』나 히지키鹿尾藻와 같은 것들을 뒤섞어서 깊은 맛을 보는 것도 좋은 일일 것이다. 그렇게 해서 변하지 않는 깊은 맛이나, 새로운 잎을 씹어 보면 세상의 도리도 의외로 입에 맞는다는 것을 알고, 그것을 이해한다고, 공공연히 말할 것이다.

라고 『고사기』와 「鹿尾藻」를 쌍으로 해서, 은기도를 『고사기』가 이야기하는 세계에 연결한다. 그것은 「고지키」와 「히지키」가 비슷한 음을 활용한 戱文이다. 난해하여 접근하기 어려운 『고사기』를 섬사람들에게 익숙한 海藻의 쌍으로 해서 친숙하게 하는 방법이다. 한편은 고사古

事를 뒤섞어서 '비빈 것'과 같은 기록물이고, 또 한편은 해조를 뒤섞어서 '비빈 것'으로서의 식품이다. 어느 쪽이나 음미하면 맛을 알고 입에 맞 듯이 『고사기』를 숙독 완미하면 그것이 말하는 의미를 알게 되어, 오래 된 것에서 새로운 것을 발견할 수 있다는 것이다. 은기도와 죽도의 관 계를 이야기하는 야다가 『고사기』을 숙독 완미하면 알게 된다는 것은 『고사기』의 논리를 근거로 은기도와 죽도의 관계를 설명하는 것을 목 적으로 한다.

2) 『고사기』의 세계

『장생죽도기』는 隱岐三つ子の洲라고 칭한 은기도에 위원중국의 사 귀를 제거하라는 명을 받은 도대명신이 진좌하는 곳으로 했다. 그 「隱 岐三つ子の洲」와 위원중국을 『고사기』가 어떻게 이야기하고 있는가를 알면 矢田가 말하는 은기도의 의미도 이해할 수 있다.

隱岐三つ子の洲를 『고사기』는 隱伎之三子島로, 『일본서기』는 億岐 洲・億岐三子洲로 표기하고, 그것과 같이 태어난 8도를 『고사기』는 大 八島国로, 『일본서기』는 大八洲国로 표기하여, 島와 洲가 통자로 사용되 었다는 것을 알 수 있다. 그래서 『장생죽도기』의 隱岐三つ子の洲는 『고 사기』의 隱伎之三子島와 같은 섬으로 볼 수 있다. 또 矢田의 시대는 『고 사기』와 『일본서기』의 신화적 부분을 記紀神話라며 『고사기』와 『일본 서기』의 공통성을, 그것들의 논리 내지 전체상을 제외하고, 줄거리상 공약수를 뽑아내고 있었다. 隱伎之三子島와 億岐三子洲도 엄격히 구별하는 일 없이 혼용하고 있었다.

『고사기』의 「隱伎之三子島」는 고천원의 「天神諸命」을 받고 天降한 이자나키·이자나미가 낳은 大八島国의 3번째 섬이었는데, 大八島國에는 두 가지 의미가 있다. 이자나키·이자나미가 낳은 大八島國와 고천원를 통치하는 天照大御神의 혈통을 이은 천황이 통치하는 大八島國으로 구별된다. 이자나키·이자나미가 낳은 8도를 大國主神가 大八島國로 완성해서 고천원에 헌상하자, 고천원를 통치하는 天照大御神는 천손을 天降시켜 통치하게 하는데, 그때, 大八島國를 위원중국로 개명했다. 그 위원중국은 고천원과 교류한다는 것을 정통성으로 해서, 같이 존재하는 황천국·근지견주국·해신국을 거느리는 중심국이 된다. 위원중국의 '중국'은 '國'의 중앙, 가치 있는 중심세계라는 것을 의미하는데, 고천원에서 온 신이 열었기 때문에 고천원이 소유하는 세계인 것이다.

葦原中国은 고천원이 파견한 천손의 후예가 통치하는 日向三代를 거쳐 천황이 통치하는 시대가 되면서 葦原中国은 다시 大八島国로 개명된다. 그래서 大八島国은 葦原中国을 수호하던 고천원의 수호도 계속해서 보장 받는 세계로, 천황들의 세계로서의 '천하'라고 말할 수 있다. 그 천하에는 大八島国과 백제 신라가 공존하는데, 大八島国은 고천원에게 수호된다는 정통성을 배경으로 해서 백제와 신라를 주변국으로 하는 중심국이다. 그것은 현실의 역사와는 다른 것으로, 조선이 천황의 세계에 포함된다는 것의 확인이나, 현실성이 없다. 葦原中国이 고천원과 교류한다는 것을 정통성으로 해서 黃泉国·根之堅洲国·海神国을 주변국으로 하는 것과 같은 일로, 신화적 세계 葦原中国은 현실세계인 大八

島国을 천하의 중심, 세계의 중심으로 보장한다.

그런『고사기』의 논리라면, 은기도를 고천원이 수호하는 섬으로 하는 것으로, 공존하는 섬들을 자연히 은기도에 복속된다. 야다가 古跡을 集錄하여『장생죽도기』를 편찬할 당시의 鳥取藩 지역의 염원은 죽도도해의 재개였다. 1696년에 막부가 일본인의 竹島渡海를 금지시켰으나, 그것으로 얻고 있던 이익은 당사자만이 아니라 도해선의 선원들이나 죽도 전복을 막부에 헌상하던 鳥取藩에 이르기까지 지역사회에 널리 퍼져있었다. 따라서 죽도도해에 이권에 관계되는 의식은 지역사회 모두의 의식이었다. 矢田보다 27년 늦게『竹島考』를 편 岡島正義는

이국 어민들의 간계로 오랫동안 우리의 속지를 빼앗긴 것을 마음이 있는 자라면 누가 안타깝게 생각하지 않겠는가.

원래 伯耆国가 개발하고 도해하던 죽도를 조선 어민의 간계로 빼앗겨 지역사회의 모두가 분하게 여기고 있다며, 자신이 편찬한『竹島考』가 죽도 도해가 재개되는데 조금이라도 참고가 되고, 국가에 도움이 된다면 영원한 행복이라 했다. 죽도도해의 재개를 염원하는 지역사회의 시대적 사고에 응하여『竹島考』를 편찬했다는 것을 알 수 있다.

그런 사회적 염원에 응하여 편찬되었다는 것은『장생죽도기』도 마찬가지다. 사회적 염원에 응하여『장생죽도기』를 편찬하는 야다에게, 고천원의 수호가 천하의 중심이 되는 정통성이라는『고사기』의 논리는 지역사회의 염원을 만족시킬 수 있는 둘도 없는 논리였다. 은기도를 고천원이 수호한다는 것만 확인하면, 죽도와 송도를 은기도에 부속

시키는 정통성도 확보할 수 있어, 은기도를 세계의 중심에 위치시킬 수 있기 때문이다. 그래서 야다는 은기도를 隱岐三つ子の洲라고 칭하고, 葦原中国을 수호하는 도대명신이 진좌하는 섬으로 한 것이다.

옛날에, 도대명신은 위원중국의 邪鬼를 제거하라는 명을 받고 出雲國 북방에 있는 네노쿠니子ノ国의 바닥에 邪鬼를 잡아가두기 위해, 그 북쪽의 끝 은기도 島後의 福浦港에 진좌하셨다. 그 신의 위력과 영위는 분명하여 모두가 숭경하게 되었다.

은기도를 葦原中国의 邪氣를 제거하라는 명을 받은 도대명신이 진좌하는 섬으로 해서 고천원이 수호하는 섬으로 했다. 이곳의 '옛날昔日'은 '葦原中国'을 근거로 해서 『고사기』가 이야기하는 신화시대라는 것을 알 수 있다. 子ノ国는 두 가지로 해석할 수 있다. 하나는 은기도가 出雲國의 북쪽子에 있는 것에 의한 호칭으로 볼 수 있고, 또 하나는 『고사기』가 말하는 根之堅州国로 볼 수 있는데, 그것은 은기도의 끝(端·果·底)인 島後의 福浦에 해당한다.

『일본서기』는 그것을 根国·根之国로 표기하는데,　記紀神話論者들은 원래의 신화가 체계화되면서 고도로 정치화 된다는 발전단계론을 말하며, 상황에 따라 혼용한다. 津田左右吉나 岡田精司로 대표되는 그런 주장은 현재에도 통용되는 일이 있기 때문에, 矢田가 『고사기』와 『일본서기』의 내용을 혼용하는 일은 당연했을 수도 있다.

葦原中国의 사기를 털어내는 도대명신을 은기도에 파견하여 진좌시킬 수 있는 세계는 고천원 이외는 생각할 수 없어, 은기도에 도대명신이 진좌한다는 것은 고천원을 통치하는 天照大御神의 명에 따른 것으로 보아야 한다. 또 그것은 은기도가 고천원의 질서에 포섭되어 수호된다는 것이다. 야다는 도대명신의 수호를 다음처럼 설명했다.

> 선기를 달고, 신사의 탁선을 받아 좋은 날씨를 얻어 나가는 것이다. 물가에 뜬 배의 노 젓는 소리가 울려 퍼질 때, 출범하거나 귀범할 때, 보통 때는 보지 못하던 오리 한 마리가 허공에서 날아온다 한다. 출범할 때는 죽도환 사공의 얼굴 앞에 그 오리가 있다. 귀범할 때는 그 오리가 삿대에 앉아있다. 도대명신의 영험을 상징으로, 그 기특함을 보여주시는 것이다.

竹嶋丸가 죽도에 오갈 때 오리로 화생한 도대명신이 배의 좌현에 앉아 항로를 안내했다. 즉 고천원이 파견한 도대명신이 항로를 안내해주고 있었다. 그것을 야다는 靈顕의 驗이라 했는데, 『장생죽도기』가 이야기하는 은기도는 그런 고천원의 수호를 배경으로 해서 공존하는 섬들을 속도로 하는 천하의 중심이 된다.

그처럼 고천원이 파견한 도대명신이 죽도 왕래를 수호한다는 것은, 이자나기가 黃泉国을 찾아가는 일, 大国主神가 根之堅州国를 방문하는 일, 천신의 후예가 海神国을 찾아가서 日向三代를 여는 일 등이 고천원의 수호로 이루어졌다는 것과 같은 일이다.

야다가 은기도를 隱岐三つ子の洲로 칭하고 도대명신이 진좌하는 곳으로 한 이유가 이것으로 분명해진다. 고천원의 수호를 보장받는 것이 천하의 중심이 되는 정통성이라는 『고사기』의 논리에 근거해서 은기도를 『장생죽도기』가 이야기하는 세계의 중심으로 해서 죽도도해의

재개를 염원하는 지역사회에 정통성을 부여하려 한 것이다.

3) 은기도에 한정되는 세계

안용복의 일본 경험은 1693년 元禄六에 연행된 것과 1696년에 鳥取藩을 방문한 것으로 한정하는 것이 통설이다. 1693년에 9인의 일행이 울릉도(죽도)에서 박어둔과 같이 연행되었으나 1696년에는 11인의 일행이 対馬藩의 비리를 소송하기 위해 鳥取藩을 방문한 경험이었다. 그런데 1696년의 일행에 박어둔은 포함되지 않았다. 그것을『장생죽도기』는 1693년에 은기도에 연행되었다 송환된 다음해인 1694년에 안용복과 박어둔이 은기도을 찾아간 것으로 하고 있다. 1693년 4월 18일에 울릉도에서 연행된 2인은 12월 10일에 동래부에 송환되었으나, 안용복은 2년형의 복역 중이었으므로 1694년에 은기도를 방문할 상황이 아니었다.

1693년에 연행된 둘은 은기도만이 아니라 鳥取藩과 江戸를 거친 다음에 長崎로 송환되었는데『장생죽도기』는 은기도에서 長崎로 직행한 것으로 하여, 둘의 행적을 은기도로 한정한다. 막부는 은기도에 2개월간 억류되어 있는 둘에게 조선으로 돌아가라는 명을 내렸고, 둘은 특별한 대접을 받으며 長崎를 거쳐 조선으로 송환되었다.

연행되었던 두 사람이 송환될 때 후대된 것은 사실이나, 그것은 鳥取藩에서 長崎로 이송될 때의 일로, 은기도에서 米子로 이송될 때는 국경을 침범한 죄인 취급이었다. 둘을 연행한 大谷家의『竹嶋渡海由来記抜書控』나 안용복을 심문한 対馬藩의『竹嶋紀事』, 岡嶋의『竹島考』등의 기록에 따르면, 두 사람은 은기도의 복포를 떠나 동도의 島前－出雲国長浜－米子－鳥取藩庁－江戸를 거쳐 장기로 이송되었다. 그런 기록에 의하면 은기도에 머문 것은 6일로, 미자에서 1개월, 조취번에서 6일을 머물다, 90인이 호위하는 가마를 타고 6월 30일에 장기에 도착했다. 여기서 주의할 것은 두 사람의 江戸行이다. 많은 기록들이 둘의 江戸行을 전하는데, 충분히 논하는 일 없이 부정당하고 있다.

야다는 은기도에서 長崎로 직행한 것으로 한 것만이 아니라, 長崎에서 이루어진 인계인수의 과정이나 대마번의 대응 등도 언급하지 않았다. 문제는 야다가 둘의 행적을 몰랐거나 확인할 수 있는 자료가 없었던 것이 아니라는 것이다. 두 사람의 은기도 이외의 행적을 확인할 수 있는 자료는 많았고 또 쉽게 구할 수 있었다. 岡島는 『竹島考』의 자서에서, 죽도에 관한 자료는 굳이 구하려고 하지 않아도 구할 수 있었고, 鳥取藩이 막부에 보고했던 기록이나 지도를 가져다주는 자도 있었다는 사실을 밝혔다. 따라서 고적을 집록했던 야다도 안용복과 박어둔이 은기도를 떠난 이후의 행정은 알고 있었던 것으로 보아야 한다. 그런데도 長崎로 직행한 것으로 처리한 것은 둘의 행적을 은기도로 한정할 필요에 따른 것으로 보아야 한다.

두 번째의 경험에는 문제가 더 많다. 제 기록에 의하면 안용복의 鳥取藩 방문은 1696년이었고, 그 11인의 일행에 박어둔은 포함되지 않았다. 그때 박어둔은 죽도에 남아 있었다. 鳥取藩을 향하던 안용복 일행은 폭풍을 만나 은기도의 大久村에 5월 20일에 표착하자, 代官所를 찾아가 표착한 경위를 설명하고 협조를 요청하여 6월 2, 3일 까지 머물다, 6월 4일에 鳥取藩의 赤崎로 건너갔다. 이후로 일행은 전넘사·동선사를 거쳐 조취번의 정회소에 머물며 대마번의 비리를 막부에 고발하고, 호산지에 머물다 8월 6일이 조취의 가로를 떠나 강원도 삼척으로 귀환했다.

말하자면 1696년의 안용복 일행은 5월 15일에 울릉도竹島를 떠나 20일에 은기도의 大久村에 표착하여, 鳥取藩의 赤崎 → 專念寺 → 東善寺 → 鳥取藩의 町會所 → 湖山池 등지에 머물다 8월 6일에 加路港을 떠나 강원도 삼척으로 귀환했다. 加路港을 떠난 귀국길에 은기도에 들렀는지 여부는 확인할 수 없으나, 강원도 삼척에서 8월에 체포되었으므로, 일본에 75일간 머문 것이 된다. 은기도에만 2주일 정도 머물렀다. 그것을 야다는 半日 정도의 방문으로 했다. 두 사람이 온 방향도 밝히지 않았으나, 수 백리의 항로를 2리 밖에 틀리지 않았다며 둘의 능력을 높이 평가하는 것을 보아, 조선에서 왔다가 조선으로 돌아간 것으로 했다는 것을 알 수 있다. 그렇게 야다는 은기도 이외의 행적을 생략하여, 두 조선인의 행적을 은기도로 한정했다.

따라서 은기도에서 長崎로 직송되었다는 1693년의 행적이나. 조선에서 은기도를 찾아가 반 일 정도 머물다 조선으로 돌아간 것으로 한 1694년의 행적은 사실의 기록이 아니라. 조선인의 일본 경험을 은기도에 한정하기 위한 윤색으로 보아야 한다. 특히 1694년에 보은의례를 거행하기 위한 방문은, 1696년의 鳥取藩 방문을 윤색했거나 다른 일본 경험에 근거한 내용으로 보아야 한다.

4. 송도와 죽도의 쌍

야다는 서문에서 은기도 서해의 먼 곳에 천대 만대에 걸쳐 영원하다
는 송도와 죽도가 존재한다는 사실을 밝혔다. 그렇게 병기된 송도와
죽도가 천대만대에 걸쳐 영원하다는 것은, 단단한 바위에 녹음이 우거
져있다는 것에 근거하는 사고이지만, 송도와 죽도가 쌍을 이루기 때문
이라는 의미도 있다. 그것은 야다가 결어에서 녹음이 우거진 송도와
죽도가 쌍을 이루는 것은 음양의 화합을 나타내는 것으로, 송에는 죽
이 저절로 첨부되는 것이라고 말한 것으로 알 수 있는 일이다.

야다는 송도와 죽도를 설명하면서 양도의 녹음을 칭송하는 노래를
읊었다.

하늘의 색도 온통 녹색의 송도로구나 구름도 바람도 떨쳐내는 나무 끝.

송도에 우거진 송림의 녹음으로 하늘과 바다가 온통 녹색으로 물들
고, 그 해상에 푸른 송도가 떠있고, 송도의 우거진 소나무 가지가 구름
과 바람을 털어내는 것처럼 노래했다. 소나무도 '十八公'이라는 破字로
표현하여 소나무가 우거진 송도로 일반화하려 했다. 죽도의 경우는

좋아질 세상, 우거진 대나무에 영원을 기원한다, 녹색이 짙은 섬이 더욱
그윽하다.

죽도이기 때문에 대나무가 우거진 것으로 노래하여, 송도의 녹색이 소나무의 녹색이었다는 것을 알 수 있다. 이렇게 송도에는 소나무가 무성하고 죽도에는 대나무가 무성하다는 것이 야다의 생각이었다. 그런데 송도가 수목이 자라지 못하는 암도라는 것은 한 번 보면 알 수 있는 일이었기 때문에 17세기에 죽도(울릉도) 도해에 관계하는 자들은 잘 알고 있었다. 1669년에 龜山庄左衛門이 村川家에 보낸 서찰에

죽도 가까운 곳에 있는 소도 (…중략…) 그 섬에는 초목도 없는 곳이다.

초목이 자라지 않는 섬이라는 것을 밝혔다. 1681년에 大谷家가 巡檢使에게 제출한 請書에도

죽도에 가는 길목 20정 정도에 소도가 있습니다. 초목이 없는 암도입니다.

죽도에 도해할 때 들리는 송도에는 초목이 자라지 않는다는 내용이 있다. 『장생죽도기』가 편찬되기 120년 전의 기록으로, 송도는 수목이 자랄 수 없는 암도라는 사실이 일찍부터 알려졌다는 것을 알 수 있다. 그런 사실은 후세의 中井養三郎가 1904년에 제출한 松島貸下願의 '정상에 약간의 토양이 있어 잡초가 자랄 뿐, 전도에 하나의 수목이 없다'라는 내용을 통해서도 알 수 있다. 1906년에 송도를 죽도로 개명하고 시찰하는 島根縣 시찰단에 참가했던 奧原碧雲도 암골이 노출된 상부에 약간의 경토가 있어 잡초가 자랄 뿐 한 그루의 수목이 없다고 말한 후에 '죽도는 이름뿐이로구나 찾아와 보았더니, 옛날부터 바위뿐이었구

나'라고, 죽도라는 도명과 달리 대나무도 자라지 않는 암도라는 노래까지 읊었다. 죽도에 대한 고적을 집록하여『장생죽도기』를 편찬한 야다가 몰랐을 이유가 없다. 그런데도 송도를 綠島로 기록하고 노래한 것은, 송도와 쌍을 이루는 죽도가 녹음이 풍부한 섬이기 때문에, 쌍을 이루는 송도는 소나무가 우거지는 섬이어야 했다. 그래야 녹색의 단단한 양도가 천대만대의 장생을 보장한다는 사고에 근거해서 명명한『장생죽도기』를 견문하는 것으로 장생을 보장받을 수 있다는 관념이 완전해지는 것이다. 송도를 사실 그대로 묘사하게 되면 송죽사상이 성립할 수 없고, 송도와 죽도를 쌍으로 엮을 수 있는 명분이 약해지고, 송도를 근거로 하는 죽도 영유에 대한 주장도 할 수 없게 된다.

야다가 송도를 소나무가 우거진 綠島라고 묘사하는 것은 죽도도해를 염원하는 지역주민들의 기대에 부응하는 일이었다. 지역주민들의 염원에 응하는 길은 죽도에 도해할 수 있는 정통성을 확보하는 일이었고, 그것은 죽도에 대한 영유를 주장할 수 있는 정통성을 확보하는 일이었다. 그러나 막부의 죽도도해금지령으로 죽도는 물론 송도에 도해하는 일이 금지되어, 죽도를 조선령으로 인식하는 현실이었다. 그래서 일단은 죽도도해금지령에 직접적으로 언급되지 않은 송도에 대한 영유의 정통성을 주장하고 그것을 근거로 죽도에 대한 정통성까지 주장하려 했다. 그런 필요성에 의해 야다는 송도는 '일본의 서해 끝에 있는 섬이다'라고, 마치 송도가 일본의 섬인 것처럼 단정했다. 그리고

본조의 동쪽 오슈에 송도가 있다. 앞에서 말한 그 송도가 서쪽에 있다. 또 조선 가까운 곳에 본조의 섬일까? 죽도가 있다. 녹색으로 뒤덮여 번성하는

섬이다. 음양의 화합을 나타내는 섬이다. 송에는 죽이 따라 붙는 것이다.

일본의 동방에 송도가 있으므로 서방의 송도도 일본의 섬이라는 논리로, 송도를 '동서'라는 사방의 쌍을 근거로 해서 영유에 대한 정통성을 확보하려 했다. 그리고 앞에서 말한 '上件ニ云'이라는 표현으로, '송도는 일본 서해의 끝이다'라고 단정했던 말을 다시 상기시키면서 '조선 가까운 곳에 있는 죽도가 본조의 섬일까'라고 죽도영유에 대한 관심을 표했는데, 그것은 송도를 일본령으로 단정해둔 사실을 근거로 하는 죽도영유에 대한 의지의 표현이다. 그런 의지를 실현시킬 수 있는 정통성을 확보하기 위해, 야다는 송도와 죽도가 녹색으로 뒤덮인 섬이고, 음양의 화합을 이루는 섬이라고 말한 것이다. 현실적으로는 죽도가 조선령이지만 송죽사상이나 음양사상으로는 일본령이라고 주장하고 싶었던 것이다. 이때 송도가 음이면 죽도는 양이고 송도가 양이면 죽도는 음으로, 서로 자연적으로 쌍을 이루게 된다.

그럴 경우 죽도에 대한 지리 역사적 사실은 문제가 되지 않는다. 야다는 죽도는 조선에서 30리 밖에 안 된다는 사실을 알고, 그 사실을 강조하기도 한다. 竹島丸의 선원들이 1696년에 조선인을 연행하여 도망칠 때도

'조선에서 30리도 되지 않아 바라보인다. 신호라도 하면 일시에 사람들이 달려올 것이다.'

죽도에서 조선이 가깝다는 사실을 강조했다. 이것은 '은기도에서 아

주 멀리 떨어진 죽도'라는 서문의 내용과 반대되는 표현으로, 죽도가 지리적으로 조선의 섬이라는 것이다. 그런데도 야다는 죽도가 조선에 가깝다는 사실을 상기시키면서, 일본의 섬일까라는 의문을 표했다. 사실을 떠난 생각으로, 송도를 일본의 섬으로 단정한 것을 근거로 하는 사고다.

그것은 쌍을 이루는 사물을 동일시하는 일이고, 동질화하는 야다의 방법이었다. 사물을 쌍으로 묶어서 동일·동질화 하려고 할 때 '葦原中国·根之堅洲国·黄泉国·海神国'의 4쌍 중에서 고천원에게 수호 받는 葦原中国이 다른 나라들을 거느리는 중심국이 되고, '大八島国·百済·新羅'의 3쌍 중에서 大八国이 고천원의 수호를 배경으로 해서 백제와 신라를 거느리는 천하의 중심이 된다는 『고사기』의 논리보다 더 좋은 것은 없다.

고천원의 수호가 천하의 중심이 되는 정통성이라는 『고사기』의 논리라면, 고천원에게 수호되는 은기도가 공존하는 송도와 죽도를 거느리는 중심이 되는 것은 당연한 일이기 때문이다. 그런 논리를 생각하면 야다가 '朝鮮国·隱岐国·出雲国'의 삼국의 쌍과 '竹島·松島·은기도'라는 3도의 쌍, 학과 같다는 '板屋何兵衛·椿儀左衛門·矢田高當'의 3옹의 쌍을 열거한 이유가 분명해진다. 3옹의 쌍은 장수한 3옹이 관여한 책이기 때문에 장수를 보장한다는 의미이므로 삼국·삼도의 쌍과는 성격을 달리 한다.

'朝鮮国·隱岐国·出雲国'이라는 삼국의 쌍은 국가와 지역을 의미하는 國의 조합으로, 차원을 달리 하는 3쌍이다. 그런데도 야다는 3쌍으로 묶는 방법으로 동격화 하여, 조선국을 出雲國과 隱岐國에 부속하는 나라로 위치시킨다. 隱岐国과 出雲国은 어떤 형태로든 고천원과 관계

가 있는 나라인 것에 비해, 朝鮮国은 고천원과 어떤 관계도 가지지 못하여, 고천원이 수호하는 隱岐国이나 出雲国과 동격이 될 수 없어, 저절로 주변국이 되고 만다. '죽도·송도·은기도'라는 3쌍의 경우도 마찬가지다. 3島 중에서 고천원이 수호하는 것은 은기도뿐이기 때문에, 죽도와 송도는 자동적으로 은기도에 부속하게 된다. 야다는 그런 결론을 목적으로 해서 쌍이나 3쌍, 4쌍으로 사물을 설명하고 '隱岐三ッ子の洲'라는 은기도에 도대명신이 진좌하는 것으로 했다.

5. 결론

야다는 송도와 죽도가 녹색의 암도이기 때문에 영원하다고 믿고 자신이 편찬물을 『장생죽도기』로 명명하더니, 그것을 견문하면 장생이 보장된다는 말까지 했다. 사실로 보기 어려운 일로 송죽사상에 근거하는 관념으로 보아야 한다. 그런 관념 때문인지 『장생죽도기』에는 허구가 많다.

죽도도해가 德川綱吉 대에 시작된 것으로 한 것을 비롯해서, 죽도에 大谷家·村川家만이 아니라 宮川家도 도해한 것을 한 것, 안용복의 일본 경험을 은기도로 한 정한 것, 두 번째 경험을 1694년으로 한 것, 11인의 일행을 2인으로 한 것, 2주간의 은기도 두류를 반일의 방문으로 한 것, 수목이 자라지 않는 송도를 녹음의 섬으로 한 것 등이 그 대표적인 허구다.

야다는 사물을 쌍이나 3쌍으로 묶는 방법으로 사물을 동질화한다. 송도와 죽도를 쌍으로 묶는 것은 송과 죽은 서로 쌍을 이룬다는 송죽사상에 근거하는데, 그의 목적은 따로 있다. 동방에 있는 송도가 일본의 섬이기 때문에 서방의 송도도 일본의 섬이라는 식으로 논리를 확장시켜, 아예 송도가 일본 서해의 끝이라는 결론을 이끌어 낸다. 그리고 그것을 근거로 송도와 쌍을 이루는 죽도의 영유를 말한다. 그런 관념에서는 죽도의 지리적 사실이나 막부가 내린 '죽도도해금제령' 같은 것은 문제가 되지 않는다. 관념이 사실보다 우선되는 것이다.

그런데 죽도가 일본의 섬이라는 관념은 야다에게 한정된 것이 아니었다. 1696년에 막부는 일본어민들의 죽도도해를 금지시켰는데, 죽도도해로 얻는 이익은 당사자에게만 한정되는 것이 아니었다. 그 일에 관계되는 선원들이나 죽도 산물을 막부에 헌상하던 鳥取藩에 이르기까지 지역사회의 많은 사람들이 이익을 얻고 있었다. 그래서 山陰 지역 사람들은 죽도도해가 재개되는 것을 염원하고 있었다. 岡島가 자신이 편한 『竹島考』의 한 구절이라도 도해재개에 도움이 되면 영원한 행복이라고 말할 정도였다. 야다도 그런 지역사회의 염원에 응하여 『장생죽도기』를 편찬했기 때문에, 죽도가 조선의 섬이라는 것을 알면서도, 죽도 영유에 강한 의지를 표한다.

그런 야다에게 고천원이 수호하는 葦原中国이 세계의 중심이 되고, 大八島国이 백제 신라를 부속시킨 천하의 중심이 된다는 『고사기』의 논리는 더 없이 중요한 논리였다. 은기도에 대한 고천원의 수호만 확인하면 송도와 죽도의 영유문제는 저절로 해결되기 때문이다. 그래서 出雲大社의 사인인 그는 은기도를 大八島国의 일국이었던 '隱岐三ッ子

の洲'라고 칭하고, 고천원이 파견한 도대명신이 진좌하는 섬으로 했다. 그것은 은기도가 고천원의 질서에 포함된다는 것이 되어, 고천원과 무관한 송도와 죽도는 저절로 은기도에 부속하게 된다.

그런『고사기』의 논리를 아는 야다였기 때문에 먼저 '송도는 일본 서해의 끝이다'라고 단정한 것이다. 그렇게 송도를 일본령으로 하면, 송도와 쌍을 이루는 죽도는 송죽사상으로 보아도『고사기』의 논리로 보아도 일본의 섬이다. 은기도가 松島・竹島와 같이 3쌍을 이루게 되면, 고천원이 수호하는 은기도는 자동적으로 송도와 죽도를 부속시키며 중심에 위치하기 때문이다.

야다는 그것을 목적으로 해서 쌍이나 3쌍으로 조합하는 방법으로 사물을 이야기하고 '隱岐三ッ子の洲'라고 칭한 은기도에 고천원이 파견한 도대명신이 진좌하는 것으로 했다. 그렇게 해야 은기도가 고천원의 수호를 배경으로 해서 자연스럽게 송도와 죽도를 거느리고 중심에 위치할 수 있다. 따라서 송도가 일본의 서쪽 끝이다라는 단정이나 조선에 가까운 죽도가 일본의 섬일지도 모른다는 의문은, 사실에 근거하는 것이 아니라, 죽도도해의 재개를 염원하는 지역사회의 염원에 부응한 관념의 실현으로 보아야 한다.

要旨

『長生竹島記』の天下

權五曄

　矢田高当は松島と竹島が緑豊かな岩島なので永遠だと信じ、自分が編した書物を『長生竹島記』と命名し、それを見聞きすれば長生が保証されるともいった。事実とは認めがたい思考、つまり松竹思想に捕われた観念と言わざるを得ない。そのせいか『長生竹島記』には虚構が多い。

　竹島渡海が綱吉の時代から始まっていることを始め、その時竹島へ渡海した大谷家と村川家に宮川家を付け加えたこと、安龍福の日本経験を隠岐島に限定したこと、元禄九年の経験を七年の経験に潤色したこと、十一人の一行を二人にしたこと、二週の逗留を半日の訪問にしたこと、樹木が生えない松島を緑島にしたことなどが代表的な虚構である。

　矢田は物事を対や三対に組み合わす方法で異質のものを同質化する。松島と竹島を対に組み合わせるのは松には竹が付け添えられるという松竹思想に基くが、矢田の目的は別にあった。東方にある松島が日本の島であるので西海の松島も日本の島だという論理を構え、松島は「本朝西海のはて也」という観念を事実化し、それに基づいて松島と対を成す竹島の領有まで言う。その時、朝鮮に近い竹島の地理的事実や幕府の竹島渡海禁制令などは問題にしていない。事実より観念が優先している。

　ところが、その観念は矢田だけの思考ではない。元禄九年に幕府は米子商人の竹島渡海を禁じたが、それで得ていた利益は当事者が享受するのではなく渡海船に乗船する水夫らや、竹島鰒を幕府に献上していた鳥取藩に到るまで地域社会に広がっていた。従って竹島渡海の利権にかかわる意識は地域社会を巻き込んだ意識となった。岡島正義が『竹島考』の自叙で、自分が編した書の一句でも竹島渡海再開に役に立てれば永遠なる幸せだと言っている程である。矢田もその地域の時代的念願に応じて『長生竹島記』を編したのであって、竹島が朝鮮の島であることを知っていながらも、竹島の領有に強い意志を見せた。

　その矢田に高天原が守護する葦原中国が世界の中心国になり、大八島国が百済と新羅を付属させた天下の中心になるという『古事記』の論理はそれ以上なしの論理であった。隠岐島に対する高天原の守護だけを確認すれば、松島と竹島の領有問題は自ずから解決されるからである。それで出雲大社の社人である彼は隠岐島を大八島国の一国であった「隠岐三つ子の洲」と称し、高天原が派遣した渡大明神が鎮座する島にした。それは隠岐島が高天原の秩序に含まれることになり、高天原との繋がりを持った無い松島と竹嶋は自ずから隠岐島に付属される。

　その『古事記』の論理を知っている矢田であったので、先ず松島は「本朝西海のはて也」と断定したのである。そのように松島を日本領にすると、松島と対を成す竹島は松松竹思想から見ても、『古事記』の論理からみても日本の島である。隠岐島が竹島・松島と共に三対をなせば、高天原が守護する隠岐島は自動的に松島と竹島を付属させて中心に位置するからである。

　矢田はそれを目的にして対や三対に組み合わせる方法で物事を語り、

「隠岐三つ子の洲」と称した隠岐島に高天原が派遣した渡大明神が鎮座することにした。そうすることが、隠岐島が高天原の守護を背景にして、自ずから松島と竹島を率いて中心に位置することであった。従って、松島が日本西海の果てだと言う断定や朝鮮に近い竹島は日本の島だろうかと疑問を投げ掛けたことは、事実や史実に根拠することではなく、竹島渡海の再開を念願する地域社会の念願に沿った観念の実現と見るべきである。

참고
문헌

자료

竹內栄四郎所有, 『長生竹島記』, 島根県史編纂掛, 大正2年3月謄写.

田村清三郎, 『島根県竹島の新研究』, 島根県総務課, 昭和40年.

단행본

川上健三, 『竹島の歷史地理的研究』, 古今書院, 1966.

神野志隆光, 『古事記の世界観』, 吉川弘文館, 1986.

________, 『古事記の達成』, 東京大学出版会, 1983.

________, 『古事記をよむ』 下, NHK出版, 1994.

________, 『고사기』 天皇の世界の物語, 日本放送出帆協会, 1995.

池内敏, 『大君外交と「武威」』, 名古屋大学出版会, 2006.

權五曄編譯注, 『控帳』, 冊舍廊, 2009.

權五曄・大西俊輝編 注釈, 『竹嶋紀事』 1~1, 韓國學術精報, 2011.

權五曄・大西俊輝編 譯, 『元禄覚書』, J・C, 2009.

________________, 『竹島渡海有来記抜書控』 上・下卷, 韓國學術精報, 2011.

權五曄訳注, 『竹島及び鬱陵島』, 韓国学術情報, 2011.

権五曄編譯注, 『竹嶋之書附』, 知性人, 2012.

權赫晟譯, 『竹島考』 上・下, 人文社, 2011.

남도대승원南都大乘院에 있어서의
이치조 가네요시一條兼良 고전학

『신서찬소보유神書纂疏補遺』에 대해

가나자와 히데유키

1

이치조 가네요시一條兼良 『일본서기찬소日本書紀纂疏』는 15세기 중반 무로마치 시대에 저술된 『일본서기』 신대권神代卷의 주석서이다. 이 주석의 특색은 신대권의 각 문장에 인용된 한적·불전의 기록을 대조하고 표면적인 차이의 이면에 있는 내용의 합치를 찾음으로서 『일본서기』 신대권을 보편적인 '이치'를 보여주는 책으로 읽으려고 한 데에 있다. 그 때문에 이 책 안에는 유교·도교·불교의 삼교에 이르는 책이 종횡무진으로 참조·인용되어 있고, 중세 일본에 있어서의 동아시아 고전이 실제로 살아있는 모습을 전하고 있다.

『일본서기찬소』의 성립에 대해서는 우선 강정康正 3년(1457)에 궁중에서 『일본서기』 강론이 행해졌을 때 1차 본이 성립되고, 그 후 문명文明 5년(1473)에 대폭 개정이 행해져 2차 본이 완성되었다고 하는 두 번의 과정이 있었음이 밝혀져 있다.[1] 문명文明 5년, 가네요시兼良를 강사로 한 사적인 『일본서기』 강론이 후지와라노다카카즈藤原隆量의 발기에 의해 새로 행해졌다는 것이 『심존대승정기尋尊大僧正記』 등의 자료에 의해 확인되는데, 이것은 1차본 3분책 중 제1책(전 6권 중 권1·2에 상당. 총론에서 제5단 본서까지의 주석을 포함)이 그 때까지 산실되어 있었다는 것이 계기가 된 것 같다. 이 강론과 함께 제2·3책 분을 중심으로 이루어졌다고 추측된다. 한편, 잃어버린 제1책 분은 후에 별도로 재입수한 1차본에 의해 보충되어졌다고 생각되며, 현존하는 2차본 제1책 분에는 개정의 흔적이 거의 없다. 단, 문명文明 5년 강론 때에는 제1책 분에 관해서도 강론에 임하기 위한 메모가 새로 작성되었다고 생각된다. 이 메모에 해당되는 것이라고 추정되어 온 것이 본고에서 취급할 천리天理도서

---

1 곤도 요시히로近藤喜博, 「일본서기찬소日本書紀纂疏·그 사본들」, 『예림藝林』 7-3, 1957; 「일본서기찬소의 성립」, 『비브리아』 9, 1957; 「일본서기찬소보유日本書紀纂疏補遺에 대해」, 『비브리아』 10, 1958; 나카무라 게이신中村啓信, 「해제」, 천리天理도서관선본총서『일본서기찬소 일본서기초日本書紀抄』, 야기八木서점, 1977; 오카다 쇼지岡田莊司, 「일본서기신대권초日本書紀神代卷抄해제」, 조쿠쿤 쇼루이쥬續群書類從완성회, 『가네토모兼倶본·노부타카宣賢본 일본서기신대권초日本書紀神代卷抄』, 1984; 마카베 도시노부眞壁俊信, 「해제」, 신도대계, 『일본서기주석』(중), 신도편찬회, 1985; 고노시 다카미츠神野志隆光, 「『일본서기찬소』의 기초적 고찰」, 『변주되는 일본서기』, 동경대 출판회, 2009, 초출 1992; 미야카와 요코宮川葉子, 「이치죠 가네요시一條兼良의 「일본서기찬소」 성립 전후」(『군쇼』재간再刊44, 1999)등. 연차의 특정에 대해, 강정康正 3년은 미야카와宮川론, 문명文明 5년은 곤도近藤, 「일본서기찬소의 성립」에 의한다. 졸고 「『일본서기찬소』의 성립·속초續貂」(『상학』 116, 2016)에서도 이 문제를 논했다. 또한 1·2차본이라는 호칭은 『일본고전문학대전』, 「일본서기찬소」항, 나카무라 게이신中村啓信 및 고노시神野志론에 의한다.

관장본『신서찬소보유』[2]이다.

이 책은 가네요시와도 관련을 갖고,『일본서기신대권초』등의 신대권 주석을 붙인 요시다가네토모吉田兼俱의 손자에 해당하는 요시다가네미기吉田兼右가 서사한 것이다. 각주 ① 곤도요시히로「일본서기찬소보유에 대해」에는 이 외에 가네미기兼右의 아들인 본슌梵舜에 의한 사본도 존재했다고 기록되는데 지금 그 소재는 확실치 않다.

이는 '신모神母' '신신神身' '신혼神魂'이라는 표제를 달고, 표제어마다 그와 관련된 책의 인용 기사를 모은 것으로,『일본서기』에 관한 직접적 주석은 포함하고 있지 않다. 인용집 또는 유서(類書, 백과사전식 책(역자 주))에 가까운 체제를 취하는 것인데, 여기에 인용되는 책은 중국과 일본 불교 서적으로 광범위한 영역에 이른다. 그 중에는 직접 문헌상의 근거가 되는 책명을 기록하지 않는 것도 많지만 지금 시험 삼아 모든 표제어에 대해 인용서의 서명・편명・저자명・주석자명[3] 등이 명시되는 것을 이하에 들어 본다([ ]속은 필자가 보충했다).

1. 신모神母

2. 신신神身

3. 신혼神魂 (신불멸편神不滅篇[『홍명집弘明集』])

4. 혼돈일야混沌一也

2　천리天理도서관 장서 목록에는『일본서기찬소보유』로 등재되는데, 속표지 제목, 겉표지 제목 모두『신서찬소보유』라고 기록되므로, 본고에서는 이를 사용한다.

3　예컨대「공자가 말하길」이라고 되어 있어도 출전이『논어』등 공자의 저작이라고 여겨지는 것 이외는 들고 있지 않다. 따라서 실제로는 이하의 표에 든 것보다 많은 저작이 인용되어 있었을 거라 보인다.

5. 하나(화엄경華嚴經)

6. 심경心鏡

7. 거울(능엄경楞嚴經・[대승大乘]기신론起信論)

8. 마음心

9. 일법계一法界

10. 마음心

11. 마음心(사마표司馬彪・장자莊子)

12. 위지위금爲地爲金(아비달마경阿毘達磨經・승론勝論)・유식경唯識鏡・

　　섭론攝論・대열반경大涅槃經)

13. 전지작수轉地作水

14. 나무○[4]땅(대지도론大智度論)

15. 화불능소火不能燒

16. 무정설법無情說法

17. 변유실용變有實用(유가瑜伽[사지론師地論] 33, [대大]지도론智度論)

18. 화불능소火不能燒(위략魏略・돈황실록燉煌實錄)

19. 48

20. 팔괘八卦

21. 중유中有

22. 만법일심万法一心

23. 일념一念(화엄경華嚴經)

4　『신서찬소보유』의 파손 부분 및 원래 공백이 되어 있는 곳(저본이 파손된 것일 것이다)
을 ○로 표시한다.

24. 오통五通

25. 보통報通

26. 삼세간三世間

27. 삼교三敎

28. 물무정성物無定性

29. 물물변천物物變遷(유마경소維摩經疏)

30. 남녀(유마경維摩經)

31. 팔해팔사八解八邪

32. 직심直心(대[지도智度]론·입능가入楞伽[경經)]·성유식成唯識⁵론)

33. 명전자성사名詮自性事

34. 전륜왕轉輪王(구사俱舍[론])

35. 사륜四輪(능엄경楞嚴經)

36. 중생기시衆生起始(또는 말하길[＝능엄경])

37. 월여수月與水(또는 말하길[＝능엄경])

38. 토목금석土木金石(또는 말하길[＝능엄경])

39. 초목성인草木成人(또는 말하길[＝능엄경])

40. 성聖(유식술기唯識述記)

41. 세계(능엄[경])

42. 경주鏡珠(인왕경仁王經)

43. 혼돈일混沌一(화엄합론華嚴合論)

---

5 『신서찬소보유』는 '식識' 자의 대부분을 '의議'로 오기하고 있는데, 여기에서는 본래의 글
자로 표시한다.

44. 일월日月(인본경因本經 · 아함경阿含經)

45. 일월합리日月合離([입세立世⁶[아비운阿毘曇]론 · 인본경)

46. 사생四生(비파사론鞞婆沙論)

47. 심신心神

48. 미어迷悟(대종선사大宗禪師)

49. 오도윤회五道輪廻

50. 일체심조一切心造(조론肇論 · 찬헌기纂憲記 · 문수반文殊般)[니원泥洹]경經])

51. 심청탁心淸濁(대지도론大智度論)

52. 토정불정土淨不淨([범망경梵網經]고적古跡[기記])

53. 바다

54. 육관六官(순자荀子)

55. 태일太一(예운禮運[『예기禮記』])

56. 신선(능엄경)

57. 사대四大(대비大毘([파婆]사론沙論)

58. 열반경 8 ⁷

59. 상동 15(열반경15)

60. 상동15(열반경15 · 인왕경仁王經)

61. 예기禮記 제7(예운禮運)

62. 치인정治人情 (또는 주에 말하길[=『예기』예운편 · 정현鄭玄주] · 또는 말

---

6 『신서찬소보유』에서는 '입立'자를 『육일六一』로 오기하고 있는데, 여기에서는 본래의 글 자로 표시한다.

7 『대반열반경大般涅槃經』에는 담무찬曇無讖 번역의 북본北本과 혜엄慧嚴 · 혜관慧觀 · 사령운謝 靈運편의 남본南本이 있는데, 해당 항의 내용을 권 8에 포함시키는 것은 북본北本이다. 이 하, 60항도 마찬가지이다.

하길 [=『예기』(예운편)·노자老子·화엄경 세간정안품華嚴經世間淨眼品

63. 산재칠계散齋七戒(홍인격弘仁格)

64. 외칠언外七言(연희식延喜式)

65. 내칠언 외칠언內七言外七言

66. [궁사호宮社號]**8**연희식)

67. [9상九想]**9**(청량국사清涼國師)

68. 일신日神([번역]명의집名義集)

69. 월신月神 (또는 말하길[=번역명의집]·열반涅槃[경]·구사俱舍[론]·
세시족론世施足論·대공작주왕경大孔雀呪王經

70. 중생(또는 말하길[=번역명의집]·마가연摩訶衍[론]·능가楞伽[경])

71. 신(또는 말하길[=번역명의집]·광명소光明疏)

72. 화신火神(또는 말하길[=번역명의집]·[보普]문소門疏·석론釋論·십왕경
十住經·관정灌頂·소문경서素問經序)

73. 좌우수左右手

74. 좌우수(반약경般若經·주례周禮)

75. 위고노자韋古老子(본초서本草序·신선전神仙傳·서역기西域記·유가사
지론瑜伽師地論·주자周子)

76. 출외도자出外道者

---

8 '궁사호宮社號'는 본문 서두에 삽입된 것으로 표제어가 되어 있지는 않은데 내용이 전항까
지와 다르기 때문에 표제어로서 채용했다.

9 '9상九想'도 앞 주注의 '궁사호宮社號'와 마찬가지로 표제어는 아니지만, 여기에서는 '일체
의 세상은 생각을 유지할 수 없다'라고 하는 9상설의 인용, '노자가 말하길'이라 하며 '내
목숨은 내게 있지 않고, 하늘에 있지 않다'라고 말하는 인용(『노자』에는 없음), 중생에게
본래 부처님의 마음이 구비되어 있다고 하는 여래장如來藏사상을 말하는 '청량국사清涼國
師가 말하길'이라는 인용 3조를 임시로 하나의 표제어하에 정리했다.

* 이하 표제어 없음. 서명, 편명, 저자명만을 게재

성유식론成唯識論 · (성유식론)술기述記 · 황제黃帝 · 노자老子 · 역계사易係辭(전) · 회남자淮南子 · 둔갑개산도遁甲開山圖 · 한서율력지漢書律曆志 · 서정삼오력기徐整三五曆紀 · 천문록天文錄 · 장형령헌張衡靈憲 · 물리론物理論 · 왕충론형王充論衡 · 수신기搜神記 · 열자列子 · 주문공문집朱文公文集 · 주례대사도周禮大司徒 · 수경水經 · 문창잡록文昌雜錄

이상 전체적으로 불전佛典이 다수를 차지하는데, 이것이 스스로 문명 5년 강론 직후에 출가하고, 불교에 조예가 깊었던 가네요시의 저작이라고 한다면 이는 당연한 경향일 것이다. 한적도 예서禮書가 많이 인용되고 있는데, 특히 말미 부분에는 한꺼번에 각종 책 이름이 보인다. 일본 서적은 적지만, 홍인격弘仁格 · 연희식延喜式이라는 이름이 주의를 끈다. '재능과 학식으로는 중국과 일본에서 비할 사람이 없다'[10]라고 불린 가네요시에게 걸맞은 글이기도 하다. 바야흐로 중일 불교에 걸친 중세의 고전적 지식 세계가 전개되는 것인데, 여기서 문제가 되는 것은 문명 5년의 시점에서 가네요시는 어떻게 이 책들에 접근할 수 있었냐는 점이다.

당시 교토는 6년 전의 응인應仁 원년(1467)에 발발한 대란이 한창이었고, 많은 명망 있는 높은 지위의 사람들이 부득이 도읍을 떠나 지방에서의 피난 생활을 하게 되었다. 가네요시도 남도 나라奈良지방의 흥복사 문적사원門跡寺院인 대승원大乘院에서 별당(別當, 관직명(역자주))을 맡

---

10 『선윤경기宣胤卿記』(증보 사료대성, 린센 서점, 1965) 문명文明 13년 4월 2일조.

고 있던 아들 진손尋尊을 따라 내려와 응인 2년 이래의 피난 생활을 계속하는 상황이었다. 원래 교토이치죠무로마치京都一條室町의 가네요시 집은 중국책과 일본책 수만 권을 모았다고 하는 도카보桃華坊문고를 소유한 것으로 알려졌는데. 그 문고는 응인應仁의 난 발발 후 얼마 지나지 않아 응인 원년 9월에 소실, 장서도 모두 불타버렸다. 별도로 보관되어 있던 이치죠가덴一條家傳의 중요 문서만은 겨우 이 피해에서 벗어나 대승원으로 옮겼다는 것이 『심존대승정기』 응인 2년 윤10월 24일조에 보인다.[11] 도합 62합合이라고 기록된 그 내역을 보면, 『옥엽玉葉』이나 『황력荒曆』 등의 후지와라藤原가문 관계의 일기류를 비롯, 『관평어기寬平御記』나 『문덕실록文德實錄』 등의 천황에 관한 기록, 율령격식, 『서궁기西宮記』, 『북산초北山抄』, 『강가차제江家次第』 등의 의식차제儀式次第·유식고실서(有職故實書, 옛날 조정이나 무가의 관직·법령·의식·의상·집기 등의 기록(역자주)), 그리고 『일본서기』가 차지하고 있다. 예식을 담당하던 이치죠 가문에 있어서 이들이 필수 서적이었던 것은 틀림없지만 그 중에 『신서찬소보유』가 인용하는 것과 같은 책은 인정할 수 없다.

난에 의한 지적 재산의 상실이라는 상황 하에서 또한 일찍이 수도에서 벗어난 나라奈良의 피난처에 있어서 가네요시가 어떻게 『신서찬소보유』에 집성된 정보를 손에 넣고 『일본서기』강론 및 『찬소纂疏』의 개정을 행할 수 있었는지 살펴보는 것은 이것이 한정된 조건이라는 상황이기 때문에 오히려 당시 지식인들에 의한 동아시아 고전 세계에의 관련 방식 실태를 명확히 보여주게 될 것이다. 그래서 다음 절부터는 구

---

11 『대승원사사잡사기大乘院寺社雜事記』 속사료대성, 린센서점, 1978.

체적으로 『신서찬소보유』의 내용을 검증함으로써 이 문제의 해명을
시도해 보도록 하겠다.

2

전 절에서도 말한 것처럼 『신서찬소보유』에서 눈에 띄는 것은 불전
佛典으로부터의 인용이 많다는 점이다. 당시 가네요시가 체재하고 있
었던 곳이 흥복사 대승원이라는 남도南都를 대표하는 사원이었던 것을
생각하면, 이들 불전에 쉽게 접할 수 있었을 가능성도 생각할 수 있겠
지만 문제는 그리 간단하지 않다.

예컨대, 12. 위지위금爲地爲金(이지위금以地爲金을 잘못 쓴 것인가)의 항을
보자(이하 밑줄 친 선은 필자에 의한다).

阿毘達磨經說. 菩薩成就四智, 能隨悟入唯議無境. 卽是地前小菩薩, 雖未澄唯議之理,

而依佛說及見地上菩薩成就四般唯唯議之智, 遂入有漏, 觀彼十地菩薩所變大地爲黃

金. (…中略…) 又如勝論, 祖師爲守六句義故, 變身爲大石. (…中略…) 問. 且如變大

地爲金時, 爲滅却地, 全金種別生. 爲轉其地便成金耶. 答. 唯議鏡云, 爲佛菩薩, 以妙

觀察智, 擊大円鏡智及異熟識, 令地種不起, 金種生現. 以此爲增上. 能令衆生地滅金

生. 名之爲變. 非爲便轉地 成金故. 攝論云. 由觀行爲增上. ○○○儀變. 大涅槃經云.

佛言善男子, 菩薩摩訶薩修行如是大涅槃者, 觀土爲金, 觀金爲土. 地作水相, 水作地

相. 隨意成就無有虛妄. 觀實衆生爲非衆生. 觀非衆生爲實衆生. 悉隨意成 無有虛妄.

　　서두에 인용되는 '아비달마경阿毘達磨經'은 유식파唯識派의 경전에 종종 인용되는 산일불전散逸佛典 『대승아비달마경大乘阿毘達磨經』을 말한다고 생각되는데, 이하의 문장은 5대 10국 시대의 에이메이엔쥬永明延壽에 의해 쓰인 불교 관련 유서類書 『종경록宗鏡錄』권 제12에 인용된 것과 합치되므로 가네요시는 여기에서 인용한 것이라고 생각된다. 뿐만 아니라 이어지는 『승론勝論』, 『유의식경唯議識鏡』, 『섭론攝論』, 『대열반경大涅槃經』을 포함하는 해당 항 전체가 『종경록』의 동일한 곳에서 그대로 인용된 것이라는 것은 다음의 『종경록』의 인용을 봤을 때 확실하다고 할 수 있겠다.

阿毘達磨經說. 菩薩成就四智, 能隨悟入唯識無境. 卽是地前小菩薩, 雖未證唯識之理, 而依佛說及見地上菩薩成就 四般唯識之智, 逐入有漏觀, 觀彼十地菩薩所變大地爲黃金. (…中略…) 又如勝論, 祖師爲守六句義故, 變身爲大石. (…中略…) 問. 且如變大地爲金時, 爲滅却地, 令金種別生. 爲轉其地便成金耶. 答. 唯識鏡云. 爲佛菩薩, 以妙觀察智, 繫大円鏡智及異熟識, 令地種不起, 金種生現. 以此爲增上. 能令衆生地滅金生. 名之爲變. 非爲便轉地成金故. 攝論云. 由觀行爲增上. 令余人識變. 大涅槃經云. 佛言善男子, 菩薩摩訶薩修行如是大涅槃者, 觀土爲金, 觀金爲土. 地作水相, 水作地相. 隨意成就無有虛妄. 觀實衆生爲非衆生. 觀非衆生爲實衆生. 悉隨意成無有虛妄.

— 대정장大正藏(48.0769c27-0770a17)

　　이 『종경록』으로부터의 인용문은 다음과 같이 전거典據를 명시하지 않는 항목도 많이 보인다(이하, 인용문에서의 차이를 괄호에 넣어 나타낸다).

1. 신모神母

妙万物故稱之爲神. 孕一切故名之爲母.

—『종경록』권 제9 (대정장48.0461b23-24)

2. 신신神身

傅大士稱爲妙神. 亦云妙識. 妙神卽是法身佛. 若無妙神誰受寂滅樂.

—『종경록宗鏡錄』권 제9 (대정장48.0461c02-04)

3. 신리神理

神不滅篇云, 夫神者何耶. 精極而爲靈者也. 精極則非封像之因(因→所圖). 故聖人以
妙物而爲言. 雖有上智, 猶不能定其体狀, 窮其幽致. 神也者, 円應無主, 妙盡 無名, 感
物而動, 假數而行. 感物而非物, 故物化而不滅. 假數而非數, 故數盡而不窮. 有情則可
以物感. 有識則可以數求. 數有精麁故其性各異. 智有明昧故其照不同. 推此而論, 則
知化以精(精 → 情) 感神以化傳. 情爲化之母, 神爲情之根.

—『종경록』권 제 39 (대정장48.0650a19-27)

또한, 다음과 같이 한적에 의거했다고 보이는 것에 대해서도,

11. 마음心

司馬彪云, 心爲神靈之台. 莊子曰(曰 → 云), 万惡不可內於靈台.

—『종경록』권 제 9 (대장경48.0460b27-28).

18. 화불능소火不能燒

魏略云, 張遼爲孫權所圍. 遼復入. 權衆破走. 由是威震江東. 兒啼不止. 其父母以遼名

恐之便止. 又燉煌實錄云, 宋質直破虜有威名. 兒啼恐之卽止. 且孩兒未識其人, 聞名
卽能止啼者, 金際(金際 → 全證)唯心矣. 乃至如念觀音名號, 火不能燒等. 此託觀音爲
增上緣. 並是自心所感致茲靈驗. 災祥成敗榮辱昇沈, 無不由心者矣.

—『종경록』권 제29 (대장경48.0589a11~18).

으로,『종경록』을 통해 인용되어 있는 것을 알 수 있다. 실은『신서찬소
보유』의 첫 부분인 1. 신모神母항에서 29. 물물 변천 항 전반부까지 중
에 4. 혼돈일야混沌一也, 17. 변유실용變有實用의 2항을 제외한 모든 것이
『종경록』으로부터의 인용에 의해 구성되어 있다. 물론, 그 중에는 다른
불전에도 공통되게 보이는 예도 있지만, 상기의 전체에 걸쳐 원래 출전
으로서 인정 가능한 것은『종경록』뿐이다. 따라서 이 사이에 언급된 다
른 전적도 모두 종경록으로 부터의 재인용이 된다.

이 1. 신모神母~29. 물물 변천 부분의 내용에서 추측되는 주제는 무릇 이
하와 같다.

1. 신모神母~ 3. 신리神理 : 신이란 무엇인가.

4. 혼돈일야混沌一也

5. 일一 : 시원始源의 존재에 대해.

6. 심경~8. 마음心 : 마음心(제8직第八識)을 거울에 비유해 말한다.

9. 일법계一法界~18 화불능소火不能燒 : 마음으로부터의 세계 생성.

19, 48, 20. 팔괘 : 사섭四攝·팔공양八供養=금강계 만다라를 둘러싼 여러
보살과 팔괘=태일太一의 여덟 사자使者(의 합치?).

21. 중유中有~23. 일념一念 : 만법万法의 근원인 일심一心은 모두에게 구비

되어 있고, 각종 현상은 그것을 깨닫지 못하는 까닭에 생기는 것.

24. 오통五通~29. 물물 변천 : 이상의 진리를 깨달으면 갖가지 존재에 대한 차별은 없어지고 유교·도교·불교의 삼교도 결국은 하나로 귀결된다는 것.

이들 주장은 『일본서기찬소』 제1책의 전반, 권1의 총론부로부터 『일본서기』 본문 서두 주석에서 서술되는 바에 가깝고 가네요시의 『일본서기』 주석의 근간을 지탱하는 사상에 직접적으로 대응한다. 그 가장 중요한 부분이 거의 『종경록』으로부터의 인용으로 이루어졌다는 점에 주목하고 싶다. 원래 『종경록』은 수나라의 지의(智顗, 중국 천태종의 실질적 초대 교조(역자주))에서 시작되어 당나라 초기의 기基나 법장法藏, 그리고 당나라 중당(中唐, 당대를 구분하는 4단계 중 제3기(역자주))의 규봉종밀圭峰宗密로 이어져 온 불교 판세의 흐름을 이어받아 당대 이후의 갖가지 불교 종파를 분류·체계화한 다음, 선禪의 입장에서 그들의 종합을 꾀한 책이다.[12] 특히 본래 불설佛說을 대상으로 하는 교리 판단 속에 중국 승려에 의한 선어禪語, 나아가 유도儒道의 외경外經도 포함하는 점은 『선원제전집도서禪源諸詮集都序』『원인론原人論』을 저술한 종밀(宗密, 화엄종 제5대 교조(역자주))의 영향이 크다. 『신서찬소보유』는 상기 외에도 50. 일체심조一切心造, 51. 심청탁心淸濁 항에 『종경록』을 인용하고 있고, 특히 전자는 19조의 대부분을 차지한다. 1~29의 인용과 맞춰 보면 『종경록』전 100권이 거의 전체적으로 거침없이 인용되고 있음을 알 수 있다.

---

12 야나기미키야스柳幹康, 『에이메이엔쥬永明延壽와 『종경록』의 연구』, 호조칸法藏館, 2015.

『일본서기찬소日本書紀纂疏』 자체의 집필에 있어서도『종경록』이 참조되었을 가능성이 주석에서 엿보인다. 예컨대『찬소纂疏』 총론부, '신대상神代上'의 '신神'자의 주석에서 '又云阿頼耶識, 卽是眞心. 不守自性, 隨染淨緣, 不合而合, 能含藏切眞俗境界'라고 되어 있는 부분(14면)[13]은『종경록』권 제47(대정장48.0694c27-29)에 같은 문장이 보인다.『번역명의집翻譯名義集』6에도 같은 문장이 실려 있는데, 그것도『종경록』을 인용한 것이다. 또한, 같은 항에 이어 불교로 '신神'자를 해석하는 부분(17페이지)에 있어서 '我今此身, 地水火風四大和合. 四大各離, 今者妄身當在何處. (…中略…) 畢竟無有. 緣心可見'라고 말하는 것은『대방광엔각수다라료의경大方廣円覺修多羅了義經』에 '我今此身四大和合. 所謂髮毛爪齒皮肉筋骨髓腦垢色皆歸於地. 唾涕膿血津液涎沫痰淚精氣大小便利皆氣於水. 暖氣氣火. 動轉歸風. 四大各離. 今者妄身. 當在何處 (…中略…) 畢竟無有. 緣心可見 (대정장17.0914b22-c02)이라고 되어 있는 문장을 간략히 기술한 것인데,『엔각경円覺經』의 같은 문장은『종경록』권 제66(대정장48.0790c05-14) 및 권 제79(대정장0856a20-29)의 두 군데에 걸쳐 인용되고 있다. 또한,『일본서기』 본문 서두의 '혼돈'에 대한 주석에 '円應無主, 妙盡無名, 感物而動, 假數而行. 故謂之神者也'로, 혼돈=신神이라는 명제를 말하는 것은『홍명집弘明集』권5 '沙門不敬王者論形盡神不滅'편의 '神也者, 円應無主, 妙盡無名, 感物而動, 假數而行'(대정장(大正藏)52.0031c07-08)의 일절一節을 근거로 하는 것인데,[14] 이와 같은 문장은 이미『신서찬소보유』3. 신리神理 항목에서

---

13 면수는 천리天理도서관 선본총서『일본서기찬소 일본서기초日本書紀抄』수록, 기요하라노 부타카淸原宣賢 필본의 영인에 의한다. 또한 이 책은 2차 본의 계통에 속하는데, 이하에 드는 예는 모두 1차 본에도 존재한다.

확인한 것처럼 『종경록』 권39(대정장48.0650a21-23)에도 보이고 있다.

전술한 바와 같이 『신서찬소보유』에서 가네요시는 『종경록』의 방대한 집성 속에서 자유자재로 인용하고 있고, 그 사상을 자기 소유물처럼 자유롭게 읽어내고 있는 모습이 보인다. 문명文明 5년의 개정 때뿐 아니라 강정康正 3년의 1차본 성립 시에 있어서도 이미 『종경록』이 이용되었을 가능성이 높지 않을까 한다. 『일본서기찬소』에 있어서 종밀宗密의 일심사상一心思想이 영향을 주었다고 인정되는 점이 우에노히데히코上野英彦 「『일본서기찬소』와 종밀의 일심사상」[15]에 의해 지적되고 있는데, 이와 동시에 종밀의 일심사상을 이어받은 엔쥬延壽 『종경록』('종경'은 종밀의 '일심一心을 바꿔 말한 것)을 거친 관계도 생각하지 않으면 안 될 것이다.

『종경록』에 이어서 『신서찬소보유』 안의 인용 중 눈에 띄는 것은 남송南宋·법운法雲 편의 범한梵漢사전인 『번역명의집』이다. 68. 일신日神 항목에서 책 이름이 보이고 있고, 72. 화신火神까지 이 책에 기초하고 있다는 것을 알 수 있는데, 실제로는 그에 그치지 않고, 33. 명전자성사名詮自性事, 34. 전륜왕轉輪王, 49. 오도윤회五道輪廻, 50. 일체심조一切心造 (『종경록』에서의 인용을 제외한 마지막 2조), 74. 좌우수左右手(『주례(周禮)』의 인용을 포함하는 3조), 75. 위고노자韋古老子 ('이서裏書에 말하길 주자周子에서 말한다~'의 부분을 제외한 3조), 76. 출외도자出外道者의 항목도 또한 같은 책에서의 인용이라고 인정된다. 이 중 33. 명전자성사名詮自性事 ~50.

---

14 단 원전에서 '신神'이라는 말은 윤회하는 영혼과 같은 의미로 쓰이고 있다.
15 우에노 히데코, 「『일본서기찬소』와 종밀의 일심사상」, 『국어국문』 80-2호, 2011.

일체심조一切心造의 부분은『종경록』에서의 인용을 중심으로 일심一心
으로부터의 세계 생성·선악 차별 발생에 관한 예문을 열거한 후, 다시
금 다른 책에서 유사한 내용을 가진 것을 모아 놓았다고 생각된다.『일
본서기찬소』와 대응해 보자면, 총론부에서『일본서기』신대권神代卷 본
문 제4단 부근까지(천지개벽~신들의 출현~국토 생성) 내용에 해당한다. 한
편, 68. 일신日神~74. 좌우수左右手까지는『일본서기』제5단, 이자나기
노미코토伊弉諾尊·이자나미노미코토伊弉冊尊 두 신이 일월신을 포함한
신들을 낳는 곳(일서一書를 포함한다)에 해당하는 것으로 보인다. 개별 신
격에 대해서 불전과의 대응을 하나하나 검증하는 경우에는『번역명의
집』이 이용에 편리했다는 것일 것이다.

　남송南宋·진실陳實편『대장일람집大藏一覽集』도 또한 많이 이용되고
있다. 이 책은 대정신수대장경大正新修大藏經에 실려 있지 않은데, 선적禪
籍을 많이 인용하는 불교 유서類書로서, 가네요시 주변의 일본 선승禪僧
들이 가져온 것이라고 생각된다.[16] 일례를 들자면 44일, 월日, 月[17]에

因本經云. 日天以天金及頗梨合成宮殿. 正方(方→北)如宅, 遙看似円. 風以(以→없

---

[16] 가네요시가 의붓형인 운쇼잇케이雲章一慶등을 통해 오산五山의 선종과 교류를 가지고 있
　　었다고 생각되는 점에 대해서는 나카무라히카루中村光,「무로마치시대에 있어서의 공경
　　公卿, 공公인 대신과 경卿인 대납언, 중납언, 참의 및 삼위三位 이상의 관리(역자주)의 학
　　문·사상에 대해」,『일본사상사의 연구』, 쇼카샤章華社, 1936; 스미요시도모히코住吉朋彦
　　「무로마치시대에 있어서의『사문유취事文類聚』향수의 위상」,『화한和漢 비교문학』11,
　　1993; 스미요시도모히코,「『사서동자훈四書童子訓』의 경학經學과 그 연원」,『중세문학』39,
　　1994; 스미요시도모히코,「불이화상 기양방수不二和尚崎陽方秀의 학문 업적」,『서릉부書陵部
　　기요』47, 1995; 스미요시도모히코,「일본서기찬소」,『국문학 해석과 감상』64- 3 , 1999
　　등 참조.
[17] 여기에서의 일월日月은『번역명의집』을 이용한 부분에 보이는 일신日神·월신月神으로서
　　의 일월이 아니라, 세계 구성 요소로서의 일월이다.

音)吹依空而行. 日天子身光照閻浮檀(輦). 輦光照宮殿. 光明相接而有一千光明. 五百傍照, 五百下照. 月天以天銀及琉璃合成宮殿. 何以(以→故)漸漸而瑰(瑰→現). 有三因緣. 一去皆(去皆→者背)相轉出. 二者靑衣諸天常半月中隱蔽其宮. 三者日光障奪, 漸漸而現. 阿含經云. 日天子城郭縱廣五十一由旬. 月天子城郭縱廣五十由旬. 最大星縱廣一由旬. 最小星縱廣二百步. 因本經云. 以何因緣, 月宮有影. 此大洲中閻浮提樹高大, 影現月輪. 以此有影.

으로, 『인본경因本經』→『아함경阿含經』→『인본경因本經』의 순으로 든 인용은 순서도 이대로 『대장일람집』권 제6·10 일월인연日月因緣에 따른다.[18] 단, 『대장일람집』에서는 처음의 『인본경』에 이어지는 『아함경』의 인용 사이에 『입세아비담론立世阿毘曇論』의 인용이 존재하는데, 이것은 다음의 45일월합리日月合離의 항목에 부분적으로 이용되고 있다.

六一(六一→立)世論云. 若日隱月後行, 日光翳月, 漸漸掩覆. 至十五日, 覆月都盡. 是名黑半. 若日在月前行, 日月(月→日)開淨, 亦復如是. 至十五日, 其足円滿. 是名白半. 又云. 日行與月, 或合或離. 一一日中行四万八千八十由旬. 合離皆爾. 若稍合時, 日日覆月三由旬又一由旬三分之一. 以是方便故, 十五日一切○(○→被)覆月光不現. 若稍離時, 日日日行四万八千八十由旬. 是日離月三由旬又一由旬三分之一. 以是方便故, 十五日月大円滿.

이외에는 35. 사륜四輪, 43. 혼돈일混沌一, 46. 사생四生, 56. 선仙, 57. 사

대四大 등 여기저기에서 『대장일람집』으로부터의 인용이 보이는데, 대체로 세계 생성에 관련된 문맥의 것이 많다.

한편, 개별 경전에 관련된 것으로서는 36. 중생기시衆生起始로부터 41. 세계까지의 6항 중 40. 성聖을 제외한 5항에 『능엄경楞嚴經』이 정리되어져 있는 것이 보인다. 이들은 원전에서 직접 인용되었을 가능성도 있지만, 37. 월여수月與水에 『능엄경』으로부터의 인용에 이어 '선생이 말하길'로 실리는 문장은 '月太陰水精也. 苦(苦 → 昔)師水天, 修習小(小 → 水)觀. 水性円明故號月光. 修習水精, 謂觀水精性也'처럼 남송南宋·계환戒環의 『대불정여래밀인수증료의제보살만행수능엄경요해大佛頂如來密因修證了義諸菩薩万行首楞嚴經要解』에 의거한 것이다.[19] 다른 『능엄경』의 인용도 이 책 속에 보이므로, 일괄적으로 같은 책에서 인용되었을 가능성이 높다. 또한, 29. 물물 변천의 후반부에 '유마경소維摩經疏에 말하길'로서 인용되는 문장은 '○○○○ → 新新)生滅, 夫(夫 → 交)臂已謝. 豈待白首, 然後爲變乎'와 같이 『주유마힐경注維摩詰經』(성립시기 불명, 대정장38.0361b 18-19)에 의거해 있다. 또한, 31. 팔해팔사八解八邪, 32. 직심直心, 52. 토양부정土壤不淨(그 가운데 2조), 53. 바다海에 '조肇가 말하길~'로서 승려 조肇의 주를 포함하는 형태로 인용되는 것은 이 책으로부터의 인용이라고 보이고, 30. 남녀에 '유마경維摩經에 말하길'이라고 하는 인용문, 52. 토양부정土壤不淨에 '경經에 말하길'로 인용되는 『유마경』의 일절도 실제로는 『주유마힐경』이 참조되었을 가능성이 높다.

---

19 『수릉엄경요해首楞嚴經要解』는 『대일본속장경大日本續藏経』 1, 제17투套 제5책, 장경서원藏經書院, 1906에 의한다.

3

불전 이외의 한적·일본서적에 대해서는 어떨까? 먼저, 한적에서는 북송北宋·이방李昉 등이 찬록한 유서類書『태평어람太平御覽』이 말미의 표제어가 없는 부분에 함께 인용되고 있다. 예컨대, '淮南子曰. 道始生(生→于) 虛廓. 虛廓生宇宙. 宇宙生元氣, (無) 有涯垠. 淸濁(濁→陽)者薄音博 劘音摩而爲天'이라고 되어 있는 것은『회남자淮南子』권 제3·천문훈天文訓 서두의 일절에 기초하는데[20], 『회남자』원전에서는 '원기元氣'→'기氣', '유애은有涯垠'→'기유한은氣有漢垠', '마劘'→'미靡' 등 차이가 많고, 음에 대한 주注도 존재하지 않는다. 이들의 특징과 합치되는 것은『태평어람』권 1·천부天部1·태극太極항에 인용되는 것뿐이다. 이하, 『둔갑개산도遁甲開山圖』·『한서漢書』율력지律曆志·서정徐整『삼오력기三五曆紀』[21]·『천문록天文錄』·『장형령헌張衡靈憲』·『물리론物理論』·왕충王充『논형論衡』·『수신기搜神記』까지 모두『태평어람』천부天部에서의 인용이라고 인정된다.

한편, 이어지는『열자列子』이하의 인용은 남송南宋·등공滕珙편『경제문형經濟文衡』에서 이루어졌다고 생각된다. 등공滕珙은 주희朱熹의 문인으로,『경제문형』은 다방면에 걸친 주희 저작에서의 인용을 분류·편집한 것이다.『신서찬소보유』의『열자列子』및 장형張衡『영헌靈憲』의 인용에는 '列子曰. 天積氣耳. 日月星辰亦積氣中之有光耀者. 張衡靈憲曰. 星

也者, 体生於地, 精成於天. 列擧錯峙, 各有攸屬. 此言皆得之矣'라고 되어 있는데, 이는『경제문형』전집권칠천지류前集卷七天地類 · 논천지일월성진지위論天地日月星辰之位에 이 순서대로 보인다. 이 책은 이를「문집초사주文集楚詞注」로부터의 인용이라 하고 있고, 출전은 주희朱熹『초사집주楚辭集注』, '천문天問'의 주석 부분이다. 이하의『경제문형』으로부터의 인용은『초사집주』외에『주자어류朱子語類』권68「답동숙중答董叔重」같은 권86「답호용지答胡用之」,『회암집晦庵集』권37「답정태지答程泰之」를 출전으로 하고 있고,『주례周禮』,『수경水經』,『문창잡록文昌雜錄』등의 인용도 모두 이들 주희朱熹의 저작에서의 재인용이다.

이상『태평어람』『경제문형』으로부터의 인용은 모두 천지 생성 · 세계 구성요소 설명에 관련되는 것이다. 이것은『신서찬소보유』가 일단『종경록』을 비롯한 불전을 중심으로『일본서기』서두에서 제5단까지의 주석에 필요한 예문을 집성한 후에 다시금 한적으로부터도 서두의 세계생성에 관련된 예를 추가로 보충한 것이라고 해석할 수 있겠다. 그 중『회남자』,『열자』등의 고전뿐 아니라 '朱文公文集云. 天之形円如彈丸, 朝夕運轉. 其南北兩端後高前下'이라고 하듯이 주희의 말(『초사집주』천문天問)도 포함되어 있다는 점이 주목된다. 이것은 가네요시의 고전학이 단순한 훈고訓詁나 주해注解에 끝나는 것이 아니라, 선학禪學이나 주자학朱子學이라는 동시대 사조에『일본서기』의 이해를 이어감으로써 자신들이 사는 세계 모습을 해명하고자 했다는 것을 이야기하고 있다.[22]

---

22 가네요시兼良의 이러한 사고에 대해서는 각주 16에 앞서 든 스미요시住吉,「무로마치 시대에 있어서의『사문유취事文類聚』향수의 위상」에서 지적하고 있다.

55. 태일太一 및 61. 예기禮記 제7 · 62. 치인정治人情 항에는『예기』예
운禮運편으로부터의 인용이 여럿 보인다. 이 중 태일太一의 예는 '禮運曰.
是故大禮必本於太一. 分而爲天地, 轉而爲陰陽, 變(而)爲四時, 列而爲鬼神.
其降曰命極太(太→大) 曰太. 未分曰一. 太極函三爲一之謂(謂→理)也'라고 되
어 있다.『예기』의 주석 중, '극대왈태極大曰太'이하의 주석문을 포함하는
것은 원元 · 진호陳澔의『예기집설禮記集說』(『진씨예기집설陳氏禮記集說』)이
다. 단, 61. 예기 제7이 인용하는 '鄭玄曰. 鬼者精魂所歸. 神者引物而出. 謂
祖廟 山川五祀之屬也'이라는 정현鄭玄주는『진씨예기집설』에는 없으므
로, 여기는 정현 주를 포함하는『예기정의禮記正義』그 자체에 의거했거
나, 또는 같은 주를 인용하는 남송南宋 · 위식衛湜『예기집설』[23] 등의 다
른 주를 사용했을 가능성이 있다. 이하, 61 및 62항에 도합 7조의 예운禮
運편 본문의 인용과, 2조의 정현 주의 인용이 보이는데, 모두『정의正義』
또는 위식衛湜『집설集說』등의 다른 책 중 어떤 것에 의거하는 것인지 확
실하지 않다.

　이 외에는『황제내경소문黃帝內經素問』의 이용이 시선을 끈다. 이 책
은 당나라 왕영王泳에 의해 편찬된 의학서인데, 72. 화신火神 항에 '素問
經序云. 且將神(神→升)岱嶽, 非逕奚. 爲欲詣扶桑, 無母(母→舟)莫適'(王泳
「重廣補注黃帝內經素問原序」), '經云. 聖人不治已病, 治未病. 不治已亂, 治未亂
(이하 생략)」(권1 · 사기조신대론편 제2(四氣調神大論篇第二))이라고 되어 있는
것은, 어쩌면『일본서기』제5단 1서 제6에 보이는 이자나미노미코토伊

23　가네요시에 의한 위식衛湜,『예기집설禮記集說』의 이용에 대해서는 다무라와타루田村航,
　　「이치죠가네요시의 주자설 수용」(『이치죠가네요시의 학문과 무로마치 문화』, 벤세이勉
　　誠 출판, 2013~초출 2007)에 그 논의가 있다.

弉冊尊의 화상에 의한 죽음과도 관련된다고도 생각되는데, 73. 좌우수(左右手)항에 인용되는 '天不足西北故, 西北方陰也. 而人右耳目不如左明也. 地不滿東南故, 東南方陽也. 而人○○○○(○○○○→左手足不)如右强也'(권2·음양응상대론편제5(陰陽應象大論篇第五))의 문장은 『일본서기』 제5단 1서 제1, 이자나기노미코토伊弉諾尊의 양 손에 쥔 거울로부터 일신日神·월신月神이 생기는 이야기와 관련하여, 천지 구조와 인간 신체와의 대응에 대해 서술한 것으로 추측된다. 말미의 표제어가 없는 부분에 있는 '黃帝曰. 陰陽者天地之道也. 万物之綱紀, 變化之父母, 生殺之本始, 神明之府也. 老子曰. 万物負陰而抱陽, 沖氣以爲和. 易係(係→繫)辭曰. 一陰一陽, 之謂道. (…中略…) 又曰. 淸陽爲天, 濁陰爲地. 地氣上爲雲, 天氣下爲雨. 雨出地氣. 雲出天氣'(권2·음양응상대론편(陰陽應象大論篇)제5에서 취사 선택하면서 인용한 것. '노자老子가 말하길' '역계사易係辭가 말하길'은 본래 주注 부분에 있다), '又曰. 心者君主之官也. 神明出焉云云. 故主明則下安'(권3·영란비전론편 제8(靈蘭秘典論篇第八)) 등의 문장도 음양의 기에 의한 천지 생성이나 신神과 마음과의 관계 등, 『일본서기찬소』가 말하는 세계의 모습 주제에 관련된 것이 인용되고 있다.

또한, 상술한 '万物負陰而抱陽, 沖氣以爲和'라는 문장은 62. 치인정治人情항에도 '노자老子가 말하길'로 인용되는데, 『종경록』 권46에도 같은 문장이 보이기 때문에, 어느 쪽에 의거한 것인지, 또는 『노자도덕경老子道德經』을 직접 참조한 것인지는 판단할 수 없다.

일본서의 이용을 볼 수 있는 것은 63. 산재칠계散齋七戒에서 66. 궁사호宮社號까지의 일부뿐이다. 직전에 『화엄경華嚴經』 「세간정안품世間淨眼品」으로부터 일체의 신들을 열거하는 부분을 약술한 인용이 있는 점에 비추어 보면 불전의 신과 일본 신의 대응을 말하면서 제사에 관련되는 재齋나 외칠언外七言 · 내칠언內七言 등의 금기어에 대해 언급한 게 아닌가 생각된다. 이 중 63. 산재칠계散齋七戒항에는 '弘仁格曰. 散齋之內, 不得弔喪, 問疾, 食肉, 不斷刑殺, 不決罰罪人, 不作音樂, 不預穢惡之事. 雄略廿二年冬十一月, 倭姬於磯宮神宣詞也'라고 되어 있다. 이 내용은 『홍인격弘仁格』의 산재散齋에 관한 규정을 유랴쿠雄略 22년 11월의 기사와 대조하여 야마토히메倭姬가 이소磯궁에서 탁선 했다고 하는 것인데, 해당되는 기사는 『일본서기』에는 보이지 않고, 이세신도 오부서伊勢神道五部書의 하나인 『이세이소황태신어진좌전기伊勢二所皇太神御鎭座傳記』(『태전명전(太田命傳)』이라고도 함)24속에서 볼 수 있다. 또한 가마쿠라 말기의 와타라이이에유키度會家行『유취신기본원類聚神祇本源』25 금계禁誡편 및 이 책에 기초한 남북조 초기의 기타바타케치카후사北畠親房『원원집元元集』26신선금계神宣禁誡편에는 이와 같은 기사와 『홍인격弘仁格』의 한 문장이 함께 인용되어 있으므로 가네요시는 이 중 어느 한 곳에서 인용한 것이라 생각된다. 마찬가지로, 65. 내칠언외칠언內七言外七言 항도 이들 중 어느 쪽인가에 기초한 내용을 갖는데, '雄略天皇廿一年九月, 倭姬命遷坐伊勢五十鈴川上之後, 命大田命, 定給內外忌言'이라는 기사 중에 '이스즈 강 상류에 옮겨갔다遷座伊勢五十鈴川上之後'라고 하는 것은 외궁外宮의 도요우케豊受신이 와타라이 야마다하라度會山田原로 옮겨간 것을 잘못 기록한 것이라 생각된다. 이것이 『원원집』 신선금계편 서두의 '雄略天皇御宇卽位二十一年

---

24 『신도대계』 논설편5 · 이세(伊勢)신도(상)(신도대계 편찬회, 1993)수록.
25 위의 책, 『신도대계』에 수록.
26 히라타토시하루平田俊春, 『신황정통기神皇正統記의 기초적 연구』 별책 『교본 원원집校本元元集』, 유잔카쿠雄山閣출판, 1979에 수록.

(…中略…) 九月望遷座度會山田原之新宮,其五十鈴宮鎮座以來,隔年四百八十有四歲也’라고 되어 있는 편자의 기록 오해에 기인하는 것이었다면, 참조된 것은『원원집』이었을 가능성이 높아진다. 어느 쪽이든 일본서의 인용에 있어서도 이러한 신도유서神道類書적인 것을 이용했다는 것이 확인되는 것이다.

또한, 64. 외칠언外七言의 항에 인용되는『연희식』은 어느 책에도 보이지 않는데, 제1절에서 다룬『심존대승정기』응인應仁 2년 윤 10월 24일 기사에는 '연희식일합延喜式一合'이라고 보이므로, 가네요시는 이를 직접 참조할 수 있었을 것이다. 66. '궁사호宮社號'가 무엇에 의거했는지는 미상이다. 이상,『신도찬소보유』각항의 집필에 있어서 가네요시가 실제로 참조했다고 보이는 것으로 책명을 다루지 않은 것(*표시)도 포함해 지금까지 판명되어 있는 것만 정리해 보겠다.[27]

  1 ~3　→『종경록』

  4　　　→원元·호일계胡一桂『주역계몽익전周易啓蒙翼傳』*

  5~16　→『종경록宗鏡錄』

  17　　　→불명『성유식론成唯識論』에 관한 주석서인가?『유가사지론瑜伽師

      地論』,『대지도론大智度論』도 같은 책에서 인용되었을 가능성 있음

  18~28→『종경록』

  29　　　→『종경록』,『주유마힐경注維摩詰經』

  30~32→『주유마힐경』

---

27 물론, 이하에 출전이라고 추측한 것도 다른 유서類書나 주석서를 경유해 인용되었을 가능성은 있다.

33, 34 →『번역명의집翻譯名義集』

35　　→『대장일람집大藏一覽集』

36~39→『수릉엄경요해首楞嚴經要解』

4　　→당唐・기基『성유식론술기成唯識論述記』*

41　　→『수릉엄경요해首楞嚴經要解』

42　　→『인왕반약파라밀경仁王般若波羅蜜經』*

43~46→『대장일람집大藏一覽集』

47　　→남송南宋・이창령李昌齡『태상감응편太上感應篇』*

48　　→불명('대종선사大宗禪師'는 무로마치 중기의 임제臨濟승, 슌포소
　　　　키春浦宗熙를 가리킨다)

49　　→『번역명의집』

50　　→『종경록』,『번역명의집』

51　　→『종경록』

52　　→ 신라・대현大賢『범망경고적기梵網經古迹記』* (단, 일본 찬술의
　　　　『성유식론본문초成唯識論本文抄』에도 인용되어 있고, 그러한 것
　　　　에 의거했을 가능성도 있음),『주유마힐경』

53　　→『주유마힐경』

54　　→『순자荀子』(양경楊倞주注)*

55　　→『진씨예기집설陳氏禮記集說』

56, 57 →『대장일람집大藏一覽集』

58　　→『대반열반경大般涅槃經』*

59~60→『예기정의禮記正義』 또는『예기집설禮記集說』 등

61　　→『인왕반약파라밀경仁王般若波羅蜜經』*

62   →『예기정의禮記正義』혹은『예기집설禮記集說』등,『종경록』또는

        『황제내경소문黃帝内經素問』,『노자도덕경老子道德經』,* 당唐·

        종밀宗密『원인론原人論』,『화엄경華嚴經』

63   →『원원집元元集』또는『유취신기본원類聚神祇本源』

64   →『연희식延喜式』

65   →『원원집』또는『유취신기본원』

66   → 불명

67   →『대반약파라밀다경大般若波羅蜜多經』,* 북송北宋·이유李攸『송

        조사실宋朝事實』* 또는 남송南宋·장고張杲『의설醫說』?,* 원元·

        매옥념상梅屋念常『불조역대통재佛祖歷代通載』*

68~71 →『번역명의집翻譯名義集』

72   →『번역명의집』,『황제내경소문黃帝内經素問』

73   →『황제내경소문』

74   →『마가반약파라밀경摩訶般若波羅蜜經』* 또는『대지도론大智度論』,*

        『번역명의집』(「이서裏書에 말하길, 주자周子가 말하길~」은 주

        희朱熹『대학혹문大學或問』을 약술한 것인가)

75   →『번역명의집』이하 표제어 없음→『성유식론술기成唯識論述記』,*

        『황제내경소문』,『태평어람』,『경제문형』

4

　이상과 같은 전적의 이용은 『신서찬소보유』의 집필뿐 아니라, 『일본서기찬소』 제2·3책에 행해진 개정 때에도 이루어졌을 것이다. 본절에서는 이 점을 확인하겠다.

　제1절에서 말한 것처럼 『일본서기찬소』 2차 본 제2·3책(권4~6)에는 문명文明 5년의 『일본서기』 강론에서 개정되었을 거라 보이는 곳이 여기저기 존재한다. 그 중 새롭게 각종 책에서의 인용을 증보한 부분을 다루어 보겠다.[28] 또한 해당 부분은 노부카타宣賢본 영인(천리天理도서관 선본총서)의 페이지 수를 표시한다.

　① 제5단 일서 제6, 이자나기노미코토伊弉諾尊의 황천으로부터의 도주 부분(64~65면)

　大般涅槃經云. 佛言善男子, 菩薩摩訶殺修行如是大涅槃者, (…中略…)

　悉隨意成無有虛妄.

　→ 이것은 제2절 전술한 62. 위지위금爲地爲金에 인용된 부분과 합치된다.

　② 제5단 일서 제6, 삼귀자三貴子 분치分治 부분(68~70면)

28　2차본의 증보한 곳에 대해서는 주석 ①에서 전술한 고노시神野志론의 분석이 있다. 같은 논의를 소개하는 동경대학도서관 소장 남규南葵문고본 『일본서기찬소』에는 근세기의 판본(1차본계)와 동북대학 가리노狩野 문고본(2차본계)과의 차이를 붉은 색으로 기입한 곳이 다수 보인다. 이하의 검토에서는 이들을 참조했다.

臨安志論潮曰, 高麗圖經云. 潮汐往來, 應期不爽. 爲天地之至信.

余安道海潮圖序云. 古之言潮者多矣. 或言如橐籥翕張. 或言如人氣

呼吸. 或云海鰌出處. 皆亡經據.

→이 두 조는『신서찬소보유』에는 보이지 않는다. 이들이 남송南宋·축

　목祝穆 편의 유서類書『사문유취』전집前集권15. 지리부·호潮에 의거했

　다는 것은 이미 각주 ⑯에서 전술한 스미요시住吉「무로마치시대에 있

　어서의『사문유취』향수의 위상」의 지적이 있다.

③ 제5단 일서 제7, 화신(火神) 참살 부분(70면)

搜神記曰. 扶風楊道和於田中霹靂擊之. 道和以鋤格折其左肱. 遂落

地不得去. / 王充論衡曰, 圖畫之工, 圖雷之狀. 累累如連

彭形. 一人若力士之容. 謂之雷公.

→이 두 조는 어느 것이나『신서찬소보유』말미에서『태평어람』을 인용할 때

　보인다. 이에 대해서는 이미 각주 ①에서 전술한 나카무라中村「해제」의 지적이 있다.

④ 제5단 일서 제7, 위와 같음(70~71면)

金光明經曰. 世尊於大衆中, 告阿難陀曰. 汝等當知有陀羅尼, 名如意寶珠. 遠離一

切災厄, 亦能遮止諸惡雷電.

→『금광명최승왕경金光明最勝王經』권7·여의보주품如意寶珠品 제14(대정장

　16. 0433b06-21)로부터 일부를 생략해서 인용.『신서찬소보유』에 없음.

⑤ 제5단 일서 제11, 일신日神 월신月神이 서로 떨어지는 이야기(74면)

據外書, 則天之形円, 恰如彈丸. 朝夕運轉.

→제3절 전술한『경제문형』의 '주문공문집朱文公文集에서 말하길'의 한
　문장(『초사집주』천문)에 의거한다.

⑥ 제5단 일서 제 11, 위와 같음(75면)

因本經云. 日天以天金及頗梨合成宮殿. 正方如宅, 遙看似円. 風吹依空而行. / 立世
論云. 日行與月, 或合或離. 一一日中行四万八千八十由旬.

→제2절 전술한 44일월日月・45일월日月 합리合離 항에 인용된 것과 합치.

⑦ 제8단 일서 제6, 오나무지大己貴신에 의한 천하경영 이야기(104면)

王制注曰. 昆, 明也. 明虫者得陽而生, 得陰而藏者也. 其災如蝗螟害畜.

→증보된 것은 '王制注曰～得陰而藏者也'까지와, 위에 점을 붙인 '명螟'이라
　는 한 글자이다. 전자는『예기』왕제王制편의 한 절로,『예기정의』권12,
　또는 위식衛湜『예기집설』권29 등을 인용했을 가능성이 있는데 이는
　『신서찬소보유』에는 보이지 않는다. 후자는 62. 치인정治人情항의 '又注
　曰. 昆虫之災, 螟蟊之屬也'을 인용하는 정현鄭玄주에 의거한 것일까?

⑧ 제8단 일서 제6, 스쿠나비코나노미코토少彦名命의 도코요常世행 이야
　기(105면)

依佛敎, 則華嚴經四十五曰. 如人從生, 有二種天, 常隨侍衛. 一曰同生. 二曰同名.
天常見人, 人不見天.

→『대방광불화엄경大方廣佛華嚴經』입법계품入法界品 제34-1에 같은 문장이
　있다(대정장09.0680b29-c02). 하지만 권44가 바른 것이다.『신서찬소보
　유』에는 없음.

⑨ 제9단 본서, 지상의 사악한 신들의 모습(108면)

涅槃經云. 如十五日, 月盛滿時, 有十一事. 五能破壞螢火高心.

→ 북본北本『대반열반경大般涅槃經』권30·사자후보살품師子吼菩薩品 제
　　11-4 (대정장12.0545a24-27)에 '如十五日月盛滿時有十一事. 何等十一. 一能
　　破闇. 二令衆生見道非道. 三令衆生見道邪正. 四除欝蒸得淸凉樂. 五能破壞螢火
　　高心'이라고 되어 있는 것을 약술한 것이다.『신서찬소보유』에 없음.

⑩ 제9단 본서, 니니기노미코토瓊瓊杵尊의 강림 이야기 (118면)

弥勒下生經云. 爾時, 弥勒菩薩於兜率天, 觀察父母不老不少. 便降神下應, 從右脇
生. 如我今日右話記生無異.

→『미륵하생경弥勒下生經』(대정장14.0421c05-08)에 같은 문장 있음.『신
　　서찬소보유』에 없음.

⑪ 제9단 본서, 상동(118면)

無着菩薩, 夜升都史多天. 於慈氏所, 受瑜伽論等. 晝則下天, 爲衆說法.

→『大唐大慈恩寺三藏法師傳』卷第三·起阿踰陀國終伊爛拏國(대정장
　　(50.0233c14-17)에 '是阿僧伽菩薩說法處. 菩薩夜昇覩史多天. 於慈氏菩薩所, 受
　　瑜伽論·莊嚴大乘論·中邊分別論. 晝則下天, 爲衆說法. 阿僧伽亦名無著'이라
　　고 되어 있는 것을 약술한 것.『신서찬소보유』에 없음.

⑫ 제9단 본서, 호호데미노미코토火火出見尊 출생 이야기(119~121면)

涅槃經云. 瞻婆城中有大長者, 無有繼嗣. 奉事六師, 以求子息. 其後不久, 婦則懷妊. 長
者往六師所, 歡喜而言.

→ 북본北本『대반열반경』권2 제30·사자후보살품(師子吼菩薩品)제11-4
　　(대장정0543a11-c18)에, '瞻婆城. 時彼城中有大長者, 無有繼嗣. 供事六師, 以
　　求子息. 其後不久, 婦則懷妊. 長者知已. 往六師所,歡喜而言 (…中略…) 佛言.
　　長者, 是兒生於猛火之中. 火名樹提. 應名樹提'이라고 되어 있는 것을 일부 생
　　략하며 인용한 것.『신서찬소보유』에 없음.

⑬ 제9단 일서 제2, 거울 수여 이야기(133면)
以法相宗, 卽本識爲鏡. 楞伽經云, 譬如明鏡現衆色像. 現識處現,

亦復如是. 現識卽第八識. 以法性宗, 卽如來藏爲鏡.

→『종경록』권 제10(대정장0473c22-25)에 같은 문장 있음.『신서찬소보
　　유』에 없음.

　　이상, ①~⑦까지의 범위에『신서찬소보유』와 공통된 예가 보이는
것은 이 책이 문명文明 5년 강론시에 가네요시의 손에 의해 만들어졌다
고 하는 종래의 추측을 뒷받침하는 것이라고 말할 수 있겠다. 반대로 ⑧
이후에 합치가 보이지 않게 된 것은『신서찬소보유』가 본래『일본서기
찬소』의 잃어버린 제1책분(제5단 본서까지)을 보충하기 위해 작성한 것
이고, 제2책분 이후에 강론이 진행됨에 따라 수시로 새롭게 자료를 증
보해 간 사정을 이야기해 주고 있는 것이다. 그 중『사문유취』나『금광
명최승왕경金光明最勝王經』,『삼장법사전三藏法師傳』등이 새로 추가되어
간 것이다. 동시에『대반열반경』이나『종경록』등『신서찬소보유』에
보이는 책이 다시 등장하는 것도 주목해야 할 것이다.

5

지금까지 봐 온 것처럼 『신서찬소보유』에 이름이 보인, 일본 중국 불교에 이르는 많은 서적 중 실제로 원전이 참조되었을 가능성이 있는 것은 『인왕반약파라밀경』, 『대반열반경』 등 한정된 기본적인 불전을 제하고 일부에 그치고, 태반의 예가 각 분야의 유서類書나 사전, 주석서 등을 통해 인용되고 있었던 실태가 밝혀졌다. 제1절의 질문으로 돌아가 보자면 가네요시는 그러한 문제가 되는 사항과 관련되는 예문을 간단히 이끌어 내줄 몇 권의 책이 가까이에 있었기 때문에, 응인應仁의 난이 한창일 때 교토의 집을 떠난 피난처에서도 『일본서기』 강론을 행하고, 『신서찬소보유』를 집필할 수 있던 것이다.

단, 그러한 사정을 그 때만의 특수한 경우라고 생각할 수는 없다. 본고에서 다룬 『신서찬소보유』의 경우에는 개개의 인용문이 『일본서기』 본문의 주석에 맞추어 잘려 서로 다르게 배치되는 것이 아니라, 하나의 출전으로부터의 인용이 한꺼번에 출현하는 만큼, 가네요시가 의거한 서적이 잘 보여 졌는데, 실제로는 『일본서기찬소』 그 자체의 집필에 있어서도 마찬가지 수법이 사용되어졌다고 생각해야 할 것이다. 실제, 제2절에서 다룬 『종경록』 이외에도 『번역명의집』이나 『태평어람』 등의 사전이나 유서類書가 『일본서기찬소』 일차본 성립 때부터 이용되고 있었던 모습이 곳곳에 보인다.[29]

---

29 예컨대 노부타카宣賢본 22면 ‘三五曆記曰,未有天地之時, 混沌狀如雞子. 溟涬始牙, 濛鴻滋萌. 歲起攝提, 元氣肇始’는 『태평어람』에, 같은 책 26면 ‘諾健那. 此云露形神. 卽執金剛力士也’는

중요한 것은 그러한 유서類書·사전·주석 등의 유통이 실제 한자세계를 성립시키고 있었다는 것이다. 거기에는 갖가지 서적에서 발췌된 언설이 만나고 분류되고 체계화되는 일을 통해 바야흐로 하나의 세계를 구성하고 있었다고 말할 수 있다. 그것은 단순한 수단이나 도구에 그치지 않는 사고의 기반이고 세계관이다. 그러한 것에 뒷받침되어 한자세계는 존재했다.

『종경록』이 불교의 여러 유파뿐 아니라 유교·도교를 포함한 분류와 종합을 도모하는 것이었다는 점은 앞서 말했다. 마찬가지 이야기를 예컨대『원원집』또는『유취신기본원』등에서도 말할 수 있다. 둘 다 모두 서두에는 '천지개벽편'을 두고, 일본과 중국의 서적, 거기에 일부 불전이나 양부兩部신도 관련을 포함한 서적 중에서 세계의 시작에 관련되는 언설을 열거하고 보여준다. 가네요시가『일본서기찬소』를 유·불·도의 서적과 대응시켜 읽는 것을 통해『일본서기』신대권神代卷 속 보편적인 '이치'를 찾을 수 있었던 것은 이러한 때를 앞선 유취類聚·편찬의 영위가 행해졌기 때문이다.

가네요시의 경우, 그 기반의 대부분이 5대 10국시대의『종경록』외 송宋시대를 중심으로 한 원元시대에 이르는 선학禪學이나 주자학 관련의 서적에서 이루어진다는 것은 지금까지 살펴본 바와 같다. 송대宋代·원대元代 출판의 융성에 더해, 1251년의 고려대장경의 번각도 그러한 기반 형성에 기여했다고 생각된다(현재『대장일람집大藏一覽集』은 고려高

<hr>

『번역명의집』에 의거했다고 판단된다. 또한 자전류에 관해서는 대부분의 경우 원元·웅충熊忠편『고금운회거요古今韻會擧要』를 통해 인용되는 것이 니토쿄二藤京,「『일본서기찬소』의 '일본'」,『국어와 국문학』83-4, 2006에 의해 지적되고 있다.

麗판이 존재한다). 이러한 동아시아를 둘러싼 새로운 지知의 세계에 가네요시도 또한 연결되어 있었던 것이다.

남도대승원南都大乘院 체재기에는『일본서기찬소』개정작업 외에도『이세물어伊勢物語』주석서인『이세물어우견초伊勢物語愚見抄』의 개정,『원씨물어源氏物語』주석서인『화조여정花鳥余情』의 집필 등, 가네요시의 대표적인 저술이 계속해서 이루어졌다. 본래, 이들에 대해서도 함께 생각할 필요가 있었지만 이미 지면이 다했기 때문에 앞으로의 과제로 삼고 싶다.

번역 : 김정희

要旨

南都大乗院における一条兼良の古典学

『神書纂疏補遺』をめぐって

金沢英之

　一条兼良『日本書紀纂疏』は、十五世紀半ばの室町時代に著された『日本書紀』神代巻の注釈書である。その注釈の特色は、神代巻の一文一文に、漢籍・仏典からの引用を照らし合わせ、表面的な差異の向こうに内容の合致を見出だして行くことで、『日本書紀』神代巻を普遍的な〈理〉を表す書物として読もうとするところにある。それゆえ、同書のうちには、儒・道・仏の三教にわたる典籍が縦横無尽に参照・引用されており、中世日本において東アジアの古典が実際に生きた姿を伝える資料ともなっている。

　『日本書紀纂疏』は、一四五七年に宮中で『日本書紀』講が行われた際に成立したが、その後一四七三年に大幅な改訂が行われている。この際、手控として作成されたと考えられるのが、本稿で取り上げる天理図書館蔵『神書纂疏補遺』である。その内容は、七十数項の見出しごとに、和漢仏の広範囲に及ぶ典籍を引用・集成したものだが、ここで問題となるのは、一四七三の時点で、兼良はいかにしてこれらの書にアクセスすることができたかという点である。

　当時の京都は一四六七年に勃発した大乱(応仁の乱)のさなかであり、多くの貴顕が都を離れ地方生活を余儀なくされていた。兼良も、南都奈良興福寺の別当をつとめていた子息尋尊を頼り、一四六八年以来疎開をつづける身であった。もともと京都の兼良邸は、和漢の書籍数万冊を収めたという文庫を擁することで知られたが、その文庫は乱の勃発間もなく焼失した。このような状況下で、兼良がいかにして『神書纂疏補遺』に集成された情報を手にすることができたかを探ることは、当時の知識人たちによる東アジア古典世界への関わり方の実態を示しだすことになろう。

　そこで、具体的に『神書纂疏補遺』の内容を検証した結果、『神書纂疏補遺』に名前の見えた多くの典籍のうち、実際に原典が参照されていた可能性のあるのは限られた基本的な仏典ほかの一部にとどまり、大半の例が、仏典では『宗鏡録』『翻訳名義集』等、漢籍では『太平御覧』『経済文衡』等、和書では『類聚神祇本源』もしくは『元元集』等、各分野の類書や事典等を通じて引用されていた実態が明らかとなった。そうした、特定の事柄に関連する例文へと簡便に導いてくれるいくつかの書物を手許に揃えていたからこそ、応仁の乱のさなか、京の邸を離れた避難先であっても、兼良は『神書纂疏補遺』を執筆することができたのだった。

　ただし、そうした事情を、この間のみの特殊なケースと考えるわけにはいかない。本稿で取り上げた『神書纂疏補遺』のみならず、実際には、『日本書紀纂疏』そのものの執筆に際しても、同様の手法は用いられたと考えるべきだろう。重要なのは、そうした類書・事典・注釈等の流通が、実際の漢字世界を成り立たせていたということである。そこでは、さまざまな典籍から取り出された言説が出会い、分類され、体系化されることを通じ、ひとつの世界を構成する。それは単なる手段やにとどまらない、思考の基盤であり世界観である。そうしたものに支えられて漢字世界はあっ

た。兼良が、『日本書紀纂疏』を儒道仏の典籍と照応させて読むことを通
じ、『日本書紀』神代巻のなかに普遍的な〈理〉を見出し得たのは、こうし
た先立つ類聚・編纂の営みに立脚することによってであった。

　兼良の場合、その基盤の多くは、五代十国時代の『宗鏡録』のほか、宋
代を中心とし元代に至る、禅学や朱子学関連の書籍からなっていた。宋
代・元代の出版の隆盛に加え、一二五一年の高麗大蔵経の復刻も、そのよ
うな基盤の形成に預かったと考えられる。そうした、東アジアを覆う新し
い知の世界に、兼良もまたつながってあったのである。

참고
문헌

자료

『대승원사사잡사기(大乘院寺社雜事記)』, 『대장일람집(大藏一覽集)』

『선윤경기(宣胤卿記)』, 『수릉엄경요해(首楞嚴經要解)』, 『대일본속장경(大日本續藏經)』

『이세이소황태신어진좌전기(伊勢二所皇太神御鎭座傳記)』

논문

가나자와 히데유키, 「『일본서기찬소』의 성립·속초(續貂)」, 『상대문학』 116, 상대문학회, 2016.

고노시 다카미츠, 「『일본서기찬소(日本書紀纂疏)』의 기초적 고찰」, 『변주되는 일본서기』, 동경대 출판회, 2009, 1992.

곤도 요시히로, 「일본서기찬소(日本書紀纂疏)·그 사본들」, 『예림(芸林)』 7-3, 예림회, 1957.

__________, 「일본서기찬소의 성립」, 『비브리아』 9, 전적학회(典籍學會), 1957.

__________, 「일본서기찬소보유(補遺)에 대해」, 『비브리아』 10, 전적학회(典籍學會), 1958.

나카무라 게이신, 「해제」, 천리도서관선본총서, 『일본서기찬소일본서기초(日本書紀抄)』, 야기서점, 1977.

나카무라 히카루, 「무로마치시대에 있어서의 공경(公卿)의 학문·사상에 대해」, 『일본사상사의 연구』, 쇼카샤, 1936.

니토쿄, 「『일본서기찬소』의 '일본'」, 『국어와 국문학』 83-4, 동경대 국어국문학회, 2006.

다무라 와타루, 「이치죠가네요시(一條兼良)의 주자설 수용」, 『이치죠가네요시의 학문과 무로마치 문화』, 벤세이 출판, 2013, 초출 2007.

마카베 도시노부, 「해제」, 신도대계, 『일본서기주석』(중), 신도대계편찬회, 1985.

미야카와 요코, 「이치죠가네요시의 「일본서기찬소(日本書紀纂疏)」 성립 전후」, 『군쇼』 재간(再刊)44, 속군서류종 완성회, 1999.

스미요시 도모히코, 「무로마치시대에 있어서의 『사문유취(事文類聚)』 향수의 위상」,

『화한(和漢)비교문학』 11, 1993.

_____________, 「『사서동자훈(四書童子訓)』의 경학(經學)과 그 연원」, 『중세문학』 39, 중세문학회, 1994.

_____________, 「불이화상 기양방수(不二和尙崎陽方秀)의 학문 업적」, 『서릉부(書 陵部)기요』 47, 궁내청 서릉부, 1995.

_____________, 「일본서기찬소」, (『국문학 해석과 감상』 64-3, 1999)

오카다 쇼지, 「일본서기신대권초(日本書紀神代卷抄)해제」, 『가네토모 본·노부타카 본 일본서기신대권초』 속군서류종(續群書類從) 완성회, 1984.

우에노 히데히코, 「『일본서기찬소』와 종밀의 일심사상」, 『국어국문』 80-2, 교토대 국 문학부, 2011.

히라타토 시하루, 『신황정통기(神皇正統記)의 기초적 연구』, 『교본 원원집(校本元元 集)』 별책, 유잔카쿠 출판, 1979.

단행본

야나기미 키야스, 『에이메이엔쥬[永明延壽]와 『종경록』의 연구』, 호조칸, 2015.
『신도대계』 논설편 5·이세(伊勢)신도』 상, 신도대계 편찬회, 1993.

3부

한자세계에 있어서 知의 교류와 문화론

장서인^{藏書印}을 통해 고찰한 정조^{正祖}의 학문적·정치적 지향

백승호

1. 들어가며

장서인은 서적을 관리하기 위해서 서적에 소장자의 성명 또는 자호^{字號}, 당호^{堂號} 등을 새겨서 압인^{押印}하는 인장^{印章}을 말한다. 때로는 서적에 압인된 인문^{印文}을 지칭하기도 한다. 전통시대 문인들은 이러한 장서인에 본인이 평소 추구하는 학문적, 정치적 지향을 새겨 넣었다.

정조^{正祖}(1752~1800, 在位 1776~1800)는 조선시대 국왕 가운데 장서인을 다수 사용한 군주이다. 일반적으로 완물상지^{玩物喪志}라는 혐의를 피하기 위해 국왕은 좀처럼 장서인을 사용하지 않았다. 정조 이전 국왕의 장서인이 현전하는 경우는 아직까지 발견되지 않았다. 영조^{英祖}(1694~

1776, 在位 1724~1776)도 연잉군 시절에는 장서인을 사용했지만 즉위 후
에는 사용하지 않았다.

정조는 다만 서적 관리를 위해서 장서인을 사용한 것은 아니었다.
평소 그는 자신의 여러 행동에 근거를 두고 의미를 부여했는데, 장서
인도 그 중 하나였다. 그는 장서인에 본인의 학문적, 정치적 지향을 담
아 인문印文을 선정하였고 그 의도를『홍재전서弘齋全書』곳곳에서 설명
하며, 신료들이 국왕의 의도를 알아줄 것을 희망했다.

전통시대 군주의 취향은 국가적인 영향력을 지녔으므로, 국왕의 장
서인에 관한 연구는 조선후기 장서인 연구에 여러 가지 전망을 제시할
것이다. 또한 장서인을 판독하고 정리하는 작업을 통해 정조의 독서
편력을 추적할 수 있고, 그가 소중하게 여긴 책을 비정할 수 있을 것이
다. 정조는 학문과 저술에 지대한 관심을 가지고 이를 통치와 연계하
였으므로 장서인을 통한 그의 학문적, 정치적 지향 연구는 정조시대를
이해하는 데 중요한 계기를 제공할 것이다.

2. 장서인의 인문 및 특징 검토

서울대학교 규장각한국학연구원에는 정조 장서인이 압인押印된 서
적이 다수 소장되어 있다. 이에 규장각 소장 도서를 연구 대상으로 선
정하였다. 장서 규모가 워낙 컸기 때문에『규장각도서한국본종합목록

奎章閣圖書韓國本綜合目錄』『규장각도서중국본종합목록奎章閣圖書中國本綜合
目錄』을 검토하여 정조 장서인이 찍힌 서적 목록을 추출하였다.[1] 목록
을 추출하고 난 뒤 실물을 조사하였다. 그리하여 장서인이 아닌 것, 정
조의 장서인이 아닌 것 등을 제외하고 조선본朝鮮本 266종, 중국본中國本
104종을 규장각 소장 정조 장서인이 압인된 서적으로 분류하고 연구를
진행했다.[2]

먼저 정조가 서적에 압인했던 장서인의 종수는 조선본 71종, 중국
본 33종이었다. 조선본을 인문印文의 내용에 따라 구분하면 별호인別號
印 20종, 신분인身分印 25종, 재관인齋館印 6종, 수장인收藏印 7종, 감상인
鑑賞印 1종, 한문인閑文印 12종이었다. 중국본을 인문의 내용에 따라 구
분하면 별호인이 11종, 신분인이 11종, 재관인이 2종, 수장인이 3종, 기
년인 1종, 한문인이 5종이었다. 그 구체적인 인문을 소개하면 아래 표
와 같다.[3]

---

1 서울대 도서관 편(1994); 서울대 도서관 편(1982).
2 총 실사한 책의 규모는 조선본 1558책, 중국본 6431책이었고, 실사 기간은 총합 2년 여
   동안이었다. 中國本 6431冊 中『古今圖書集成』 5022冊은 일부만 열람하였다.
3 이하에서 제시하는 정조의 장서인에 관한 연구 성과는 김영진, 박철상, 백승호, 「정조正
   祖의 장서인藏書印—규장각 소장 조선본朝鮮本을 중심으로」, 『규장각』 45, 서울대 규장각
   한국학연구원, 2014; 백승호, 김영진, 박철상, 「규장각 소장 중국본에 압인된 정조 장서
   인 고찰」, 『한국한문학연구』 60, 한국한문학회, 2015의 내용을 참조하여 일부 보완 정리
   하였다.

〈표_1〉 조선본과 중국본에 압인된 장서인의 인문

조선본				중국본			
인문분류	관련어	인문내용	종수	인문분류	관련어	인문내용	종수
별호인		弘齋	16	별호인		弘齋	7
		萬川明月主人翁	3			顧菴(顧庵)*	2
		蓍齋	1			蓍齋	1
						萬川明月主人翁	1
신분인	春宮	春宮	4	신분인	春宮	春宮	1
		春宮小璽	2			春宮小璽	1
	震宮	震宮*	1		震宮	震宮之章	1
		震章*	1				
		震宮之章	2				
		震宮主章*	1				
	承華	承華章	1		承華	承華章	1
		承華藏主	1			承華藏主	1
		承華淸賞	1				
	貳極	貳極之章	3		貳極	貳極之章	1
	重光	重光之章	1		重光	重光之章	1
	萬機	萬幾*	1		萬機	萬機之暇	3
		萬機餘暇*	2				
		萬機之暇	3				
		一日二日萬幾*	1				
	極	極	2		極	極	1
재관인		觀物軒	6	재관인		觀物軒	2
수장인		翰墨寶藏	1	수장인		翰墨寶藏	1
		世寶*	4			傳世寶藏*	1
		朝鮮國御藏書*	1			朝鮮國*	1
기년인						己卯受冊辛巳齒學*	1
한문인		大文章自六經來/……/……	1	한문인		大文章自六經來/……/……	1
		搨書萬卷*	1			震離相生*	1
		如山如阜……*	1			讀書之樂何處尋 數點梅花天地心*	1

	何可一日無此君*	1		○○二十四代衰鉞六千餘年	1
	雲作心月作性*	1		庭衢八荒胡越一家	1
	煙月資淸眞*	1			
	炊經酌史*	1			
	蕩蕩平平平平蕩蕩*	2			
	庭衢八荒胡越一家	1			
	奎壁充輝*	1			
	○○二十四代衰越六千餘年	1			
합계		71	합계		33

　이 가운데 * 표시가 되어 있는 것은 중국본 또는 조선본에만 유일하게 나타나는 장서인의 인문이다. 조선본에만 독특하게 쓰인 인문은 신분인 〈진궁震宮〉, 〈진장震章〉, 〈만기萬幾〉, 〈만기여가萬機餘暇〉, 〈일일이일만기一日二日萬幾〉, 수장인 〈세보世寶〉, 〈조선국어장서朝鮮國御藏書〉, 한문인 〈옹서만권擁書萬卷〉, 〈여산여부如山如阜……〉, 〈하가일일무차군何可一日無此君〉, 〈운작심월작성雲作心月作性〉, 〈연월자청진煙月資淸眞〉, 〈취경작사炊經酌史〉, 〈탕탕평평평탕탕蕩蕩平平平平蕩蕩〉, 〈규벽충휘奎壁充輝〉가 있다. 중국본에 독특하게 쓰인 인문은 별호인 〈고암顧菴〉, 수장인 〈전세보장傳世寶藏〉과 〈조선국朝鮮國〉, 기년인 〈기묘수책신사치학己卯受冊辛巳齒學〉, 한문인 〈진리상생震離相生〉, 〈독서지락하처심 수점매화천지심讀書之樂何處尋 數點梅花天地心〉이 있다. 이들의 인영의 전모에 대해서는 선행연구에서 밝혔다.

　정조는 국왕이었기 때문에 사대부 장서가와 다른 방식으로 장서인을 사용하였다. 다음은 정조가 세손 시절 그의 외조부 홍봉한에게 보낸 편지의 일부 내용이다.

책에는 도장을 찍지 않을 수 없으므로 이제 도장을 새겨 찍으려 합니다. 이름을 새기고 자字를 새기는 것은 대궐 밖 사대부 들이 표시하는 것이니 그것을 법식으로 삼는 것은 맞지 않을 듯합니다. 단지 헌호軒號 만 찍는다면 너무 맛이 없으니 모쪼록 한 책에 세 개의 도장을 찍으려 합니다. 위에는 '모헌某軒', 가운데는 '모궁지장某宮之章'이라 하고 아래에는 뭐라 하면 좋을까요? 어찌 생각하실지 모르겠지만 편지로 자세히 알려주시기 바랍니다.[4]

인용한 내용에서 "이름을 새기고 자를 새기는 것은"이라는 구절은 정조 스스로 사대부들처럼 성명인, 자호인을 쓸 수 없다고 인식하고 있다는 사실을 분명하게 보여준다. 그리고 정조는 3과의 인장을 하나의 단위로 장서인을 구성하려 했는데, 편지 내용을 보면 '모헌'이라는 재관인, '모궁지장某宮之章'이라는 신분인, 그리고 그 아래 한문인 등 별도의 인장을 찍으려 했다는 것을 알 수 있다. 이 인용문 대로 정조는 별호인, 신분인, 한문인 또는 수장인을 하나의 단위로 장서인을 압인하였다. 실제로 이러한 의도가 구현되었는지 규장각 장서를 대상으로 조사한 결과 조선본의 경우 2과의 인장을 압인하는 것이 약 75%, 3과 이상의 인장을 압인하는 것이 약 25%였고, 중국본의 경우는 2과만 압인하는 것이 53%, 3과 이상 압인한 것이 47%였다. 또한 정조는 서적의 내용에 따라 사용하는 장서인의 조합을 구분하였고, 세손 시절과 즉위 이후에 시기별로 별개의 장서인을 사용하였다.[5]

---

4   김문식, 「장서각에 소장된 『정조어찰첩』」, 『문헌과해석』 62, 2013, 142면. "冊子不可無圖章之印, 故方欲刻而印之. 刻名刻字, 外間士夫標識之事, 似不當以此爲法. 只以軒號印之則太無味, 某條於一冊三印, 而上曰某軒, 中曰某宮之章, 下則下以爲說可乎? 伏未知意下如何, 詳細書敎, 伏望伏望."

3. 장서인을 통해 고찰한 정조의 학문적 · 정치적 지향

1) 인정仁政의 추구와 열성列聖의 계술繼述

정조가 단순히 장서인을 만든 것이 아니라 자신의 의중을 담아 학문적, 정치적 지향을 보였다는 점은 아래 인용문에서 잘 나타난다. 정조는 자신의 별호를 설명하면서 이러한 별호를 만든 의도를 신하들이 알아줄 것을 기대했다.

> 내가 동궁東宮에 있을 때에는 연침燕寢에다가 '홍재弘齋'라는 편액을 달았으니, 이는 대개 '군자는 포부를 크게 지니고 의지를 굳세게 가져야 한다君子弘毅'는 의미를 취한 것이다. 그리고 10여 년 전에는 문미門楣에다 탕탕평평실蕩蕩平平室이라는 편액을 걸었고, 또 근래에는 벽에다가 만천명월주인옹萬川明月主人이라고 써 놓았다. 이러한 데서 여러 <u>신하들은 혹시 나의 은미한 속뜻을 알아차리는지 모르겠다</u>⁶(강조는 인용자).

이와 같이 정조가 자신의 행위에 의미를 부여하고 그것을 신하들에게 알리고자 했던 일화는 『홍재전서弘齋全書』 곳곳에 보인다. 즉 정조는

---

5 자세한 내용은 김영진 · 박철상 · 백승호, 「정조正祖의 장서인藏書印 —규장각 소장 조선본朝鮮本을 중심으로」, 앞의 글, 참조.

6 正祖, 『弘齋全書』178, 「日得錄」18, 「訓語」5, 『한국문집총간』267, 464면. "予在春邸時, 扁于燕寢曰 : "弘齋", 蓋取君子弘毅之義. 而十數年前, 揭于門楣曰 : "蕩蕩平平室", 近又書壁曰 : "萬川明月主人" 諸臣庶幾知予微意否?" 번역은 임정기(2000) 참조. 이하 『홍재전서』 번역도 위 책을 따른다.

弘齋
讀史管見(奎中2964)

弘齋
文公家禮儀節(奎中 5652)

弘齋
史薈(奎中 4007)

弘齋
漢魏公集(奎中 3739)

〈그림_1〉 藏書印 〈弘齋〉 印影

자신의 일거수일투족을 현시顯示함으로써 통치에 활용했던 것이다.

'홍재'는 정조가 세손 시절부터 사용한 오래된 호이다. 〈홍재〉라는 장서인도 조선본에 16종, 중국본에 7종 사용되어 최대 사용 예를 보이는 인문이다. 그만큼 정조가 애호한 장서인이라고 할 수 있다. 정조가 『논어』의 "군자홍의" 구절에서 의미를 취했다고 했는데, 이 구절만 단장취의斷章取義 해서는 안 되고 전통시대 "헐후"의 독법을 적용해서 이해해야 한다. 『논어』, 「태백」편에는 아래와 같은 내용이 실려 있다.

선비는 도량이 넓고 뜻이 굳세지 않으면 안 된다. 임무는 무겁고 길은 멀기 때문이다. 인을 자기의 임무로 여기니 무겁지 않겠는가? 죽은 뒤에야 그만두니 멀지 않겠는가? (士不可以不弘毅 任重而道遠 仁以爲己任 不亦重乎 死而後已 不亦遠乎)

정조가 〈홍재〉를 자신의 별호인으로 아끼고 사용했다는 것은 곧 "인仁"을 자기의 임무로 삼아 죽을 때까지 이를 실천하고자 했던 통치자로서의 포부를 드러낸 것이라 이해할 수 있다. 인정을 추구하겠다는 막중한 신념을 보이기 위해서 정조는 다수의 〈홍재〉 장서인을 제작, 사용했던 것이다.

또한 정조는 열성列聖, 즉 역대 조선 국왕의 선정善政을 이어가겠다는 의지를 담은 장서인을 제작하기도 했다. 〈중광지장重光之章〉이 바로 그것이다. 이것은 정조가 세손世孫 시절에 사용했던 인장인데, 그 유래는 『서경』, 「고명顧命」의 "옛적 문왕, 무왕이 거듭 빛난 덕을 베풀었다昔君文王武王宣重光" 라는 구절이다. 무왕이 문왕을 이어 거듭 선정을 폈던 것처럼 자신도 열성의 선정을 계승하겠다는 의지를 밝힌 장서인이다.

2) 육경六經에 근간한 문학

정조의 문학에 대해서는 주로 문체반정文體反正을 중심으로 논의가 진행되었다. 문체반정은 주로 정치 역학 관계에 따른 조정, 경조부박輕佻浮薄한 과거 문체에 대한 정조의 대응이라는 차원에서 설명되었다. 그런데 『홍재전서』을 검토해 보면 문체반정은 평소 정조의 학문관과 정치관에 기반 한 문화 정책의 자연스러운 귀결이라는 것을 알 수 있다.

大文章自六經來 / 讀書有三到眼到口到心到 /

作文有三到氣到神到識到

論語集註大全(奎中 3276-1)

〈그림_2〉〈大文章自六經來/…/…〉印影

그것은 장서인을 통해서 볼 때 더욱 잘 드러나는데, 이를 증명하는 장서인이 바로 〈대문장자육경래 / 독서유삼도안도구도심도讀書有三到眼到口到心到 / 작문유삼도기도신도식도作文有三到氣到神到識到〉이다. 이 장서인은 조선본, 중국본 할 것 없이 정조가 세손 시절에 갖추어 놓은 경부 서적에 압인한 장서인이다. 〈홍재〉, 〈승화장규〉, 〈대문장자육경래/ …… / ……〉가 하나의 단위로 조합되어 압인되었다.

정조는 『일득록日得錄』[7]에서 "내가 글을 읽은 것이 자못 많지만, 의리義理나 문장에 있어서 육경의 올바름 만한 것이 없다"라고 발언한 바 있다. 그가 문학과 의리의 기준을 육경에 두었음을 잘 드러내 주는 발언이다. "대문장은 육경에서부터 유래한다"는 인문은 육경을 중시하는 정조의 문학관이 세손 시절부터 일관되게 형성되었음을 증명해 주는

---

7 正祖, 「日得錄」 5, 『弘齋全書』 165, 『한국문집총간』 267, 229면. "予讀書頗多, 而義理也文章也, 無如六經之正."

중요한 실례이다. 또한 "독서유삼도안도구도심도"는 주자朱子의 『훈학재규訓學齋規』, 「독서사문사讀書寫文字」에서 유래한 말이다. 즉 정조는 육경에 기반을 둔 경학을 문학의 근간으로 추구하되, 주자의 학문적 방법론에 따라 그것을 실천하겠다는 뜻을 담아 본 장서인을 경전류經典類 서적에 압인했다.

자부子部 서적은 경부 서적과 동일한 〈홍재〉, 〈승화장규〉를 압인했지만, 〈대문장자육경래 / …… / ……〉은 압인하지 않았다. 이러한 반례反例는 오직 경부 서적에만 〈대문장자육경래 / …… / ……〉를 압인했다는 사실을 분명하게 증명한다. 육경이 문학의 근본이라는 정조의 생각이 이러한 압인 방식에서도 나타난다.

3) 『주역周易』에 대한 관심

정조는 세손 시절부터 『주역』 연구에 공을 들였다. 『역학계몽요해易學啓蒙要解』 등 조선 학자의 『주역』 연구서도 두루 찾아보았으며, 이광지李光志의 『주역절중周易折中』 등 중국 학자의 연구서도 섭렵하였다. 『홍재전서』에는 주역에 대한 정조의 조예를 볼 수 있는 대목이 여럿 있다. 정조의 장서인 가운데에도 『주역』에서 유래한 인장이 있다. 별호인 〈시재蓍齋〉가 그 대표적인 예 이다. "시"는 시초蓍草 점을 치는 도구이다. 이 별호인는 〈진궁지장〉, 〈진궁규장〉, 〈중광지장〉과 조합하여 압인되었으므로 정조가 세손 시절 사용하던 별호인인이 분명한데, 세손 시절 『주역』 연구에 몰두하던 정조가 자신의 별호를 "시재"라고 정하고 장서인도 제작했던 것이 아닐까 추측해 본다.

著齋
農巖集(奎 6761)

震離相生
淮海集(奎中 3750)

〈그림_3〉〈著齋〉,〈震離相生〉印影

또한 〈진리장생震離相生〉이라는 한문인이 있다. 이것은 『주역』 「설괘전說卦傳」 5장의 구절에 그 연원을 두고 있다.

상제上帝가 진震에서 나와 손巽에서 깨끗하고 리離에서 서로 만나보고 (…중략…)[8] 만물萬物이 진震에서 나오니, 진震은 동방東方이다 (…중략…) 리離는 밝음이니, 만물이 모두 서로 드러난다. 성인聖人이 남면南面하여 천하를 다스려서 밝게 다스리는 것은 대개 이 괘에서 취한 것이다.

이 인용문은 군주가 통치하는 원리를 설명한 것이다. 진은 동방이요, 봄을 뜻하고, 리는 남방이요, 여름을 뜻한다. 즉 이 괘가 말하고 있

---

8 "帝出乎震 齊乎巽 相見乎離 (…中略…) 萬物出乎震, 震東方也. (…中略…) 離也者明也, 萬物皆相見. 聖人南面而聽天下, 嚮明而治, 蓋取諸此也.

는 바는 봄에 만물이 생성하고 여름에 잘 자란다는 뜻이다.[9] 그런데 이러한 일이 가능한 것은 군주가 천하를 잘 다스리기 때문이다. 전통시대 만물의 화육化育은 군주의 덕화德化와 연관되었다. 군주가 선정을 펴야 만물이 잘 자란다는 것이다. 이 인장은 정조가 이 세상을 잘 다스려서 만물이 상생하도록 하겠다는 의지를 표현한 것이다. 정조는 장서인을 한기韓琦의 『한위공집韓魏公集』과 진관秦觀의 『회해집淮海集』처럼 훌륭한 정치를 편 중국 정치인의 문집에 압인했다. 정조가 이러한 책을 읽으면서 경세의 의지를 다졌을 것이라고 짐작할 수 있다.

4) 국왕의 의리義理 주도와 군사君師 역할

17세기 임병양란을 겪으면서 학문과 여론의 중심이 재야의 산림에게 기울었던 적이 있다. 정조는 학문적 능력과 방대한 저술을 바탕으로, 17세기 산림이 주관하던 의리를 국왕 또는 국왕이 의리주인義理主人이라고 인정한 신하가 주도하게끔 했다. 이러한 의지를 장서인에도 표하였는데, 그 대표적인 인장이 〈극〉과 〈만천명월주인옹萬川明月主人翁〉이다. 두 인장 모두 즉위 후에 사용한 것이고, 특히 〈만천명월주인옹〉은 1798년 12월 이후 정조 최만년最晩年에 사용한 장서인이다.

〈극〉은 은하의 중심인 북극성을 뜻하는 인장이다. 은하가 북극성을 한 가운데에 두고 별들이 움직이듯이 조선이라는 한 국가가 국왕인 자

---

9   李匡師, 『圓嶠集選』 4, 「兌說也說」, 『한국문집총간』 221, 480면. "萬物出乎震, 春生也. 齊乎巽, 春夏之交, 萬物相見乎離, 夏長之義也."

신을 중심으로 움직인다는 의미를 담은 인장이다. 왕이 문학, 학문, 예
와 정치 모든 것의 표준이 된다는 것을 나타내었다.

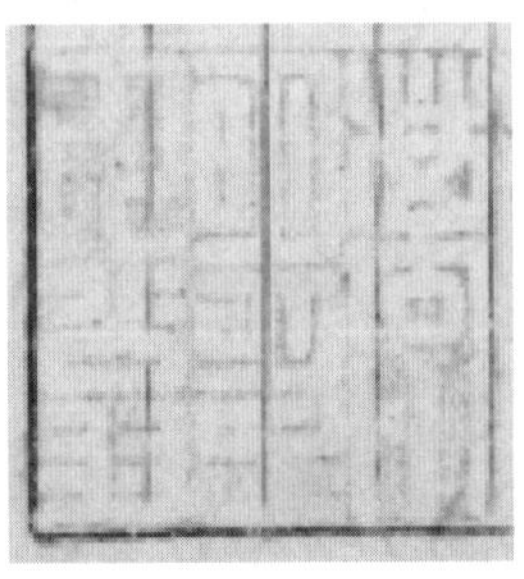

萬川明月主人翁

史記英選(奎 119의 1)

極

古今圖書集成(奎貴中 2555)

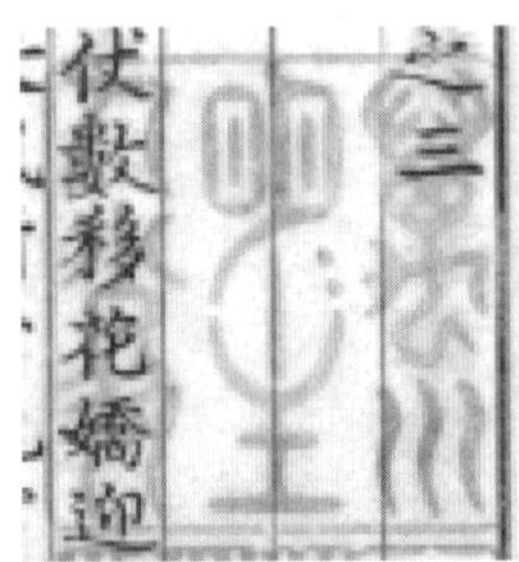

萬川明月主人翁

御定杜陸千選(奎 2057)

〈그림_4〉 〈極〉, 〈萬川明月主人翁〉 印影

정조는 1798년 12월 「만천명월주인옹자서萬川明月主人翁自序」를 지으
면서 본인의 20여년 통치를 회고하였다. 그는 이 글에서 본인이 학문
과 의리의 정점에 서 있으면서 만사를 주관하고 있다고 선언하였다.
그리고 신하들에게도 이에 화답하는 글을 쓰도록 하였다.

내가 처음에는 그들 모두를 내 마음으로 미루어도 보고, 일부러 믿어도
보고, 또 그의 재능을 시험해 보기도 하고, 일을 맡겨 단련도 시켜 보고, 혹
은 흥기시키고, 혹은 진작시키고, 규제하여 바르게도 하고, 굽은 자는 교정
하여 바로잡고 곧게 하기를 마치 맹주가 규장珪璋으로 제후들을 통솔하듯
이 하면서 그 숱한 과정에 피곤함을 느껴온 지 어언 20여 년이 되었다.

근래 와서 다행히도 태극, 음양, 오행의 이치를 깨닫게 되었고 또 사람에
대해서도 융회관통融會貫通할 수 있었다. 그리하여 대들보감은 대들보로,
기둥감은 기둥으로 쓰고, 오리는 오리대로 학은 학대로 살게 하여 사물을
각자 그 사물에 맡겨두고 사물에 따라 순응하였다. 이에 그중에서 그의 단
점은 버리고 장점만 취하며, 선한 점은 드러내고 악한 점은 숨겨 주었다.[10]

이 글에서 그는 근래에 사람에 대해서도 아주 잘 알게 되었다고 하
며, 사물을 있는 그대로 두고 그 좋은 점을 가려서 쓰겠다는 입장을 피
력하였다. 정조가 스스로를 만천명월의 주인이라고 표방한 것은 정국
운영 방식에 중요한 변화가 생겼음을 공표한 것이다. 그리고 정조가
이 방식에 대해 자신감을 갖고 있었음도 문면에서 읽을 수 있다. 평소
정조는 군사君師를 자임하였는데 바로 1798년 '만천명월주인옹'이라고
자호自號하고 이에 상응하는 인장을 제작하였다. 정조가 군사를 자임
한 것은 국왕이 정치와 학문의 정점에 서서 세상만사를 주관하겠다는
신념의 표현이었다. 이 장서인은『주서백선朱書百選』,『어정두륙천서御
定杜陸千選』등 정조 만년 자신의 학문과 정치의 역량을 쏟은 주요한 관

---

10 정조,『국역 홍재전서』10, 민족문화추진위원회, 1998.

심 서적들에 압인되었다.

4. 결론

이 글은 국왕의 현시적顯示的인 통치 행위라는 관점에서 정조 장서인 가운데 그의 학문적, 정치적 지향을 잘 나타내 주는 장서인을 선별하여 소개하였다. 그 과정에서 정조가 인정仁政을 추구하고 육경에 문학의 근본을 두었으며 『주역』에 조예가 깊었음이 드러났다. 또한 국왕으로서 만사를 주관하고 있다는 자신감도 장서인을 통해서 표시했다는 점도 드러났다.

글에서 소개한 장서인 외에도 〈정구팔황호월일가〉, 〈탕탕평평평평탕탕〉 등 탕평 정치의 의지를 담은 장서인이 있으나 지면 한계상 다루지 못하였다. 그리고 건륭제乾隆帝의 장서인과 같이 동시대 중국과 일본 군주의 장서인과의 비교에까지 이르지 못하였다는 한계가 있다. 이에 대해서는 후속 연구에서 다룰 예정이다.

要旨

藏書印を通して考察した正祖の學問的・政治的志向

白丞鎬

　蔵書印とは、書籍を管理するために書籍に所蔵者の姓名または字号、堂号などを刻んで押印する印章を指稱する。同時に書籍への押印を指稱する場合もある。伝統時代の文人たちは、蔵書印に本人の普段追及する学問的、政治的な志向を刻んで、高雅な文人の趣向とした。

　正祖は朝鮮時代の国王の中、蔵書印を多数使用した独特な君主である。蔵書印に本人の学問的、政治的な志向をこめた印文を選定し、その意図を『弘齋全書』の所々で説明して、臣僚らへ国王の意図の認識を確認させた。この論文は、蔵書印で正祖の学問的、政治的な志向を検討したものである。韓国のソウル大学校の奎章閣韓国学研究院には、正祖の蔵書印が押印された書籍が朝鮮本約266種、中国本は約104種所蔵されている。冊で表すと、朝鮮本1558冊、中国本6431冊である。正祖が書籍に押印した蔵書印の種数は朝鮮本71種、中国本33種であった。

　さらに、国王という身分であったため、士大夫の蔵書家とは異なる方式で蔵書印を使用した。士大夫のように姓名印、字号印を使用することではなく、３顆の印章を一つの単位で、齋館印、身分印、閑文印(または収蔵印)を押印した。また正祖は書籍の内容に使用する蔵書印の組み合わせを区別し、世孫時代と即位以降と時代を区別して別個の蔵書印を使用した。

　蔵書印から正祖の学問的、政治的な志向を考察すると、まず君主として仁政を追求するという意志から「弘齋」という蔵書印を多数制作して使用した。朝鮮本に16種、中国本に7種を制作して使用した。また正祖は列聖、つまり歴代の朝鮮国王の善政を維持するという意志をこめた「重光之章」という印章も制作、使用した。

　次に普段、文学と義理の基準を六経に置いての価値観を立派に表現した蔵書印が〈大文章自六経來/……/……〉である。そして周易にも造詣が深く、周易の原理を表象する〈蓍齋〉〈震離相生〉などの蔵書印も使用した。〈震離相生〉は、『周易』『説卦傳』5章の句節に根拠をおき、君主として天下万事を主宰し、善政で天下万物を相生させるという意志をこめたものである。

　正祖は学問的な能力と膨大な著述によって、17世紀の山林が主管した義理を国王、または国王が認定した臣下に主導させた。このように意志を蔵書印として表明した。その代表的な印章が〈極〉と〈万川明月主人翁〉である。〈極〉は銀河の中心である北極星を表す印章であり、〈万川明月主人翁〉は正祖の最晩年に使用され、国王が政治と学問の頂点に立ち、人間万事を主管するという自信感の表出である。この蔵書印は、正祖の晩年の学問と政治の力量を集中させた主要な著書に押印された。

참고
문헌

논문

김영진·박철상·백승호, 「정조(正祖)의 장서인(藏書印)-규장각 소장 조선본(朝鮮本)을 중심으로」, 『규장각』 45, 서울대 규장각한국학연구원, 2014.
─────────────, 「규장각 소장 중국본에 압인된 정조 장서인 고찰」, 『한국한문학연구』 60, 한국한문학회, 2015.

단행본

박철상, 『서재에 살다』, 문학동네, 2014.
서울대 도서관 편, 『규장각도서중국본종합목록』, 서울대 도서관, 1982.
서울대 도서관 편, 『규장각도서한국본종합목록』, 서울대 도서관, 1994.
장서각 편, 『정조어찰첩』, 한국학중앙연구원출판부, 2013.
임정기 외역, 『국역 홍재전서』, 민족문화추진회, 2000.

일본 국학의 우주론과
천문학적 지식의 접합[*]

배관문

1. 종교적 사상인가, 과학적 사고인가

일반적으로 종교로서의 일본 신도神道는 18세기 말 도쿠가와 막부 시대 후반기에 복고신도를 주창하는 국학자들에 의해 성립되었다고 이야기된다. 물론 복고신도가 소위 국가신도와 같은 근대 일본의 종교로 곧바로 직결되는 것은 아니다. 주지하듯 메이지 시기 진행된 과학과 종교의 대립 논쟁, 국가와 종교의 대립 논쟁을 거쳐, 공적 도덕과 사적 종교가 분리되어 국민통합에 적합한 종교를 추구하는 일본형 정교

---

[*] 이 글은 졸고 「일본 국학의 우주론과 천문학적 지식의 접합—종교적 사상인가 과학적 사고인가」(『동아시아고대학』 40호, 동아시아고대학회, 2015.12)를 수정하여 작성한 것이다.

분리가 이루어졌다. '종교'도 '신도'도 사실상 근대적 개념으로 새롭게 정의된 것임을 생각하면, 18세기 말에서 19세기에 걸쳐 국학의 우주론과 천문학적 지식이 만나는 지점에서 이루어진 지적 영위를 과연 종교적 사상인지 과학적 사고인지 묻는 것 자체가 무의미할지도 모른다.

종교로서의 신도, 신도로서의 국학, 즉 복고신도에서 종교적·신학적 요소의 발전은 모토오리 노리나가本居宣長를 계승한 히라타 아쓰타네平田篤胤에 의해 심화되었다. 적어도 아쓰타네의 국학을 거쳐 민중통치를 위한 종교적 정치 이데올로기로서의 신도가 뚜렷한 형태로 정비되었다고 하겠다. 이 글에서 주로 다루려는 아쓰타네의 우주 창성론이나 유명론幽冥論으로 불리는 사후세계론은 근대의 연구 관심에서는 기피되어온 것 중의 하나다. 일본사상사 연구에서 흔히 노리나가에 대해 문헌고증이라는 '근대적' 사유를 이유로 높이 평가하는 반면, 아쓰타네에 대해서는 사상적으로 이미 완성된 국학을 '전근대적' 방향으로 퇴행시켰다고 폄하하는 경향이 있다.

그렇지만 이러한 근대의 시선과는 달리, 막부 말기 당사자인 국학자들은 무엇보다 우주 창성론이야말로 국학의 근간을 이루는 것으로 인식한 듯하다. 예를 들면 오치아이 나오즈미落合直澄는 『삼대고후변三大考後辨』에서 다음과 같이 말한다.

천지초발天地初發에 대해 모토오리 선생도 약간 언급하기는 했으나 그 설은 상세하지 않았다. 핫토리 나카쓰네 옹의 『삼대고』가 나오자 마침내 그 설에 따르게 되었다. 이후 히라타 선생과 그 밖의 선생들도 이 설을 주창하여 세간에 고학古學을 하는 무리들 중에 그 설을 모르는 자가 없었다. 그 후

로도 다카마사 옹, 노부히로 옹 등에 의해 여러 이설이 제기되었지만 세간
에 그 설을 주창하는 자가 적다.[2]

위 인용문에 보이는『삼대고三大考』라는 책은 노리나가의 제자 핫토
리 나카쓰네服部中庸가 일본신화에 나오는 천天·지地·황천黃泉의 삼층
구조의 세계를 태양日·지구地球·달月의 운동에 결부시켜 이해하려
한 것이다. 1797년에 노리나가는 이 책을 자신의『고사기전古事記傳』권
17의 부록으로 실어 출판했는데, 그 일이 곧 국학에서 우주 창성론이
전개되는 직접적인 계기가 되었다.

이후『삼대고』에 대해 논한 저서들이 등장하기 시작한다. 특히 히라
타 아쓰타네는『삼대고』에 매료되어『영혼의 기둥靈能眞柱』을 써서 1813
년에 출판했다. 천·지·황천이라는 '삼대'의 세계상을 밝혀낸 나카쓰
네를 절찬하며 독자적으로 황천의 문제를 발전시켜 사후 영혼의 행방
에 대해 논한 책이다. 아쓰타네는 이때 아직 노리나가의 후계자인 모토
오리 오히라本居大平가 1811년에 저술한『삼대고변三大考辨』을 읽지 못했
다. 그러다『삼대고변』의 사본을 보게 되자, 그것을 논박하는『삼대고
변변三大考辨々』을 써서 1815년에 오히라에게 보낸다. 또한 1816년에는
우에마쓰 시게오카植松茂岳가『천설변天說辨』을 썼는데, 이를 본 아쓰타
네는 즉시『천설변변天說辨々』집필에 착수하여 1817년에 완성한다. 이
에 응하여 시게오카는 다시『천설변변반론天說辨々反論』을 집필한다.

히라타 아쓰타네가『삼대고』를 지지하는 대표적인 존재였다면, 모

2　落合直澄,『三大考後辨』, 京都大學圖書館藏 慶應二年版本, 1866, 一丁表.

토오리 오히라와 우에마쓰 시게오카 등 노리나가의 학통을 계승하는 스즈노야鈴屋의 문하생들은 『삼대고』에 대해 비판적인 입장이었다고 정리할 수 있다. 그 후 아쓰타네는 『고사기』와 『일본서기』 외에 온갖 옛 전설을 동원하여 고도古道를 구축한 『고사전古史傳』 집필에 몰두하면서 자신이 직접 『삼대고』 논쟁에 관여하는 일은 없었으나, 제자인 사토 노부히로佐藤信淵의 『천주기天柱記』(1819) 및 『천지 용조화육론天地鎔造化育論』(1825년경) 등의 저술에 협력했다.

한편으로 아쓰타네의 『영혼의 기둥』에 의해 주제화된 영혼의 문제는 황천의 소재에 관한 문제와 더불어 이후 하나의 흐름을 형성하게 되었다. 오카 구마오미岡熊臣는 『영혼의 기둥』 이전에 이미 『삼대고지추고三大考之追考』(1807)를 저술했는데, 『영혼의 기둥』을 접하고 나서 그것을 더욱 발전시켜 『영혼의 들보靈のうつばり』(1816), 『영원의 거처千代のすみか』(1822)를 저술하게 되었다. 또한 1859년부터 기고한 무토베 요시카六人部是香의 『순행삼대론順行三大論』은 『현유순행론顯幽順行論』과 짝을 이루는 저술로, 전자는 천지 우주의 구조를, 후자는 현유로 나뉘는 세계의 구조를 해명하고자 한 것이다. 오쿠니 다카마사大國隆正의 『고전통해古傳通解』도 이와 동시기의 성립으로 추정된다. 18세기 말에서 19세기 말까지 약 백년 간에 걸쳐 계속된 『삼대고』 논쟁은 현재 수십 종의 관련문헌을 남기고 있다.

앞의 인용문으로 돌아가보면, 나카쓰네의 『삼대고』가 계기가 되어 아쓰타네의 『영혼의 기둥』을 통해 확장된 국학자들의 우주론이 막부 말기 국학의 중요한 경향으로서 존재했다는 사실을 알 수 있다. 그리고 다소 부정적인 뉘앙스이기는 해도, 다카마사와 노부히로도 그 가운데 자리매김 되어 있다. 메이지 초기 국학운동이 좌절한 요인 가운데 하나는 이상과 같은 국학의 우주론이 근대의 자연과학적 세계관에서는 비과학적이고 시대착오적이었기 때문이라고 흔히 이야기된다. 그러나 그것은 당사자들로서는 전혀 황당무계하지 않을 뿐더러, 신화에 대한 절대적 신앙이 붕괴하는 상황에서 근세 일본에 전래된 천문학적 지식을 적극 수용함으로써 구축된 것이었다. 이 글에서는 종래의 선행연구에 반영된 근대적 시선에 대한 비판과 반성의 일환으로, 근세 일본 국학자들의 우주론을 구체적으로 살펴보고자 한다.

2. 사실과 기술의 문제

일본신화 독해를 바탕으로 세계와 신들의 관계를 도식으로 정리하려는 시도는 노리나가의 『천지도天地圖』(1788)에서 이미 확인된다.[3] 여기서 그는 천지의 이원적 세계구조 안에서 신들의 이동에 대한 내용을 도식으로 작성한 바 있지만, 그것을 천문학에서의 천체 운동과 결부시켜 생각하지는 않았다. 나카쓰네는 노리나가의 『천지도』를 참고하여 1789년에 『천지초발고天地初発考』를 집필하여 노리나가에게 보인 바 있고, 1791년에 『천지고天地考』와 『삼대고』를 차례로 집필했다.[4]

---

3 大野晋・大久保正 校訂, 『本居宣長全集』 14, 筑摩書房, 1972, 140면.

『삼대고』는 일본의 옛 전설과 천문학의 정합성을 증명함으로써 유교나 불교의 우주설에 대해 일본신화의 진실성을 주장할 수 있었다. 그런데 『삼대고』가 제기한 문제 설정, 즉 천문학적 지식을 신들의 세계 및 행적과 결부시켜 설명하는 일은 세계인식의 기술양식에 관해 어쩌면 나카쓰네가 의도치 않았던 의미까지도 요청하게 된다. 세계지도나 천체도를 그림으로 묘사하는 행위는 그때까지 반드시 명확하게 설명하지 않았던 여러 가지 것들을 시각적으로 제시할 것을 요구했다. 일례로 『삼대고』에서는 지구상의 다른 외국에 대해 황국 일본의 절대적 우위성을 공간적으로 표상하기 위해, 일본 국토를 태양과 지구가 분리된 바로 그 지점으로 고정시켰다. 아쓰타네의 경우에서 볼 수 있듯이, 죽음이나 사후세계의 문제 역시 불가피하게 도식화의 압박에 직면하게 된 예에 해당한다. 더욱이 그것은 신들의 행적을 쫓는 이야기가 사건의 연속을 기술할 뿐만 아니라 시간과 공간을 망라해야 한다는 점을 의미했다. 원리적으로 우주와 세계 전체에 대한 온갖 부분을 해명해야 한다는 과제가 부상한 것이다.

『삼대고』를 둘러싼 논쟁의 양상을 보면, 비판자들이 가장 먼저 문제 삼은 것은 스사노오須佐之男命와 쓰쿠요미月讀命가 같은 신이라는 근거로 황천黃泉이 곧 달月에 해당한다는 주장, 또 천天이 곧 태양日이라는 주장이었다. 오히라는 『삼대고변』에서 황천=달이 성립하지 않으며, 천=태양 설에 대해 천=다카마노하라, 태양=아마테라스라고 말한다.[5] 이에 대해 반론을 제기한 아쓰타네의 『삼대고변변』에서는 황천

---

4 『삼대고』 성립과정에 대해서는 金澤英之, 『宣長と『三大考』 : 近世日本の神話的世界像』, 笠間書院, 2005, 62~96면을 참조. 또한 자료편 240~251면에 『천지초발고』가 복각되어 있음.

=달, 즉 스사노오=쓰쿠요미 설이 『고사기전』에서 유래하는 것이므로, 『삼대고』에 대한 비판은 스승 노리나가에 대해 "무례한 실언"이라고 경계한다. 또 다른 쟁점인 천=태양 설에 대해서는 오히라의 해석이 『고사기전』에 있는 것은 분명하지만, 노리나가가 『삼대고』 단계에서는 이미 파기한 설이라고 본다.[6]

『삼대고』 비판자들의 초점은 나카쓰네나 아쓰타네가 『고사기』의 기술에서 일탈한다는 점, 즉 텍스트 해석을 둘러싼 태도에 있었다. 그리고 그것은 항상 스승의 설에 반하는지 아닌지의 문제가 연동하여 쟁점이 되었다.

아쓰타네와 여러 차례 논쟁을 벌였던 시게오카의 『천설변』, 그 반론 『천설변변』에 대한 재반론 『천설변변반론』을 들어보자. 시게오카의 『천설변』이 문제 삼은 것은 태초에 허공 중에 있던 물질이 갈대싹처럼 솟아올라 '천'이 되었다는 점에 대해서였다. 시게오카는 『고사기전』, 『삼대고』, 『영혼의 기둥』이 하나같이 '천'의 시작을 '갈대싹 같은 물질'이 솟아올라 이루어졌다고 말하지만, 원래 『고사기』에는 '갈대싹' 운운하며 신들의 탄생을 언급하기 이전에 다카마노하라고천원는 이미 존재하는 것으로 기술되어 있다고 지적한다. 이는 『삼대고』의 전제가 되는 틀을 근본적으로 부정하는 것이나 다름없다.

이에 대해 아쓰타네의 『천설변변』은 천지의 성립시기를 중점적으로 논한 것이다. 아쓰타네는 『고사기』의 문장을 자구 그대로 해석하기 전에, 쓰여 있는 문장 자체가 중국풍으로 변형되어 기록된 것인지 아

5　本居大平, 『三大考辨・同辨々・天説辨・松の古枝』, 東京大學總合圖書館藏 寫本.
6　平田篤胤, 『新修平田篤胤全集』 7, 名著出版, 1977, 260～261면.

닌지를 먼저 검증할 필요가 있다고 주장한다. 그들의 논지의 차이는 『고사기』라는 텍스트 독해에서 사실事實과 기술記述의 관계를 어떻게 보는가 하는 입장의 차이에서 비롯되는 셈이다.

> 『변변』에 이르길, 이는 『고사기』 문장에 그대로 보인다. (…중략…)
> 지금 논하건대, 나의 설이 『고사기』 문장 그대로라고 심히 조소하지만, (…중략…)
> 『천설변』에 이르길, 갈대싹처럼 솟아오른 물질은 스즈키 아키라가 말하는 바와 같이 (…중략…) 하늘이 되는 물질이라고 할 수 없는 것은 아니다.
> 『변변』에 이르길, 『고사기』와 『일본서기』 어디에도 갈대싹처럼 솟아오른 물질이 하늘이 되었다는 문장은 없지만, (…중략…) 나의 설을 세우려는 마음에서 추측하여 이 문장도 풀이하려 한 것이다.
> 지금 논하건대, (…중략…) 선생을 존경하는 나머지 모두 선생의 설에 찬동해야 하는가 하면 그렇지 않다. (…중략…) 나는 천지 가운데 생긴 하나의 물질이 갈대싹 같다는 문장을 통해 이해한다. 그 전문을 보면 취지가 심히 다름을 알았기에 지금 전문을 인용하여 논하는 바이다.[7]

반복되는 주장의 요점은 한마디로 "『고사기』 문장 그대로"인지 아닌지의 여부다. 시게오카는 『삼대고』 지지자 쪽의 설이 『고사기』 해석에 전혀 맞지 않는다고 비판한다. 그리고 종국에는 『삼대고』를 『고사기 전』의 부록으로 넣은 일을 "선생이 잘못한 일 한 가지"라고 하며 『삼대

---

7 『植松茂岳 第一部』, 愛知縣鄕土資料刊行會, 1982, 380~382면.

고』에 대한 비판의 화살을 노리나가에게 돌린다.[8]

시게오카의 『천설변변반론』에는 자신이 『삼대고』에 대해 논하면서 천지의 성립 문제에 깊이 관여하게 된 것은 본의가 아니었음을 토로하는 부분이 엿보인다.[9] 확실히 그의 본의는 아니었을지도 모른다. 그러나 『삼대고』에 대해 논하는 이상, 그것은 『삼대고』가 환기한 문제, 즉 세계를 어떻게 기술할 것인가에 관한 여러 논의에 참가할 수밖에 없음을 의미했다.

시게오카와 마찬가지로, 오히라도 『고사기』에 쓰여 있지 않은 것은 말할 수 없다는 입장을 철저히 했다. 오히라가 1815년에 완성한 『혼란을 수정할 방법麻杼比袁阿羅多武倍岐迦多』은 원외도員外圖 및 세 단계의 그림으로 구성되어 있다.[10] 제1도에 점선으로 된 둥근 '천'이 있으나, "천은 어떤 연유로 생겼는지 전하는 바가 없으므로 알 수 없다"라고 쓰여 있다. 이하 제2도와 제3도는 오로지 지상 세계에만 초첨을 맞춰 '황국'과 '외국'의 생성 과정을 그린다.

이처럼 노리나가의 문하생들 사이에서 『삼대고』 논쟁의 중심에 있었던 것은 옛 전설에 없는 것은 결코 알 수 없고 모르는 채로 두어야 한다는 불가지론不可知論이었다. 이 원칙을 누가 더 고수하느냐에 따라 『삼대고』에 대한 반론과 재반론이 거듭되었던 것이다. 그야말로 사실과 기술의 관계가 핵심이었다. 막부 말기에서 메이지 유신기에 걸쳐 이루어진 다양한 논의 중에는 천체의 생성과 운동을 근거 짓는 문제에

---

8 위의 책, 377면.
9 위의 책, 371~373면.
10 本居大平, 앞의 책에 수록. 또한 金澤英之, 앞의 책, 자료편 254~267면에도 영인되어 있음.

보다 천착하여 '사실'의 해명에 강조점을 두는 경우도 간혹 있었으나, 적어도 나카쓰네, 아쓰타네, 오히라, 시게오카 사이의 논쟁은 그런 방향으로는 전개되지 않았다. 이들의 논쟁은 오로지 텍스트 해석을 둘러싼 커다란 간극을 확인하는 데서 일단락되었다. 이 차이는 어느 쪽이 더 합리적인지, 혹은 문헌에 더 충실한지, 일률적으로 이해할 수 있는 성질의 것이 아니다. 오히려 세계인식의 근본적인 전환이 요구되는 시대에 신화 이해를 둘러싸고 발생한 대규모의 지각변동과 그 현상의 다양성으로 파악할 필요가 있다. 그것은 보다 큰 문맥에서 보면 일본 사회에서 곧 '근대적'인 것이 대두되는 현장이라고 하겠다.

3. 세계 생성의 원리적 설명 지향

신화 해석을 통해 신대의 모습을 밝히려는 동시에 현재 천체의 운동에 강한 관심을 갖는 국학자들의 우주론은 근대 여명기에 종교적 사상과 과학적 사고가 어떤 관계에 있었는가라는 물음과 연관된다. 이들 국학자들의 논의는 단선적인 흐름만 있었던 것이 아니라 다양한 논점을 둘러싸고 여러 갈래로 확장되었다. 동시에 유교나 불교 측의 논자들 사이에서도 논쟁이 벌어지기도 했다.

예를 들면 유학자 야마가타 반토山片蟠桃는 『꿈 대신에夢ノ代』(1807년경) 천문편에서 천체의 운행을 논하면서 국학의 우주론에 대해 신랄하

게 비판했다. 반토는 주자학의 격물치지 관점에서 유교와 서양 자연과학을 접목시켰다. 반토는 격물치지를 가장 중요하게 생각하여 "무릇 격물치지의 요체는 천학天學이 되어야 한다"고 말한다. 이 천학이 근대 서구의 천문학임은 말할 나위가 없다. 다음의 인용에는 반토가 천문학을 격물치지의 요체로 생각했던 이유가 잘 드러나 있다.

> 하늘이 있고 나서 땅이 있고, 땅이 있고 나서 사람이 있고, 사람이 있고 나서 오륜이 있다. 인의, 예지, 효제, 충신은 모두 사람을 다스리는 도이기에 이는 모두가 하늘이 있고 나서의 일이다. 그러므로 이 모든 것의 근원은 하늘에 있다.[11]

즉 반토는 하늘을 출발점으로 하여 천지인으로 이어지는 연속관계를 인정하였기에 인류의 문제를 해결하기 위해서는 먼저 하늘에 관해 알지 않으면 안 된다고 생각한 것이다. 천문학의 지식은 봉건적 사회질서의 기초를 확립하는 데 사용되고 있다. 물론 이것은 반토만의 문제로 끝나지 않는다. 더 생각해야 할 것은 원래대로라면 서양에서의 과학혁명과 마찬가지로 정밀과학인 천문학이 지적혁명의 첨병 역할을 했어야 마땅한데, 일본에서는 나아가 동아시아에서는 그렇지 않았다는 점이다.[12]

당시 그들은 무엇을 근거로 세계의 성립을 설명했을까. 즉 그들의 논의에서 천체의 성립을 뒷받침하는 원리는 무엇인가. 근세 일본에 지동설을 보급하는 데 중요한 계기가 된 것은 난학자 시즈키 다다오志筑

---

11 水田紀久・有坂隆道 校注, 『富永仲基・山片蟠桃』, 日本思想大系 43, 岩波書店, 1973, 216면.
12 中山茂, 『日本の天文學』, 岩波書店, 1972, 169면.

忠雄의 『역상신서曆象新書』(1798~1802)였다. 여기서 다다오가 천체를 설명하는 기초에 둔 것은 만유인력이며, 그것을 설명하기 위해 주자학의 기 일원론을 뉴턴 역학과 결부시켰다. 우주 생성의 원리적 부분을 설명하면서 기의 허실굴신 작용으로 뉴턴 역학의 논제를 파악한 것이다. 유럽의 천문학이 일본에 소개되었을 때 기독교 신학을 기피할 필요도 있어 천체의 동인에 대해서는 결여된 형태로 번역되었고, 국학자들의 우주론은 그 공백을 일본 신들의 행적으로 보충함으로써 세계 생성의 과정에 대한 설명을 완결시키려 했다.[13]

나카쓰네의 『삼대고』, 아쓰타네의 『영혼의 기둥』, 노부히로의 『천주기』에 이르기까지 신대의 행적과 천문학의 결합에서 중요한 역할을 하는 것은 바로 노리나가에 의한 '무스비産靈'라는 영묘한 신의 발견이다. 노리나가는 세계를 생성하고 만물을 움직이는 원동력이 되는 존재로 『고사기』 신화에서 무스비 신을 찾아냈다. 그로써 그는 유학적 세계관, 즉 세계에는 기가 가득 차 있어 만물은 그 자체로 활력을 내재하고 있다는 이해를 부정했다고 할 수 있다.

노부히로의 『천주기』와 『천지 용조화육론』에서도 무스비의 작용이 우주 전체의 설명원리로 자리하고 있다. 『천주기』 서문에는 "모토오리 씨의 『고사기전』, 핫토리 씨의 『삼대고』, 히라타 씨의 『영혼의 기둥』 등의 서적을 읽고 옛 사실을 밝히는 일에 더욱 매진하여 홀연히 천지생생의 이치는 전적으로 무스비의 본래 작용에 의해서임을 깨달았다"라고 쓰여 있다.[14] 노부히로는 천문학에서 얻은 일·월·지, 혹성 및 항

---

13 遠藤潤, 「平田篤胤の他界論再考 : 『靈能眞柱』を中心に」, 『宗敎硏究』 305, 日本宗敎學會, 1995.
14 尾藤正英·島崎隆夫 校注, 『安藤昌益·佐藤信淵』, 日本思想大系 45, 岩波書店, 1977, 363면.

성에 관한 지식을 받아들여, 그것들 전체의 생성과 운행, 사시의 변화, 만물의 화육을 모두 무스비의 작용으로 설명한다.

『삼대고』 이후에도 계속해서 증가하는 천문과학의 지식에 의해 급속하게 확장되는 현실세계에 대해, 새삼스럽게 신화적 근거를 지으려고 하는 일련의 저작은 지속적으로 나타났다. 무엇보다 『삼대고』의 저자인 나카쓰네가 만년에 『칠대고七大考』라는 저술을 집필했다. 『칠대고』는 총설을 수록한 상권, 도설을 수록한 하권 가운데, 현재 하권만이 확인된다. '칠대'라는 서명대로 이 책에서 다루는 범위는 태양을 중심으로 수성, 금성, 지구, 화성, 목성, 토성까지 확대되어 있다. 목성과 토성에 관해서는 이들이 몇 개의 위성을 지닌 점에서 각각 태양과 그 주변을 도는 5혹성과 같은 하나의 세계가 아닐까라고 추측한다. 그렇게 생각하면 태양에 속하는 세계는 화성까지의 범위이며, 따라서 목성과 토성에 대한 옛 전설이 존재하지 않는 것도 납득할 만하다고 설명하는 것이다. 목성과 토성뿐 아니라 밤하늘의 별은 모두 무수한 소세계이고, 그것들은 제각기 우주의 중심으로서의 태양 주위를 도는 것이라고 추론한다.

주목할 것은 『칠대고』에서는 스사노오가 지배하는 황천근국黃泉根國을 화성에 배정함으로써, 쓰쿠요미가 통치하는 달과는 별개의 천체로 파악한다는 점이다. 바꿔 말하면 『삼대고』 논쟁의 초점이 되었던 달=황천, 쓰쿠요미=스사노오라는 주장 자체가 『삼대고』에서 반드시 본질적인 문제도 아니었던 셈이다. 나카쓰네는 보다 풍부해진 천문학적 지식과 정합함으로써 신화의 진실성을 한층 더 확신할 수 있다고 생각한 듯하다. 그러나 『칠대고』는 결과적으로 상세한 천문학적 지식이 선행하고 거기에 신화의 독해를 끼워 맞추었다는 인상을 벗어나기 어렵다. 결국 『삼대고』에서 줄곧 강조되었던 세계를 생성하고 원동력으로서의 무스비의 작용도 그리 결정적인 의의를 지닌다고는 하기 어려운 것이 되었다.

아쓰타네의 『영혼의 기둥』은 기본적으로 『삼대고』의 우주론을 계승한 것이었다. 그런데 『고사전』에 이르러서는 무엇보다 지동설의 도입이 현저해진다. 이 점은 이자나기・이자나미 두 신에 의한 국토생성 이야기에서 '그 부유하는 나라'에 대해 "떠다니는 모습은 이때 하늘의 태양은 이미 솟아올라 이루어져 있고 허공 중앙에 자리를 정하여 그곳에 있으면서 매우 강하게 선회하기 때문에 하늘의 태양을 중심에 두고 대운으로 돌면서도 즉 무리 지어 견고하게 얽매지 않고 부유하고 있는 것이다"라든지, 바다를 뜻하는 아오우나바라에 대해 "지금 보이는 대지의 하루에 오른쪽으로 일회전하는 모습"이라고 설명하는 부분 등에서도 알 수 있다.[15] 한편 『천주기』와 『용조화육론』은 노부히로의 방대한 저작 중에서는 가장 초기에 속하는 것으로 만년까지 계속해서 첨삭이 이루어졌다. 이들 저작의 최초 집필시기는 아쓰타네가 『영혼의 기둥』을 수정하면서 『고사전』을 집필했던 시기와 거의 중복된다. 게다가 『고사전』에서 『영혼의 기둥』의 설을 수정한 내용이 대체로 노부히로가 쓴 내용과 유사하다는 점이 확인된다.[16]

『삼대고』의 단계에 이미 노리나가와 나카쓰네는 지동설에 대해 인

---

15 平田篤胤, 『新修平田篤胤全集』 1, 名著出版, 1977, 147면, 153면.
16 桂島宣弘, 『思想史の十九世紀 : 「他者」としての徳川日本』, ぺりかん社, 1999. 특히 제5장 「幕末國學の轉回と佐藤信淵の思想 : 『天柱記』と『鎔造化育論』を中心に」 참조.

지하고 있었으나 그것을 적극적으로 받아들인 흔적은 보이지 않았다. 나카쓰네의 『칠대고』는 태양을 중심으로 하는 지동설을 전면 흡수하여 『삼대고』의 설을 재조정한 결과였다. 마찬가지로 아쓰타네는 1819~25년 무렵 노부히로와의 교류 협력관계를 통해 지동설을 고려한 신화의 재해석 작업에 착수했던 것임을 짐작할 수 있다.

쓰루미네 시게노부鶴峯戊申는 『하늘의 기둥天のみはしら』(1818) 및 『하늘의 기둥 고증』(1822)을 저술하여 당시 천학이 분분한 상황에 대해 신대 전래의 진의를 오늘의 사실에 비추어 증명하고자 했다.[17] 그 내용은 불교와 유교 및 서양의 여러 설들을 소개하면서, 최종적으로 지동설에 일본의 옛 전설을 합치시키는 것이었다. 시게노부는 1798년에 성립한 시즈키 다다오의 『역상신서』 상편을 주로 참조하면서 구니노토코타치, 도코쿠모누, 우히지니 신 등을 5성에 배치했다. 요컨대 1818~30년의 분세이 연간文政年間은 『삼대고』와 『영혼의 기둥』에 선도된 노부히로나 시게노부가 새롭게 태양 중심의 지동설과 일본신화의 정합성을 찾는 작업을 진지하게 펼친 시기였다고 하겠다.

무토베 요시카의 『순행삼대론』에서는 태양을 다카마노하라, 달을 요루노오스쿠니에 비정하며, 아메노미나카누시·다카미무스비·간무스비의 조화삼신이 최초로 창성한 것은 태양구이고, 그로부터 지구 외 5혹성이 분출했다고 설명한다. 『삼대고』와 『영혼의 기둥』을 바탕으로 하는 듯하면서 사실 『천주기』나 『용조화육론』에 가까운 입장이다. 같은 시기 오쿠니 다카마사도 『고전통해』에서 최초에 태양구가 생기고 거기

---

17 鶴峯戊申, 『天のみはしら』, 無窮會神習文庫藏 文政年間版本, 1818.

서 지구가 분생했다고 주장한다. 또한 『순행삼대론』에서는 타 항성의 경우도 각각 태양계와 같은 구조나 성립과정을 갖는 독립된 일세계라고 파악한다. 『고전통해』에 "항성은 전부 다카마노하라이며, 우리의 태양구도 그러한 항성의 하나다"라는 것도 이러한 사고를 공유하는 것이다.[18] 이 점에서는 『칠대고』와 공통되는데, 다른 한편으로 저마다의 우주론은 미묘한 차이를 보이며 각자 독자적인 전개양상을 보인다.

이처럼 신화를 통해 세계를 설명하려는 시도는 메이지 시대까지도 계속되었다. 그러나 노리나가가 신화적 세계상을 보장하는 특권적 텍스트로서 발견했던 『고사기』는 더 이상 기대에 부응하지 못했다. 요시카의 『순행삼대론』은 아쓰타네가 고대 문헌을 총동원하여 구축한 '고사古史'를 다시 수정한 '태고사太古史'를 기초로 실현될 수 있었고, 다카마사의 『고전통해』도 중국문헌까지 포함한 옛 전설을 찾음으로써 간신히 자신의 설을 유지할 수 있었다. 노부히로가 『천주기』 서문에서 집필의 계기를 『고사기전』, 『삼대고』, 『영혼의 기둥』을 읽고 나서였다고 하면서도, 자신의 설은 어디까지나 그것들과는 별개의 '하나의 신대기神代記'라고 단언한 것도 같은 맥락이다. 마지막까지 그들을 지탱한 것은 오로지 신화 해석으로부터 도출되는 세계상에 의해 천체라는 현실세계를 설명하고자 하는 지향성뿐이었는지도 모른다. 신화적 세계상과 현실세계와의 괴리는 이미 어떤 옛 전설로도 뒷받침할 수 없는 것이 되었다. 백년간의 『삼대고』 논쟁은 여기서 종결된다. 그것은 거슬러 올라가 노리나가가 시도했던 지적 영위의 한계를 드러내고 무효화

18　野村傳四郎 校訂, 『大國隆正全集』 6, 有光社, 1937~39, 26면.

하는 것이었다.

4. 우주론과 유명론의 단절

노부히로는 한때 아쓰타네에게 사사하여 서로 중첩되는 사상 공간에 있었으나, 그 관계는 일시적으로 끝났던 것 같다. 아쓰타네의 우주 창성론을 확장한 노부히로의 천지 용조화육론이 히라타 학파에서 점차 멀어지는 양상을 좀 더 살펴보자. 두 사람의 언설의 차이는 각각 우주론을 구성한 목적의 차이라고도 할 만하다.

황조천신 인류를 번식蕃息하고 신성을 연성煉成하기를 원하여 이 천지를 용조鎔造하고 천주天柱를 충립衝立하는 것은 신의 뜻이다. 고로 국가의 주인 되는 자는 무스비의 신의神意를 강구하여 천의를 봉행하고 인류의 번식에 힘써야 하리라. (…중략…) 일월성신을 역상하고 천도경위를 명변하는 것이 곧 신의를 봉행하고 만물을 발육하여 세계를 융통하고 창생을 구제하는 성업의 근본이다. 이 경제의 대도를 참으로 잘 행하면 전 지구를 쉽게 다스릴 수 있을 터, 어찌 강구하여 밝히지 않겠는가.[19]

---

19 尾藤正英·島崎隆夫 校注, 앞의 책, 421~422면.

위에 인용한『천주기』에 의하면, 노부히로는 만물 발육과 인류 양육의 이치를 알기 위해 조물주에 의한 우주 창조 및 운행에 대해 알아야 한다고 말한다. 그런데 아쓰타네의 우주 창성론은 애초에 일본인이 야마토고코로大和心를 견고히 하기 위해 사후 영혼의 행방을 찾을 목적으로 세계의 시초를 알아야 한다고 했다. 바꿔 말하면 아쓰타네의 궁극적 관심은 코스몰로지 그 자체가 아니라, 유명계를 해명함으로써 현세를 안정적으로 구성하고자 하는 원리를 찾는 데 있었다. 노부히로는 아쓰타네의 그러한 자세에 찬동하지 않는다.

페르시아 나라의 설에 조물주가 이미 이 천지를 조영했다고 한다. 즉 진흙덩어리로 남녀 한 쌍의 모습을 빚어 인류의 시조로 삼았고, 이에 인류가 죽을 때는 모두 흙으로 돌아간다고 한다. 이는 일리가 있는 듯하지만, 심히 천의에 반하는 그릇된 설이다. 히라타 씨가『영혼의 기둥』에서 이 설에 대해, 황국인은 신의 후예이고 외국인은 하나같이 진흙덩어리의 자손이라는 확증이라고 했다. 그러나 이는 공론이 아니다. 무엇보다 황조천신이 천지를 조영하고 인류를 번식함은 모두 아메노히보코의 영묘한 계기와 관련된 것으로, 용조화육론에 분명히 밝힌 바와 같다. 어찌 안과 밖에서 그 창조가 다를 리 있겠는가.[20]

이처럼 노부히로는 오히려 세계 공론으로서의 우주론을 대치시키면서 아쓰타네의 유명론과 우주론의 단절을 꾀한다. 이러한 아쓰타네와

---

20 위의 책, 368면.

노부히로의 차이가 무엇을 말하는가는 『용조화육론』의 가필 수정과정
에 선명히 드러난다. 가와고에 시게마사의 지적대로, 그것은 단적으로
지동설에 의한 우주 창조원리의 정합화 과정이었다.[21] 거기에는 신들
에 의한 우주 창조라는 관점이 희박해지고, 별을 주재하는 신에 대한
관심이나 우주론과 결합된 유명론에 대한 관심도 후퇴한다. 그와 더불
어 아쓰타네의 이름이나 『고사전』의 유명론이 점차 삭제된다. 『삼대
고』 이후 국학적 우주론의 한 축이 유명의 소재에 대한 것이었음을 생
각하면, 이와 같은 노부히로 언설의 변화는 아쓰타네와 노부히로의 관
심사가 크게 벌어졌음을 뜻한다. 반대로 히라타 문하에서 노부히로가
주장하는 천지 용조화육론이 매우 낮게 평가되는 점에서 추측할 수 있
듯이, 아쓰타네와 노부히로가 우주론 측면에서 어느 정도 관심이 일치
했다고 해도 용조화육론에 대해서는 그렇지 않았던 것 같다. 즉 노부
히로의 관심은 옛 전설이나 신들과 세계의 관계보다는 우주론 자체에
있었다는 것을 보여준다.

최종본인 사토 노부히로 가학전집본의 『용조화육론』의 구성을 보
면, 제1장 혼돈에서 아메노미나카누시에 의한 우주 창조, 제2장 무스비
신에 의한 태양 창조와 별들의 공전 개시, 제3장 혹성의 특성과 궤도 주
기, 제4장 천문 역술의 발달사, 제5장 무스비의 창조원리 등으로 전개
된다. 노부히로의 화육론은 천학과 유사한 우주론의 성격을 뚜렷이 보
이며, 아쓰타네에 비해 신학적 색채가 옅어졌음을 알 수 있다. 이어서
유명에 대한 언급이 있기는 하나, 그 내용은 영혼의 행방이나 사후안심

---

21 川越重昌, 「天柱記・鎔造化育論の著述過程と信淵の天文學說の成立について」, 『信淵研究』 8,
　　秋田経濟大學, 1966.

론과는 사뭇 거리가 멀다.

최초에 무스비 신이 아메노미나카누시 신의 칙명을 받들어 천지를 만듦
은 만물을 화육하고 인류를 번식함에 그치지 않으리라. 그 뜻은 반드시 사
람으로 하여금 도를 쌓고 덕을 길러 신성을 이루게 하기 위함이다. 고로 하
늘은 신성의 본거지가 되고, 대지는 인민의 본거지가 되고, 그와 별개로 유
계는 영혼의 본거지가 되는 것이다. 고로 대지는 인민의 본거지라 해도 사
람의 도를 쌓고 덕을 기르는 훈련장이다.[22]

여기에 노부히로의 유명론은 현세에서의 수양적덕修養積德을 촉구하
는 원리로 바뀌어, 교화적 색채를 강하게 띤다. 더욱이 제8장에 이르면
인간의 숙업 혹은 선악이 있음은 필연적이므로 현세의 길흉, 화복, 귀
천, 빈궁과 영달 등은 모두 전세의 업보라는 불교적 삼세보응의 인과
응보론이 전개된다. 그럼 전세의 악업을 속죄하기 위한 수양적덕의 방
법은 구체적으로 무엇인가 하면, 군주와 부모의 명에 무조건 따르는
것이라고 한다.

노부히로는 이를 맹자가 말하는 '사천事天'이라고 설명하지만, 천의
화육이나 생생生生에의 참여와는 전혀 다른 문맥에서의 '사천'이라는
점에 주의해야 한다. 예컨대 18세기 초의 유학자 가이바라 엣켄貝原益軒
의 '양생養生'론에 보이는 주자학적 사천론이 우주론과 밀접하게 연관
되어 있는 것과는 본질적으로 성격을 달리한다. 노부히로의 화육론은

22　瀧本誠一 編,『佐藤信淵家學全集 上卷』, 岩波書店, 1925, 572면.

특히 후의 농학서 등에 많이 등장한다. 이는 분명 농사가 천하지대본이라는 농정론으로 연결되지만, 다만 이것이 반드시 천인상관적인 이치로 일관되는 것은 아니다. 그것은 우주론의 형이상학이 유명론과 단절된 것과 마찬가지로, 구체적으로 농민이 참여하는 농사와 관련되어 있지 않기 때문이다. 이러한 유명론은 이윽고 위정자에 의한 교화론으로 귀결된다. 이에 제9장에서는 군자가 현인을 받들면 백성의 미덕과 악을 심판하여 상벌을 내리는 일이 요청된다고 한다.

물론 유명론의 인과응보론적 경향은 아쓰타네의 유명론에서도 있었다. 그러나 아쓰타네는 현세에서 겪는 선악의 부조리함을 유명대신의 심판에 의해 유계에서 해결하기 위함이었다. 노부히로의 경우 똑같은 인과응보론적 교화론으로 기능한다고 해도, 어디까지나 위정자를 위한 언설로서 기능했던 것이다. 실제로 노부히로의 저서 대부분은 막부 지배계급의 정책 제안으로 쓰였던 것임을 간과해서는 안 된다.

메이지 초기에 히라타 학파의 국학자들 사이에서 노부히로는 상당히 정밀한 우주론의 제공자로 전해진 듯하다. 히라타 신도의 계승자로 유명한 야노 하루미치矢野玄道의 『야소노구마데八十能隈手』(1872)에는 다음과 같은 구절이 있다.

이상은 서양의 설에 의한 것인데, 사토 노부히로의 설에 온갖 별들은 하나같이 황조천신이 하늘의 태양을 조성하실 때 나온 물질이므로, 모든 별이 태양을 중심으로 주회하는 까닭은 태양의 기둥을 세운 신묘한 계기에 의함이라고 했다. 그 밖에 태양과 떨어진 거리가 지극히 멀기 때문에 공전하는 힘이 점차 쇠퇴하여 무수한 별이 있는 항성천에 이르러서는 대략 1만 8천년

경을 지나지 않으면 일주하지 않는다는 사실 등이 상세히 쓰여 있다.[23]

하루미치는 우주 창조 서두에서의 제성 탄생론과 그 주회론에서 노부히로의 설을 인용하며 수용하고 있다. 곤다 나오스케權田直助의『도의 근본에 대한 변道能大本之辨』(1875)에 나오는 주회론 등에도 비록 그 이름이 명시되어 있지는 않으나 노부히로 설의 수용 흔적이 있다. 이러한 예는 노부히로의 천지 용조화육론이 19세기 초, 특히 분세이 연간부터 본격화한 국학적 우주론의 전환에 일정한 영향을 끼쳤다는 사실을 말해준다.

5. 제신 논쟁과 신도의 성립

국학자들의『삼대고』논쟁이 다시 거론된 것은 막부 말기에서 메이지 시기에 걸쳐 일어난 대교선포大敎宣布 운동에서였다. 엄밀하게 말하면 그것은『삼대고』논쟁이라기보다는 노부히로의 용조화육론을 둘러싸고 논의된 것이다. 1878~80년 신도사무국 신전에 봉재하는 제신을 둘러싼 논쟁은 종교정책 전환의 직접적인 계기가 되었다. 이 논쟁으로 인해 신도는 종교가 아니라 국가의 제사라는, 소위 국가신도 체제의 신

---

23 『新註皇學叢書』10, 廣文庫刊行會, 1927, 7~8면.

사신도가 성립했다는 점에서 중요한 의미를 갖는다. 제신을 둘러싸고 시작된 이즈모파出雲派와 이세파伊勢派의 대립은 신도사무국 개혁 문제, 관장 선정 문제 등과 얽혀 1881년에 조칙에 의해 신도대회가 개최되고 수습되기까지 수년간 내부 분열을 되풀이했다. 제신 논쟁의 초기에는 이즈모파가 주장한 유현이계, 즉 천황이 현세의 일顯事을 주재하고 오쿠니누시 신이 사후세계의 일幽事을 주재하면서 영혼을 심판한다고 하는, 당시 지배적이었던 복고신도의 이론 자체를 부정하는 일은 드물었다. 다시 말해 이러한 기술적 반대론에 그칠 수밖에 없었다. 애당초 제신 논쟁이 일어난 것은 신도 교의의 미성숙함과 종교로서의 내용의 빈약함을 방증하는 것이기도 했다. 이러한 맥락에서 신도의 종교화의 본격적 출발은 교부성教部省 교도직教導職의 설치에 의해 국민교화를 꾀한 대교선포운동의 개시에서 찾는 것이 보통이다.

그것을 신의 문제에 한정한다면, 첫째는 조화삼신, 특히 아메노미나카누시의 주재신·창조신으로서의 성격 강조, 둘째는 사후 영혼의 행방으로서 유계의 정위 및 그 유계를 주재하고 영혼을 심판하는 오쿠니누시의 강조라 하겠다. 전자의 일신교 지향은 스즈키 마사유키鈴木雅之와 난리 유린南里有隣이 주장하는 아메노미나카누시의 주재신 관념, 절대신격 관념에 전형적으로 나타난다. 이와 유사하게 스즈키 시게타네鈴木重胤나 와타나베 이카리마로渡辺重石丸 등도 기독교를 의식하여 아메노미나카누시를 주재신으로 집중시킴으로써 모든 신들의 근원이 되는 선조신이라 했다. 후자의 내세교 지향은 무토베 요시카, 오카 구미오미, 야노 하루미치, 시이다 나오스케椎田直助 등에 의해 사후세계론의 이론적 심화로 나아갔다. 막부 말기에서 메이지 유신으로 격동하는 사회 정세 속에서 나타난 이러한 국학의 종교적·신학적 발전은 훗날 교파신도의 형성에 지대한 영향을 끼쳤다. 민중의 움직임이 반드시 정부나 복고신도 이데올로기가 의도한 교화정책에 따른 것은 아니었지만,[24] 현세이익을 추구하는 일본인의 종교인식에 대해서는 교파신도의 발전사를 함께 고찰할 필요가 있다.[25]

신도 사상 중에서도 특히 우주론은 이후에도 서양학 일변도의 분위기 속에서 지식인들의 평판이 좋지 않았다. 그것은 기묘하고 유치하고 비과학적인 것으로 비판될 뿐, 제대로 상대하는 일도 드물었다. 이러한 평가는 일찍부터 신도계 내부에서도 있었다. 예를 들면 국가신도의 성립에 막대한 영향력을 행사한 오쿠니 다카마사는 『사후안심록死後安心錄』에서 다음과 같이 말한다.

신도는 확실치도 않은 다카마노하라에서 최초로 국토를 낳는다는 등 정체를 알 수 없는 것만을 설하니, 세인들의 마음이 따르지 않음도 수긍할 만하다. 그저 '일본의 도'라는 이름만으로 유지되고 있는 것이다. '일본의 도'라는 이름조차 없었다면 이 도는 벌써 끊어졌으리라. 이는 불도에도 유도에도 신도에도 편중되지 않은 사람의 마음이라고 한다.[26]

일반론으로서 언급하고는 있지만, 국학자조차 고유성 이외에는 내

---

24 中島三千男, 「大敎宣布運動と祭神論爭 : 國家神道体制の確立と近代天皇制國家の支配イデオロギー」, 『日本史硏究』126, 日本史硏究會, 1972, 51~54면.

25 村岡典嗣, 『日本思想史硏究 第3卷 宣長と篤胤』, 創文社, 1957; 松本三之介, 『國學政治思想の硏究』, 有斐閣, 1957; 松本三之介, 『天皇制國家と政治思想』, 未來社, 1969.

26 野村傳四郎 校訂, 『大國隆正全集』 5, 有光社, 1937~39, 319면.

세울 만한 어떤 장점도 없는 것이 일본의 신도라고 말하고 있는 것이다. 오쿠니 학파 계통의 국학에서는 사후세계론과 결부된 '종교적' 우주론은 완전히 모습을 감추고 이른바 '과학적' 사고를 바탕으로 하는 학문만이 남았다. 단 히라타 학파 계통의 언설과 대극을 이루며 오쿠니 학파에서 실현한 것은 황조신 아마테라스를 정점으로 신들의 서열을 일원화하여 천황가로 이어지는 혈통의 절대적 지위를 보장함으로써 천황에 대한 자발적 복종과 통속 도덕의 실현을 통해 세계만국에 군림하는 국가신도 논리의 획득이었다. 그것이 근대 일본으로 연속된 국학의 모습이었다.

要旨

日本における国学の宇宙論と天文学的知識の結合

裵寛紋

　十八世紀末から十九世紀末まで、日本には西欧の天文学に基づいて神話上の世界観を合理的に理解しようとする国学者たちの試みがあった。服部中庸の『三大考』をきっかけに、宣長門下で引き起こされた論争は、当時の国学者や儒学者を巻き込みながら、凡そ百年間にわたって続いていく結果となった。とりわけ平田篤胤の『靈能眞柱』によって展開された幽冥論と結びついた宇宙創生論は、魂の行方と黄泉の所在をめぐる議論に広がり、幕末国学において一つの流れを形成している。また、それを発展させた佐藤信淵の『天柱記』及び『天地鎔造化育論』は、文政年間に本格化した国学的宇宙論の転換に一定の影響を及ぼし、明治初期、神道の内部で起こった祭神論争において再び注目を浴びるようになる。

　当初、彼らの論旨の違いは、『古事記』というテキスト読みにおいて事実と記述の関係をいかに見るかに関わる立場の違いによるものであった。したがって、その論争はテキスト読解をめぐる差異を、ただ確認するところで一段落した。そこにおいて、どちらがより合理的なのか、あるいはどちらがより文献に即しているか、などの問題は、一律的に理解できるものではない。

　ところが、後代の宇宙論になると、あくまで詳細な天文学的知識が先行

し、そこに日本の神話を無理矢理合わせている様子が窺える。神話的世界
と現実世界との乖離は、既にいずれの古伝説でも裏付けられないものに
なってしまった。最後まで彼らを支えていたのは、神話解釈から導かれる
世界像によって、天体という新たな現実世界を説明しようとする指向性だ
けであったといえる。さらに、信淵の宇宙論は、篤胤の幽冥論との断絶を
図り、平田学派の宇宙創生論から次第に遠くなっていく。そこには神々に
よる宇宙創造といった観念が薄れ、星を主宰する神への関心や宇宙論と結
合した幽冥論に対する関心なども後退している。それは要するに、地動説
による宇宙創造原理の整合化の過程に他ならない。

　近代以降の研究において、国学の宇宙論は荒唐無稽で非科学的であると
いう理由から捨てられてきた。しばしば明治国学運動の挫折した要因がそ
こにあるといわれるほどである。しかし、近代の視線が投影されている今
日の一般的な評価とは異なり、宇宙創生論は幕末国学の重要な傾向として
確実に存在していた。当事者である国学者たちは、宇宙論こそが国学の根
幹にあると認識していたからである。当時、神話に対する絶対的信仰が崩
れていく状況の下、異質な天文学を積極的に取り入れることは、それまで
になかった科学的思考という課題が世界観の問題として前面に浮上してい
る過程と捉えるべきであろう。

참고
문헌

논문

遠藤潤, 「平田篤胤の他界論再考：『靈能眞柱』を中心に」, 『宗教硏究』 305, 日本宗教學會, 1995.

川越重昌, 「天柱記・鎔造化育論の著述過程と信淵の天文學説の成立について」, 『信淵硏究』 8, 秋田経済大學, 1966.

中島三千男, 「大教宣布運動と祭神論争：國家神道体制の確立と近代天皇制國家の支配イデオロギー」, 『日本史硏究』 126, 日本史硏究會, 1972.

단행본

植松茂岳, 『天説辨』, 『植松茂岳 第一部』, 愛知県郷土資料刊行會, 1982.

落合直澄, 『三大考後辨』, 京都大學圖書館蔵 慶應二年版本, 1866.

金澤英之, 『宣長と『三大考』：近世日本の神話的世界像』, 笠間書院, 2005.

滝本誠一 編, 『佐藤信淵家學全集 上卷』, 岩波書店, 1925.

鶴峯戊申, 『天のみはしら』, 無窮會神習文庫蔵 文政年間版本, 1818～22.

中山茂, 『日本の天文學』, 岩波書店, 1972.

野村傳四郎 校訂, 『大國隆正全集』 5, 有光社, 1937～39.

服部中庸, 『三大考』, 『本居宣長全集』 10, 筑摩書房, 1968.

尾藤正英・島崎隆夫 校注, 『安藤昌益・佐藤信淵』, 日本思想大系 45, 岩波書店, 1977.

平田篤胤, 『新修平田篤胤全集』 1～7, 名著出版, 1977.

松本三之介, 『國學政治思想の硏究』, 有斐閣, 1957.

＿＿＿＿＿＿, 『天皇制國家と政治思想』, 未來社, 1969.

水田紀久・有坂隆道 校注, 『富永仲基・山片蟠桃』, 日本思想大系 43, 岩波書店, 1973.

村岡典嗣, 『日本思想史硏究 第3卷 宣長と篤胤』, 創文社, 1957.

本居大平, 『三大考辨・同辨々・天説辨・松の古枝』, 東京大學総合圖書館蔵 寫本, 1811～15.

本居宣長, 『天地圖』, 『本居宣長全集』 14, 筑摩書房, 1972.

矢野玄道, 『八十能隅手』, 『新註皇學叢書』 10, 広文庫刊行會, 1927.

'신화연구'에 나타난
여성신女性神 '창출'의 구조

아버지父親 부정否定의 문화사 검토

김영남

1. 들어가며

  본 글은 근대 이후에 이루어진 한국의 신화연구라는 학문을 통해서 신화에 등장하는 여성들이 '여신女神'으로 '창출'되는 과정을 검토하고, 신화연구라는 '학문'에서 그리고 근원적으로 '신화 텍스트' 내부에서 신화 주인공의 아버지父親가 부정적으로 표상되는 양상을 검토하려는 시도이다. 이는 20세기의 '신화연구'뿐만 아니라 고대사회 연구와 문화사 연구의 매우 중요한 개념이고 전제였던 '모권론' 혹은 '모권사회'라는 가설에 입각한 연구에 대한 반성으로서의 의미를 지닌다.

신화는 대부분의 경우 문자로 정착되기 이전에 세대에서 세대로 구전되어 내려온 역사의 산물이며 '역사 이전의 역사'라는 인식은, 근대의 신화 연구가 시작된 이래 현재까지 신화 연구가들에게 있어 이견을 찾아 볼 수 없는 암묵적인 전제이다. 즉, 신화는 실제 있었던 역사적 사실을 상징적·은유적으로 표현한 이야기라는 전제하에 신화의 해석을 통해 역사 이전의 인간의 사회상과 각 민족이 형성될 당시의 사회구조나 정서, 신앙 등을 규명하려 노력해 왔다.

그 중의 하나가 신화·전설 속 주인공의 '어머니(여성)'를 중심으로 해서 신화의 배경이 된 시대 이전의 사회상을 규명하려는 시도이다. 한국의 신화연구에 있어서도 신화 속 주인공의 어머니에 관한 연구는 주인공에 관한 연구 다음으로 많은 비중을 차지하고 있으며, 현재에도 한국의 고대사회 연구에 있어 신화 속의 여성의 존재를 매개로 당시의 사회상을 규명하려는 노력이 보이고 있다.

본고에서는 이에 대해 기본적으로 두 가지의 의문을 가지고 시작한다. 하나는 신화 속 주인공의 어머니에 관한 연구가 활발히 이루어지고 있음에 비해 왜 '아버지'의 존재에 관한 연구는 거의 전무한가 하는 점이다. 또 하나는 신화의 기술을 근거로 역사 이전의 고대상을 탐구하는 기존의 신화 혹은 역사 연구가 방법론적으로 타당한가에 관한 근본적인 의문이다. 여기서의 논의 전개는 첫 번째 의문을 중심으로 이루어지겠지만, 두 번째 의문과 연관시켜 논의가 진행되는 관계로, 기존의 어머니를 중심으로 고찰한 신화 연구에 대한 비판이 그대로 '모권론'에 대한 부정과 '부권론'에 대한 주장으로 이어지지는 않는다. 왜냐하면 '모권론' 자체가 가부장적 사유의 산물이며 근대 국민국가의 이데올로기로 기능해 왔기 때문이다.

여성의 육체를 풍요와 다산의 상징으로 혹은 성스러움의 대상으로 여기는 사유는 인류의 역사에서 근대 국민국가 이외의 정치 공동체에서는 찾아보기 힘든 사유이다. 예컨대 고대인들이 풍요와 다산을 기원하는 주술적 의미로 제작했다고 말해지는 '빌 도르의 비너스'는, 구석기 시대인들의 미적인 기호나 이상을 형상화 했다고 말할 수는 있겠으나 그것이 주술적인 기능을 했다고 이야기할 근거는 어디에도 남아있지 않다. 다만 근대 신화학에서 만들어 낸 고대 사회에 관한 관념을 통해 해석해 낸 하나의 언설에 불과할 뿐이다.

자본주의 국가나 공산주의 국가를 막론하고 근대 국민국가는 여성들에게 성스러운 어머니로서의 역할과 노동력 제공자로서의 역할을 동시에 요구하게 되었다. 뒤에 상세하게 언급하겠지만 자손 번식과 농업 생산의 주체가 여성이었다는 모권사회론은 이러한 시대적 요구에 적극적으로 부합한 학설이었다. 모권론이 자본주의 사회와 공산주의 사회 양쪽의 학문에서 열렬히 환영받았던 것은 이와 같은 이데올로기적인 속성을 지닌 학문이었기 때문이라 볼 수 있다. 즉, 가족국가·가부장제론에 기반한 국민국가의 모델과 모권론의 '신화'는 실제로는 서로를 보충하는 근대 성역할론의 산물임을 알 수 있다.

흔히 역사시대 이전에 모권이 지배했던 시기가 있었고, 그것을 신화를 통해 증명 가능한 것으로 이야기하는 언설이 있으며, 이 언설에 의하면 신화는 모권제에서 부권제로의 이행을 보여주고 있다고 한다. 신화 텍스트 안에서 남성 주인공에 비해 소외된 부차적인 존재로서의 여성이 그 증거가 된다. 그러나 신화에서 소외되고 부정되는 존재는 어머니가 아니라 아버지라는 사실은 텍스트를 분석해 보면 명료하게 드러난다. 이렇게 부정되는 신화 속 영웅의 아버지에게 초점을 맞추어 분석하는 작업을 통해 신화 해석에 대한 인식의 지평이 확장 될 것이다. 그리고 그 연장선상에서 근대 국민국가에 봉사하는 이데올로기를 생산하고 강화해 온 근대 한국 신화학의 새로운 가능성을 모색할 수 있으리라 생각된다.

그런 면에서 본 논문은 모권제를 비판하면서 부권론을 재승인하거나 모권 자체의 존재나 의의를 설명하는 작업과는 무관한 지점에서 기획되었다. 문헌 해석 자체를 통해서 '모권제'의 신화야말로 '근대 국민국가'의 해석 지평이 낳은 '신화'의 일부임을 증명하는 데 목적이 있다.

구체적으로는 신화 주인공의 어머니에 관한 연구가 어떻게 이루어지고 있는가를 간략하게 살핀다. 그리고 한국에 전승되고 있는 신화·전설을 중심으로 주인공의 '아버지'가 어떻게 표상되고 있으며, 그 원인은 무엇일까에 관하여 분석을 시도해 본다.

2. 곡물신·대지모신으로 '창출'되는 여성

웅녀와 유화 그리고 알영은 한국의 신화 텍스트에서 주인공의 어머니 혹은 배우자로 등장하는 여성들이다. 신화 텍스트에서는 건국의 영웅이 주인공인 관계로 이들의 역할이 크게 나타나지는 않고 있다. 단지 예외적으로 고려시대에 수록된 텍스트에 등장하는 유화만이 주몽의 탈출과 곡물 종자의 전달 등 중요한 역할을 담당하고 있는 것이 보인다. 그런데 1970년대 이후의 한국 신화 연구에서 이들은 '곡신穀神' 혹은 '대지모신大地母神' 등의 신격을 부여받는 '여신'으로 묘사되게 된다. 어떤 인식론적 과정을 거쳐서 신화의 등장인물들이 신격을 부여받게 되는 것일까?

먼저, 신화 속의 여성을 여신으로 규정하는 논문을 읽어 보면 모든 논문이라고 할 수 있을 정도로 예외 없이 '무조건적'으로 '여신'으로서 규정하고 있는 것을 알 수 있다. 그리스나 로마 신화에서는 처음부터 신격이 부여된 여성신들이 등장하지만, 한국의 신화에 여신으로 등장하는 인물은 존재하지 않는다. 이러한 논문들에 예외 없이 보이는 또 하나의 전제는 한국의 고대 사회가 모권사회에서 부권사회로 변천해 왔으며, 현재 남아있는 건국신화의 여성들의 모습에서 모권사회의 흔적을 찾을 수 있다는 점이다(모권사회라는 가설에 대해서는 뒤에서 자세히 논한다).

한발 더 나아가서 조현설의 경우는 "웅녀나 유화나 본래는 어떤 집단의 시조신격이었으나 고조선이나 고구려의 건국 신화 속으로 재구성되어 들어오면서 시조신격으로서의 지위를 일정 부분 상실하고 아울러 자신의 신화도 제거 당했다"[1]라며, 웅녀와 유화를 고대국가 이전의 공동체에서 '시조신'에 해당했다고까지 한다. 즉, 중국의 소수민족인 어윈커족의 기원신화와 공주의 곰나루 전설 등의 주인공이 '암콤'인 사실을 들어, 이 이야기들이 웅녀신화를 중심으로 한 신화 공동체가

---

1 조현설, 「웅녀·유화 신화의 행방과 사회적 차별의 체계」, 『구비문학연구』 9, 2004.

역사적 패배를 거듭하여 실체가 소멸하면서 신화의 자취를 간직한 전설로 전환되어 전승된 것이라는 주장이다.[2]

이처럼 신화 텍스트 속의 여성들은 모권사회에서 부권사회로 전환되는 과정에서 모든 권위와 권력이 여성에서 남성으로 넘겨지고, 신격 또한 여신에서 남신으로 변모하게 되었다[3]는 것이 위와 같은 학설의 공통된 인식이다.

그러면 신화속의 여성들이 곡신이나 대지모신으로 논의 되는 양상을 구체적으로 검토해 보자. 먼저 유화의 경우를 살펴보면 이규보의 「동명왕편」에 주몽에게 오곡의 종자를 주는 장면이 나온다. 이것이 유화를 곡신 나아가 대지모신으로 규정하는 단서가 되고 있으나, 이 텍스트는 고려 후기의 기록이며, 5세기의 고구려 기록에는 유화는 물론 해모수의 이름마저 등장하지 않고 있다.[4] 명백히 후대에 첨가된 것이 확실한 내용을 가지고 고구려의 신앙이나 고구려 이전 시대의 시대상을 추정하는 것은 매우 어렵다고 볼 수 있다.

유화를 여성신으로 규정하는 또 다른 근거로는 "그 나라의 동쪽에 큰 굴이 있는데 그것을 수혈隧穴이라 부른다. 10월에 온 나라에서 크게 모여 수신隧神을 맞이하여 나라의 동쪽(강)위에 모시고 가 제사를 지내는데, 나무로 만든 수신隧神을 신의 좌석에 모신다"[5]라는 『삼국지』위서 동이전의 기사와, "신묘가 두 군데 있는데, 하나는 부여신이라 하여 나

---

2   위의 글.

3   최원오, 「한국 신화에 나타난 여신의 위계 轉變과 윤리의 문제」, 『비교민속학』 24, 2003, 297면.

4   '동명·주몽계 신화'의 변천과정과 의미에 관해서는 졸저, 『시조신화연구』(2008)의 제4장 「신화 기술記述의 다양성과 신화의 의미」 참조.

5   국사편찬위원회, 『중국정사 조선전』 역주 1, 2004, 236면.

무를 조각하여 부인상을 만들었고, 하나는 고등신이라 하여 그들의 시
조이며 부여신의 아들이라 한다"[6]라는『북사』열전 고구려의 기사, "14
년 8월에 왕모 유화가 동부여에서 돌아가니, 금와왕이 태후의 예로써
장사하고 드디어 신묘神廟를 세웠다"[7]라는 기사, 그리고 "10월에 왕이
부여에 행행하여 태후묘에 제사하고"[8]라는 대조왕 시기의 기사를 들고
있다.

위와 같은 기사에 대하여 최원오는 '隧'는 '燧'와 통하기 때문에 유화
는 화신火神과 농경신을 겸하는 신으로 이해된다고 한다.[9] '隧'를 '燧'로
해석하는 것에 대한 자의적 태도는 둘째로 치더라도 隧神을 유화로 단
정할 수 있는 근거는 어떤 텍스트를 찾아도 보이지 않는다. 그리고 조
현설의 경우는 "『삼국사기』를 참조하면 고구려뿐만 아니라 백제의 왕
들도 정기적으로 신묘에 참배하여 부여신을 경배하고 있는 것을 알 수
있다"[10]라고 한다. 그러나『삼국사기』의 기사에 백제왕들은 물론이고
고구려의 왕들이 신묘에 참배했다는 기사는 보이지 않는다. 대부분의
연구자들이 대조왕 10년에 왕이 태후묘에 참배한 것을 유화의 신묘에
참배한 것으로 해석하고 있으나, '태후'란 왕의 어머니를 칭하는 것이
고 대조왕의 태후가 '부여인'이라는 기사가 실린 것으로 보아, 이 태후
묘는 유화의 신묘가 아니라 대조왕 어머니의 묘라고 해석하는 것이 더
타당하다.『삼국사기』의 기사 중에 고구려의 왕들이 시조묘에 참배했

6　국사편찬위원회,『중국정사 조선전』역주 2, 신서원, 2004, 64면.

7　김부식, 이병도 역,「고구려 본기 제1」,『삼국사기』13, 을유문화사, 1983, 332면.

8　김부식, 이병도 역,「고구려 본기 제5」,『삼국사기』15, 을유문화사, 1983, 364면.

9　최원오, 앞의 글, 287~288면

10　조현설, 앞의 글, 10면.

다는 기사는 많지만 부여의 태후묘에 참배했다는 기사는 대조왕 때가 유일했던 사실도 이를 뒷받침한다.

박혁거세의 비였던 알영의 경우에도 비슷한 양상이 보인다. 알영을 곡신 혹은 대지모신으로 규정하는 연구자들이 내세운 근거는 "17년 왕이 6부를 순행할 때 비 알영도 그 뒤를 따랐다. 백성에게 농상農桑을 장려하여, 토지의 생산을 마음껏 하도록 하였다"[11]라는 기사이다. 이에 대해 김화경은 왕비가 농업신의 성격을 지니는 것 같은 흔적이라고 한다.[12] 또한 김철준은 신라의 알영이 유화와 같은 농업신의 성격을 가진 여신이었을 것이라는 견해를 밝히며 그 근거로 역시 위의 기사를 들고 있다. 기사에서 알영이 박혁거세에 종속적으로 묘사된 것은 유교의 가부장적 윤리관에 배치되는 내용이라 김부식이 알영의 농업신적 성격을 탈락시켰기 때문이라고 주장한다.[13] 그러나 텍스트에 충실하게 입각해서 해석한다면 농업과 양잠을 장려한 주체는 박혁거세이지 알영이라 할 수는 없다.

간단히 살펴 본 바와 같이 한국의 신화에 등장하는 여성들에게 처음부터 곡신 혹은 대지모신으로서의 신격은 주어지지 않았다. 그럼에도 불구하고 현대의 신화 연구자들은 자신들의 연구 속에서 고대의 '여성신'을 끊임없이 창출해 왔다. 이것은 신화 이전의 세계상에 대한 인식에 입각하여 사유함으로서만 가능한 연구이다. 그 인식이란 바로 신화 이전의 세계는 '모권사회'였다는 인식이다.

---

11 김부식, 이병도 역, 「신라 본기 제1」, 『삼국사기』 1, 을유문화사, 1983, 19면.
12 김화경, 「바리공주 신화의 연구」, 『한국사상과 문화』 46, 한국사상문화학회, 2007, 128면.
13 김철준, 『한국고대사회연구』, 서울대 출판부, 1990 , 59~60면.

3. 부권과 모권의 대립구도로 본 고대

한국 신화를 포함한 세계의 대부분의 신화에서 주인공은 거의 남성 혹은 남성신이고 여성이나 여성신이 주인공이 되는 신화도 대부분은 남성 혹은 남신과의 관련성 속에서 묘사되고 있다. 그러나 주인공의 자리는 남성이나 남성신이 차지하고 있어도 신화 속의 여성들은 주인 공을 낳은 어머니나 영웅들의 조력자라는 역할을 수행하는 매우 중요한 존재들이다. 그런데 앞서 살펴본 연구자들을 포함한 거의 대부분의 연구자들은, 신화 속의 여성들이 자신의 신화를 상실했으며, 신화의 뒤편으로 숨어버렸으며, 우리의 건국신화에서 건국주의 어머니들은 소외되고 있다고 한다.[14] 전술한 바와 같이 이러한 인식의 근원에는 인류 사회가 모권사회에서 부권사회로 변천함에 따라 여성에게서 남성에로 권위가 넘어갔기 때문이라는 학설이 존재한다.

이러한 인식에 근거해서 사유하면 고대에는 생산의 주체가 여성이 었으며, "여성은 스스로에 내재된 생산성을 정치적 권력으로 인식하게 된다"[15]라던가, "한국 여성의 원초적 모습은 대모신大母神상에서 찾아 진다. 이른바 만물의 어머니이자 위대한 존재인 이 대모상징은 대체로 범세계적인 것으로서"[16]라며, 대지모신으로 상징되는 모권사회가 인

---

14 정인혁, 「건국신화 속의 이주와 결혼, 그리고 어머니-여신의 행방」, 『어문연구』 37-2, 2009, 144면.
15 최원오, 앞의 글, 296면.
16 천혜숙, 「여성신화연구(1)―大母神 象徵과 그 변용」, 『민속연구』 1, 108면.

류의 보편적인 현상이었다고 이해한다.

그런데 건국시조나 신화적 영웅이 등장하는 시대가 되면 신성한 여성의 권리는 남성에게 이양되고 여성 혹은 여성신은 남성에게 종속되는 처지로 바뀌게 된다. 폭력에 의해 부권사회가 등장한 것이다. 이에 대해서 신화 연구자들이 "건국신화에서 남성지배의 제도화, 또는 공식화를 문제 삼아야 한다"[17]거나 "생산의 주체가 아닌 관리와 통치의 입장에서 윤리의 구축과 강요는 곧 지배 질서의 구축, 사회지배 체제의 구축과 강요"[18]라고 비판하는 것은 당연한 듯 보일지 모른다.

1) 가부장적 사유로서의 '모권론'

그러나 당연한 듯 보이는 고대의 '모권사회'는 실은 하나의 가설에 불과하며, 증명되지 않은 학설이다. 모권사회가 최초로 주장된 것은 1861년 요한 야코프 바흐오펜에 의해 간행된 『모권론』이라는 저서를 통해서이다. 스위스의 법학자이자 그리스 고전학자인 바흐오펜은 신화연구를 통해 유럽의 고대사에 관한 단서를 찾기 위해 그리스 신화를 검토하던 중, 유럽의 초기 문화가 세 단계로 나누어진다는 결론에 이르렀다. 첫째가 야만의 단계이고 두 번째가 모권제이며 마지막으로 모권제가 부권제로 대체되었다는 것이다. 또한 20세기에 이르러 영국의

---

17 조현설, 「웅녀·유화 신화의 행방과 사회적 차별의 체계」, 『구비문학연구』 9, 3면.
18 최원오, 앞의 글, 298면.

작가이자 고전학자인 로버트 그레이브스는 자신의 저서인『하얀 여신』에서 유럽 신화는 '하얀 여신'이 유럽 전역에서 보편적인 대지모신으로 통했던 원시 모권제 시기의 관점에서 볼 때 올바로 이해될 수 있다는 결론을 내렸다. 헤시오도스의『신통기』에는 태초에 카오스가 있었고 대지의 여신인 '가이야'가 등장하고, 이후 우라노스-크로노스-제우스로 이어지는 신들의 전쟁에 관한 이야기가 이어진다. 남신들의 패권 전쟁의 과정에 가이야는 끊임없이 관여하게 되는데 이를 두고 모권에서 부권으로 넘어가는 과정의 갈등이며, 이전의 신들을 타도하고 신들의 지배자가 된 제우스에 관한 신화들은 모권제에 대한 부권제의 승리의 기록으로 보고 있다.

바흐오펜은 그의 저서『모권론』에서 "신화전승은 고대세계의 역사적 발전의 기초가 된 그 시대 생활 규범의 충실한 표현이며, 원초적 사고법의 표명이며, 역사의 직접적인 계시이며, 따라서 신뢰성이 높은 진실된 역사자료이다"[19]라며, 신화가 역사적 사실을 전해주는 신뢰성 있는 자료라는 인식을 가지고 있다. 신화에 대한 이러한 인식 없이는 '모권사회'가 역사적으로 실재했다는 주장을 할 수 없기 때문에 필연적인 인식이라 할 수 있다. 또한 모권제를 특정한 민족만이 아닌 보편적인 문화 단계에 속한 제도로 파악하며, 모권제는 부권제 이전의 문화 단계에 속하며 부권제의 승리와 함께 종언을 맞은 제도라 한다.[20]

그런데 자유로운 성교섭 즉, 난혼제를 모권제 사회 형성의 전제로

---

19 요한 야코프 바흐오펜 ,『母權論』, みすず書房, 1991, 6면.
20 위의 책, 3면.

들고 있으며, 따라서 모권제는 무질서한 자유로운 성교섭(난혼제)의 사회와 부권제 사회 사이의 중간적 위치를 차지하고 있으며, 인류 발전사의 최저 단계에서 최고 단계로의 과도기를 이룬다고 한다.[21] 재미있는 것은 모권제의 성립을 "남성의 욕망에 따라 죽을 정도로 혹사당했을 때, 여성은 처음으로 마음속으로부터 질서 있는 상태와 보다 순화된 문화에 동경을 품게 되었으며, 육체적인 힘에서 앞서는 남성이라도 부득불 그러한 소원 앞에서 따를 수밖에 없었다"[22]라는 관점에서 찾고 있다. 바흐오펜의 논의에 따르면 모권제는 남성들의 성적 욕망 앞에서 절망하는 여성들에게 남성들이 베푼 시혜의 형태로 성립한 제도인 셈이다. 철저히 가부장적인 사상 속에서 모권제를 사유했음을 보여주는 대목이다.

인류의 역사 발전 단계에 모권제라는 제도가 있었다는 가설에 대해 굳이 신화의 자의적 해석에 의한 논증 불가능한 주장이라는 비판이나, 고고학적 증거가 빈약한 이론이라는 비판을 가할 필요는 없을 것이다. 서두에서 밝힌 대로 '모권제'에 관한 이론은 근대 국민국가의 이데올로기로서 시대적인 필요성에 의해 형성된 이론이기 때문이다.

2) '여신'으로 '창출'되는 한국 신화 속의 여성들

앞서 살핀 대로 한국의 신화연구에서는, 모권제라는 가설 형성의 사

---

[21] 위의 책, 29~31면.
[22] 위의 책, 30면.

상적 배경에 대한 검토 없이 신화 텍스트를 모권론 모델에 적용시켜 연구 해 왔으며, 그 결과 한국 고대의 사회와 문화적 형태를 부권과 모권의 대결구도 속에서 기술하였다. 그런데 미개한 난혼제 사회와 부권제 사회의 매개인 모권제 사회와 같이, 바흐오펜의 모권제 가설과 한국의 신화연구를 매개하는 존재가 존재한다. 현재 한국의 신화연구자들이 사용하는 많은 개념들을 만들어 낸 미시나 아키히데三品彰英의 한국신화 연구이다.

고구려 제례에 관한 기사에 보이는 隧穴속의 隱神을 "岩屋の中の地母神"[23]으로 해석하여 이 隱神을 유화로 본 것이나, 알영을 "國母的巫女"[24] 즉 종교적이고 상징적인 힘을 지닌 존재로 규정한 것도 미시나에서 시작된다. 그는 한국신화에 등장하는 여성들을 '곡물신' 혹은 '대지모신' 혹은 '신모' 등으로 신격을 부여하며 한국의 고대 사회가 종교적 의례를 중심으로 해서 유지되는 사회로 그려내고 있다. 미시나의 한국신화 연구는 바흐오펜의 모권사회라는 이론과 모권사회에서 여성들이 지녔다고 여겨지는 종교적 권위라는 가설을 적용하여 진행된 작업이다. 따라서 미시나의 연구에 대한 적절한 검토와 비판 작업이 선행되어야 했음에도 불구하고, 아무런 사전 작업 없이 그대로 한국신화 연구에 전용되어 왔다. 더욱이 미시나가 한국 신화를 연구한 목적이, 한국 신화가 일본신화에 비해 매우 원시적인 형태를 유지하고 있으며, 신화의 발전 단계는 각 민족의 문화적 성격과 발전 능력을 보이는 것이라는 인

---

23 三品彰英, 『古代祭政と穀靈信仰』, 『三品彰英論文集』 5, 平凡社, 1973, 166면.
24 三品彰英, 『古代朝鮮における王者出現の神話と儀禮について』, 『三品彰英論文集』 5, 平凡社, 1973, 535면.

식하에 한국의 고대사회가 동시대의 일본에 비해 미개한 단계에 있었다는 점을 규명하는데 있었다는 사실을 인지한다면,[25] 미시나의 한국 신화 연구에 대한 검토는 반드시 수행해야 할 과제인 것이다.

위에서 살펴 본대로 한국 신화 속의 여성들은 바흐오펜의 모권제사회라는 고대 사회에 대한 모델과 이를 적용한 미시나의 연구를 통해 '여신'으로서의 신격을 부여 받았으며, 이후 한국의 신화 연구자들에 의해 다양한 형태의 여신으로 '창출'되었다. 문제는 이러한 여신들이 가부장적 사회가 만들어 낸 신화체계 속에서 부차적이고 소외된 존재로서 인식되고 있다는 점에 있다. 이러한 인식하에서는 신화 텍스트에서 실제로 소외되고 부정당한 '아버지'의 존재가 신화연구 내에서도 다시 부정당하는 결과를 가져오게 된다.

신화 속 주인공인 영웅의 어머니가 비록 소외된 존재로나마 당시 역사의 주체로서 적극적으로 평가 받는 데 반해 주인공의 아버지에 관한 연구가 보이지 않는 것은, 현실적으로 신화 텍스트에 아버지의 모습이 등장하지 않기 때문일 것이다. 주인공 아버지의 소외나 부재에 대하여 "모계혈통의 모신母神은 건국주 곁에 계속해서 남아 있지만, 부계혈통의 부신父神은 건국주 곁을 떠나 사라진 존재로 제시되는 바, 부신이 사라짐으로 하여 그 혈통은 신비화되는 것이다"[26]라는 긍정적인 평가도 존재하지만 신화연구에서 거의 언급되지 않고 있는 것이 현실이다.

그렇지만, 신화 텍스트에 부재하는 아버지에 관해 연구할 수 없다는

---

25 三品彰英, 『古代祭政と穀靈信仰』, 『三品彰英論文集』 5, 237~238면.

26 최원오, 「곡물 및 농경 관련 신화에 나타난 성적 우위의 양상과 그 의미」, 한중인문학회 편, 『한중인문학연구』 19, 한중인문학회, 2006, 7면.

것은 언뜻 보면 당연한 것 같지만 왜 부재하는가에 관한 의문은 그 나름대로 생각할 만한 가치가 있다고 보여 진다. 왜냐하면 주인공의 아버지는 그냥 부재하는 것이 아니라 다양한 모습으로 부재하기 때문이다. 본 발표에서는 아버지의 부재가 존재하지 않기 때문에 부재하는 것이 아니라, 의식적으로 말하지 않았기 때문에 부재한다고 파악하여 단순한 부재가 아니라 '아버지의 否定'이라는 용어를 사용하기로 한다.

4. 아버지父親 부정의 양상

　건국 신화나 시조 신화 혹은 시조 전설이 수록된 텍스트를 분석해 보면 주인공의 어머니는 인성人性을 가진 존재로 나타나지만(간혹 어머니가 부재인 경우도 있다), 아버지는 존재하지 않거나 존재하더라도 인성을 부여받는 경우는 보이지 않는다. 유일하게 웅녀와 결합하기 위하여 잠깐 인간으로 화한 환웅이 보이지만, 그것은 일시적인 모습이고 신화 텍스트 전체에서는 인간이 아닌 천상의 존재로 그려지고 있다. 어머니에게는 구체적인 인성을 부여하면서도 아버지에게는 인성을 부여하지 않는 현상은 한국의 신화에만 특이한 현상이 아니라 전 세계적인 현상으로 보여 진다. 이제부터는 신화 텍스트에서 아버지가 부정되는 양상을 구체적으로 살핀 후, 그러한 현상이 나타나는 문화적인 특징에 대하여 검토해 보도록 한다.

신화 텍스트에 보이는 아버지 부정의 양상은 아래와 같이 네 가지의 유형으로 분류할 수 있다.

1) 아버지의 존재 자체를 부정하는 유형

아버지 부정의 첫 번째 유형으로 아버지의 존재 자체를 부정하는 신화들이 있다. 이 유형에 속하는 신화로는 신라의 박혁거세나 김알지 그리고 가야의 김수로왕 탄생 신화를 들 수 있다. 주인공이 주로 난생이나 그와 유사한 형태로 등장하는데 신화 텍스트 상에서 아버지의 존재 자체가 나타나지 않는다.

고허촌장인 소벌공이 하루는 양산 밑 나정 곁에 있는 숲 사이를 바라본즉, 말이 무릎을 꿇고 울고 있으므로 가보니 말은 간 데 없고, 다만 있는 것은 큰 알뿐이었다. 알을 깨어 본즉 한 어린아이가 나왔다. 곧 소벌공이 데려다가 길렀더니, 나이 10여세가 되니 유달리(솟아나게) 숙성하였다. 6부 사람들은 그 아이의 출생이 이상하였던 까닭에 높이 받들더니, 이때에 이르러 그를 세워 임금을 삼았다.[27]

신라의 시조 왕인 박혁거세의 탄생 신화다. 주인공인 혁거세는 신비로운 탄생과 경이로운 성장이라는 두 가지의 요소를 이유로 왕으로 추

---

27 김부식, 이병도 역, 「신라 본기 제1」, 『삼국사기』 1, 을유문화사, 1983, 40면.

대 받는다. 아버지의 후광이나 다른 조력자의 도움이 아니라 순수하게 스스로의 존재 방식에 의해 새로운 왕조의 시조로 추대 받는 형식이다. 탄생에 있어서 아버지의 존재가 전혀 보이지 않기 때문에 나타나는 당연한 결과라 할 수 있다. 이러한 유형의 텍스트에는 어머니의 존재도 나타나지 않는 것이 일반적이다. 비슷한 유형으로 신라 왕족 중의 하나였던 김씨의 시조인 김알지의 탄생 신화를 살펴보면 다음과 같다.

> 9년 3월에 왕(탈해왕 : 인용자)이 밤에 금성 서편 시림 숲 사이에서 닭 우는 소리가 남을 듣고, 새벽에 호공을 보내어 살펴보게 하였더니, 거기 나뭇가지에 한 금색의 작은 궤가 걸려 있고 그 밑에 흰 닭이 울고 있었다. 호공이 돌아와 그대로 고하니, 왕이 사람을 보내어 그 궤를 가져다 열어 보니, 그 속에 조그만 사내아이가 들어 있는데, 그 외모가 동탕하였다. 왕이 기뻐하며 좌우에게 말하기를, 이는 하늘이 나에게 아들을 준 것이 아니냐 하고 거두어 길렀다. 차차 자람에 총명하고 지략이 많으므로 이름을 알지라 하고, 금독에서 나왔음으로 성을 김이라 하고, 또 시림을 고쳐 계림이라 하여 써 국호를 삼았다.[28]

김알지는 자신이 왕위에는 오르지 않았으나 후에 신라의 왕들이 되는 김씨의 시조가 되는 인물이다. 여기서도 혁거세 왕의 탄생과 마찬가지로 아버지의 존재는 나타나지 않고 있으며, 주인공의 존재를 알려주는 동물만 등장하고 있다. 또한 아버지와 어머니가 부재하는 동일한

---

28 위의 책, 28면.

형태의 신화로 가야의 김수로왕 탄생 신화를 들 수 있는데, 수로왕은 스스로 하늘의 명을 받아 임금이 되기 위해 내려왔다고 하며, 역시 난생의 형태로 탄생한다.[29]

난생의 의미에 대해서도 한국의 신화 연구에서는 다양한 해석을 시도하고 있으나, 그 의미에 관해서는 본 논문의 논지와 관계가 적으므로 언급하지 않기로 한다. 다만 그러한 해석들도 신화 텍스트와는 동떨어진 지점에서 이루어지고 있다는 점만 지적해 둔다.

2) 아버지가 인간계의 존재가 아닌 형태로 부정하는 유형

위와는 다른 부정의 유형으로 아버지가 인간계의 존재가 아닌 형태로 등장함으로서 부정당하는 이야기들을 들 수 있다. 이런 유형은 부적 존재가 크게 동물이나 식물의 형태로 나타나는 경우와 하늘天과의 관계로 나타나는 경우로 구분해서 볼 수 있다.

(1) 아버지가 동물이나 식물의 형태로 나타나는 경우

부적 존재가 동물의 형태로 등장하는 대표적인 이야기로 후백제를 건국한 견훤의 탄생 설화를 들 수 있다. 견훤의 탄생에 관해서는 설화적인 형태의 기록만 있는 것이 아니라 구체적인 사실의 형태로 수록되어 있는 부분도 있지만, 후백제라는 새로운 왕조를 세운 점과 견씨 성

---

29 일연, 이민수 역, 기이 제2 「가락국기」, 『삼국유사』 2, 을유문화사, 1984.

을 처음으로 썼다는 점에서 텍스트 상에서 시조로서의 의미가 있음을 알 수 있다.

> 옛날에 부자 한 사람이 있어 모양이 몹시 단정했다. 딸이 아버지에게 말하기를 "밤마다 자줏빛 옷을 입은 남자가 침실에 와서 관계하고 갑니다"하자 아버지는 "너는 긴 실을 바늘에 꿰어 그 남자의 옷에 꽂아 두어라"하여 그 말대로 시행했다. 날이 밝아 그 실이 간 곳을 찾아보니 북쪽 담 밑에 있는 큰 지렁이 허리에 꽂혀 있다. 이로부터 태기가 있어 사내아이를 낳았는데 나이 15세가 되자 스스로 견훤이라 일컬었다.[30]

이 이야기와 같은 소위 '야래자' 전설류의 주인공들의 부적 존재는 거의 대부분 동물로 나타나고 있다. 자신들의 종족이 특정한 동물에서 유래했다는 이야기는 세계적으로 분포되어 있는 형태의 설화이지만, 비교적 구조적으로 단순한 사회에서 보여지는 이야기이다. 이에 비해 한국이나 일본에서 발견 된 야래자 전설류는 견훤탄생 설화와 같이 왕조가 형성된 비교적 복잡한 구조를 가진 사회를 배경으로 하고 있다는 점에서 독특한 설화라 할 수 있다. 야래자 전설류에 관한 본격적인 검토는 다른 기회로 미루도록 한다.

부적 존재가 식물로 나타나는 신화로는 『제왕운기』에 수록된 단군 신화를 들 수 있다. 흔히 알려진 『삼국유사』에서 주인공 단군의 부적 존재는 하늘에서 내려 온 환웅이지만 『제왕운기』에 기술된 단군의 아

---

30 일연, 이민수 역, 기이 제2「후백제 견훤」,『삼국유사』, 2, 을유문화사, 1984.

버지는 단수신 즉, 나무의 신이다.

> 상제 환인에게 서자가 있었으니 이름이 웅이었다. 환인이 환웅에게 말하기를, '지상의 삼위태백에 내려가 인간을 크게 이롭게 할지어다'라고 하였다. 이리하여 환웅이 천부인 세 개를 받고 귀신 3천을 거느려 태백산 마루에 있는 신단수 아래에 내려왔으니 이분을 단웅천왕이라 한다. 손녀에게 약을 먹여 사람이 되게 하여 단수신과 결혼하여 아들을 낳으니 단군이라 이름했다. 조선의 땅을 차지하여 왕이 되었다.[31]

『삼국유사』와는 달리 여기에서의 단군은 '단웅'이라는 외할아버지의 성을 따르고 있다. 하늘에 있을 때는 '환웅'으로 땅으로 내려 온 후에는 '단웅'으로 기술한 것에도 어떤 의미가 있겠으나, 단군이 외가 쪽의 성을 따르는 것이 모권에서 부권으로의 이행을 나타내는 것으로 볼 수 있을지도 모른다. 그러나 환인의 아들 환웅이라는 텍스트의 기술을 보면 단순하게 결론을 내릴 수 없음은 명백하다.

부적 존재가 동물이나 식물로 나타나는 경우에는 반드시 '인간'의 여성이 어머니로 기술되는 것을 볼 수 있다. 『제왕운기』에 기술된 단군신화의 경우 단웅의 손녀는 처음에는 인간이 아니었지만 약을 먹고 '사람'으로 된 후에 단군을 낳게 된다. 이러한 양태는 부적 존재가 하늘과 관련이 있는 유형에서도 나타나고 있다.

---

31 이승휴, 김경주 역, 『제왕운기』, 도서출판 역락, 1999, 135면.

(2) 부적 존재가 하늘과 관련이 있는 경우

『제왕운기』에 수록된 단군신화와는 달리『삼국유사』에서는 단군의
아버지가 하늘에서 내려온 환웅으로 되어 있다. 물론 텍스트 상에서
환웅은 인간이 아닌데 이는 웅녀와 결합하기 위해서 '거짓으로 변하여'
라는 구절로 확인할 수 있다. 또한 고구려를 건국한 주몽의 부적 존재
도 다양한 텍스트에서 하늘과 관련이 있는 존재로 기술되어 있다.

웅녀는 혼인해서 같이 살 사람이 없음으로 날마다 단수 밑에서 아기 배기
를 축원했다. 환웅이 잠시 거짓 변하여 그와 혼인했더니 이내 잉태해서 아들
을 낳았다. 그 아기의 이름을 단군왕검이라 한 것이다. 단군왕검은 당고가
즉위한 지 50년인 경인년에 평양성에 도읍하여 비로소 조선이라 불렀다.[32]

금와는 이상히 여겨 그를 집 속에 가두었는데, 일광이 비추더니 몸을 피
하는 대로 일광이 또 따라 비추었다. 그로 인하여 태기가 있더니 닷되들이
만한 큰 알을 낳았다. 완이 그 알을 버려 개와 돼지에게 주었더니 모두 먹지
아니하였고, 또 길바닥에 버렸더니 우마가 피해 갔다. 후에 들에 버렸더니
새가 날개로 품어 주었다 (…중략…) 그 어미는 물건으로 알을 싸서 따뜻한
곳에 두었더니, 한 사내아이가 껍데기를 깨뜨리고 나왔다.[33]

주몽의 경우는 해모수라는 존재와 일광이라는 두 존재가 부적 존재

32　일연, 기이 제1「고조선 왕검조선」,『삼국유사』1.
33　김부식,「고구려 본기 제1」,『삼국사기』13, 을유문화사, 1983, 328면.

로 그려지고 있다. 어느 쪽이 진짜 부적인 존재인지는 알 수 없지만 인간이 아니라는 점과 하늘과 관련 된 존재라는 점에서는 공통점을 가지고 있다.

3) 아버지로부터 버림받는 형태로 부정하는 유형

지금까지는 살펴 본 신화에서는 인간으로서의 아버지가 존재하지 않는 형태로 아버지를 부정하였으나, 신라의 석탈해 같은 경우는 신화 텍스트 속에 아버지가 존재 했음에도 불구하고 부정하는 경우이다.

처음에 그 국왕이 여국왕의 딸을 데려다 아내를 삼았더니, 아이를 밴 지 7년 만에 큰 알을 낳았는데, 왕이 말하기를 사람으로서 알을 낳는 것은 상서롭지 못한 일이니 버리라고 하였다. 그런데 그 아내는 차마 그리하지 못하고 비단에 알을 싸서 보물과 함께 궤짝 속에 넣어 바다에 띄워 갈대로 가게 내버려 두었다 (…중략…) 그 때 해변의 노모가 이를 줄로 잡아당겨 바닷가에 매고 궤를 열어 보니, 거기에 한 어린아이가 들어 있었다. 그 노모가 이를 데려다 길렀더니, 커지매 신장이 9척이나 되고, 인물이 동탕하고 지식이 남보다 뛰어났다.[34]

여기에서 탈해의 아버지가 용성국의 왕이라는 기술을 들어 인간이

---

34 김부식, 「신라 본기 제1」, 『삼국사기』 1, 을유문화사, 1983, 26면.

아니라고 해석할 수도 있겠지만, 인용문에 분명히 "사람으로서 알을 낳는 것은"이라는 구절이 나오는 것으로 보아 탈해의 아버지는 인간으로 보아야 한다. 이러한 유형과 비슷한 아버지 부정은 그리스 신화에서 신탁을 피하기 위해 아버지를 떠나고 나중에 아버지를 살해하게 되는 「오이디프스」 신화에서 나타나지만 한국의 신화에서는 탈해의 탄생이 유일하다.

4) 아버지 죽이기 — 모자상간母子相姦의 유형

한국의 신화나 전설에는 보이지 않지만 동남아시아를 중심으로 서남태평양의 여러 지역에서 보이는 종족의 시조 신화 중에 모자간의 근친상간으로 종족이 시작되는 이야기가 많이 있다. 구체적으로 대만의 고사족들 사이에서 전해오는 이야기를 예로 들어본다.

옛날 한명의 여성이 어디선가 와서 돼지와 관계하여 남자아이를 낳았다. 아이가 성장한 후 어머니는 산으로 들어가 수액으로 얼굴색을 바꾸어 어머니인 사실을 숨기고 자식과 관계하여 여자아이를 낳았다. 시간이 흘러 수액의 색이 바래자 어머니인 사실을 알게 됐다. 젊은이는 놀라서 하늘의 벌을 두려워하였고, 어머니는 어디론가로 떠났다. 그 후 젊은이는 모자간의 상간이 이런 시대에는 반드시 不義는 아니며, 인류 존속을 위해서 바람직한 일이라고 생각하게 되었다. 그리고 여동생과 부부가 되어 자손을 번식 시켰다. 어디론가 떠났던 어머니도 나중에 개를 남편으로 삼아 자손을 번식

시켰다고 한다.[35]

이외에 대홍수 이후에 임산부가 홀로 생존하여 자신의 아들과 결합하여 종족을 번식시키는 유형도있지만, 많은 경우 홀로 남은 여성이 개나 돼지 등 동물과 결합하여 인간의 아들을 낳고 다시 그 아들과 결합하여 종족을 번식시키는 유형이 일반적이다. 이런 경우 아들은 어머니와 결합하기 전에 자신의 아버지인 동물을 아버지인줄 모르고 죽여버리게 된다. 어머니는 아버지를 죽인 아들을 나무라지만 결국 아들 모르게 얼굴에 문신을 새긴다던가 하는 방식으로 아들과 결합하는 길을 택한다.

그리스 신화의 대지의 여신인 가이야도 자신이 낳은 자식인 우라노스를 남편으로 삼아 18명의 자식을 낳게 된다(판본에 따라 차이가 나지만). 즉, 그리스 신화에 등장하는 많은 신들이 가이야와 우라노스의 모자상간의 결과로 태어난 셈이다. 여기에서 아버지의 살해와 모자상간이라는 오이디프스 콤플렉스의 근원을 살필 수 있다. 우라노스 이후 제우스에 이르기까지 자식에 의한 아버지의 살해는 연속되고 있다. 다만 최초의 살해가 보이지 않을 뿐이다.

35　佐山融吉・大西吉壽, 『生蕃傳說集』, 臺北, 1923, 75～76면.

5) 새로운 권위, 부정되는 권위

한국의 시조신화·전설과 동남아시아의 종족 발생 신화를 통해, 그리고 세계에서 가장 널리 읽히는 그리스 신화에서 공통적으로 아버지의 존재가 적극적으로 부정되고 있음을 살펴보았다. 왜 아버지는 부정되어야만 하는가? 이에 대한 단서는 '시조'라는 단어를 가지고 생각하면 명확히 알 수 있다. 즉 한 나라나 종족 혹은 가문의 시조가 되기 위해서는 '아버지'가 존재해서는 시조가 될 수 없기 때문이다. 시조라는 새로운 권위를 형성하기 위해서는 과거의 권위는 부정되어야만 하는데, 아버지는 바로 시조의 권위를 형성하는데 있어 결정적인 장애물이 되기 때문에 철저하게 부정되거나 새로운 권위를 형성하는데 도움이 되는 방식으로 부정될 수밖에 없는 것이다.

『고려사』, 「세계世系」에 기술된 왕건 탄생의 설화를 보면 이러한 '아버지의 부정'이라는 신화시대의 기술 양식이 역사 시대에 어떤 방식으로 변형되어 존속하고 있는지 잘 알 수 있다. 현존하는 개국시조에 관한 설화 가운데 인성이 부여된 인간으로서의 아버지가 처음 등장하는 것이 왕건 탄생 설화이다(후고구려를 세운 견훤의 경우 자신의 기록이 전하지 않으므로 제외한다). 고려 개국 당시의 시대는 이미 충효라는 유교적 윤리 사상이 들어와 있는 시대이기 때문에, 아무리 지배의 정당성을 주장하는 목적하에 신비로운 탄생을 그려낸다 하더라도, 자신의 아버지를 부정한다는 것은 불가능한 시대이다.

여기에서 지배계급이 고안해 낸 장치는 6대 조상부터 출생의 신성함을 부여하려는 새로운 시도이다. 특히 왕건의 할아버지인 작제건의 아버지가 당나라의 숙종이라는 설정으로, 작제건의 어머니가 숙종을 만나는 장면은 김유신의 누이가 김춘추와 만나는 장면과 동일한 설화로 구성되어, 중국의 왕족과 결합하는 것이 하늘의 계시에 의한 것으로 묘사된다. 또한 장성한 작제건이 아버지를 만나기 위해 중국으로 향하는 중간에 용을 도운 댓가로 용의 딸과 결혼하는 장면에서 또 다른 신성성을 더하게 된다. 작제건의 아버지가 당의 황족이라는 것은 물론 사실이 아니다. 이 과정에서 부계 혈족의 누군가가 부정당했다는 점은 그리 어려운 논의를 필요로 하지 않는다. 건국 시조는 누구라도 자신의 지배를 신성한 출생으로 정당화 할 수밖에 없으며, 그 과정에서 실재했던 누군가는 존재 자체를 부정당하게 되는 것이다.

따라서 신화 텍스트에 주인공인 영웅의 아버지가 존재하지 않는다는 사실을 근거로 만들어 낸, 모권사회에서 부권사회로 이행이라는 인류의 고대사의 발전 과정에 관한 도식은 신화를 겉모습만으로 해석했을 때 나오는 결론이라고 할 수 있다. 신화에는 등장하지 않지만 존재했었을 주인공의 '아버지'라는 부분에 초점을 맞추어 신화를 분석해 보면, 모권사회라는 단계가 인류의 발전과정에 존재했는가 하는 의문을 가질 수밖에 없다. 만일 모권사회가 실제로 존재했다면 신화에서 부정되어야 할 것은 아버지의 존재가 아니라 어머니의 존재가 될 수밖에 없을 것이다. 왜냐하면 새로운 권위는 어떤 경우든 과거의 권위를 부정하면서 형성될 수밖에 없기 때문이다.

5. 맺음말

이상으로 한국의 신화연구에서 여성신이 어떠한 이론적 배경과 과정 속에서 '창출' 되었는가, 그리고 신화 텍스트 속에서 소외되고 부정당하는 존재는 여성이 아니라 주인공의 아버지였다는 것을 살펴보았다. 결과적으로 한국 신화연구의 방향을 크게 좌우했던 '모권사회'라는 모델은 신화 텍스트를 피상적으로 분석한 데서 기인한 가설이라는 것을 알 수 있었다. 오히려 신화 분석 이전에 '모권'이라는 개념이 선행하였고, 그 개념을 정당화 하려는 수단으로 신화 텍스트를 이용했다고 보는 편이 더 타당할 것이다. 즉, 신화 텍스트와는 동떨어진 지점에서 신화 분석이 이루어 졌으며, 그 결과물로 인류의 역사 발전 단계에 '모권사회'가 존재 했으며, 그 흔적이 가부장제 신화 속에 남아있다는 주장을 펼칠 수 있었던 셈이다.

한국의 신화연구는 바흐오펜의 '모권사회'라는 가설과, 그 가설을 모델로 한국 고대의 문화적 발달 단계를 구성하려는 미시나의 연구를 그대로 수용한 채 현재에 이르고 있다. 그 과정에서 신화 텍스트가 신화 연구에서 소외되는 현상이 지속되고 있는 것이다. 이것은 한국의 신화 연구자들이 시급히 극복해야 할 중요한 과제라 할 수 있다.

그리고 '모권사회' 혹은 '모권론'이라는 가설은 가족국가 혹은 가부장제론을 극복할 수 있는 사유가 아니라는 점을 강조하고 싶다. 본문에서 살폈듯이 '모권론'은 철저히 가부장적 사상에서 유래된 사유이며, 근대 국민국가의 이데올로기로 기능한 이론이기 때문이다. 가부장적

논리에 입각해 형성된 신화는 그에 대한 안티테제로서 '모권론'의 가능
성을 주고 있지는 않다.

　만약 우리가 신화 텍스트에서 읽어 낼 수 있는 교훈이 있다면, 새로
운 질서는 기존의 권위를 부정하는 것으로 모색할 수 있으며, 그것은
영웅적인 주인공 혼자의 힘이 아니라 수많은 타자들과의 관계와 협력
을 통해 가능하다는 점 이상도 이하도 아닐 것이다. 그리고 극복해야
할 권위의 하나로 한국의 신화연구를 들 수 있다.

要旨

「神話研究」における女性神の「創出」の構造
父親否定の文化史の検討

金泳南

　本稿では韓国の神話研究において女神がどのような理論的背景と過程の中で「創出」されたのかを、また、神話テキストの中から疎外・否定される存在は女性ではなく主人公の父親だということを確認した。結果的には、韓国神話研究の方向を大きく左右してきた「母権社会」というモデルは神話テキストを皮相的に分析したため齎された仮説だということがわかった。これについては逆に神話を分析する前に「母権」という概念が先行し、その概念を正当化しようとする手段として神話テキストを利用したと見たほうがより妥当であろう。即ち、神話テキストとは掛け離れたところで神話分析が行われ、その結果として人類の歴史発展段階の中に「母権社会」が存在し、その痕跡が家父長制の神話の中に残っているという主張が繰り広げられたのである。

　韓国の神話研究はバッハオーフェンの「母権社会」という仮説と、その仮説をモデルにして韓国における古代文化的発達段階を構築しようとした三品の研究をそのまま受け入れて現在に至っている。その中で神話テキストが神話研究から疎外される現象が続いているのである。これは韓国の神話研究者がいち早く乗り越えなければならない重要な課題だと言える。

　また、「母権社会」または「母権論」という仮説は、家族国家または家父長制論が乗り越えられる思惟ではないということを強調したい。本文で見たように、「母権論」は徹底的に家父長的思想から持ち出された思惟であり、近代国民国家のイデオロギーとして機能した理論だからである。家父長的論理に基づいて作り出された神話はそれに対するアンチテーゼとしての‘母権論’の可能性を与えてはいない。

　もし我々が神話テキストから読み取れる教訓があれば、従来の権威を否定することで新たな秩序を模索することができ、それは英雄的な主人公一人の力ではなく、大勢の他者との関係と協力を通して可能だということ、それ以上でも以下でもないだろう。いま、乗り越えるべき権威の一つとして韓国の神話研究が挙げあられるのである。

참고
문헌

논문

김화경,「바리공주 신화의 연구」,『한국사상과 문화』46, 한국사상과문화연구원, 2009.

정인혁, 「建國神話 속의 移住와 結婚, 그리고 어머니-女神의 行方」,『어문연구』37-2, 2009.

조현설, 「웅녀·유화 신화의 행방과 사회적 차별의 체계」,『구비문학연구』9, 1999.

천혜숙, 「여성신화연구(1)-大母神 象徵과 그 변용」, 안동대 민속학연구소,『민속연구』1, 1971.

최원오, 「한국 신화에 나타난 여신의 위계 轉變과 윤리의 문제」,『비교민속학』24, 2003.

단행본

국사편찬위원회편 역,『중국정사 조선전』1, 신서원, 2004.

김부식, 이병도역,『삼국사기』, 을유문화사, 1983.

김영남,『시조 신화 연구-한국 신화학의 근대성 극복을 위하여』, 제이엔씨, 2008.

김철준,『한국고대사회연구』, 서울대 출판부,1990.

이승휴·김경주 역,『제왕운기』, 도서출판 역락, 1999.

일 연, 이민수 역,『삼국유사』, 을유문화사, 1984.

J. J. Bachofen, 岡道男, 河上倫逸 共監譯,『母權論』, みすず書房, 1991.

三品彰英,『古代朝鮮における王者出現の神話と儀禮について』,『三品彰英論文集』5, 平凡社, 1973.

佐山融吉·大西吉壽,『生蓄傳說集』, 臺北, 1923.

고노시 다카미츠 神野志隆光, Konoshi Takamitsu

도쿄대학 대학원 총합문화연구과 명예교수. 일본고전문학, 비교문학비교문화를 전공하였다. 대표 논저로『「日本」國号の由來と歷史』講談社學術文庫(講談社, 2016),『古事記伝を讀む』Ⅳ 講談社選書メチエ(講談社, 2014),『万葉集をどう讀むか』(東京大學出版會, 2013) 등이 있다.

＊'고노시 다카미츠 교수 논저 목록'은 413쪽에 별도로 수록.

임형택 林熒澤, Im Hyeongtaek

성균관대학 한문교육학과 명예교수. 한국문학, 한문학을 전공하였다. 대표 논저로는 『한국학의 동아시아적 지평』(창비, 2014),『21세기에 실학을 읽는다』(한길사, 2014년), 『실사구시와 한국학』(창작과비평사, 2000),『한국문학사의 시각』(창작과비평사, 1984) 등이 있다.

도쿠모리 마코토 德盛誠, Tokumori makoto

도쿄대학 대학원 총합문화연구과 교수. 일본고전문학, 비교문학 비교문화를 전공하였다. 대표 논저로 『海保靑陵−江戶の自由を生きた儒者』(朝日新聞出版, 2013), *Changing Consciousness of Shared Classical World : Through History of Interpretations of Nihon Shoki*, *Expanding the frontiers of comparative literature : A return to the transnational tradition*, edited by Sung-Won Cho, Seoul : Chung-Ang University Press, 2013,「淸原宣賢『日本書紀抄』試論−『日本書紀纂疏』との連關から」(『史料としての『일본서기』−津田左右吉を讀みなおす』, 勉誠出版, 2011) 등이 있다.

박일호 朴一昊, Park Ilho

성신여자대학교 일어일문학과 교수. 일본고전문학을 전공하였다. 대표 논저로「야카모치 망첩비상가에 있어서 죽음의 실재와 관념−망처가의 계승과 변용」(『비교일본학』 32, 일본학국제비교연구소, 2014),「와카(和歌)의 한국어역에 있어서 운율의 번역」(『일본학보』 100, 한국일본학회, 2014),「와카(和歌)의 한국어역에 있어서 수사(修辭)

의 번역」(『일본학보』 97, 한국일본학회, 2013) 등이 있다.

배정열 裵貞烈, Bae Joungyeol
한남대학교 일어일문학과 교수. 일본고전문학을 전공하였다. 대표 논저로 「『삼국사기』 역사인식」(『일어일문학연구』 91, 한국일어일문학회, 2014), 「歌言葉による場面「『삼국유사』의 역사인식에 관하여」(『일본문화학보』 57, 한국일본문화학회, 2013), 設定の一考察—『春や昔の』による追憶の場面―」(『關西文化研究總書』, 2009.3) 등이 있다.

박정의 朴正義, Park Joungeui
원광대학교 일어교육과 교수. 일본고전문학을 전공하였다. 대표 논저로『大久保コリアタウンの人たち』(國書刊行會[東京], 2014), 『『삼국유사』 단군에 근거한 국민 국가관 연구』(인문사, 2012), 『日本・日本人의 이해』(도서출판 지식과 교양, 2011) 등이 있다.

신종원 辛鍾遠, Sin Jongwon
한국중앙연구원 교수. 한국사를 전공했다. 대표 논저로『三國遺事 새로 읽기』 1・2 (일지사, 2004・2011),『韓國 大王信仰의 歷史와 現場』(일지사, 2008),『新羅初期佛敎史研究』(민족사, 1992) 등이 있다.

김정희 金静希, Kim Jounghee
인덕대학교 일본어과 강사. 일본고전문학을 전공하였다. 대표 논저로 「古代史研究方法論の見直し」(『일본문화연구』 54, 동아시아일본학회, 2015), 「『古事記』の世界觀がつくるアメノヒボコ物語―『日本書紀』との比較を通して」(『일본학보』 98, 한국일본학회, 2014), 「『일본서기』の中の任那―任那という國号をめぐって」(『일본학보』 95, 한국일본학회, 2013) 등이 있다.

권오엽 権五曄, Gwon Oyeop
충남대학교 일어일문학과 명예교수. 한국학, 일본학을 전공하였다. 대표 논저로『독도・우산국 신화』(느티, 2015),『獨島と安龍福』(忠南大學校出版部, 2009),『廣開土王碑文の世界』(제이앤씨, 2007) 등이 있다.

가나자와 히데유키 金沢英之, Kanazawa Hideyuki
홋카이도대학 문학부 교수. 일본고전문학, 비교문학비교문화를 전공하였다. 대표논저

로「『일본서기』の「皇祖」をめぐって」(『美夫君志』 90, 2015), 『義経の冒險』(講談社, 2012), 『宣長と『三大考』』(笠間書院, 2005) 등이 있다.

백승호 白丞鎬, Baek Seungho
한남대학교 국어국문창작학과 교수. 한국고전문학을 전공하였다. 대표 논저로『정조 시대 정치적 글쓰기 연구』(서울대 박사논문, 2013), 『정조어찰첩』(탈초 및 공역, 성균관 대 출판부, 2009), 『번암 채제공 문학 연구』(서울대 석사논문, 2006) 등이 있다.

배관문 裵寬紋, Bae Kwanmun
고려대학교 민족문화연구원 연구교수. 일본 국학사상을 전공하였다. 대표 논저로『일 본인의 사생관을 읽다』(공저, 청년사, 2015), 『동아시아의 문화표상Ⅰ − 국가・민족・ 국토』(공저, 민속원, 2015), 「근대 전환기 일본의 실학 −야마가타 반토와 후쿠자와 유 키치」(『일본사상』 29, 한국일본사상사학회, 2015) 등이 있다.

김영남 金泳南, Kim Yeongnam
성균관대학교 사학과 초빙교수. 일본문화와 일본사상을 전공하였다. 대표 논저로『시 조 신화연구』(제이앤씨, 2008), 『동일성 상상의 계보』(제이앤씨, 2006) 등이 있다.

고노시 다카미츠神野志隆光 교수 저서 목록

단독저서

『古事記の達成－その論理と方法』, 東京大学出版会, 1983.9.20.

『古事記の世界観』新装版, 吉川弘文館, 1986.6.1, 2008.2.20.

『新潮日本古典文学アルバム 1 古事記』, 新潮社, 1991.2.10.

『柿本人麻呂研究－古代和歌文学の成立』, 塙書房, 1992.4.20.

『NHK 文化セミナー / 歴史に学ぶ古事記を読む』上・下, NHK 出版, 1993・10.1, 1994.1.1.

『古事記－天皇の世界の物語』, NHKブックス, 1995.9.25.

『古事記と日本書紀』, 講談社現代新書, 1999.1.20.

『古代天皇神話論』, 若草書房, 1999.12.10.

『21世紀に読む日本の古典 1 古事記』, ポプラ社, 2001.4.1.

『「日本」とは何か』, 講談社現代新書, 2005.2.20.

『漢字テキストとしての『古事記』』, 東京大学出版会, 2007.2.20.

『複数の「古代」』, 講談社現代新書, 2007.10.20.

『変奏される日本書紀』, 東京大学出版会, 2009.7.21.

『古事記伝を読む』I, 講談社選書メチエ, 2010.3・10.

『古事記伝を読む』II, 講談社選書メチエ, 2011.5.10.

『古事記伝を読む』III, 講談社選書メチエ, 2012.3・10.

『『古事記』とはなにか』, 講談社学術文庫, 2013.9.10.

『万葉集をどう読むか』, 東京大学出版会, 2013.9.20.

『古事記伝を読む』IV, 講談社選書メチエ, 2014.9.10.

『「日本」国号の由来と歴史』, 講談社学術文庫, 2016.10.10.

고노시 다카미츠, 권오엽 역, 『고사기와 일본서기』, 제이앤씨, 2005.12.10.

공저

『古事記注解』2, 笠間書院, 1993.6.19.

『新編日本古典文学全集』1(古事記), 小学館, 1997.6.20.

『古事記注解』4, 笠間書院, 1997.6.30.

『日本の古典を読む』2(古事記), 小学館, 2007.7.10.

편저

『일본서기』,「神代」, 和泉書院, 1993・12.15.

『古事記日本書紀必携』, 学燈社, 1995.11.10.

『万葉集を読むための基礎百科』, 学燈社, 2002.11.10.

『万葉集鑑賞辞典』, 講談社学術文庫, 2010.7.12.

『セミナー・万葉の歌人と作品 全十二巻』, 和泉書院, 1999～2005.

고노시 다카미츠神野志隆光 교수 논문 목록

「『紫日記』の官名呼称と成立の問題についての一考察」, 『日本文学』20-3, 1971.3.

「鬼―鬼の噂話をめぐって―」, 『国文学』17-11, 1972.9.

「紺青鬼攷―特に真済をめぐって」, 『国語と国文学』50-1, 1973.1.

「源氏物語における「世語り」の場をめぐって」, 『むらさき』11, 1973.6.

「『霊異記』と『三宝絵』をめぐって」, 『国語と国文学』50-10, 1973.10.

「行路死人歌の周辺」, 『論集上代文学』4, 1973.12.

「人麻呂―呪性と文芸性」, 『国文学』19-6, 1974.5.

「特集・作品論源氏物語五十四帖(玉鬘十帖を担当)」, 『国文学』19-10, 1974.10.

「「ことむけ」攷―古事記覚書」, 『国語と国文学』52-1, 1975.1.

「「荒神」攷―古事記覚書」, 『論集上代文学』5, 1975.1.

「「ことのかたりごともこをば」―古事記覚書」, 『国文学会誌(新潟大学)』19, 1975.9.

「光源氏官歴の一問題」, 『古代文化』28-2, 1976.2.

「古代時間表現の一問題―古事記覚書」, 『論集上代文学』6, 1976.3.

「『日本霊異記』の成立序説」, 『国語と国文学』53-5, 1975.5.

「『日本霊異記』」, 秋山虔・藤平春男編, 『中古の文学』, 1976.7.

「「草の御むしろ」小考」, 『国文学会誌(新潟大学)』20, 1976.10.

「近江荒都歌成立の一問題―三一番歌は独立の短歌であったか」, 『日本文学』25-12, 1976.12.

「人麻呂石見相聞歌の形成」, 『国語と国文学』54-1, 1977.1.

「古代文学において〈時間〉はいかに意識されたか―時間のはじまりの意識化」, 『国文学』22-11,
　　　1977.9.

「『若菜上』巻への一視点―底流としての政治状況」, 『古代文化』29-10, 1977.10.

「ムスヒの神の変容」, 稲岡耕二・大林太良編, 『講座日本文学』 神話上, 1977.11.

「「大御葬歌」の場と成立」, 『論集上代文学』8, 1977.11.

「中皇命と宇智野の歌」, 伊藤博・稲岡耕二編, 『万葉集を学ぶ』1, 1977.12.

「石見相聞歌」, 伊藤博・稲岡耕二編, 『万葉集を学ぶ』2, 1977.12.

「役行者架橋譚の原型をめぐって」,『国文学会誌』21, 1977.12.

「柿本人麻呂羇旅の歌八首」, 伊藤博・稲岡耕二編,『万葉集を学ぶ』3, 1978.3.

「巻四相聞歌の場と表現」, 伊藤博・稲岡耕二編,『万葉集を学ぶ』3, 1978.3.

「『古事記』の神話叙述―神名列挙の方法」, 日本文学 27-4, 1978.4.

「源氏物語の仏教思想」, 秋山虔編,『講座日本文学 源氏物語上』, 1978.5.

「歌謡物語論序章」, 日本文学 27-6, 1978.6.

「行路死人の歌」, 伊藤博・稲岡耕二編,『万葉集を学ぶ』6, 1978.6.

「伝云型と歌語り」, 伊藤博・稲岡耕二編,『万葉集を学ぶ』7, 1978.10.

「日本神話と文字―『古事記』〈神代〉」,『国文学』23-14, 1978.11.

「近江荒都歌論―その主題と方法」,『論集上代文学』9, 1979.4.

「万葉集巻十一、十二覚書」,『学大国文』23, 1980.1.

「『古事記』分注論」,『日本文学』29-4, 1980.4.

「『万葉集』に引用された『古事記』をめぐって」,『論集上代文学』10, 1980.4.

「登場人物の官位の昇進は当時の現実に対応するか」,『国文学』25-6, 1980.8.

「羇旅歌覚書」, 土橋寛先生古稀記念論文集刊行会編,『日本古代論集』, 1980.9.

「人麻呂歌集の歌の作者をどう捉えるか」,『国文学』25-14, 1980.11.

「「片歌」をめぐって」,『万葉』106, 1981.3.

「〈日雙斯皇子命〉をめぐって」,『論集上代文学』11, 1981.6.

「万葉集」, 山中裕・今井源衛編,『年中行事の文芸学』, 1981.7.

「〈三位中将〉と『源氏物語』」, 山中裕編,『平安時代の歴史と文学 文学編』, 1981.11.

「『常陸国風土記』の「事向」をめぐって」,『学大国文』25, 1981.12.

「旋頭歌試論」,『万葉』109, 1982.2.

「「小帝国」への志向―記紀のめざすもの」,『国文学』27-5, 1982.4.

「『古事記』と「帝紀」「旧辞」」, 稲岡耕二編,『日本神話必携』, 1982.9.

「「고천원」と「葦原中国」―『古事記』の神話的世界」,『国語と国文学』59-11, 1982.11.

「『古事記』「神代」の始発」,『論集上代文学』12, 1982.11.

「旋頭歌のかたち」,『国文学』28-7, 1983.5.

「「黄泉国」をめぐって―『古事記』の神話的世界」,『風俗』22-3, 1983.9.

「On the Sedoka」,『ACTA』ASIATICA 46, 1984.3.

「「根之堅州国」をめぐって」,『論集上代文学』13, 1984.3.

「「葦原中国」と「天下」」,『五味智英先生追悼 上代文学論叢』, 1984.5.

「「和歌」―史的見通しにたった教材化を」, 日本文学協会国語教育部会編,『講座現代の文学,

　　　教育』6, 1984.5.

「「神代紀」における「葦原中国」」,『国語と国文学』61-6, 1984.6.

「霊異の文学」, 秋山虔編,『王朝文学史』, 1984.6.

「古事記・神話的世界の構造」,『国文学』29-11, 1984.9.

「柿本人麻呂—長歌と持統朝」, 上代文学会編,『万葉の歌びと』, 1984.11.

「和歌の成立」, 神野志隆光ほか,『和歌史 万葉から現代短歌まで』, 1985.5.

「キサカヒヒメとウムカヒヒメ」,『日本文学』34-5, 1985.5.

「軽太子と軽大郎女の歌謡物語について」,『論集上代文学』14, 1985.6.

「『古事記』注解の試み(共著)」,『論集上代文学』14, 1985.6.

「〈ワタツミノ神の国〉をめぐって—『古事記』の神話的世界」,『国語と国文学』62-7, 1985.7.

「『古事記』中巻をめぐって」,『日本文学』34-12, 1985.12.

「「松浦河に遊ぶ歌」追和三首の趣向」,『万葉集研究』14, 1986.8.

「『古事記』注解の試み(二)(共著)」,『論集上代文学』15, 1986.9.

「神話—記紀神話をめぐって」,『国文学』32-3, 1987.2.

「ムスヒの神の名義をめぐって」,『人文科学科紀要』85, 1987.3.

「人麻呂作歌の異伝をめぐって」,『上代文学』58, 1987.4.

「古事記の世界像」, 日本文学協会編,『日本文学講座3 神話・説話』, 1987.6.

「吉備津采女挽歌をめぐって—作品における時間」,『万葉集研究』15, 1987.11.

「兼倶・宣賢の神代紀章段諸説をめぐって」,『いずみ通信』10, 1988.1.

「人麻呂歌集(二)—非略体について」, 稲岡耕二編著,『上代日本文学』(放送大学教材), 1988.3.

「近江荒都歌と日並皇子挽歌」, 稲岡耕二編著,『上代日本文学』(放送大学教材), 1988.3.

「石見相聞歌」, 稲岡耕二編著,『上代日本文学』(放送大学教材), 1988.3.

「和歌様式の確立—ひとつの覚書として」, 土橋寛・廣川勝美編,『古代文学の様式と機能』, 1988.4.

「『古事記』注解の試み(三)(共著)」,『論集上代文学』16, 1988.6.

「瑞珠盟約／宝鏡開始」,『国文学』33-8, 1988.7.

「宝剣出現」,『国文学』33-8, 1988.7.

「藤原宮御宇天皇代—人麻呂の時代」,『国文学』33-13, 1988.11.

「『古事記』「国作り」の文脈—「修理」「生」「作」」,『国語国文』58-3, 1989.3.

「記紀における歌謡と説話」,『上代文学』62, 1989.4.

「『古事記』の表現　序説」,『論集上代文学』17, 1989.8.

「『古事記』注解の試み(四)(共著)」,『論集上代文学』17, 1989.8.

「『日本書紀』「神代」冒頭部をめぐって」,『神田秀夫先生喜寿記念　古事記・日本書紀論集』, 1989.12.

「『日本書紀』「神代」の章段区分諸説をめぐって－基礎的整理として」,『万葉』134, 1989.12.

「『日本書紀』「神代」の世界像－その問題点をめぐって」,『人文科学科紀要』91, 1990.3.

「人麻呂の天皇神格化表現をめぐって」, 上代文学研究会編,『稲岡耕二先生還暦記念 日本上, 代文学論集』, 1990.4.

「「神にしませば」と「神ながら」－人麻呂の表現への視点」,『松田好夫先生追悼論文集 万葉, 学論攷』, 1990.4.

「聖武朝の皇統意識 覚書」,『新日本古典文学大系』月報 19, 1990.9.

「神と人－天皇即神の思想と表現」,『国語と国文学』67-11, 1990.11.

「『古事記』注解の試み(五) (共著)」,『論集上代文学』18, 1990.11.

「日本神話とは何か」, 白石太一郎・吉村武彦編,『争点日本の歴史』2, 1990.12.

「歴史叙述の源流としての記紀」, 山中裕編,『王朝歴史物語の世界』, 1991.6.

「オノゴロ島・島生み・神生み」,『国文学』36-8, 1991.7.

「『日本書紀纂疏』引書索引稿－漢籍篇」,『人文科学科紀要』94, 1991.3.

「神話研究の方法をめぐって－「神代」への視点から」,『比較文学研究』60, 1991.11.

「『古事記』注解の試み(六) (共著)」,『論集上代文学』19, 1991.12.

「赤人の表現 その一」, 稲岡耕二編著,『改訂版 上代日本文学』(放送大学教材), 1992.3.

「赤人の表現 その二」, 稲岡耕二編著,『改訂版 上代日本文学』(放送大学教材), 1992.3.

「虫麻呂の方法 その一」, 稲岡耕二編著,『改訂版 上代日本文学』(放送大学教材), 1992.3.

「虫麻呂の方法 その二」, 稲岡耕二編著,『改訂版 上代日本文学』(放送大学教材), 1992.3.

「『日本書紀纂疏』の基礎的研究－諸本と兼良説の定位とをめぐって」, 中村啓信ほか編,『梅, 沢伊勢三先生追悼 記紀論集』, 1992.4.

「古代神話のポリフォニー(インタビュ)」,『現代思想』20-4, 1992.4.

「『日本書紀』「神代」冒頭部と『三五歴紀』」, 吉井巌編,『記紀万葉論叢』, 1992.5.

「「天浮橋」をめぐって」,『国語と国文学』69-8, 1992.8.

「日本神話に見られる生と死」, 東京大学公開講座『生と死』, 1992.9.

「古代王権と日本神話」, 石上英一編,『講座前近代の天皇』1, 1992.12.

「柿本人麻呂」, 稲岡耕二編,『和歌文学講座3 万葉集』, 1993.3.

「国文学の方法と古代史研究」, 木下正史・石上英一編,『新版古代の日本10 古代資料研究, の方法』, 1993.7.

「「天孫」をめぐって－『日本書紀』「神代」の世界像」,『青木生子先生頌寿記念論集 上代文, 学の諸相』, 1993.12.

「『古語拾遺』の評価」,『国文学』39-6, 1994.5.

「歌の発想形式と「こころ」の表現－万葉歌の表現をめぐって」, 川本皓嗣編, 『叢書比較文学, 比較文化5 歌と詩の系譜』, 1994.7.

「応神天皇の物語」, 古事記学会編, 『古事記研究大系6 古事記の天皇』, 1994.8.

「『古事記』上巻の主題と構想－世界の物語としての上巻」, 古事記学会編, 『古事記研究大系3 , 古事記の構想』, 1994.12.

「神話テキストとしての草壁皇子挽歌」, 『美夫君志』50, 1995.3.

「赤人の難波行幸歌－天皇の世界と海人」, 犬養孝博士米寿記念論集『万葉の風土・文学』, 1995.6.

「古代神話の多元性と天皇の正統性」, 『日本思想史学』27, 1995.9.

「古事記日本書紀概説 いま古事記・日本書紀をどう見るか」, 神野志隆光編, 『古事記日本書,紀必携』, 1995.11.

「多元的神話化」, 神野志隆光編, 『古事記日本書紀必携』, 1995.11.

「解題・『古語拾遺』」, 神野志隆光編, 『古事記日本書紀必携』, 1995.11.

「解題・『日本書紀纂疏』」, 神野志隆光編, 『古事記日本書紀必携』, 1995.11.

「『三大考』の成立」, 神野志隆光編, 『古事記日本書紀必携』, 1995.11.

「語りと神話叙述－古事記・古語拾遺・祝詞」, 『岩波講座日本文学史1 文学の誕生より8世紀まで』, 1995.12.

「『古事記』注解の試み(七)(共著)」, 『論集上代文学』21, 1996.12.

「額田王作歌(2)－三輪山の歌」, 稲岡耕二編著, 『上代の日本文学』(放送大学教材), 1996.3.

「額田王作歌(3)－春秋競憐歌」, 稲岡耕二編著, 『上代の日本文学』(放送大学教材), 1996.3.

「三山歌」, 稲岡耕二編著『上代の日本文学』(放送大学教材), 1996.3.

「インタビュー 古代文学研究からの提起」, 『情況』別冊, 1996.5.

「柿本人麻呂」, 小野寛編, 『上代文学研究事典』, 1996.5.

「古代天皇神話の完成」, 『国語と国文学』73-11, 1996.11.

「「日本語」はいつどのようにして誕生したのか?」, 洋泉社MOOK編集部編, 『逆転の日本史 , 古代史編』, 1996.11.

「文字とことば・「日本語」として書くこと」, 『万葉集研究』21, 1997.3.

「神話テキストとしての即位宣命－文武天皇の即位宣命をめぐって」, 『説話論集』6, 1997.4.

「神話テキストとしての歌　日並皇子挽歌をめぐって」, 『解釈と鑑賞』62-8, 1997.8.

「～660」, 国文学臨時増刊 編年体古典文学1300年史, 1997.8.

「661～670」, 国文学臨時増刊 編年体古典文学1300年史, 1997.8.

「671～720」, 国文学臨時増刊 編年体古典文学1300年史, 1997.8.

「古事記の悲恋　軽太子・軽大郎女の物語」, 悲恋の古典文学, 1997.12.

「伝承／神話／文字(テキスト)」, 別冊歴史読本 古代史研究最前線, 1998.4.

「文字とことば」, 別冊歴史読本 古代史研究最前線, 1998.4.

「平安期における〈日本紀〉－勝命『古今序注』をめぐって」, 日本文学, 1998.5.

「神話の思想史・覚書－「天皇神話」から「日本神話」へ」, 『万葉集研究』22, 1998.7.

「草壁皇子挽歌」, 『国文学』43-9, 1998.8.

「『日本紀』と『源氏物語』」, 『国語と国文学』75-11, 1998.11.

「「日本神話」の来歴－〈古典〉としての『古事記』『日本書紀』の歴史と現在」, ハルオ・シラネ,
　　　鈴木登美編, 『創造された古典』, 1999.4.

「古代天皇神話と律令祭祀」, 九州史学 122, 1999.5.

「中大兄三山歌」, 『セミナー万葉の歌人と作品』1, 1999.5.

「〈聞く〉天皇－『古事記』における天皇」, 『太田善麿先生追悼論文集 古事記・日本書紀論, 叢』,
　　　1999.7.

「文字の現実と『古事記』」, 『国文学』44-11, 1999.9.

「石見相聞歌」, 『セミナー万葉の歌人と作品』2, 1999.9.

「対論・『古事記』の本質をどうとらえるか」, 神野志隆光編, 『古事記の現在』, 1999.10.

「座談会・日本の古代を問い直す」, 『論集上代文学』23, 1999.10.

「文字テキストから伝承の世界へ」, 稲岡耕二編, 『声と文字』, 1999.11.

「人麻呂作歌の世界」, 『セミナー万葉の歌人と作品』3, 1999.12.

「臨死歌」, 『セミナー万葉の歌人と作品』3, 1999.12.

「持統天皇の即位記事」, 『武蔵野文学』47, 1999.12.

「上代文学(1)」, 堀信夫・野山嘉正編, 『国文学入門』(放送大学教材), 2000.3.

「上代文学(2)」, 堀信夫・野山嘉正編, 『国文学入門』(放送大学教材), 2000.3.

「文字と歌 序説」, 『上代文学』84, 2000.4.

「『古事記』の「古代」」, 西宮一民先生喜寿記念論文集『上代語と表記』, 2000.10.

「古典としての『古事記』『日本書紀』」, 聖学院大学総合研究所紀要 18, 2000.11.

「金村の養老七年芳野行幸歌」, 『セミナー万葉の歌人と作品』6, 2000.12.

「赤人の難波行幸歌」, 『セミナー万葉の歌人と作品』7, 2001.9.

「『日本書紀私記(丁本)』論のために」, 『万葉集研究』25, 2001.10.

「『公望私記』をめぐって」, 『上代文学』87, 2001.11.

「平安時代における「日本」－「承平私記」の国名議論」, 『比較文学研究』79, 2002.2.

「「日本」をめぐって」, 『万葉』179, 2002.2.

「『古事記』－文字テキストとしての水準」, 『国文学』47-4, 2002.3.

「安積皇子挽歌」,『セミナー万葉の歌人と作品』8, 2002.5.

「「記紀神話」と律令祭祀」,『歴史評論』626, 2002.6.

「文字テキストとしての『古事記』における歌」,『論集上代文学』25, 2002.11.

「「東海姫氏国」考－承平の日本紀講書をめぐって」,『論集上代文学』26, 2004.3.

「記紀を読むことのリアリティー」, ロバート・キャンベル編,『読むことの力』, 2004.3.

「テキストのなかに成り立つ聖徳太子－八世紀における「古代」構築」,『万葉集研究』 26, 2004.4.

「「やまと」と「日本」」,『上代文学』92, 2004.4.

「国文学の方法と歴史研究－『古事記』の「古代」/『日本書紀』の「歴史」」, GYROS 3, 2004.6.

「どのようにしてこの国の名が「日本」となったか」, 齋藤希史編,『日本を意識する』, 2005.4.

「テキストにおいて成り立つ「古代」」,『中国の歴史02　都市国家から中華へ』月報, 2005.4.

「『古事記伝』と『古事記』」, 長島弘明編,『本居宣長の世界』, 2005.11.

「『日本紀私記』と『釈日本紀』」,『国文学』51-1, 2006.1.

「天智天皇挽歌における額田王歌」, 高岡市万葉歴史館叢書 18 額田王, 2006.3.

「飛鳥と古代歌謡」,『続飛鳥村史 中巻』, 2006.9.

「「日本紀私記」のために」,『万葉集研究』28, 2006.11.

「石見相聞歌をめぐって」, 高岡市万葉歴史館叢書19 柿本人麻呂, 2007.3.

「文字の文化世界の形成」, 東大教養学部国文・漢文学部会編,『古典日本語の世界』, 2007.4.

「漢字と非漢文の空間」, 東大教養学部国文・漢文学部会編,『古典日本語の世界』, 2007.4.

「『古事記』の崩年干支月日注をめぐって－複数の[古代」」,『国語と国文学』84－11, 2007.11.

「改編される『日本書紀』」,『万葉集研究』29, 2007.12.

「『七代記』と「日本記」」,『論集上代文学』30, 2008.5.

「「歴史」のなかに生きる『日本書紀』」,『上代文学』101, 2008.11.

「講演：『古事記』の崩御年干支月日注について」,『京都語文』15, 2008.11.

「人麻呂歌集の女歌－人麻呂歌集と『万葉集』」, 高岡市万葉歴史館叢書21 万葉の女性歌人, 2009.3.

「人麻呂歌集と『万葉集』－『万葉集』のテキスト理解のための覚書」, 美夫君志会編,『万葉集の今,を考える』, 2009.7.

「漢字による和語注釈と「日本紀」」,『UP』38－9, 2009.9.

「国作りと大物主神－『古事記』における大物主神」,『大美和』119, 2010.1.

「私的領域を組み込み、感情を組織して成り立つ世界」, 高岡市万葉歴史館論集13『生の万葉集』, 2010.3.

「「歴史」としての『万葉集』」,『国語と国文学』87-11, 2010.11.

「「人麻呂歌集」の書記について」,『万葉集研究』31, 2010.12.

「文字の受容と日本語」, 石川日出志他編,『交響する古代』, 2011.3

「『万葉集』のなかに編集された家持」, 高岡市万葉歴史館叢書23 大伴家持研究の最前線, 2011.3.

「漢字による和語注釈—講書・和訓集」, 東大教養学部国文・漢文学部会編,『古典日本語の,世界 二』, 2011.5.

「古代神話論ために」, 日本思想史講座1 古代, 2012.4.

「文学史のために—固有の言語世界は自明か」, 第3回高麗大学校・明治大学国際学術会,議『韓・日 文学歴史学の諸問題』予稿集, 2012.9.

「『万葉集』の「歴史」世界—巻六をめぐって」,『万葉』214, 2013.3.

「東アジア世界の歴史的基盤—漢字世界としての東アジア」,『文化継承学論集』9, 13.3.

「語られた「古代」—『日本書紀』とその変奏」,「交響する古代Ⅳ」予稿集, 2013.10.

「「日本」の由来について」,『文化継承学論集』10, 2014.4.

「吉野行幸の「儲作歌」をめぐって」, 『歌の道—家持へ、家持から—』高岡市万葉歴史館叢書, 26, 2014.3.

「固有の言語世界を自明とする文学史から離れて—『万葉集』における歌の「発見」」, 国立歴,史民俗博物館・平川南編,『古代日本と古代朝鮮の文字文化交流』, 2014.3.

「私たちの歴史としての「中国」」,『アルマ 中国の歴史』, 2015.3.

「「歌」の世界をあらしめる『万葉集』」,『上代文学』114, 2015.4.

「テキストがあらしめた「古代」・「歴史」・「歌」—方法としてのテキスト理解」, 漢文学研究(高麗大学) 10, 2015.8.

「『日本書紀』の「歴史」と「聖徳太子」」,『論集上代文学』37, 2016.1.

「『日本書紀』はなにによって読むべきか」,『高岡市万葉歴史館紀要』26, 2016.3.

「その後の『日本書紀』」, 京都語文, 2016.10.